Because You're Mine
by Lisa Kleypas

愛のカーテンコールを

リサ.クレイパス
平林 祥[訳]

ライムブックス

愛のカーテンコールを

主要登場人物

マデリン（マディ）・マシューズ……子爵家の令嬢
ローガン・スコット……キャピタル劇場の経営者兼看板俳優
アンドルー・ドレイク……ローガンの幼なじみ
ロチェスター伯爵……アンドルーの父親
リーズ公爵夫人ジュリア・サヴェージ…女優、キャピタル劇場の共同経営者
リーズ公爵デイモン・サヴェージ……ジュリアの夫
ネル・フローレンス……ジュリアの友人、元女優
マシューズ卿……マデリンの父
アグネス・マシューズ……マデリンの母
ジュスティーヌ……マデリンの姉
クリフトン卿……マデリンの婚約者
ポール＆メアリー・ジェニングズ……ローガンの両親

プロローグ

ロンドン、一八三三年　秋

「あのような方と結婚なんていや。絶対にいやよ」屋敷の庭を父と一緒にのんびりと歩くクリフトン卿の姿を見ながら、マデリンは嫌悪感に吐き気すら覚えていた。心の内を口にしたことにも、母のレディ・アグネス・マシューズにたしなめられるまで気づかなかった。

「いずれ愛情を抱けるようになりますよ」母はそう断言した。例のごとく、細面の顔に非難をこめた気難しい表情を浮かべている。殉教者然とした自己犠牲の精神で生きてきた母は、三人の娘たちにも自分と同じような道を歩んでほしいと、常々言い聞かせてきた。母は落ち着きはらった茶色の瞳でマデリンを見つめている。色白で品のある面立ち。マシューズ家の女性はみな、母とよく似た血の気の薄い顔をしており、マデリンだけがすぐに頬が赤く染まるたちだ。

「あなたもすっかり成熟した女性になれば」母はつづけた。「このように素晴らしい縁談を整えてもらえてよかったと、心から感謝するはずだわ」

怒りのあまり、マデリンはほとんど息が詰まりそうだ。本心を隠そうとしているのに、頬が鮮やかなピンク色に染まっていくのが自分でもわかる。両親の期待に応えようとずっと努力してきた。素直でおとなしい、従順な娘になろうと努めてきた。でももう、感情を抑えることはできない。「もちろん感謝するわ！」彼女は苦々しげに言った。「なにしろ相手はお父様よりも年上――」

「ほんのひとつかふたつでしょう」母はさえぎった。

「趣味もわたしとまるでちがう。わたしのことなど、子孫を増やすための単なる道具としか見ていない――」

「マデリン！　そのような下品な物言いはおよしなさい」

「だって事実だもの」マデリンは穏やかな口調を保とうとした。「クリフトン卿は最初の結婚でふたりの娘しか授からなかった。あの方が息子を望んでらっしゃるのは、世間の誰もが知っていることだわ。それでわたしに白羽の矢が立てられた。片田舎でつまらない人生を送るなんていや。これから一生、あるいはあの方が亡くなられるまでずっと……。そのころにはわたしはすでに年をとっていて、自由を謳歌《おうか》することもできやしない」

「いいかげんになさい」母は厳しい声音になった。「どうやらあなたは、重要なことをいくつか忘れているようね。趣味というのは、妻が夫に合わせるものであって、その反対はありえないのよ。あの方が読書だの音楽鑑賞だのといったくだらない娯楽をお嫌いだからといって、どこに責める道理があるのです。クリフトン卿は多大な政治的影響力をお持ちの、思慮深いお方。そのような紳士にふさわしい敬意を、あなたもあの方に払わねばなりません。それにあのようなお年ですからね、あなたもいずれあの方の見識の高さを評価し、なにかにつけて指導を仰ぐようになるはずですよ。それこそが女性にとっての幸福じゃないの」

マデリンは両手の指をからみあわせ、窓越しにクリフトンのでっぷりとした体をみじめな思いで見つめた。「独身のあいだに一度でも社交シーズンを過ごさせてくれていたら、わたしだって少しはこの婚約に前向きになれたわ。わたし、一度も舞踏会で踊ったことがないのよ。晩餐会にも、夜会にも行ったことがない。お友だちがそういう場所で楽しんでいるあいだ、わたしはずっと寄宿学校に入れられていた。お姉様たちは宮中拝謁の機会を得られたというのに――」

「あなたのほうが、あの子たちよりもずっと恵まれているでしょう」母のまっすぐに伸びた背筋は、まるで炉床に突き立てられた火かき棒のようだ。「あなたはシーズン中、悩むことも不安を感じることもなくてすむのよ。なにしろ英国一望ましい、まさに申し分のない殿方とすでに婚約しているのですからね」

「お母様にとっては望ましくて申し分ないでしょうけど」父とクリフトンが戻ってくる気配を感じとり、マデリンは身をこわばらせて小声で反論した。「わたしにはそうじゃないの」

一八歳の娘なら誰もがそうであるように、マデリンもまた、ハンサムでさっそうとした男性、自分のことを気も狂わんばかりに愛してくれる相手との結婚を夢見ていた。クリフトンはその夢とありえないくらいかけ離れている。年は五〇歳。ずんぐりした体格に二重顎。顔は醜くたるみ、頭ははげあがり、ぬめぬめと湿った分厚い唇をしていて、カエルを思い起こさせる。

せめてユーモアのセンスがあるとか、心根が優しいとか、わずかなりとも慕わしさを感じられる一面があればいいのだが……現実には、クリフトンは尊大で想像力のかけらもない人間だった。暮らしぶりは紳士としてまさに型どおり。狩猟や競馬にいそしみ、領地管理に余念がなく、ときどき上院議会で発言をする。だがなんといっても我慢ならないのは、音楽や美術、文学といったマデリンの大切な趣味を、平然と見下すことだ。

部屋の反対側に彼女を見つけたクリフトンは、肉厚な口元をにやつかせながら歩み寄ってきた。口の端が唾液で光っている。人をまるで所有物のように見つめる彼の目つきが、マデリンは大嫌いだった。どんなに世間知らずでも、クリフトンが自分を求める理由くらい察しがつく。彼女が若く健康で、子をたくさん産みそうだと考えたからに決まっている。クリフトンの妻になどなったら、これだけ男児がいれば十分だろうと彼が納得するまで、延々と妊娠生活を強いられるにちがいない。彼はマデリンの心も精神も魂も求めていないのだ。

「わが愛するミス・マシューズ」クリフトンは低いだみ声で呼びかけた。「会うたびに美しくなるようだね」

声までカエルそっくりだわ。マデリンはこみあげてくるヒステリックな笑いを懸命にのみこんだ。じっとりと湿った手が彼女の手を握りしめ、口元に持っていく。ぼってりとした唇が手首を軽くかすめた。マデリンは目を閉じ、嫌悪感に震えてしまわぬよう身を硬くして耐えた。それを乙女らしい慎み深さと——あるいは興奮のためと——勘ちがいしたのだろう、クリフトンは満面の笑みになって彼女を見つめた。

クリフトンがおもてを散策しようと誘う。マデリンは断ろうとしたのに、両親がすかさず是非そうなさいと言ってさえぎった。彼のような財力と影響力を持った男性を、家族の一員に迎えたくて必死なのだろう。望めばどんなものでも手に入れることができる、クリフトンのような男性を。

マデリンはしぶしぶ婚約者の腕をとり、整形庭園に出ると、整然と刈りこまれたサンザシの生垣や、掃き清められた砂利道や、花壇が配された庭をのろのろと歩いた。「休暇を満喫しているかね」クリフトンがたずねる。小さいのに肉づきのいい足が薄灰色の砂利を踏むたび、大きな音が聞こえた。

彼女はひたすら地面だけを見つめた。「はい、おかげさまで」

「同級生たちのように早く学校をやめたくて仕方がないのだろう？　だがおまえのご両親はわたしの要望どおり、おまえを人よりも二年余計に学校に行かせてくれた」

「あなたの要望？」マデリンはおうむがえしに問いただした。両親に対して、クリフトンがそこまでの影響力を持っているとは。「でも、いったいなんのためにそんな——」

「そのほうがおまえのためになると判断したのだ」クリフトンは尊大な笑みを浮かべた。「おまえは礼儀作法と規律を身につける必要があった。完璧な果実には熟すための時間が必要なのだ。おかげでようやく、以前のように衝動的なところがなくなったようだな。わたしの思惑どおり、忍耐を学んでくれたとみえる」

残念でした。言いかえしてやりたかったが、マデリンはぎゅっと口を結んでこらえた。ミセス・オールブライトの寄宿学校で、ほとんど監禁状態の日々を二年も余計に過ごすことを余儀なくされたとき、マデリンは頭がおかしくなるのではないかと思った。だがその二年間のおかげで、彼女のなかの自由を愛する想像力豊かな一面は、かえって抑えつけることのできない激しさへと変化していった。二年前の彼女なら、まだ引っこみ思案なところがあったし、人の意見も素直に聞けたので、クリフトンとの結婚にも両親に勧められるがまま従っていただろう。だがいまの彼女には、「忍耐」とか「従順」といった言葉はまるでなじまない。

「今日はおまえにあるものを持ってきてやった。おまえもこれを待っていたはずだ」クリフトンは言うと、マデリンを石の長椅子までいざない、並んで座った。ぶよぶよした体がぴったりと寄り添ってくる。彼女は無言で相手の次の言葉を待ち、やっとの思いで視線を合わせた。クリフトンはいたずらな姪っ子を甘やかすおじのような顔でほほえんだ。「ポケットに入ってる」彼は小声で告げ、茶色のウールの上着の右側を身振りで示した。「自分で取りだしてみたらどうだね、利口な子猫ちゃん」

彼からそんなふうに甘ったるい声で話しかけられたことは一度もなかった。これまではいつも、ちゃんとお目付け役を同行させていたからだろう。「お心づかい感謝します。でも、贈り物など必要ありませんから」マデリンは断り、両手をきつく握りあわせた。

「そうはいかん」クリフトンは上着のポケットを揺すってみせた。「おまえへの贈り物なのだ。取りなさい、マデリン」

マデリンはポケットにぎこちなく手を差し入れ、そこに小さな輪状のものが入っているのを見つけた。取りだして凝視すると、吐き気をもよおしそうになるほど激しく胸が鼓動を打った。縄を編んだようなデザインの小さな金の指輪には、小ぶりな藍色のサファイアが一粒埋めこまれている。クリフトンの妻として縛りつけられる未来を象徴しているかのようだ。

「当家に何代にもわたって伝えられてきた品だ」クリフトンが説明を始めた。「母も死ぬまで身に着けていた。気に入ったかね」

「きれいですね」内心その指輪に嫌悪感を覚えつつ、マデリンはぼんやりと答えた。

クリフトンが指輪を取り上げ、彼女の指にはめる。指輪はサイズが大きすぎ、マデリンはすり抜けてしまわぬようこぶしを握った。「礼はどうしたね、おちびちゃん」太い腕が体にまわされ、樽のように丸い寸づまりの胴にぐいと引き寄せられる。クリフトンからはむっとするような不快な臭いがした。肉を熟成させるために吊るしておいたまま、忘れ去られたキジみたいな臭いだ。きっと、こまめな入浴など無用の贅沢だと思っているのだろう。

あまりにも自分がみじめで、マデリンは息を詰まらせた。「わたしのことを、なぜ子猫ちゃんとか、おちびちゃんとか呼ぶのですか」反抗心がわいてきて、震える声でたずねる。「そのような呼び方は好きではありません。わたしは、れっきとした大人の女性です」

クリフトンは黄ばんだ大きな歯をむきだしにし、声をあげて笑った。くさい息がかかり、マデリンは顔をしかめた。彼はますます強くマデリンを自分のほうに抱き寄せつつ応じた。

「いずれそうやって反抗するだろうと思っていたよ。だが男もこの年になると、女のことがいろいろわかっているものでね。その無礼な物言いにおしおきをしてやろう、わたしのかわいい、いけない子猫ちゃん――」

厚ぼったい唇が押しつけられ、ねっとりとこすりつけられ、マデリンのファーストキスを奪った。太い腕が箍《たが》のように体を締めつけてくる。彼女は不快感に身を震わせつつ、無言でじっと耐えた。精神力を総動員しなければ、大声で叫ぶか泣きわめくかしてしまいそうだった。

「いずれおまえもわたしの男らしさに気づく」クリフトンは荒い息を吐いた。唇を奪ったことで満足しきった表情を浮かべている。「詩を詠《よ》んだり、女どものくだらない望みに応えてやったりするつもりはない。わたしはわたしの望むとおりにやる。おまえもきっと、そういうやり方を大いに気に入るはずだよ」ずんぐりとした手が、青ざめ、引きつった頬を撫でる。「美しい……じつに美しい。おまえのような瞳の色は見たことがないな。まるで琥珀《こはく》のようだ」金茶色のほつれ髪を指にからめ、絹のような一房を何度もくりかえし撫でる。「おまえがわたしのものになる日を、どれだけ楽しみに待っていたことか！」

マデリンは歯をぎゅっと食いしばり、唇がわななきそうになるのをこらえた。大声で叫び、あなたのものになど絶対にならないと言ってやりたかった。だが生まれたときからたたきこまれてきた義務感と責任感が、その言葉を押しとどめた。

彼女が無意識に身を震わせるのに、クリフトンは気づいたらしい。「おやおや、寒いのか」

と小さな子どもを相手にするようにつぶやいた。「さあ、屋敷に戻ろう。風邪などひかれては困る」

マデリンは安堵し、急いで立ち上がると、クリフトンとともに応接間に戻った。

娘の手に指輪がはめられているのを見つけるなり、両親は満面の笑みをたたえて祝福の言葉を口にした。そんなふうに興奮したところを見せるのは下品だと、常々娘たちに言っていたというのに。

「まあ、このように高価な贈り物を！」平素は青白い顔を、母が喜びに輝かせる。「それになんて美しいお品なんでしょう」

「ええ、なかなかの品でしょう」口調は控えめだが、クリフトンの顎の肉はいかにも満足げに揺れている。

祝福の乾杯をと父がクリフトンを書斎に案内するのを、マデリンは凍りついたような薄い笑みを浮かべて見つめた。ふたりの声が聞こえなくなるとすぐに、指輪を乱暴に引き抜き、床に投げ捨てた。

「マデリン！」母が叱りつける。「すぐに拾いなさい。そのような子どもじみたかんしゃくは許しませんよ。その指輪はこれからずっとはめておくのです。誇りに思いなさい！」

「サイズが合わないの」マデリンは硬い声で応じた。クリフトンのぬめぬめした唇の感触を思いだして、口や顎がひりひりするまでドレスの袖でぬぐった。「あんな人と結婚なんかしない。結婚するくらいなら、いっそ自殺するわ」

「芝居がかったことを言うのはよしなさい、マデリン」母はかがんで指輪を拾い上げると、「世にも貴重なものでもあるかのように捧げ持った。「クリフトン卿のように頼もしくて現実的な男性と結婚することで、あなたのそういう感情的なところが直るといいのだけど」

「現実的」マデリンは苦笑いを浮かべながらささやいた。クリフトンのありとあらゆる不快な部分を、どうしてそんなありきたりな言葉で一括りにできるのだろう。「まさに世の女性のすべてが結婚相手に望む資質ね」

学校に戻れて安堵感を覚えるのは、今回が初めてだ。ここならば、週に一度ダンスを教えに来る指導者以外に男性はひとりもいない。マデリンは帽子ケースを手に、狭い廊下を歩いた。残りの荷物はあとから二階の自室に運んでもらえばいい。親友のエレノア・シンクレアと共有している部屋に到着すると、女の子たちが六人ばかり集まり、ベッドや椅子に腰を下ろしていた。このミセス・オールブライトの寄宿学校でマデリンは一番の年長、一七歳のエレノアは二番目にお姉さんなので、ふたりを世事に通じた大人と見ている年少の女の子たちがこうしてしばしば部屋を訪れる。

少女たちは缶入りのビスケットを分けあいながら、エレノアが手にした鮮やかな色彩の複製画を見て大騒ぎをしていた。マデリンが戻ってきたのに気づいたエレノアは、おかえりなさいというふうににっこりと笑い、「どんな方だった」とたずねた。親友には、婚約者と会うために帰宅すると打ち明けてあった。

「予想以上にひどかった」マデリンは短く答え、エレノアのベッドの向かいに置かれた自分用の小さなベッドに歩み寄った。帽子ケースを床に落とし、ベッドの端に座りつつ、早くみんなが出ていってくれればいいのにと思った。親友とふたりきりで話がしたかった。

もう少し我慢してね。エレノアが親しみをこめたまなざしで伝えてくる。少女たちはまだ、輪になってはしゃいでいる。

「彼って素敵」ひとりが息もつけぬ様子で叫んだ。「実物に会ったらどんな感じかしら」

「きっと気絶しちゃうわ」別の子が言うと、少女たちは揃ってくすくすと笑いだした。

「こんなハンサムな人、見たことない――」

「でもちょっと悪そう――」

「そうね、とくにこの目……」

女の子たちが一斉にせつなげなため息をつくのを見て、マデリンは首を振り、「いったいなにを見ているの」とたずねた。それまでの暗い気持ちが、わきおこる好奇心に取って代わられていた。

「マデリンにも見せてあげましょうよ――」

「わたしだって、まだちゃんと見ていないのに――」

「ほら見て、マデリン」エレノアがマデリンに複製画を差しだした。「お姉様にいただいたの。いまロンドンで最も希少とされる絵よ。誰もが一枚手に入れようと必死なの」

マデリンは絵に視線を落とした。見れば見るほど、引きこまれていくのがわかる。モデルの男性は、王のような風貌だった。あるいは艦長のような、ならず者のような。とても強くて、危険な男性という感じがする。古典的なハンサムとは言いがたい……目鼻立ちが少しはっきりしすぎているせいだろう。細面の顔はどこか獅子を思わせ、細めた瞳は刺すように鋭く、大きめの口にはかすかに皮肉めいた笑みが浮かんでいる。髪の色は絵を見るかぎりではごく普通の茶色だが、とても豊かで、わずかに乱れている。

少女たちは自分たちと同じようにマデリンが頬を赤らめ、くすくす笑いだすのを待っている。だが彼女はいっさいの感情を押し隠し、「いったい誰なの」と静かにエレノアにたずねた。

「ローガン・スコットよ」

「俳優の？」

「そう。キャピタル劇場の経営者の」

見つめつづけるうち、マデリンのなかに奇妙な思いがわいてきた。ローガン・スコットなら話には聞いたことがある。だが、顔を見るのはこれが初めてだった。スコットは三〇歳の若さですでに国際的に有名な俳優であり、デイヴィッド・ギャリックやエドモンド・キーンすらも凌駕《りょうが》したと言われる。それでもまだ、スコットの才能はあんなものではないと称える人までいる。とくにその声が素晴らしいとされ、ときにはベルベットのように耳を撫で、ときには力強く響きわたって空気に炎を灯すと形容される。

噂では、どこへ行っても女性に追いかけられるとか。ロマンチックなヒーローを演じる抜群の演技力もさることながら、人を惑わすようなその容姿にこそ、女性たちは魅了されるのだろう。『オセロ』のイアーゴより、聖書に出てくるバラバより、もっとたちの悪い男《ひと》ならず者。世界中の女性をとりこにし、裏切り、翻弄《ほんろう》し、それゆえにあがめられる男。

人生の絶頂期にある、魅力的で洗練された男性……クリフトンとは大ちがいだ。マデリンの胸は唐突にわきおこる切望感に痛んだ。ローガン・スコットの生きる世界に、彼女はけっして属することはできまい。彼にも、彼のような人にも、一生出会えないだろう。男性とたわむれることも、笑い、踊ることもかなわない。優しい言葉や、愛情のこもった指先に誘惑される日もやってこない。

スコットの顔をじっと見つめていると、とうてい正気とは思えない、突拍子もない考えが脳裏に浮かび、思わず指が震えた。

「マデリン、どうかしたの」エレノアが心配そうに訊きながら、マデリンの手から絵を取った。「急に真っ青になって。それになんだか変な――」

「疲れているだけよ」マデリンは答え、笑顔を作った。ひとりになりたい。考える時間がほしい。「週末は大変だったから。少し休めば――」

「そうよね。さあ、みんな、おしゃべりは別の部屋でしましょう」察しのいいエレノアは少女たちを先に部屋から追い払い、扉を閉じる直前に立ち止まった。「マデリン、なにか必要なものはない？」

「ありがとう、でも大丈夫」

「クリフトン卿に会って、さぞつらい思いをしたのでしょう。わたしになにかできることがあれば言ってね」

「もうしてもらったわ、エレノア」マデリンは横向きにベッドに寝そべり、両膝を抱えて丸くなった。シンプルな制服のスカートがふんわりと広がる。頭のなかをさまざまな思いが駆けめぐり、彼女は親友がそっと部屋を出ていくのにも気づかなかった。

ローガン・スコット……その恋愛遍歴もまた、俳優としての才能と同様に伝説と化している。

だがいまのこの窮地について考えれば考えるほど、彼こそが解決策に思えてならない。彼を利用して、クリフトンの妻として望ましくない女性になり、婚約破棄を余儀なくさせることができるかもしれない。

つまり、ローガン・スコットとスキャンダルを起こすのだ。

この身の純潔を犠牲にすれば、問題はすべて解決する。残された一生を恥辱にまみれて生きていかねばならないとしても、社交界で傷物扱いされることになるとしても、別にかまわない。クリフトンの妻になるくらいなら、どんなことだって耐えられる。

マデリンは熱に浮かされたように計画を練った。まずは両親からの手紙、娘を一学期早く卒業させることを校長に要請する偽の手紙を用意しよう。そうすればその後の数週間を、両親に対しては学校でしっかり学んでいることに、校長には自宅に帰ったことにして過ごせる。そのあいだに計画を実行すればいい。

学校を出たらキャピタル劇場に行き、ミスター・スコットに近づく。純潔を捧げると伝えてしまえば、あとは簡単だ。男性はみな、どんなに高潔そうに見えても、育ちのいい若い女性を誘惑したいと思っているものなのだから。それにスコットのような評判の人なら、罪を犯すことにも、放蕩にふけることにも躊躇《ちゅうちょ》しないはずだ。

とりかえしのつかないところまで身を落としたところで、マデリンは両親の元に戻る。あとはどんな罰だって受けよう。おそらくは田舎の親戚の屋敷にやられることになるだろう。クリフトンは傷物になったマデリンを心から嫌悪するはずだ。そして彼女は、ついに彼から自由になる。自ら選んだとはいえ、その道のりは険しく不快なものとなるだろうが、ほかに手立てはない。

でもきっと、計画がすべて終わったあと、オールドミスとして生きていく人生はそれほどひどいものではないはずだ。読書をしたり、勉強をしたりする時間がたくさんできるだろう。それに両親も、スキャンダルから数年後には、旅行に出たりすることを許してくれるかもしれない。これからは慈善事業に参加するのもいいし、自分よりもつらい境遇に置かれている人たちのために、なにかするのもいい。精一杯がんばって生きよう。少なくともこれで……マデリンは確たる決意とともに思った……与えられた人生を送るのではなく、運命を自ら選びとることになるのだから。

1

旅行鞄の革の持ち手をぎゅっと握りしめ、マデリンはキャピタル劇場の裏口の前に立った。ロンドンの街をひとり歩くのは、恐ろしくも刺激に満ちていた。馬車が走る音や馬のいななきや露店商の声が耳を聾《ろう》し、堆肥や動物やごみの臭いが渾然《こんぜん》一体となって鼻をつく。パン屋からは酵母の匂いが、蠟燭《ろうそく》店からは温まった蠟の香りが漂ってくる。

クリフトンからもらった指輪は、朝のうちに質に入れた。おかげでドレスのポケットはずっしりと重たいコインでふくらんでいる。すりに遭うといけないと思い、地味な灰色のマントの前をしっかりとかきあわせたが、怪しい人に近寄られるようなことはなかった。彼女はついにキャピタル劇場に到着した。いよいよ冒険が始まろうとしている。

劇場は、作業場や倉庫とおぼしき建物を含め、四、五棟が連なった形をしている。舞台が設けられている本館に足を踏み入れたマデリンは、稽古場がいくつも並ぶ、迷路のように入り組んだ廊下を進んだ。人びとが話し、歌い、楽器を奏で、議論するのが聞こえる。半開きの扉の向こうをのぞいてみたくてたまらない。

やがて、古ぼけた家具がたくさん並ぶ大きな部屋にたどりついた。テーブルに乾いたサンドイッチやひからびたチーズ、果物などが置かれている。室内では俳優たちが老若入り交じってくつろいでおり、おしゃべりしながら紅茶を飲んでいた。日ごろから人の出入りが多いためだろう、彼らがマデリンを気に留める様子はない。だが利発そうな顔立ちの工房見習いの少年が、つと立ち止まると、気さくな笑みを瞳に浮かべつつ、問いかけるように見つめてきた。「なにかご用ですか？」

マデリンは笑みを浮かべて不安を押し隠した。「ミスター・スコットを捜しているの」

「ミスター・スコットを？」少年はいぶかるように彼女を見やってから、奥の扉を顎で示した。「稽古中です。ちなみに舞台は向こう」

「ありがとう」

「邪魔するといやがられますよ」舞台のほうに向かうマデリンに、少年が忠告した。

「邪魔なんかしないわ」マデリンは明るく答え、旅行鞄を片手に持ちなおし、もう一方の手で扉を開けた。大道具や小道具のあいだを縫うように歩を進めると、やがて舞台の右袖にたどりついた。鞄を床に置き、緑色のベルベットの幕の際まで進み、場内を眺めわたす。

客席数一五〇〇を誇るキャピタル劇場の内部は、広々として壮麗だった。壁際には、鮮緑色のガラスを埋めこんだそびえるような金色の柱がずらりと並んでいる。ボックス席と一般席の椅子はどれも華麗なベルベット張り。クリスタルのシャンデリアが、精巧な天井画をきらめく光で照らしだしている。

舞台は前方と後方で演じる役者の両方が観客席からしっかり見えるよう、傾斜した造りになっている。何千回という公演を経た重厚な床板には、俳優たちの靴底や大道具が残したいくつもの傷跡。舞台上ではちょうど稽古の真っ最中で、剣を手にしたふたりの男優が歩きながら、決闘シーンの演出について話しあっていた。ひとりは色白の金髪男性で、猫を思わせるほっそりとしたしなやかな体つきだ。「……おっしゃる意味がどうもよくわからないな……」男性は真剣な口調で言い、先端をゴムで保護した剣で靴の横を軽くたたいた。

もうひとりの男優が、聞いたこともないような独特の声で応じる。どこか暗く、深みのある洗練された声は、堕天使の声と言っても通じそうだ。「スティーヴン、わたしはきみに、もっと情熱的に演じろと言ってるんだよ。わたしの思いちがいでなければ、この場面できみは、婚約者を誘惑した男を殺そうとしている。なのにきみの剣さばきときたら、まるで編み棒を操る老婆だ」

マデリンの視線はその男優にくぎづけになった。ローガン・スコットは、思っていたよりもずっと背が高く、ずっとカリスマ性があり……すべてにおいて彼女の想像を超えていた。手足の長い筋肉質な体は、襟元をはだけたシンプルな純白のシャツと、引き締まった腰と長い脚にぴったりと寄り添う黒いズボンにつつまれている。エレノアが見せてくれたあの複製画は、スコットの魅力をこれっぽっちも伝えていなかった。濃茶色の髪は炎のように光を放ち、大きな口には冷笑が浮かんでおり、肌は紫檀のように浅黒い。

洗練された容貌なのに、どこか酷薄そうな印象がある。いまにもその王子の仮面を脱ぎ捨てて、なにものも恐れぬ本性を現しそうだ。マデリンは落ち着かないものを覚え、目をしばたたいた。女好きの、粋で陽気で魅力的な男性を思い描いていたのに。目の前のスコットは、快活でもなければ、粋な気取りも感じさせない。

金髪の男優が抗議した。「ですがミスター・スコット、ここでわたしが手加減しなければ、あなたには剣をかわす暇が――」

「きみにわたしの防御を破れるわけがない」スコットは驚くほど自信たっぷりに応じた。「全力でかかってこい、スティーヴン。それができないなら、ほかの俳優に役を振るぞ」

スティーヴンは唇をぎゅっと引き結んだ。辛辣な言葉を投げられて、俄然《がぜん》やる気になったようだ。「いいでしょう、それなら」彼は剣を掲げるなり、防御を破ろうと攻撃に出た。

スコットは短く笑い、巧みに攻撃をかわした。電光石火の身のこなしに、二本の剣が激しくぶつかりあう。「まだまだだ、スティーヴン」と煽るスコットの息が、荒々しさを増していった。「愛する女を奪われたことはないのか。そのために誰かを殺したくなったことは」

「あるとも!」スティーヴンは相手の術中にはまって怒りをたぎらせた。「だったらできるはずだ」

スティーヴンは突進した。汗まみれの顔には強い意志が表れている。スコットはその攻撃ぶりをさりげなく褒めつつ、ときに後退し、ときに前進して、相手を牽制《けんせい》したり、反撃したりした。彼のように大柄な男性がここまでしなやかに動けるとは、マデリンは思ってもみなかった。彼女は文字どおり息を止めてスコットを見つめた。彼は力強く、堂々としており、恐ろしいほど落ち着いていた。激しい争いにすっかり魅了され、彼女はもっと近くで見ようと無意識に足を踏みだした。

あっと思ったときには、先ほど床に置いた旅行鞄に足を取られ、小道具が山積みになった小さなテーブルの上に倒れこんでいた。枝付き燭台《しょくだい》や磁器、予備の剣などが、大きな音をたてて床に転がった。その物音に、ふたりの男優の集中力がとぎれる。スコットが舞台右袖にさっと顔を向けたそのときだ。すでに突きの体勢に入っていたスティーヴンに、勢いを止めることは不可能だった。

スコットはくぐもったうめき声をあげ、硬い床にしりもちをつくと、大きな手で反対の肩を押さえた。舞台は静寂につつまれ、聞こえてくるのはふたりの俳優の荒い息づかいだけだ。

「いったいなんの……」スティーヴンはつぶやき、右袖のマデリンが立ち上がろうとしている暗がりに視線を投げた。すぐにその視線を、妙な表情を浮かべているスコットに戻す。

「スティーヴン」と呼ぶ声は、わずかにかすれていた。「先端のゴムが取れていたらしいぞ」

スコットが話すたび、肩を押さえる指のあいだから鮮血が流れ、シャツに広がっていった。

「なんてことだ!」スティーヴンは叫び、恐怖に青ざめた。「知らなかったんだ……そんなつもりでは――」

「単なる事故だから心配しなくていい。最高の演技だったぞ。毎回あんな感じで頼む」

スティーヴンは驚愕の面持ちでスコットを見つめた。「ミスター・スコット」絶望すべきか、笑うべきか判断しかねているように、震える声で呼んだ。「床一面に血を流しているというのに、どうしてそんなふうに座って演技指導ができるんです。あなたのことはときどき、同じ人間とは思えなくなりますよ」狼狽しきった視線を、赤い染みが広がっていく白いシャツからそらした。「じっとしていてください。誰か助けを呼んできます。医者に診てもらわないと……」

「医者など必要ない」スコットはぶっきらぼうに告げたが、すでにスティーヴンは一目散に舞台をあとにしていた。スコットは荒い息をつきながらぶつぶつと文句を言い、おぼつかない足取りで立ち上がろうとしたが、すぐにまたどっかりと床に座りこんだ。その顔から、血の気が失われていく。

マデリンはマントを脱ぎ捨て、ウールのスカーフを引きちぎるように首から取った。「これを」と言いながら、右袖からスコットの元に駆け寄り、かたわらにひざまずくと、丸めたスカーフを肩に強く押しあてた。「こうすれば血が止まるはずです」

スコットは圧迫感に鋭く息をのみこんだ。

互いの顔がとても近くにある。マデリンは吸い寄せられるように彼の瞳をじっとのぞきこんだ。濃く黒いまつげに縁取られた、見たこともないくらい青い瞳。際《きわ》が瑠璃色がかった虹彩は、深海の群青から真冬の空を思わせるペールブルーまで、あらゆる青色が陰影を織りなしている。

自分の息が妙に速くなっているのにマデリンはふと気づいた。「ごめんなさい……」とつぶやいて言葉を切り、壊れた小道具の山を肩越しにおどおどと振りかえった。「あんなふうにしてしまって。わざとではないんです。普段はこんなにそそっかしくないのですけど、袖のところから稽古の様子を見ていて、それでうっかりつまずいて――」

「きみは誰だ」スコットは冷ややかにさえぎった。

「マデリン・リドリーといいます」マデリンは祖母の旧姓を名のった。

「稽古の邪魔以外に、こんなところにいったいなんの用だ」

「それは……」マデリンはもう一度スコットの瞳を見つめた。するとふいに、まったく彼女らしくないことだが、ここに来た目的を堂々と、率直に打ち明ける以外に選択肢はないように思われてきた。なんとかして彼の気を引かなければ。彼に言い寄る大勢の女性たちに、差をつけなければ。「あなたの次の恋人になりたいんです」

予想外の答えだったのだろう、スコットは外国語で応じられたかのようにマデリンを怪訝《けげん》な目で見つめ、しばらくしてからようやく言った。「きみのような女の子とつきあう趣味はない」

「若すぎますか」

スコットの瞳に笑いが浮かぶ。といっても、親しみをこめた笑いではなく嘲笑だ。「それもある」

「実際よりも若く見られるんです」マデリンはすかさず応じた。

「ミス・リドリー」スコットはいかにも疑わしげに首を振った。「男に自己紹介するのに、ずいぶん突飛な方法を使うものだな。お申し出は嬉しいが、この命がかかっていたとしても、きみに指一本触れるつもりはない。すまないがさっさと――」

「お返事はすぐでなくてかまいません。でも考えるあいだ、わたしになにか仕事をください。こちらの劇場でいろいろとお役に立てると思います」

「だろうな」スコットはそっけなくつぶやいた。「だがその必要はない」

「文学と歴史を勉強しています。フランス語も流暢に話せるし、スケッチや絵も大の得意だわ。ほうきやモップをかけるのだって、床磨きだって、喜んでやります……なんでもしますから」

「なんだか頭がくらくらしてきたよ、ミス・リドリー。失血のせいなのか、あまりに仰天したせいなのかわからないが。いずれにせよ、きみはじつに愉快な人だ」スコットは自力で立ち上がった。顔に血の気が戻っている。「スカーフを台無しにしてしまったな。弁償するよう、うちの者に指示しておこう」

「でも、あの――」マデリンはなおも言い募ろうとした。

そこへ、事故を聞きつけて心配した数人の劇場関係者が、わらわらと舞台に集まってきた。「大したけがじゃない」スコットは彼らの不安げな声にいらだった表情を浮かべた。「大丈夫だ、ひとりで歩ける。脚はなんともない」と言って楽屋のほうに向かう。大道具係や楽師、絵師、踊り子、俳優たちがみな、なんとかして役に立てないものかと彼を取り囲む。

マデリンはスコットの後ろ姿をじっと見つめた。なんという人だろう。まるで王族のようだ。とはいえ、君主や王子で、彼ほど優れた容貌や立派な体格に恵まれている人はおそらくいないだろう。スキャンダルの相手にはやはり彼が適任だ。きっととてつもない経験、一生に一度の経験ができるにちがいない。

たしかに、マデリンの申し出にさほど乗り気な様子ではなかったが……あきらめるにはまだ早い。マデリンはどこまでも食い下がり、なんとかして彼を説き伏せるつもりだ。彼にとってなくてはならない存在になることだけに、これから毎日、一分一秒たりとも無駄にせず専念しよう。彼が望むとおりの女性になってみせよう。

そんなことを考えながら、マデリンは舞台の袖に戻った。ひっくり返ったテーブルのかたわらに、割れた磁器のかけらが散らばっていた。ここで自分ができる仕事はいくらでもあるはずだ。でも、誰に頼めばいいのだろう。彼女はテーブルを元に戻してから、かけらを拾い始めた。

すると少し離れたところから、歌うように軽やかな女性の声が聞こえてきた。「まあ危ない、指を切ってしまうわよ。あとで誰かに床を掃かせるから、そのままにしておきなさい」

かけらをテーブルに置いてから、マデリンは振りかえった。二〇代半ばと思われる金髪の女性が立っていた。目を見張るほど美しい人だった。貴族的な面立ちに温かな笑みをたたえ、青みがかった緑色の瞳が印象的で、見たところ妊娠数カ月と思われる。「こんにちは」好奇心に駆られたマデリンは女性に歩み寄った。「こちらの女優の方ですか?」

「以前はね」女性は屈託なく応じた。「赤ちゃんが生まれるまでは、共同経営者としての仕事に専念しているのよ」

「では、あなたは……」目の前の女性がリーズ公爵夫人ジュリア・サヴェージだと気づいて、マデリンは目を丸くした。軽快なコメディーからシェイクスピア悲劇まで、ありとあらゆる作品でスコットの相手役を務めてきた、あの有名女優だ。どうやらリーズ公爵は相当な資産家であるにもかかわらず、輝かしいキャリアを誇る妻が劇場を愛し、結婚後も仕事をつづけることに反対しなかったようだ。「お目にかかれて光栄です、公爵夫人。お騒がせしまして申し訳――」

「いいのよ。ここでは始終、騒動ばかり起きているから」公爵夫人はマデリンを探るように見つめた。「それよりも、ミスター・スコットに働かせてほしいと頼んでいたようね」

「はい」マデリンは真っ赤になった。それ以外の話も公爵夫人に聞かれたかもしれない。だが夫人は温和そうな、誠実そのものの表情を浮かべたままだ。

「わたしの事務室にいらっしゃい。お名前は?」

「マデリン・リドリーと申します」

「ねえマデリン、あなた、この界隈に仕事を探しに来るようなお嬢さんではないわね。身なりもきちんとしているし、教養もありそうだし……ひょっとして、家出でもしてきたのかしら」

「ちがいます」マデリンは否定した。家ではなく学校を出てきたのだから、厳密に言えば嘘ではない。それでも真実を隠していることに後ろめたさを覚え、慎重に言葉を選んで説明した。「どこかで働かざるをえない状況に追いこまれてしまったんです。それで、こちらで仕事をいただければと思って」

「どうしてこの劇場に?」夫人はたずねながら、舞台裏から事務所棟へとマデリンをいざなった。
「ずっと演劇に興味があったんです。キャピタル劇場についてはいろいろと見聞きしていま
したし。生の舞台を観たことはないんですけど」
「一度も?」夫人は驚いたように問いかえした。
「学校で素人劇を何度か観ただけです」
「女優になりたいと思ったことは?」
マデリンは首を振った。「演技の才能がないのは自分でわかっていますし、人前で演じる
自信もありません。想像するだけで膝が震えてしまいます」
「それは残念だこと」夫人は言い、こぢんまりとした事務室に入っていった。つややかなマ
ホガニーの机には、台本やチラシがうずたかく積み上げられている。壁際には本や書類が入
った箱がいくつも並んでいる。「あなたのようにきれいなお嬢さんなら、うちでもさぞかし
人気が出るでしょうに」
夫人のお世辞に困惑し、マデリンは目をしばたたいた。自分ではずっと、十人並みの平凡
な娘だと思っていたからだ。痩せっぽちでとりたてて誇るところのない自分などより何倍も
美しい娘、薄茶色の瞳に蜜色の髪の自分よりずっと人目を引く美貌の娘はたくさんいる。母
のアグネスもいつも言っている。三人姉妹で一番美しいのは長女のジュスティーヌ、一番賢
いのは次女のアルシアで、末っ子のマデリンには、これといったとりえはなにひとつないと。

男の子として生まれるよう期待されていたのも、小さいころから知っている。母は難産なたちで、マデリンをみごもったときに医師から、これ以上産んではいけないとはっきり言われた。三人目こそ息子をと願っていた母は、またもや娘だったと知ったとき、生涯最大の失望を味わったそうだ。マデリンはそれを自分の責任のように感じてきた。せめて自分になにか特別な才能があって、両親が誇りに思えるような子になれたら……だが彼女はいたって平凡な娘だった。

公爵夫人がマデリンに、かたわらの椅子にかけるよう身振りで示す。「なにか得意なことがあれば聞かせてちょうだい。あなたを雇えるかどうか考えてみるわ」

楽屋から運ばれてきた紅茶を飲みながら、ふたりはしばらく話をした。夫人は早口でしゃべり、よく笑った。あふれる生命力がこちらにも伝わってくるようだった。彼女のような有名人にとっては、相手に威圧的な態度で接するほうがむしろ気楽なはずだ。だが夫人はぬくもりにあふれ、いたって気さくだった。温室育ちのマデリンは、夫人のような女性にいままで会ったことがない。日ごろ交流している女性は、母、学校で礼儀作法を教える教師たち、そして、彼女と同様に世間知らずの友人たちにかぎられている。

「ねえマデリン、ごらんのとおりわたしは、これから数カ月間は不自由な生活を送らざるをえない状況なの。だから代わりに荷物を運んだり、事務室を掃除したりしてくれる人が必要だわ。お願いしたいことはたくさんあるのだけど、あいにく劇場のみんなは忙しくてお手伝いを頼むわけにはいかないのよ。それに、お裁縫が得意なら、衣装製作と繕いものを担当しているミセス・リトルトンの助手にもちょうどいいわね。それから、ミスター・スコットは断固として否定しているけど、もう何年も前から図書室の整理を誰かに頼まなければと思っていたのよ」

「いまおっしゃった仕事を全部、いいえ、それ以上だってできます！」

マデリンの必死な様子に、夫人は声をあげて笑った。「わかったわ。あなたをこの劇場の一員として迎えましょう」

マデリンは歓喜の声をあげかけ、すぐに口を閉じた。自分がここで働くことになったと知ったら、あの人はどんな反応を示すだろう。「ミスター・スコットが反対するのではないでしょうか」

「わたしから話しておくわ。自分で選んだ人を雇うくらいの権限はあるの。彼やほかの誰かとなにかあれば、わたしに相談なさい」

「ええ……いえ、かしこまりました、公爵夫人」

夫人は青碧《せいへき》の瞳を楽しそうにきらめかせた。「そう堅苦しくならないで。劇場の外では公爵夫人でも、ここでのわたしは単なる共同経営者。手綱を握っているのはミスター・スコットだから」

それにしても、レディが劇場で働いているとは驚きだ。貴族社会と演劇界は、水と油のようなものなのに。夫人はいったいどうやって、そのふたつの世界を行き来しているのだろう。

マデリンの思いを読みとったのか、夫人は笑い声をあげた。「劇場の仕事をつづけることであなたは自分の地位をおとしめている、社交界のみなさんはたいていそう言うわ。公爵も本音はわたしに仕事をやめてほしいのでしょうけど、やめたらわたしが生きていけないということを、ちゃんと理解してくれているの」

「伺ってもよろしいでしょうか……こちらで仕事を始められてどのくらいになるのですか」

「もう五、六年になるかしら」夫人は懐かしそうに表情を和らげた。「劇場の一員としてローガンに迎え入れてもらえたときは、飛び上がるほど嬉しかった！ ロンドン中の女優と男優が、彼の下で演技を学ぶことを望んでいるのだもの。彼は従来とまったくちがう、極めて自然な演技法を編みだしたの。いまではいくつもの劇場が彼の演技法を取り入れているけれど、当時は画期的だったのよ」

「ミスター・スコットは、すごく存在感のある方ですね」

「当人もちゃんとそれを承知しているわ」夫人は皮肉めかして言い、マデリンのカップに紅茶をつぎたしつつ、探るようなまなざしを向けた。「あなたにも注意しておいたほうがいいわね。キャピタルで働く女性の大半はね、いずれローガンと恋仲になることを夢想するようになるの。あなたはその誘惑に負けないようになさいね」

マデリンは頬を真っ赤に染めた。「でも、夢を見るのも当然ではないでしょうか、あれだけハンサムな男性なら……」

「顔だけじゃないわ。あのつれない態度も女性を夢中にするのよ。自分なら彼をとりこにできる、みんなそう思うのね。でもローガンにとって一番大切なのは、生身の人間ではなくてこの劇場よ。もちろん、彼の人生でそばに女性がいなかったときなんてないわ。でも、心から愛した人はいない」

それならますます都合がいい。計画がうまくいき、彼と一夜をともにしたあとも、感情のもつれに悩まされる心配がない。

「ローガンの話はこれくらいにしましょう」夫人のきびきびした声に、マデリンの物思いは断ち切られた。「それより、住むところはもう見つけたの？　まだなら、紹介してあげられるけれど」

「是非お願いします」

「友人に、有名な女優だった老婦人がいるの。サマセット・ストリートでひとり暮らしをしているのだけど、ときどき下宿人を引き受けたりもしているのよ。若い人たちに囲まれているのが好きなんですって。彼女の昔話ときたらそれはもう楽しいの。あなたにならきっと、安いお家賃で部屋を貸してくれると思うわ」

「素晴らしいわ。ありがとうございます」マデリンは満面の笑みになった。

夫人がふいに困ったような表情を浮かべる。「人のことにとやかく口を挟むのは好きではないのだけど、あなたはやっぱりこういう場所で暮らしていくのに向いてないわね」

なんと答えればいいのかわからず、マデリンは無言でうつむき、夫人の洞察力に富むまなざしから目をそらした。

「感情を隠すのが下手ね」夫人が指摘する。「なにか困っているのなら、わたしに打ち明けてみてはどう？　力になれるかもしれないわ」

「どうしてそこまで親切にしてくださるんですか」

「あなたがとても孤独そうだから」夫人はつぶやくように言った。「わたしにもそんな時期があったわ。でも、なにから逃げているにせよ、思っているほどひどい状況ではなかったりするものよ」

マデリンはその言葉にうなずいたが、誰かに打ち明けるつもりはなかった。夫人に心から礼を言うと、劇場をあとにし、貸し馬車でサマセット・ストリートに向かった。


ミセス・ネル・フローレンスは銀桃色の髪の老婦人だった。若いころは鮮やかな赤毛だったにちがいない。白い肌は年を経てかすかに衰えが見えるものの、骨格は気品を失っていない。優しく、親切そうで、ちょっぴり気取った物腰も魅力的だった。

「わが親愛なるジュリアに紹介されていらしたのね」ミセス・フローレンスは問いかけながら、マデリンを家のなかに招き入れた。「あなたとはとってもうまが合いそうよ。女優なんでしょう？　ちがうの？　そんなにきれいな顔をしているのに、もったいない。わたしがあなたの年ごろに、その半分も美しかったらねえ。まあでも、当時はあの顔なりにうまくやっていたけど」

二階建ての家のなかを、ミセス・フローレンスはいそいそとマデリンを案内してまわった。どの部屋も彼女が現役女優だったころの思い出の品であふれていた。「ロンドンの花形女優だったのよ」と言いながら、壁一面に飾られた三〇年以上も前のものとおぼしき肖像画を指し示す。いずれもポーズや衣装が異なっており、なかにはびっくりするほど露出度の高い衣装をまとった作品もあった。マデリンが赤面すると、老婦人はいかにも満足げな表情を浮かべた。「あらあら、顔に出やすいこと。やっぱり若い子はちがうわ」

思い出の品々にすっかり魅了されたマデリンは、額に入れられたチラシや版画、当時の流行ファッションを鮮やかな色彩で描いたイラストなどをまじまじと見つめた。「素敵だわ、こんな人生を送ってきただなんて！」

「浮き沈みもそれなりにあったけれどね。でも、どんなときも楽しんできたわ。あなたも、自分の人生をけっして後悔してはだめよ。さ、お部屋に案内してあげましょう。そのあとはゆっくりおしゃべりよ。あなたのことを全部聞かせてもらわなくっちゃ」

自分の気持ちがそれほど顔に出やすいとは、マデリンはついぞ知らなかった。だがミセス・フローレンスもリーズ公爵夫人同様、いとも簡単にマデリンの思いを読みとったらしい。「なあるほど」ミセス・フローレンスはマデリンの表情に気づいて言った。「過去のことを話したくないのね。いいわ、だったらほかのお話をしましょう」

マデリンは老婦人の心づかいに安堵し、「ありがとうございます、ミセス・フローレンス」と礼を言いながら、残りの部屋も見ていった。

わずかな手荷物を解いてから、彼女は暗紫色のトリミングがほどこされた薄灰色のウールのドレスに着替えた。今夜は劇場に行くつもりだ。舞台に立つローガン・スコットを見て、本当に誰もが言うように才能のある俳優なのかどうか確かめたい。鏡の前に立った彼女はドレスのボタンを留め……そこに映る自分の姿に顔をしかめた。

仕立ては上等だが、実用的で地味なデザインの堅苦しいハイネックのドレスは、秘密の計画にまるでふさわしくない。蠱惑的《こわくてき》なドレスもないのに、どうやって男性を誘惑できるというのだろう。しかも相手はあのローガン・スコットだ。マデリンはみじめな気分でドレスに手を這わせた。せめて、レース飾りがたっぷりついたシルクの華麗なドレスに、真珠の縁取りをした履き物、髪に挿す摘みたての花があれば……。

金茶色の長い髪をブラシで梳かしてからねじり、頭頂部にヘアピンで丁寧に留めていく。せめてこてがあったら、こめかみや頬の周りにきれいな巻き毛を散らすことができるのに。

「香水の一滴もないんだものね」マデリンはつぶやき、沈んだ面持ちでかぶりを振った。

だがすぐに、生来の前向きさを取り戻した。そういった問題は、おいおい解決すればすむこと。今夜は今夜の目的を果たせばいい。生まれて初めて見る、ロンドンの本場の舞台を楽しもう。

リーズ公爵夫人は親切にも、マデリンのためにゆっくり見学できる舞台袖の場所を確保してくれた。「ここならゆっくり楽しめるわ」夫人はマデリンにそう言った。「みんなの邪魔にならないよう、それだけ気をつけてね。場面転換や衣装替えのたび、みんな大慌てだから。誰かに踏んづけられたりしたくないでしょう？」

夫人に言われたとおり、マデリンは脇に小さくなっていた。そこからだと、角度はよくないものの舞台上の動きをほぼ完全に見ることができた。今夜の演目は『拒絶された恋人』という作品だ。前座の歌劇とひとり芝居による笑劇《ファルス》が、観客席に笑いの渦を巻き起こす。前座が終わると、いったん幕が下りた。背景や書割が入れ替えられ、人びとが行き交い、舞台はしばしまさに混沌と化す。だがものの一分で、すべてが手際よく、あるべき場所におさめられていった。マデリンの近くに控えていたふたりの若者がロープと滑車を器用に操り、幕が上がると、美しくしつらえられたロンドンの邸宅内が舞台に現れた。

素晴らしいセットに、観客席から拍手喝采が起こる。舞台に立つふたり、夫と妻が、適齢期を迎えた娘の花婿候補について話しあう場面から物語は始まった。マデリンは舞台にどんどん引きこまれていくのを感じた。とくにヒロインには強い共感を覚えた。ヒロインの乙女は、幼いころから好きだった相手との結婚を両親から反対される。そして、彼女に愛する人がいると知りながら身を引こうとしない、卑劣な男と婚約させられてしまうのだ。

意外にも、ローガン・スコットが演じるのはヒロインの恋人ではなく、悪役のほうだった。彼が舞台に登場したとたん、観客席に緊張と興奮が走るのがわかる。マデリンもまた、スコットの堂々たる演技や、彼の演じる悪役が放つ怖いくらいの魅力にくぎづけだった。彼はヒロインをなんとしても手に入れようとしていた。ヒロインがほかの男性を愛していようと、彼の気持ちはけっしてぐらつくことがなかった。

舞台の一分一秒が驚きの連続だった。マデリンはベルベットの幕をぎゅっと握りしめたまま、無言で舞台袖に立ちつくしていた。心臓が早鐘を打ち、その振動がつま先まで伝わるようだ。スコットがせりふを口にするたび、ほとんど息ができないほどの苦しさを覚えた。彼は役になりきり、男の身勝手さやヒロインへの激しい思いをきめこまやかに表現していた。観客の誰もがそうであったようにマデリンも、どうか彼が無垢な乙女の心を勝ちとりますようにと祈り始める始末だった。

スコットは第一幕にほとんど出ずっぱりで、恋人たちを操り、言葉巧みに説得し、ふたりを引き裂こうと奔走した。愛しあう恋人たちに未来はない、そんな結末が見えてくるようだ。「最後はどうなるのかしら」となりに立っていた道具方の男性に、マデリンは小声で訊かずにはいられなかった。「ミスター・スコットはあのヒロインと結婚するの？　それともヒロインを譲るのかしら」

すっかり舞台に夢中になっている様子の彼女を見て道具方はにっと笑った。「そいつは教えられないね。意外な結末に驚いてもらわなくっちゃあ」

いいから教えてとマデリンが懇願しようとしたとき、第一幕が終わり、幕間《まくあい》の休憩時間になった。幕が下りていくのを見て、マデリンは慌てて隅に寄った。舞台では第二幕が始まるまでのあいだ、踊り子たちが登場して観客を楽しませている。

薄闇のなか、マデリンはまだかまだかと思いながら、ベルベットの幕の陰に隠れるようにたたずんで待った。第二幕が始まるまでの時間が、永遠のように感じられる。期待に胸がいっぱいで、わくわくしてたまらない。ずっとここに、汗や絵の具や石灰光《ライムライト》の鼻をつく匂いにつつまれたキャピタル劇場にいたい。

そのとき、舞台から楽屋のほうに向かう大きな黒い人影が、彼女の脇を大またに通りすぎようとした。すれちがいざまに肩と肩が軽くぶつかり、男性が歩を緩める。男性は立ち止まると、ぶつかったところに手で触れ、ゆっくりと振りかえり、マデリンを見た。ふたりの視線がからみあう。マデリンの胸の奥が不安にどきんと鳴る。それはローガン・スコットだった。

スコットは顔中を汗で光らせていた。薄闇のせいで瞳の色は見えないが、兆しだした怒りにぎらついているのは、まちがいない。「きみか……おい、わが劇場でいったいなにをやってる」

そんなふうに荒っぽく問いただされたことのないマデリンは、仰天し、おずおずと答えた。

「ミスター・スコット、あの、公爵夫人からまだ伺ってらっしゃらないのですね……」

「きみにしてもらうような仕事はないと言ったはずだ」

「はい、でも、公爵夫人はそのようにはおっしゃいませんでした。それで、あの方に助手として雇っていただいて――」

「くびだ」スコットはぴしゃりと言い、マデリンの前に立ちはだかった。

彼の肌と湿ったリンネルのシャツからは、汗の匂いがした。だがちっとも不快ではなかった。むしろ、うっとりするくらいだった。彼を前にすると、これまでの人生で知りあった男性たちがみな、飼いならされたおとなしい動物のように思えてくる。

「いやです」マデリンは言いかえしつつ、内心、彼に反抗する自分に驚きを覚えた。

一瞬だけ沈黙が流れ、「いやだと?」とスコットが重々しく問いただす。まるで、そのような言葉は初めて耳にしたとでもいうようだ。

「公爵夫人は、自分で選んだ人間を雇えるくらいの権限はあるとおっしゃっていました。それから、もしもミスター・スコットになにか言われたら相談にいらっしゃいと」

スコットは苦笑をもらし、「彼女がそんなことを? このいまいましい劇場を、いったい誰のものだと思ってる! 一緒に来い」と言うなり、マデリンの腕を乱暴につかんだ。

マデリンは息をのみ、よろめきながら、引っ張られるままにスコットの楽屋へ向かった。彼がぶつぶつと悪態をつくのが聞こえてくる。「あの……わたしの前でそのような言葉は使わないでください」

「招かれてもいないのに人の劇場に来て、舞台袖で粗相をし、こっそりと仕事まで手に入れ……挙句の果てにはマナーについてご講釈というわけか」

扉が音をたてて閉められ、ふたりは突っ立ったままじっと見つめあった。スコットはあからさまな怒りを、マデリンは静かな決意を、それぞれ瞳にこめて。マデリンはここで追いだされるわけにはいかなかった。

「そのような言葉を聞かされるのを、予期してしかるべきでした」彼女は精一杯もったいぶった口調で言った。

スコットが口を開いてなにか言いかえしかけ、小声で悪態をつく。

こぢんまりとした楽屋は煌々《こうこう》とした明かりで照らされており、スコットの顔の造作が鮮やかに見てとれた。肌は褐色で、舞台用のメイクなどいっさい無用。まなざしは見かえすのが恐ろしいほどに鋭く、大きな顎は花崗岩のように硬そうだ。「ミス・リドリー、なにを勘ちがいしてるか知らないが、ここにはきみの居場所なぞない」

「今朝のことで気分を害してらっしゃるのなら謝ります。これからはしっかり気をつけるようにします。だからお願い、もう一度チャンスをください」

ローガンはマデリンに対する自分の反応に怒りを覚えていた。朝からずっと彼女のことが脳裏から離れなかったのだ。必死の懇願は氷河さえも溶かしそうだが、彼の決意はますます固くなるばかりだ。「今朝のこととは関係ない」彼はぶっきらぼうに言った。「要はきみがここで必要とされていないということだ」

「でも、公爵夫人はわたしにお手伝いできることがたくさんあるとおっしゃいました。衣装作りや図書室の整理や――」

「ジュリアはお人よしだからな」ローガンはさえぎった。「きみはそいつを利用したんだろう？　だがわたしは、そう簡単に騙されやしないぞ」

「誰も騙したりなどしていません」マデリンは抗議した。

そのとき、第二幕に向けた衣装替えのために付き人が楽屋に現れた。両手に真新しい純白のリンネルのシャツとベストを抱えている。「ジョージか」ローガンはそっけなく付き人の名を呼ぶと、汗ばんだシャツのボタンをはずしにかかった。次の幕まで、あと数分しかない。

男性の着替えるところなど、マデリンはいままで見たこともない。ボタンがひとつはずされるたび、つややかな筋肉があらわになっていく。彼女はぎょっとして、扉のほうにじりじりと後ずさった。「ミスター・スコット、あの、わたしはそろそろ……」

「キャピタル劇場を出ていくか」スコットは冷ややかに問いかけ、しわくちゃのシャツを肩をすくめて脱いだ。

マデリンは慌ててうつむいたが、むきだしのたくましい胸板は、脳裏に焼きついていつまでも消えようとしない。「公爵夫人がいなさいとおっしゃったのですから、出ていったりしません」

「そんなにいたいのなら、いるがいい。ただしどうなっても知らんぞ。後悔することになっても。わかったか」

「はい、ミスター・スコット」マデリンはささやくように応じた。スコットがズボンのボタンに手をかけたのに気づくと、逃げるように楽屋をあとにした。

扉が閉まるとローガンは手を止め、下腹部にわきおこった激しい興奮がおさまるのを待った。ジョージが如才なく目をそらし、脱ぎ捨てられたシャツを拾い上げる。「ほかになにか必要なものはございますか」ジョージはつぶやくように訊いた。

バケツ一杯の冷たい水と酒をくれ。ローガンはそう思いつつ、首を横に振って付き人に背を向け、着替えを再開した。ジョージは楽屋に置かれた品々を整理してから、静かに部屋を出ていった。

鏡をのぞきこみ、ため息をついて、舞台に向け頭を切り換えようと努める。だが頭のなかは彼女……マデリンのことでいっぱいだった。

いったい何者なのだろう。どうしてキャピタル劇場で働きたいなどというのだろう。どう見ても、このような場所で働くにはふさわしくない、育ちのいい娘としか思えない。荒っぽい劇場関係者たちとうまくやっていけるはずがない。そんな彼女を雇うとは、ジュリアもなにを考えているのやら。いますぐにジュリアをとっつかまえ、どういうことなのかと問いただしたいが、時間がない。その前に舞台をやり遂げねばならない。キャピタル劇場の観客に望みのものを与えること以上に、ローガンにとって重要なものはないのだから。

やっとの思いで舞台袖に戻ったマデリンは、熱い頬に両手をあてた。さっきからずっと真っ赤になったままにちがいなかった。あれだけ言われたのに、キャピタル劇場に残りたいと言い張ったのは失敗だったろうか。こんなやり方では、男性を誘惑するなど無理だろう。

それにしても、どうしてあれほどまでに嫌われるのか。いままで人と打ち解けるのに苦労したことなどなかったのに。おそらく彼の好みの女性とちがうからだ。あの否定的な感情を和らげてもらうには、きっと相当な努力が必要になる。そのためにいったいどれだけの時間がかかることか。マデリンは途方に暮れ、俳優たちが大道具に囲まれてじっと出番を待つ、暗い舞台袖を凝視した。

やがて幕が上がり、哀れな若い恋人たちの物語がふたたび始まった。するとたちまち、スコット演じる役柄以外のことはなにも考えられなくなっていった。それこそが彼の才能のあかしだった。

物語はその後、二転三転した。最後にはスコット演じる悪役が、たとえ美しいヒロインを妻として手に入れたとしても、愛を手に入れることはできないのだと悟る。そして彼は名を隠して恋人たちの駆け落ちを手引きする。ふたりを幸福に導いたのが、ほかでもない自分だとはけっして知らせずに。スコットはその役柄を、いっさいの自己憐憫を交えず、最後まで皮肉屋の仮面をかぶったままで演じきった。にもかかわらず観客は、その抑制された演技のなかに、彼の悲しみを感じとることができた。ほろ苦い結末だった。

割れんばかりの拍手と喝采が場内をつつみ、俳優たちがカーテンコールに応えて舞台に戻ってくる。一番大きな歓声を浴びたのはもちろんスコットだった。その歓声に彼は、小さな笑みとおじぎで応じた。翌晩の演目が告知され、幕が下りても、拍手は鳴りやまなかった。スコットに見つかる前に退散しようと、マデリンはそろそろと幕の陰から出た。彼の濃茶色の髪が視界をよぎり、賞賛の声をあげる仲間たちに囲まれるのが見える。誰もが彼のそばに行こうとしている。マデリンはため息をつき、マントを取りに公爵夫人の事務室に向かった。

「あら、マデリン」という声に顔を上げると、公爵夫人がいた。「舞台はどうだった?」

マデリンは適切な言葉を見つけようと懸命に頭をめぐらせた。「見たこともないくらい素晴らしかったです!」

「それはよかったこと」夫人はマデリンの興奮ぶりを見てほがらかに笑った。

「あれならミスター・スコットが生ける伝説と呼ばれるのも納得です。彼は、彼は……」マデリンは口をつぐんだ。いまの気持ちを、言葉でどう表現すればいいのかわからない。

「大丈夫、言いたいことはわかるわ」夫人は口元に笑みを浮かべたまま応じた。

だが高揚感はふいにかき消えた。「袖にいるところをミスター・スコットに見咎められました。わたしがこちらにいることに、まだ反対してらっしゃるんです。はっきりそう言われました」

ジュリアは驚いて眉をつりあげた。「それは彼らしくないわね。いつもはわたしの雇う人に難癖をつけたりしないのに。どうしてそんなことを――」言葉を切り、困惑の表情でマデリンを見つめる。「心配しなくていいのよ。明日の朝、稽古の前にローガンに話しておくわ。そうすればもう問題は解決」

「だといいのですけど……わたし、どうしてもここで働きたいんです」

「だったらここにいなさい」夫人は安心させるように言った。「ミスター・スコットが正当な反対理由を見つけないかぎり大丈夫。それに、そんな理由は見つかりっこないんだもの」

2

劇場の工房にたたずんだローガンは、二重書割をじっくり眺めた。格子状の木枠にカンバスを張った新しい書割は、すぐに絵師の元に送られることになっている。

「これほど大きな書割は初めてだな」ふたりの建具師がよく見えるようにと立たせてくれた蝶番付きの書割を見ながら、ローガンは感嘆の声をあげた。「舞台ではどうやって支えるんだ」

「後ろに支柱を設けるのがいいかなと考えてるんですけどね」工房長のロビー・クリアリーが応じる。「支柱があれば、本番のあいだも倒れる心配はないんじゃないかと」

ローガンは大きな手を伸ばして書割の木枠をつかみ、試しに揺さぶってみた。「二枚目の書割を太い棒に留めて、そいつを舞台の床に固定すればいいんじゃないか。誰かが下敷きになったりしたら困る。相当重そうだからな」

ロビーがなるほどというふうにうなずき、書割の裏にまわると、対策を練り始めた。二重書割は、一枚目の書割を前に倒すと、その後ろにある二枚目の書割が現れる仕組みになっている。万が一の事故を避けるには、高度な技術と正確なタイミングが求められ、なかなか難しい。

ローガンは書割から少し離れて立ち、無意識に前髪を引っ張った。「一枚目がどんなふうに倒れるか見せてもらうか」

「いいですけど」ロビーはためらいがちに応じた。「じつは、まだそのへんの具合を確認してないんですよ」

「だったらちょうどいい機会じゃないか」

工房見習いのジェフがすかさず駆け寄り、細っこい体で書割を一緒になって支える。

「一枚目を倒してくれ」ロビーが命じ、助手たちが表の書割を倒しにかかった。

そのときローガンは、誰かが工房に入ってくるのを視界の端にとらえた。箒とちりとりを手にし、腕いっぱいに雑巾を抱えた、ほっそりとした娘。あの新入りか。ローガンはいらだちを覚えた。どうやら場面転換の実験の真っ最中なのに気づいていないらしく、まさに書割が倒れようとしている方向に歩いていく。「そこをどけ、ばかやろう!」彼は鋭い口調で警告した。すると彼女はその場で歩みを止め、生まれたばかりの小鹿を思わせる目で問いかけるようにローガンを見つめた。書割が彼女の真上へと倒れこんでいく。

ローガンは反射的に走りだし、彼女を抱きすくめ、自らの体を盾にした。けがをした肩に重い木枠がぶつかる。炸裂するような痛みが広がり、彼は悪態をつきながら足元をぐらつかせた。一瞬、息すらできなくなったが、床に倒れるのだけはなんとかこらえた。痛みにぼうっとした頭で、ロビーたちが慌てて走り寄り、書割を持ち上げてどけてくれるのを待つ。彼女は後ずさるようにローガンから離れた。

「ミスター・スコット？」と当惑した声がたずねる。「大丈夫ですか。本当にごめんなさい」

血の気を失った顔で、ローガンは小さくかぶりを振った。こみあげる吐き気と闘うことだけに全神経を集中させた。工房の真ん中で朝食をぶちまけるような、みっともない姿をさらすわけにはいかない。威厳を保ちつづけることを絶えず念頭に置いている彼は、病気になることも、弱みを見せることも、団員の前で優柔不断な態度をとることもけっしてなかった。

「ああ、肩の傷が！」マデリンが叫び、ローガンのシャツを凝視する。傷口が開いて血がにじみだしていた。「どうしましょう」

「寄るな」ローガンはつぶやくように命じた。やっとの思いで吐き気を抑えると、気持ちを落ち着けるために深呼吸をした。「工房にいったいなんの用だ」

「木屑やかんな屑を掃こうと思ったんです。工具も手入れして、あとは……なにかわたしにできることはありますか」

「出ていけ！」ローガンは眉間に深いしわを寄せて怒鳴りつけた。「さもないと首を絞めるぞ」

「わかりました」マデリンは沈んだ声で応じた。

普通の娘なら、ローガンにこんなふうに怒鳴られたら激しく泣きだすだろう。いまいましいが、涙をこらえたのは褒めてやってもいい。キャピタル劇場で働く人間はみな、ローガンのかんしゃくをひどく恐れている。ジュリアですら、彼がかっかしているときには近づこうとしない。

マデリンは申し訳なさそうにロビーを見やった。「ごめんなさい、ミスター・クリアリー。床掃除は、あとで戻ってやりますね」

「いいんだよ、お嬢ちゃん」ロビーはマデリンを慰め、彼女が工房を出るのを確認してからローガンに向きなおった。「ミスター・スコット」と咎める口調で言う。「あんなふうに叱っちゃかわいそうですよ。手伝おうとしただけなんですから」

「彼女は歩く災厄だ」

「でもミスター・スコット」見習いのジェフが口を挟む。「マディがへまをやらかすのは、ミスター・スコットが近くにいらっしゃるときだけですよ。そうでないときはちゃんと仕事をこなしてるんです」

「知るか」ローガンは焼けつくように痛む肩を手で押さえた。ずきずきとひどい頭痛までしてくる。「あんな娘はやめさせてやる」彼はつぶやき、決然とした足どりで工房を出ていった。

いらだちをぶつけるべく、彼はジュリアの事務室に向かった。あの娘を雇うことに決めたのはジュリアだ。だから、解雇するのも彼女の仕事だ。ジュリアは机で仕事中だった。一週間のスケジュールを組みなおしているところらしく、眉間にしわを寄せて集中している。彼女は顔を上げるなり、驚きにぽかんとした表情になった。

「ローガン、いったいどうしたの。六人がかりで踏みつけにされたみたい」

「もっと悲惨だ。まばたきみの子分にやられた」

「マデリンのこと?」ジュリアは心配そうに眉根を寄せた。「なにがあったの」

ローガンは険しい表情で、工房での一件を話した。ところがジュリアは、おろおろと狼狽するかと思いきや、さも愉快そうな顔になった。

「かわいそうなローガン」彼女は笑いながら言った。「怒るのも無理ないけど、マディに責任はないわ」

「どうして」ローガンは不機嫌に問いただした。

「だってまだ初日でしょう。ここに慣れるまでに多少の時間はかかるわ」

「初日であり」ローガンは言いかえした。「最終日でもある。彼女はくびだ、ジュリア。わたしは本気だぞ」

「どうしてマデリン・リドリーをそこまで嫌うのかしら」ジュリアが椅子に背をもたせ、探るような目つきで見つめてくる。そのまなざしに、ローガンはますますいらだった。

「劇場のことなどなにもわかっていない未熟者だからだ」

「誰だって最初はそうでしょう」ジュリアはさりげなくからかうような笑みを向けた。「もちろん、あなたは別だけど。あなたはきっと、生まれたときから舞台のすべてを熟知していた——」

「彼女はここにふさわしい人間ではない」ローガンはさえぎった。「それはきみだってわかってるはずだぞ」

「たしかにね。でもマデリンはとてもいい子だし、利発だわ。まだ若いのに、なにかとても困った状況に置かれているようなの。だから助けてあげたいのよ」

「そんなに助けたいなら、元いた場所に帰してやることだな」

「危険な状況に置かれて、それで逃げてきたのだとしたら？　それでもまったく心配じゃないというの？　興味もわかない？」

「わかないね」

ジュリアはいらだたしげにため息をついた。「ここをくびにされたら、あの子がいったいどうなると思う？　なんだったら、お給金はわたしが払ってもいいのよ」

「こいつは慈善事業じゃないんだ！」

「わたしには助手が必要よ。だいぶ前から探していたの。マデリンならまさにぴったりだわ。ねえ、いったいなにをそんなにこだわっているの？」

「それは……」ローガンはふいに口をつぐんだ。マデリンにこだわるのは、どういうわけか彼女のことが気になって仕方がないからだ。おそらく、彼女がばかみたいに屈託がなくて無防備で……自分とまるで正反対の人間だからだろう。彼女を見ていると、ひどく落ち着かない気分になってくる。彼が捨ててきたあらゆるもの、自分を変えようと必死にもがいていた過去のすべてを思いださせる。だがローガンは、そのような話を打ち明けてジュリアを喜ばせるつもりはない。ジュリアはいつも、彼がやすやすと困難を乗りきり、巧みに感情を抑えこむのを見てはいらだっているのだ。

「ねえローガン」そんな彼の心の動きを読みとることはできないのだろう、ジュリアはもどかしげに問いかけた。「せめて理由だけでも聞かせて」

「彼女がそそっかしい愚か者だというだけで十分だろう」

ジュリアはあんぐりと口を開けた。「誰だってときには失敗くらいするでしょう。そんなに狭量なことを言うなんて、あなたらしくないわ」

「とにかく彼女はくびだ。この話はもうおしまいにしよう」

「だったらあなたがマディにそう伝えて。わたしにはとうてい言えません」

「お安いご用だね。彼女はどこにいる？」

「ミセス・リトルトンの衣装製作のお手伝い」ジュリアはつっけんどんに応じ、そっぽを向いて机に山積みの書類をめくり始めた。

ローガンはジュリアの事務室をあとにした。さっさとマデリンを見つけなければ。衣装製作室はほかの棟とやや離れたところにある。燃えやすいものが多いので、万が一、火事が起きた場合に劇場全体への延焼を防ぐためだ。

ミセス・リトルトンはふっくらとした体に茶色の巻き毛の陽気な女性だ。肉づきのいい手で器用に、あらゆる演目用に世にも華麗な衣装を作りあげる。棚という棚を埋めつくす大量の衣装の縫製や繕いを担当しているため、六人ほどの縫い子が助手についている。キャピタル劇場は、衣装がほかに類を見ないくらい豪華なことでも有名だ。俳優も観客も、そうした衣装を生みだすために莫大な費用がかかっていることをちゃんと承知している。

「あら、ミスター・スコット」ミセス・リトルトンは明るい声で雇い主に呼びかけた。「なにかご用？　ゆうべのシャツの袖がまだ短かったかしら。なんなら、もう少し長くしましょうか」

ローガンはおしゃべりをする気分ではない。「新入りの娘がいるだろう。ミス・リドリーだ。彼女に話がある」

「ああ、あのお瘦せさんね。特別な洗濯の必要な衣装があったから、ちょっと裏まで運んでもらってますよ。とても繊細な絹地を使ったドレスだから、煤だらけの街の風で乾かすわけにはいきませんでしょ。郊外の洗濯屋に出して、そこで洗って乾かしてもらわなくっちゃ――」

「よくわかった」ローガンはさえぎるように言った。洗濯手順のあれこれに興味はない。「失礼するよ、ミセス・リトルトン」

「洗濯物を運んだあとは、『オセロ』の衣装スケッチをミスター・スコットの事務室にお持ちするよう言いつけてありますからね」

「ありがとう」ローガンは歯ぎしりしながら応じた。マデリン・リドリーが事務室に来ると聞いていらだちを――あるいは警戒心を――覚えていた。なにしろ彼は、マデリンがそばに来るたびにとんでもない災難に見舞われるらしいのだ。彼女が立ち去ったあとの事務室が瓦《が》礫《れき》の山になっていなかったら、もっけの幸いというべきだろう。

だが聖なる領域である小さな事務室に戻ってみると、そこには誰もいなかった。代わりに、室内が何年かぶりにきれいに掃除されていた。書籍や書類がきちんとまとめて積み重ねられ、棚や家具の埃は払われ、混沌と化していた机の上も文具類が整然と並んで拭き清められている。室内に足を踏み入れたローガンは困惑の面持ちでつぶやいた。「これじゃどこになにがあるかわからん……」ふと、室内に一点だけ、なにやら鮮やかな色彩を放つものがあるのに気づく。五分咲きの真紅の薔薇が一輪、机の上のグラスに挿されていた。

ローガンは驚き、温室育ちの薔薇のベルベットを思わせる花弁に触れた。

「和解のための贈り物です」というマデリンの声が背後から聞こえてくる。くるりと振りかえると、彼女は人なつこい笑みを浮かべて扉の隙間からこちらをのぞいていた。「それから、これ以上ミスター・スコットにおけがをさせないと約束します」

まごついたローガンは無言で彼女を見つめた。喉元まで出かかっていた非情な解雇の言葉が消え失せていく。良心の呵責などもう覚えることもないと思っていたのに、屈託のない、希望に満ちた顔を見ていると、ひどく落ち着かない気分になってくる。それに彼女をくびにすれば、劇場で働く全団員から冷酷な鬼扱いされるにちがいない。だが果たして彼女は見た目どおりの純真な娘なのか、それとも、巧みに人を操る抜け目のない娘なのか。大きな琥珀色の瞳をのぞきこんでも、答えは得られなかった。

じっと見つめているうちにローガンは、彼女が愛らしい顔をしていることに、いや、とても美しい娘であることに初めて気づいた。繊細な面立ちに、肌はまるで磁器のようになめらかで、唇は無垢であると同時に官能的でもある。体つきはほっそりと引き締まっており、彼好みの豊かな曲線美には欠けるものの、それでも魅力的であることに変わりはない。

ローガンは椅子に腰を下ろし、彼女をまじまじと観察した。「こいつをどこで手に入れた」

薔薇を身振りで示しながらたずねる。

「コベントガーデンの市場です。今朝ちょうど用事があったものですから。あそこの市場ってすごいんですね。操り人形師や鳥を売る人がいて、果物や野菜も種類がとても豊富で――」

「あそこは女性がひとりで行く場所ではない。きみのような娘は、盗人やロマの格好のかもにされるぞ」

「なにも危ないことなんてありませんでしたから」マデリンはにこやかな笑みを浮かべた。

「でも、ご心配いただきありがとうございます」

「心配などしていない」ローガンはにべもなく言い放ち、指先で机をとんとんとたたいた。

「だが、きみには厄介事を引き寄せる力があるらしいからな」

「まさか」マデリンは怒るそぶりすら見せない。「いままで誰かに迷惑をかけたことなんて一度もありませんでしたわ。極めて静かな生活を送ってきたんです」

「だったらどうして、きみのように見るからに育ちのいいお嬢さんがキャピタル劇場なんぞに職を求めるのか、理由をお聞かせ願いたいね」

「あなたに近づくためです」

臆面もなく言ってのけるマデリンを見て、ローガンは首を振った。いったいどうして彼女のような娘がそんな言葉を口にするのだろう。温室育ちの無垢な乙女なのは一目瞭然なのに。それがなぜ、自分のような男に近づきたいなどというのだろう。

「ご家族はきみがここにいることを知ってるのか」

「はい」という答えはやや性急すぎる感じがした。

ローガンは疑わしげに口をゆがめた。「父親は誰だ。なんの仕事をしてる」

「父は……農場経営者です」マデリンが用心深く応じる。

「よほど成功しているらしいな」ローガンはさりげなく、やわらかそうなウールの見るからに上等なドレスに視線を這わせた。「どうして家族と一緒に家で暮らさないんだ、ミス・リドリー」

動揺しているのだろう、マデリンの受け答えが徐々にためらいがちなものになっていく。

「家族とけんかをしたものですから」

「どんなけんかだ」ローガンは重ねてたずねた。隠し事をしているせいでマデリンの頬が赤く染まるのを見逃しはしなかった。

「お聞かせするようなことでは――」

「男が関係してるのか」と問いただすと、マデリンは琥珀色の瞳に驚きの色を浮かべた。図星だったのだろう。ローガンは椅子の背にもたれ、冷ややかに彼女を見つめた。「この話はこれくらいにしておこう。きみの私生活について知る必要はないし、知りたいとも思わん。だがあらためて忠告しておく。きみとわたしが、これからどうにかなるなどと期待を――」

「わかってます」マデリンは淡々と応じた。「わたしを求めてらっしゃらないんでしょう?」事務室を出ていきかけ、戸口で立ち止まって言い添える。「でも人の気持ちって変わるものだわ」

「わたしの気持ちは変わらん」ローガンは眉根を寄せて彼女の後ろ姿を見送った。どうやら彼女は、あきらめるということを知らないらしい……。

その日マデリンは一日中忙しかった。たくさんの衣装のほつれやかぎ裂きを繕い、散らかった楽屋を掃除し、刷りたてのチラシの山を整理し、公爵夫人が作成したスケジュールをスコットやほかの団員たちのために書き写した。

団員はひとつの家族のようなもので、そうした集団にありがちな内輪揉めもしょっちゅうだった。大勢の団員のなかでマデリンがとりわけ好奇心をかきたてられたのは、いずれも個性的な俳優たちだ。驚くほど率直に話し、冗談を言う彼らは、普通の人よりもずっと興味深く、華やかに見えた。彼らの会話には、なにを話題にしていても、必ずスコットの名前が出てくる。どうやら誰もがスコットを尊敬、いや、崇拝し、他人を評価する際の基準にしているらしかった。

楽屋の床を掃き、汚れたティーカップや皿を片づけてしまうと、マデリンは劇場一の人気俳優たちの会話に聞き耳をたてた。人が恋に落ちるきっかけについて話しているところらしい。

「目に見える部分じゃないと思うわ」小柄な巻き毛の喜劇女優アーリス・バリーが持論を展開している。「むしろ目に見えない部分が人を惹きつけるのよ。ミスター・スコットがいい例じゃない。どんな役を演じるときも、彼はなにかしら謎めいたところを残しておくでしょう？　男だろうと女だろうと、そういう一面こそが人を惹きつけるんだと思うわ」

「舞台の話がしたいのやら、実生活の話がしたいのやら」とまぜっかえしたのは、決闘シーンの稽古中に誤ってスコットにけがをさせたあの金髪の俳優、スティーヴン・メイトランドだ。

「両者のどこがちがうというんだい」別の若い俳優、チャールズ・ハヴァースリーが当惑した表情をよそおってたずね、三人は揃って笑い声をあげた。

「この場合、ちがいなんてないんじゃない」アーリスが応じる。「人はみな、手に入れられないものを求めるのよ。観客は、けっして誰のものにもならないと知っていながら、それでも主役に恋をする。実生活でも同じだわ。手の届かない相手に恋をしない人間なんて、男女を問わずいやしない」

箒とちりとりを手にしたまま、マデリンは三人のかたわらで足を止め、おずおずと口を挟んだ。「それはどうかしら。わたしはけっして恋愛経験が豊富なわけではないけど……優しくしてくれる人、安らぎや、愛されている実感を与えてくれる人にこそ、魅力を感じるものだと思うわ」

「そうかなあ」チャールズがいたずらっぽく笑いながら言う。「なんならその理屈が本物かどうか、僕を相手に試してみるかい、マディ」

「きっとマディはもう誰かほかの男を相手に試しているのよ」アーリスはいじわるく言い、マデリンが頬を赤らめるのに気づくと声をあげて笑った。「ごめん、ごめん。ここの人間はみんな人をからかうのが好きなの。あなたもそういうのに慣れないとね」

マデリンはほほえみをかえした。「そうよね、ミス・バリー」

「で、誰を相手に試しているわけ」チャールズが興味津々にたずねる。「まさかミスター・スコットじゃないよね」と言いつつ、マデリンがいっそう頬を赤らめるのを見て、怒ったふりをする。「どうして僕じゃだめなんだ。そりゃたしかに彼は金持ちで、ハンサムで、有名だけど、それ以外にどんな魅力があるっていうんだい」

チャールズの冗談をうまくかわさなければ……マデリンは慌てて箒を動かし始め、床を掃きながらそのまま楽屋から廊下へと逃げた。

「かわいそうに」スティーヴンが声を潜めて言うのが聞こえてくる。「あれじゃミスター・スコットにはとうてい見初めてもらえそうにないね。どのみち彼の相手をするには純粋すぎるけど」

マデリンは箒を動かす手を止め、誰もいない楽屋の戸口にしょんぼりと寄りかかった。自分よりもずっと世間を知っている俳優たちの会話を聞いて、作戦ミスを犯したことに気づき始めていた。あんなふうにスコットに近づくべきではなかった。ここに来た目的を正々堂々と告げたり、その気があることをはっきり示したりするのではなく、彼の気持ちをそそるような謎を残しておくべきだった。これではろくに関心を持ってもらえなくても無理はない。だが作戦を変更しようにも、もう手遅れだ。

彼女は深いため息をついた。力になってくれる人がほしい。賢く、経験豊富な女性。喉から手が出るほどほしい助言を与えてくれる協力者が。ひょっとして公爵夫人なら……いや、夫人はきっとマデリンの計画を知ったら許してはくれないだろう。そのときふと、名案が浮かんだ。彼女の顔は一気に晴れやかになった。あの人なら力になってくれるかもしれない。

陰鬱な雲がたれこめるロンドンの街を、マデリンは貸し馬車でサマセット・ストリートの下宿に戻った。ミセス・フローレンスは居間の暖炉のかたわらで夕食のトレーを前に座っていた。「まあ、遅かったじゃないの。劇場でよっぽどこき使われたのね。さぞかしおなかが空いたでしょう。あなたのお夕食も用意させましょうね」

マデリンは感謝をこめてうなずき、ミセス・フローレンスのとなりに腰を下ろした。暖炉のぬくもりがウールのドレスに伝わってきて、思わず身震いする。老婦人に請われるまま、彼女は今日一日の出来事を話し、炎をじっと見つめた。「それでじつは、ミセス・フローレンスにご助言をいただきたいことがあるんです。でも、聞いたらきっと驚かれるわ」

「あら、わたしを驚かそうなんて無理よ。長生きしすぎて、なにがあっても驚かなくなっちゃったんだもの」ミセス・フローレンスは身をのりだした。しわの刻まれた顔のなかで瞳がきらきらと輝いている。「でも、好奇心を大いにかきたてられてしまったわ。ほらほら、早く聞かせてちょうだい」

「あなたのご経験から、つまりその、これまでに得た知識から、教えてほしいんです……」マデリンはいったん口をつぐみ、一息に言いきった。「男の人を誘惑する方法を」

老婦人はまばたきもせず、椅子の背にもたれかかった。

「やっぱり驚かせたみたい」

「驚いたなんてもんじゃありませんよ。あなたからそのようなことを訊かれるとは、夢にも思わなかったわ。ご自分でなにをしようとしているのかわかってる？　後悔するようなまねは、あなたにはしてほしくないわ」

「ミセス・フローレンス」マデリンは苦笑まじりに応じた。「わたし、これまでの人生で一度も、心から後悔するようなことができたためしがないんです」

老婦人の瞳がふいに愉快そうに輝きだす。「そういう性格を直したいわけね」

「ええ！　そうでないとわたし、まるで自分というものがない、つまらない人間になってしまいます」

「それは同意しかねるわね。あなたは普通の娘さんよりずっと、個性的で生き生きとしてるようだもの。でも本気で考えているのなら、喜んで助言してあげる。殿方のことならよおくわかってますからね。ま、少なくとも以前はわかっていたわ。でも彼らのことだから、一〇年や二〇年じゃそう変化していないでしょ。それで、お目当ての男性はいるの？」

「じつは、ミスター・スコットなんです」

「まあ」ミセス・フローレンスはしばらくマデリンをじっと見つめていた。そのまなざしは、マデリンの心のなかを見透かすようであると同時に、どこか遠くを見るようでもあった。まるで、よみがえった過去の記憶をなぞっているかのようだ。「それは無理もないわね」長い沈黙の末に、老婦人は次の言葉を口にした。「わたしがあなたみたいにきれいな若い娘だったら、やっぱり彼を誘惑したいと思うもの」

「本当ですか」老婦人の返答に驚き、マデリンは訊きかえした。

「本当ですとも。ミスター・スコットは、誘惑するに値する数少ない英国人男性のひとりだわ。近ごろ巷で理想の男性ともてはやされる、自己中心的な女々しい輩なんて問題外よ。あいにくミスター・スコットに直接会ったことはないけれど、舞台の上の彼なら拝見したことがあるわ。初めて見たのは一〇年前。『オセロ』のイアーゴ役だった。見たことがないくらい達者な演技だったわ。純粋で、魅惑的で、優美な悪魔。俳優としての彼にはどれだけ賛辞を贈っても足りないわね。ひとりの男性としては、ちょっと危険な感じがするけど」

「危険?」マデリンは不安そうにたずねた。

「そう。女性の心にとってね。安全な殿方は結婚の相手。危険な殿方は喜びを分かちあうための相手。だから、彼にそれ以上を求めてはいけないってことを忘れないようにね」

マデリンは身をのりだした。「あの、わたしの計画を誰かに話したりしませんよね」

「もちろん。こんなに個人的な話を人にするもんですか。それに、あなたが成功するという保証もないのだし。わたしの知るかぎりでは——といっても、ほとんどはジュリアからの情報によるものだけど——ローガン・スコットはあなたのようなお嬢さんは好みではなさそうだし。世のなかには、経験豊富な女性でないと満足できない殿方もいるの。でもあなたは……」ミセス・フローレンスは言葉を切り、値踏みするようにマデリンを見やった。「どうも、これといった武器があまりなさそうね」

「武器なんてひとつもありません」マデリンは陰気に応じた。

ミセス・フローレンスはしわだらけの手に顎をのせた。「そうなるとますます難しいわね。だけど、あなたには若さと美貌があるわ。その点は大いに活用しなくっちゃ」

「問題は、すでに作戦ミスを犯したことなんです。気のないそぶりで、謎めいた女性を演じるべきだったのに。彼に近づく目的を、本人にはっきり伝えてしまったんです」

「恋人になりたいって言っちゃったの？」ミセス・フローレンスがどこか愉快そうにたずねる。

「はい。そうしたら彼は、わたしなんかに全然興味はないって」

「でもね、そういう率直なやり方も、必ずしもまちがいというわけではないわ。だってミスター・スコットのような男性なら、その気にさせようと巧みに近づいてくる女性には慣れっこなわけでしょう。むしろそのやり方で、彼の虚を衝いたのは正解だったかもしれない」

「虚を衝いただけじゃないんです」マデリンはおずおずと打ち明けた。「じつは、そのせいで彼にけがまでさせてしまいました」

「なんですって」老婦人が仰天してたずねるので、マデリンは事故のことを話した。ミセス・フローレンスは笑い顔とも呆れ顔ともつかない表情でこちらを見ている。「ねえ、俄然やる気がわいてきたみたい。少し考えさせてちょうだいね」

マデリンはミセス・フローレンスが頭をめぐらせる横でじっと待った。

「あなたが女優だったらねえ」やがて老婦人が口を開いた。「ミスター・スコットのような男性は、舞台で近づくのが最も簡単なのよ。舞台にいるときが一番リラックスしてるから。演じているとき以外に、すきを見せる瞬間なんてないと思うの。彼が警戒心を解いているときこそ、心をつかむチャンスなのよ」

「俳優のみなさんの稽古中に、せりふを教える後見役くらいならできるかもしれませんけど」マデリンはためらいがちに提案してみた。

「そうね、それは名案だわ」

「でも、ミセス・フローレンス……運よくミスター・スコットが警戒心を解いてくれたとして、わたしはどうすればいいんでしょう。彼になにを言えばいいのかしら」

「直感に従いなさいな。とにかく、彼に夢中な態度だけは見せないようにね。あなたにお相手がいないこと、彼を受け入れる気があることだけを伝えればいいの。なんの責任を負わせるつもりもない、ただ喜びを与えたいだけだと伝えるのよ。それで抵抗できる男性なんてこの世にいやしないわ」

マデリンは素直にうなずいた。

「それともうひとつ」老婦人がまじまじと見つめてくる。「作戦にふさわしいドレスで彼に接近すること。あなたはスタイルもよさそうだけど、そんな堅苦しいドレスじゃ殿方にそのよさがわからないわ」

あきらめたような笑みを浮かべ、マデリンは打ち明けた。「その点は改善しようがないみたい。新しいドレスを買う余裕なんてないんです」

「少し考える時間をくれれば大丈夫」老婦人は請けあった。「きっとなにか方法があるはずよ」

必死に悪知恵を働かせる老婦人に感服し、マデリンはほほえんだ。「やっぱりミセス・フローレンスに助言をお願いしてよかった」

「こちらこそ感謝するわ。あなたの作戦に参加できて、久しぶりにすごくわくわくしているの。わたしの助言に従えば、きっとミスター・スコットは子羊みたいにおとなしく、あなたのベッドについてくるわ」

「だといいんですけど……でも、彼が子羊になるときなんて来るのでしょうか」

「それを探すのがあなたの役目。これまでの経験から言わせてもらうと、たいていの殿方はベッドのなかと外では別人よ。そして俳優は、とりわけ予想が難しいの。演技していたとしても、わかりっこないし」婦人は穏やかな表情で暖炉の炎を見つめ、無言で策を練っているようだ。

夕食を持ってきたメイドがいなくなると、マデリンは質問を再開した。「ミセス・フローレンス、前もって知る方法はあるのでしょうか」

話のつながりが見えないのか、老婦人は怪訝な顔をした。

「男性が、ベッドのなかでどんなふうに振る舞うか」マデリンは説明を加えた。

「そうね、口づけの仕方でかなりのことがわかると思うわ」ミセス・フローレンスはふいに楽しげな面持ちになり、銀桃色のほつれ毛をもてあそび始めた。「そうよ、それがいいわ。ミスター・スコットにキスをして驚かせてはどう？　大胆だし、とてもスマートな方法じゃないの。きっと彼の興味をそそることができるわ」

「でもどうやって。いつ」

「それはあなたが想像力を働かせなさいな。きっとちょうどいいタイミングが見つかるはずよ」

キスをして彼を驚かせてはどう？　ミセス・フローレンスのいたずらっぽい声は、翌日もずっとマデリンの頭を離れなかった。そんなことをするのにちょうどいいタイミングなど、絶対にあるわけがない。せめて姉のジュスティーヌの美しさなり、アルシアの賢さなりが自分にも備わっていたら。でもマデリンはいやになるほど普通の娘だった。そんな自分で、スコットに手が届くはずもない。

誰もがスコットに多大な感銘を受けていた。舞台終了後は楽屋に大勢の貴族が押しかけ、俳優たちは始終、彼の助言を求めた。誰もが彼からなんらかの恩恵を得ようとしていた。自分だってそうじゃない……マデリンは居心地の悪さを感じつつ思った。しかも、彼に理由を悟られることなく、誰よりも個人的な恩恵を得ようとしているのだ。

そのためには彼のことをもっとよく知る必要がある。そこでマデリンは、楽屋でひとり紅茶を飲んでいるアーリス・バリーに近づいた。アーリスはまさに情報通だった。全団員の私生活をこまごまと把握していたし、彼らの噂話をするのが大好きだった。

「ミスター・スコットについてもっと知りたいって？」アーリスは砂糖をまぶしたビスケットを口に放りこみながらたずねた。少し痩せればいいのに、というミセス・リトルトンの不平をよそに、当のアーリスは甘いものを我慢できないらしい。「そんなこと、ここにいるみんなが思ってるわ。ミスター・スコットほど魅力的で、つかみどころのない人には出会ったことがない。彼ってとんでもなく秘密主義なの。自宅に人を招いたことなんて一度もないんだから。あたしの知るかぎり、団員で彼の自宅を訪問したことがある人は皆無ね。もちろん、公爵夫人は別だけど」

マデリンは眉根を寄せた。「ひょっとしてふたりは以前――」

アーリスがかぶりを振り、茶色の巻き毛が揺れる。「あのふたりは完璧に似たもの同士だからね。どっちも演劇を心から愛していて、誰かが割りこむすきなんてこれっぽっちもなかった。ところがジュリアは公爵に出会い……ああ、これはまた別の話ね。あなたのいまの質問に答えると、ジュリアとミスター・スコットのあいだに恋愛感情はいっさいないわ。ジュリアから聞いたこともあるのよ。ミスター・スコットは、人を愛する以上に最悪の事態はないと思いこんでるんだって」

「でも、なぜ」

アーリスは陽気に肩をすくめた。「そこが彼の謎なのよ。ま、秘密だらけの人だけどね」ひそひそ声になり、ティーカップの上にさらに身をのりだしてつづける。「これはあんまり知られてないことなんだけどね。ミスター・スコットの父親って小作農なんだって。学校も行ってないそうよ。信じられる?」

「まさか……」マデリンは心底驚いた。「だって、あんなに洗練されて、堂々としているのに――」

「でしょう? だけど実際には、あなたやあたしよりもずっと劣る生まれなわけ。じつはジュリアが一度、それらしいことをもらしたのよ。小さいころのミスター・スコットは、それはもう悲惨な暮らしだったんだって。父親に殴られたり、飢え死にしそうになったりね。だから家族の誰も彼に会いに来ないし、舞台を見にも来ないのよ。彼がお金を払って、来させないようにしてるらしいわ」

缶入りのビスケットに夢中になっているアーリスの横で、マデリンはいまの話についてじっと考えた。子どものころのスコットを想像してみる。貧しく虐げられていた少年と、たくましさと自信を兼ね備えたキャピタル劇場の経営者のイメージがうまく重ならない。マデリンを含む周囲の人間の前では、スコットは神のごとき存在感を放つ。そんな彼が、アーリスの言うようなみじめな過去から逃れてきたなんて、とうてい信じられない。

その過去こそが、ミスター・スコットの才能の源なんだわ。マデリンはわきおこる同情心とともに思った。過去を捨て去り、新しい人生を自力で切り開くには、あふれる想像力と決意が必要だったはずだ。

「ありがとう、ミス・バリー。もう仕事に戻らなくちゃ」

アーリスはウインクで応え、台本を取り上げると、声には出さずにせりふの練習を始めた。

マデリンは廊下を進み、スコットの事務室に向かった。事務室に近づくにつれて鼓動が速まっていく。部屋の扉は開け放たれており、巨大なマホガニーの机についたスコットの背中が見えた。アイロンでぱりっとさせてあったはずの白いリンネルのシャツが、しわだらけになって広い肩に張りついている。薄灰色のベストと黒絹のクラヴァットはすでに身に着けていない。

一日中、精力的に働いている彼の、こんなふうに静かに過ごしている姿を目にするとなんだか変な感じがする。スコットは並の男性一〇人分のエネルギーを蓄えているかのようで、劇場内を闊歩《かっぽ》するさまは艦長を思わせた。稽古場で俳優たちをおだてたり叱ったりして、納得がいくまで演技をつけていたと思ったら、いつの間にか工房にいて、重い舞台装置や書割を移動させたり、絵師たちにあれこれ指示を出したりしている。しまいには絵筆を手にして書割に絵つけまで始めそうだ。

団員の誰もが、いずれ自分のところにもスコットが仕事ぶりを見にやってくると身構え、彼を喜ばせようと必死だった。そしてスコットに二言三言の褒め言葉をもらうと、満足げに顔を輝かせた。マデリンも彼らのように、スコットの目に留まる存在になりたかった。面倒ばかり起こす使い走りのままではいたくなかった。

彼女がしばし戸口にたたずんでいると、スコットはふいに身をこわばらせた。背中の隆々とした筋肉がぴくりと動くのがわかる。マデリンは物音ひとつたてなかったが、彼は肩越しに振り向き、怪訝な面持ちでこちらを見やった。

「あの、手紙を書くお手伝いができないかと思ってまいりました。ずいぶんたくさんお返事を書かねばならないようだったので……口述筆記ができるのではないかと」スコットの顔になんの表情も表れないので、彼女は期待をこめてさらに言い添えた。「筆記には自信があるんです」

なぜかスコットはなかなか返事をしようとしなかった。机に積まれた返信の必要な大量の手紙の束をじっと見つめてから、視線をマデリンに戻す。やがてかたわらの椅子にゆっくりと手を伸ばし、座面にのっていた数冊の書物をどけた。「じゃあ頼もうか」

マデリンは椅子に腰を下ろし、ペンと便箋を手にすると、机の隅のほうで口述筆記にとりかかった。スコットは手紙の山から一番上の一通を取り上げ、前髪を引っ張りながら、無言で文面に視線を走らせている。彼の髪は、男の人のものとは思えないほどきれいだった。きっと大勢の女性が、あのくしゃくしゃの髪を梳かしたい衝動に駆られるにちがいない。

ふたりきりになれたことにひそかな喜びを覚えつつ、マデリンはこっそりと観察をつづけた。グレーのズボンにつつまれた長い脚は、鍛えあげられた筋肉が張りつめているようだ。スコットが演じる役の多くは運動神経がよほどよくないと務まらない。毎晩のように決闘や戦いのシーンを演じることで、この素晴らしくたくましい体を維持しているのだろう。

「宛先はムッシュー・ジャック・ドーミエ。パリ、ボザール通り《リュ・デ・ボザール》」驚いたことにスコットはフランス語で返信文を告げだした。マデリンがフランス語を話せると言ったのが本当かどうか試すつもりらしい。彼女は受けて立ち、丁寧に文字をつづり始めた。

どうやら受取人はフランスの国立劇場〈コメディー・フランセーズ〉の支配人で、ロンドンの劇場で公演するための契約をスコットが仲立ちしているらしい。

「すみません、ミスター・スコット」マデリンは文章の途中でさえぎった。「いまの動詞は条件法過去形にするべきではないかと――」

「そのままでいい」

マデリンは眉をひそめた。「でも、フランス人がとても文法にうるさいことは、ミスター・スコットもご存じのはず――」

「わたしのほうがきみよりずっと、フランス人のことをよく知っているから安心しろ」スコットが言いかえす。「動詞の活用など我流でいいんだ」

「わかりました」マデリンは便箋に視線を落とし、「でも、やっぱりまちがってるわ」とつぶやくように言い添えた。

ローガンのなかで唐突に、いらだちが好奇心に取って代わられる。彼は喉元まで出かかった笑いを必死にのみこんだ。マデリンのように、彼に対して思ったことを素直に口にする人間はいままでいなかった。つきあいのある貴族たちは、彼になにか頼みごとがあるときは別として、いつだって恩着せがましい口ぶりだ。団員たちにしても彼が喜びそうなことしか言わない。キャピタル劇場で対等に話しかけてくるのはジュリアだけ。といっても彼女の場合、あのように自分に自信を持てるのは高貴な生まれと爵位があるからこそだ。だがこの娘、マデリンにはなにもない。彼の厚意に頼らなければ仕事すら失う状況にあるのに、それでも反論すべきときは反論する。

「だったら変えろ」ローガンは命じ、彼女がなにか言う前に口述を再開した。パリ宛の手紙を書き終えるころには手が痛くなり始めていただろうに、彼女は口述の速度を緩めてほしいとも言わなかった。

ふたりは次の手紙にとりかかった。今度は保険会社のマネージャー宛で、引退した俳優や、俳優たちの未亡人や子どもの福利厚生のために基金の設立を提案するものだ。俳優の給金から毎年一定額を基金用に徴収するほか、慈善興行を年に数回行って、運用費に充てる計画になっている。

「ミスター・スコットはお優しいんですね」マデリンは手紙を書き終えたところで言った。「普通の劇場経営者は、団員の福利厚生のことなんて考えないはずだわ」

「優しくなどない。最高の人材を集めて、団員として長く働かせるためだ。質の高い作品を提供すれば、それだけ儲けも大きくなる」

「では、すべてはお金儲けのためですか？」

「そのとおりだ」

「そんなの嘘。やっぱりミスター・スコットは優しい方です。他人にそう思われるのがいやなだけだわ」

スコットは瞳に冷笑を浮かべて彼女を見やった。「どうしてそう思う、ミス・リドリー」

マデリンはまばたきひとつせずに彼を見つめかえした。「わたしをくびにしても当然の理由があったのに、くびになさらなかったわ。そしていまは、年老いてもう働けなくなった団員の身を案じて基金を設立しようとしている。優しい方だという証拠です」

「ミス・リドリー……」世間知らずにはついていけない、そんな顔をしてスコットは首を振った。「わたしは優しさからなにかをしたことなんて一度もない。よくもそこまで無邪気に育ったものだな。わたしが過去にどんなことをしてきたか、どんなことができるか、なにもわかってないんだろう。言っておくが、他人など信じないほうがいいぞ。わたしも含めて」

「あなたにどんな恐ろしい一面があるというのですか」

スコットは机にのせた両手を大きなこぶしに握っている。見つめてくる瞳は青みがかった紫色の炎を思わせた。重たい沈黙が室内を満たし、マデリンは怖いくらいに鼓動が速くなるのを覚えた。

「きみがそれを知らずにすむことを祈ろう」スコットは静かにつぶやいた。

彼の一言一言が、マデリンの少女じみた幻想を粉々にする。彼は欠点のある生身の男性だった。運よく彼をベッドに誘うことに成功したとしても、その結果、マデリンは精神的にも肉体的にも二度といまの自分には戻れなくなるだろう。そう思うと、不安がさざなみのように身内を駆け抜けていった。

マデリンは彼のまなざしから視線を引き剝がし、じっと膝を見つめた。やがて、蔑むような小さな笑い声が聞こえてきた。

「今日はここまでにしておこう」

「明日もお手伝いしましょうか」

長い沈黙が流れた。ローガンはしかめっ面で、雑然とした机の上をにらんだ。ジュリアも知っているとおり、彼は是が非でも秘書を必要としていた。何カ月も前から秘書を雇おうと考えていた。だがいまだに、ふさわしい候補者を面接する時間を捻出できずにいる。

マデリンの手を借りれば、山積みされた仕事を半分の時間で片づけることができるだろう。日に一、二時間、事務室で彼女に手伝ってもらうのも、悪い案ではないかもしれない。だが……ローガンは彼女のそばにいるだけで落ち着かなくなっている自分に、いや、興奮している自分に気づいて愕然とした。眉をひそめて、椅子の上で座りなおし、目を細めて彼女を見やる。どうしてこんなふうに反応してしまうのか。ローガンにとって彼女は、あまりにも若く、世のなかを知らなすぎる。それに彼は、たとえ相手がどんなに魅力的だろうと、無垢な乙女を辱めるような男ではない。

そう、マデリンは魅力的だった。どれだけ無視しようとしてもできなかった。彼女のようにみずみずしくて温かい娘には出会ったことがなかった。見ているだけで手がむずむずしてきて、細いうなじに触れ、ヘアピンからこぼれた絹を思わせる髪を撫でたくてたまらなくなる。彼はそんな自分にまごつき、いらいらと身振りで戸口を示した。

「ああ、午前中に」彼はつぶやくように答えた。

マデリンがほほえみかける。「では失礼します、ミスター・スコット」

徐々に小さくなっていく彼女の足音を聞きながら、ローガンは座ったまま、誰もいない戸口を凝視していた。熱く執拗なうずきはなかなか消え去らなかった。そういえば最後に女性とベッドをともにしてからずいぶん経つ。たぶん数カ月も経っただろう。新しい愛人を探す暇などなかったし、興味をそそられる女性もいなかった……いまのいままでは。

ローガンは小さく苦笑を浮かべた。男性経験のいっさいない、あるいはあってもごくわずかな娘を相手にするなど、これまで考えてみたこともない。だが彼は、マデリン・リドリーのことをあれこれ想像せずにはいられなかった。腕に抱いた感触、彼のベッドに横たわる裸身、あふれる生命力につつまれて自分を解き放つ感覚……。

誘惑してみるのもいいかもしれない。キャピタル劇場のように猥雑さにあふれた場所では、遅かれ早かれ誰かしらが彼女をものにしようとするにちがいない。その誰かが自分であっていけない理由はない。少なくとも自分なら、彼女を喜ばせ、相応の償いもしてやれる――。

「ばかばかしい」思考が危ない方向に向かっているのに気づいて、ローガンは声に出して言い、仕事に集中しようとした。黙々と契約書に目をとおし、スケジュールを直し、舞台で使う音楽や装置についてノートに書きつけていった。団員たちが帰り支度をする音が聞こえてくる。俳優や楽師たちは稽古を終え、建具師や絵師は明日の作業に備えて工房内を片づけているのだろう。

ローガンはそうした活気を喜ばしく思った。彼の努力がなかったら、キャピタル劇場は存在しえない。この劇場は彼の野心の賜物。苦労に苦労を重ね、ゼロから創りあげてきた。失敗への恐れなど頭になかった。恐れを抱くことを自分に許さなかった。失敗は、ポール・ジェニングズとメアリー・ジェニングズの息子として生まれてきた人生に戻ることを意味する。

そのとき、聞き慣れた声がふいに沈黙を破った。「こんな時間まで仕事かい、ジミー。もうさんざん儲けただろうに。そろそろその金で楽しんだらどうなんだい」

3

椅子に座ったまま振りかえると、アンドルー・ドレイク卿のおなじみの顔があった。アンドルーはいたずらっぽい青い瞳をした長身のたくましい青年で、長めの黒髪はきれいに後ろに流してある。ハンサムだが、自堕落な暮らしぶりが容貌に表れ始めており、頬と顎に贅肉が目立つし、始終飲んでいるために頬は赤らみ、よく夜更かしするせいで目の周りにくまもできている。

ローガンとアンドルーは幼なじみだ。アンドルーはロチェスター伯爵のひとり息子で爵位後継者。一方のローガンはロチェスター領の小作農の息子ながら、少年のころのふたりはいつも一緒に領内で釣りをしたり、泳いだり、狩りをしたりして過ごしたものだった。ローガンにとってアンドルーは弟のような存在だった。アンドルーは富豪の後継者だが、ローガンはそんな彼にいつも同情していた。父親としてのロチェスター伯爵が、ポール・ジェニングズと大差ない様子だったからだ。伯爵は冷たく、厳格で、息子の幸福よりも規則や規律を重んじる人だった。

ローガンは机についたまま、かすかに笑みを浮かべてみせた。「こんなに早くおまえの顔をまた見ることになるとは思わなかったよ、アンドルー。うちの女優たちにちょっかいを出すなと注意したばかりだろう」

アンドルーはにやりとした。「劇場も売春宿も大きなちがいはないじゃないか。女優なんて売春婦と似たようなものさ。ちがいは売春婦よりも高くつくってだけでね」狭い事務室を非難めかした目つきで眺め、書類が山積みの机の上で視線を止める。「埃まみれの机で仕事ばかりして、よく頭がおかしくならないものだな」

「仕事が趣味なんだ」ローガンは椅子の背にもたれて机の端にかかとをのせ、平らな腹に両手を置いた。

「仕事が趣味だなんてどうかしてるよ、ジミー」アンドルーは言い、ローガンが目を光らせると笑みを浮かべた。「その呼び方はよせというんだろう？　いじわるでこう呼ぶわけじゃないんだから気にするなよ。きみは哀れなジミー・ジェニングズから、偉大なるローガン・スコットへと生まれ変わった。わたしはきみの成し遂げたことを心から賞賛しているよ。小さいころは、きっと地元の乳搾りの娘か売り子の娘と結婚し、親父さんみたいに小作農になるのだろうと思っていたからね。あるいはロンドンに出て、どこかのつまらない商人の下で事務員にでもなるか。ところがきみは、独力で英国一裕福な男のひとりになった。いまでは美しい女性たちがきみの関心を引こうとスカートの裾を持ち上げ、かのウェリントン公爵がきみを晩餐会に招待するほどだ。ときどき、本当のきみを知っているのはこの世にわたしひとりじゃないかと思うね」

「おまえだけじゃないさ」ローガンは応じた。たとえ彼自身が貧しい出自を忘れられたとしても、なんとかしてそれを思いださせようとする人間は大勢いる。成り上がり者は、どれほどの才能と富に恵まれようと、排他的な上流社会にけっして溶けこむことはできないのだ。気晴らし相手としてならば歓迎されても、対等な人間として扱ってはもらえない。彼らの娘と結婚し、その高貴なる血と下等な血とを交わらせることは、絶対に許されない。

「それで、今日はなにをしに来た」ローガンはたずねた。「過去を思いださせるためか。それともなにか用か」

ぶっきらぼうな物言いにいらだったのか、アンドルーは肩をすくめてみせた。「わかったよ、無駄話はこれくらいにしておこう。じつは、まずい状況なんだ」

「また賭け事か」

「仕方ないじゃないか。ほかになにをして、退屈をまぎらわせろというんだい」アンドルーはかっとなって大声を出し、顔を真っ赤にした。「この二週間、ほとんど毎晩のようにクラブに入り浸ってね、すっからかんにされたよ。次こそつきが来るはずだと思うのに、負けが込むばかりなんだ。いまごろはロンドン中で噂だよ。つけにしてくれと頼むたびに断られて、クラブの用心棒がふたり、どこへ行くにもついてくる。連中を撒《ま》こうとしても失敗するし、金を用意できないのなら両脚を折ると脅かされている。連中なら本気でやりかねないな」

「伯爵には頼んでみたのか」

アンドルーはうんざりした声をあげた。「あのじじい。手当と称してくれるはした金以外、一シリングたりとも寄越しやしない。父ならわたしの借金を一〇〇回だって返せるはずなのに！」

「伯爵は現実にそうなるのを恐れてるんだろう」ローガンはそっけなく言い放った。「それで、今回はいくらなんだ。四〇〇〇ポンドか。それとも五〇〇〇？」

アンドルーは緑色のウールの上着の袖をぼんやりといじり、「一万だ」とつぶやいた。

さすがのローガンも黙りこんだ。一万ポンドといったら一財産だ。数十家族が一年間、楽に暮らしていける。あるいは、キャピタル劇場で壮大な演目を数本興行できる。息子の身がどれだけ危険にさらされようとロチェスター伯爵が手を差し伸べないのも、これなら当然だ。アンドルーはこの悪癖をやめないかぎり、爵位を継承したとたんに財産を食いつぶしてしまうだろう。

「金がいるんだ」アンドルーは訴えた。彼の切羽詰った声など初めて聞く。「きみが大金持ちなのは誰もが知っている。一万ポンドくらい貸せるだろう？　いずれ利子をつけてちゃんと返すから大丈夫」

「大丈夫だって？」ローガンは冷笑交じりに問いかえしつつ、引き出しのなかを探った。小切手に金額を書きこむ。「これで最後だぞ、アンドルー。底なしの井戸にこれ以上水を注ぐつもりはない」

アンドルーはローガンの肩越しに小切手をのぞきこみながら、もぐもぐと礼の言葉を述べた。「きみならきっと断らないと思っていたよ。このことを親父が知ったらどんな反応をするか、想像してみろよ。きみもまんざらじゃないだろう」

ローガンは口元に苦笑を浮かべ、「ああ、そうだな」と言いながら、書き終えた小切手を幼なじみに差しだした。アンドルーがいそいそと手を伸ばすのを見て、いったん小切手を引っこめる。「こいつを受け取る代わりに、わたしからの忠告を聞いてくれ」

「ご存じのとおり、わたしは忠告は聞かないよ」

「一万ポンドを借りるんだから、黙って聞け。さっさと借金を返して、もっと安い趣味を見つけろ。おまえみたいに短気な男が賭け事に勝てるわけがない。一瞬の感情にたやすくのみこまれるたちだからな」

「だったらきみは、世界一のギャンブラーだね。金儲けのために舞台で感情をあらわにするときは別として、普段はけっして本心を見せやしないんだから」

ローガンは笑い声をあげ、ふたたび椅子の背にもたれた。「それで、伯爵は元気なのか」

「相変わらずさ。あれこれうるさいし、不満ばかり抱えている。最近は、ルーベンスだかレンブラントだかの一連の素描を手に入れようと必死さ。自分のものにするために、人殺し以外のあらゆる手を尽くしている」

「ハリス・コレクションか」ローガンは興味津々に瞳を輝かせた。「レンブラントの素描が一〇枚だ。『ポーランドの騎手』も含まれるらしい」

アンドルーがふざけて、警告するように両手を上げる。「まさかきみもあのコレクションに入札するつもりかい。やめておいたほうがいいぞ。さもないと血を見ることになる」

ローガンは気のないそぶりで肩をすくめた。「伯爵の邪魔をするつもりは毛頭ないよ」

「きみとうちの父が芸術に同じように情熱を注ぐなんて、なんだか不思議だな」

ローガンはからかうような笑みを浮かべた。「芸術を愛する人間なんて世のなかには大勢いるよ、アンドルー。下層階級にもね」

「でも、小作農の息子で絵画をコレクションできる人間なんていったい何人いる？　そういえば父は、自分も狙っていたファンダイクの絵をきみが買ったのは、単なるあてつけだろうと憤慨していたな」

「どうしてわたしが伯爵にあてつけなんか」ローガンは穏やかに応じた。

「きみが父にあっと言わせようとして買ったとでも思っているんだろう。きみがそういう行動に出るのは、ロチェスターの広大な領地で貧しい家庭に育ったから、父はそう思っているんだ。独力でここまで上りつめた事実を、きみは絵を買うことで証明しようとしたわけさ」

ローガンのなかで激しいいらだちが唐突にわきおこってくる。彼はそれを隠そうともしなかった。アンドルーの言葉を否定したかったが、図星だった。自分でもなぜかわからないが、ロチェスター伯爵には強烈なライバル意識を燃やしていた。伯爵が自分を、あるいは周囲のあらゆる人間を見るときの、優越感と蔑みに満ちた目つきのせいかもしれない。あの値踏みするような目で見られるたび、出自以外に伯爵に劣る部分などひとつもないと証明してやりたくなる。

「わたしがあっと言わせたいのは、金を払ってわが劇場に来てくださる観客だけだよ。伯爵の言い分なんて屁だね。伯爵にもそう伝えておいてくれ」

「まあ、そんなにかっかするなって。もっと楽しい話題に変えよう。そういやきみ、あのかわいらしい黒髪の娘とまだロンドンの家で会ったりするのかい」

ローガンはかぶりを振った。「もう別れた」

「あれほどの上玉にもう飽きたのかい。それで彼女はいまどこに？　わたしなら、きみのお下がりでも喜んでもらい受けるよ」

「おまえを紹介するほど、彼女にひどい仕打ちをする気はない」

アンドルーは声をあげて笑った。「だったらあきらめよう。世のなかにはかわいい女なんていくらでもいるから」ふらふらと戸口に向かい、にやりと笑いながら、受け取った小切手をポケットにしまう。「心から礼を言うよ、ジミー。きみは絶対にわたしを見捨てないと思ってた」

「面倒に巻きこまれないようにな」ローガンは真剣に忠告した。

アンドルーがまるで邪気のない顔で「がんばってみるよ」と応じる。

苦笑いを浮かべて、ローガンは幼なじみの後ろ姿を見送った。アンドルーは欠点の多い――相当に多い――男だが、善良な一面もちゃんと持っている。彼はいままで一度も、意図的に誰かを、あるいはなにかを傷つけたことがない。反抗的な言動も、大部分は伯爵の関心を引きたい一心でしているにすぎない。

ロチェスター伯爵のことに思いが移ると、ローガンの笑みは冷笑に変わった。去年、伯爵の面前でファンダイクを首尾よく手に入れたときは、胸のすく思いがした。あの老人はいつも芸術通を自慢していた。自分の領地に住まう小作農の息子が芸術家協会のパトロンとして有名だと知ったときには、大いに腹立ちを覚えている様子だった。

ローガンは数年の歳月をかけて、芸術に関する知識を懸命に培ってきた。芸術家や収集家に教えを請い、専門家を同行して欧州大陸を何度も旅してまわり、審美眼を養った。おかげでいまでは、別荘のギャラリーが優れたコレクションの宝庫として知られるまでになった。ロンドンの著名アーティストの大部分は友人だ。それだけではなく、将来有望な無名アーティストのパトロンとしても活動している。

「ファンダイクを手に入れれば教養人として認められるとでも思っておるのだろう」一年前の競売で、ローガンがロチェスターを上まわる金額でファンダイクを競り落としたとき、伯爵はそう言った。

「いいえ」冷たくにらんでくる伯爵に、ローガンは笑みで応じた。「幸運だなとしか思いません」

伯爵はなにか嫌みを言ってやろうと言葉を探している様子だった。「見せ物で大衆を喜ばせている人間にしては上出来だな」

「見せ物ではなく演劇です」ローガンは笑みをたやさず、穏やかな声で訂正した。伯爵が是非とも手に入れようとしていた作品をまんまと獲得できた喜びは、どんな嫌みを言われたところで消えはしない。

老人は鼻を鳴らした。「俳優も歌手もサーカスの曲芸師も、わたしにはみな同じだ」

「わたしの職業にどうして伯爵がそこまで不快感を覚えるのか不思議ですね。伯爵の領地にとどまり、父のように小作農になったほうがよかったとでも？」

「訓練された猿のように舞台の上で歌ったり踊ったりするのに比べれば、農業のほうがずっとまともな仕事だろうが」

「ですが、農業ではこんなふうに大儲けはできませんからね」ローガンはそう応じると、ファンダイクを受け取りに向かった。

ようやくロチェスターの目の上のこぶになれた。そう思うと、たとえようもない満足感を覚えた。長く険しい道のりだった。ローガンは劇場の儲けをリスクの大きな投資先につぎこみ、その一部から巨額の利益を得た。芸術と同様、財務に関する知識を自力で習得した。とはいえ、芸術を学んだときのように楽しむことはできなかった。金儲けは下品で俗物的な行為だ。だがほかに選択肢などなかった。望みどおりの人生を実現するには莫大な金が必要だった。だからこそ彼は、金儲けなどしなくとも生まれながらに裕福な恵まれた貴族たちからの蔑みにも、けっして屈しまいとがんばった。ロチェスターに愚弄され、成り上がり者と呼ばれたところでかまいやしない。重要なのは、ファンダイクを含めた芸術作品を、望みどおり手に入れたことだ。

回想をやめたローガンは、うなじに手をやりながらぶらりと事務室を出た。工房に行き、書割の進捗状況を確認しようと思った。だが廊下に人声がして、つと足を止めた。アンドルーが誰かと話している……相手の女性の声に気づいたとたん、背筋がざわつくのを感じた。両脇にたらした手を思わずこぶしに握りしめる。アンドルーがマデリン・リドリーに目を留めないはずがないと、どうして気づかなかったのだろう。別にいいじゃないか……ローガンは自分に言い聞かせようとした。だがふいに、感情が爆発しそうになるのを覚えた。声をたどって図書室に向かった彼は、ノックもせずに室内に足を踏み入れた。

アンドルーは書架にもたれるように立ち、マデリンに気さくに話しかけていた。一方のマデリンはテーブルに積み上げた大量の書物の分類作業中だ。長身のアンドルーに比べると、マデリンがひどく小さく見える。金茶色の髪がヘアピンからほつれ、頬や首筋の周りで揺れている。角が擦り切れた書物や、埃をかぶった書架の前に立つ彼女は、窓のない部屋に射す一筋の光のようだった。

「ミスター・スコット」マデリンは笑みを浮かべて彼を呼んだ。「目録を作るので、本を整理しているところなんです」

ローガンはその言葉を無視し、幼なじみを無表情に見やった。「帰ったんじゃなかったのか」

「帰ろうとしたら、このかわいらしいお嬢さんに出くわしてね」アンドルーはいったん言葉を切り、言い添えた。「彼女、女優じゃないよね」

たしかにローガンはアンドルーに、キャピタル劇場の女優にちょっかいを出すなと警告した。女優以外の団員についてはとくに触れなかった。アンドルーはそのことを言っているのだろう。

ローガンはたちまち、アンドルーの肉づきのいい首を両手で絞めあげてやりたい衝動に駆られた。「では言いなおそう。女優であろうとなかろうと、わたしの下で働く人間のそばには近寄るんじゃない。わかったか、アンドルー」

「はいはい、よくわかりました」アンドルーはにやりと笑い、「お邪魔みたいだから失礼するよ」と断って図書室をあとにしながら、すれちがいざまにローガンに耳打ちをした。「きみの好みのタイプとはちがうようだね」

ローガンはなにも言いかえさず、ただじっとマデリンを見つめていた。アンドルーが出ていき、静寂が室内を満たし始めてから、いらだたしげに告げた。「もう家に帰りたまえ、ミス・リドリー」

マデリンは当惑し、おろおろした。またも気づかないうちに彼を怒らせてしまったらしい。「わたしがドレイク卿にお声をかけたわけではありません。あの方は、図書室の前を通りかかったときに、たまたまわたしがいるのに気づかれただけです。それにとても親切にしてくださいました。わたしに手を貸そうとしてくださっただけなんです」

スコットの青い瞳に、冷ややかな炎がぱっと燃えあがる。「あいつはきみに手を貸して服を脱がせ、ベッドに連れこもうとしただけだ。世間知らずでその程度のこともわからんというのなら、もっと言ってやろう。ドレイクはきみのような若くてきれいな娘をしょっちゅう食い物にしているんだ。あいつとつきあってきみが得られるのは、愛撫と、あいつの子どもの入った大きな腹だけだ。きみがそれを望むというのなら、せいぜいがんばるがいい。だが、わが劇場でそういう振る舞いはごめんこうむる」

マデリンは真っ赤になった。「単なる親切心ではなかったと、どうして言いきれるのですか」

「きみのような娘に男が親切心など覚えるものか」スコットは腹立たしいほど強調して言った。

マデリンは身を硬くし、テーブルの前を離れると、彼の脇をすり抜けるようにして戸口に向かった。「わたしが男性に対して不適切な態度をとっているとおっしゃりたいのなら――」いきなり腕をつかまれて、彼女は言葉を失った。大きな両手がドレスの袖の上から腕をつかみ、そこが燃えるように熱い。スコットは荒々しく彼女を自分のほうに向きなおらせた。

「わたしが言いたいのは、男なら誰だってきみを見ると思わず……」

スコットは黙りこみ、しばらくじっとマデリンを見つめていた。彼女が息をのむと、そのかすかな喉元の動きに相手の視線が吸い寄せられるのがわかった。ひょっとして求められているのだろうか。もしそうだとしたら、どうやって彼をそそのかせばいいのだろう。マデリンの心臓は不規則に鼓動を打った。ドレイク卿の振る舞いを非難したはずなのに、スコットの目つきはまるで、まさに彼と同じ振る舞いに及ぼうとしているかに見える。

彼の顔に触れたくてたまらず、マデリンは指先を震わせた。ひげが伸び始めた肌に触れてみたい。高い鼻や、弧を描く眉や、きつく結ばれた大きな口にも。唇に触れて緊張を解きほぐし、自分の唇を重ねて……彼の腕のなかでわれを忘れてしまいたい。

唐突に腕を離され、マデリンは危うく後ろに倒れそうになった。スコットはすっかり無表情になっている。「すまない」彼は抑揚のない声で謝罪した。「出すぎたことを言ったな」

膝が萎えたようになって、マデリンは立っているのがやっとだ。それに体の奥のほうがうずくような感覚もある。彼女はのろのろとテーブルに歩み寄り、端をつかんで体を支えた。

「わたし……」唇が妙に乾いており、舌でなめてからあらためてつづける。「ドレイク卿とは二度と口もききません」

「好きにするといい」スコットは淡々と告げた。「きみが誰とつきあおうが、わたしに反対する権利はない」

途方に暮れ、マデリンは彼の横顔をただ見つめた。激情に駆られていると思った次の瞬間には、冷淡そのものの態度をとる。きっと自分はまたなにかミスを犯したのだろう、経験豊富な女性ならけっして逃しはしない、せっかくのチャンスをふいにしてしまったのだろう。これでは男性を誘惑できるわけがない。

早くスコットにいなくなってほしい。だが彼は無言のままそこから動こうとしない。まるで全身の筋肉が硬くよじれてしまったかのように、身をこわばらせている。内奥で激しい闘いを繰り広げてでもいるかのようだ。

「ミスター・スコット」マデリンは優しく問いかけてみた。「よろしかったら……先ほどなにを言いかけたのか、伺っても？」

スコットが顔をさっとこちらに向けた。射るような青い瞳がマデリンの瞳をのぞきこむ。

「先ほど、男性なら誰だって」彼女は促すように最前の彼のせりふをくりかえした。「わたしを見ると思わず……」

ふたりのあいだに流れる緊張感が高まっていき、やがてスコットは押し殺した笑い声とともにかぶりを振った。「まったく」彼はつぶやくと、大またに図書室を出ていった。「なんの因果でこんな目に遭わされるのやら」

それから二週間、ローガンはかつて味わったことのない奇妙な責め苦に苛まれる羽目になった。どこに行っても、そこにはいつもマデリンがいて、なにくれとなく世話を焼いてくれる。その熱心な助手ぶりに、彼は頭がおかしくなりそうだった。朝、事務室に向かうとマデリンはすでに出勤しており、砂糖衣をかけたパンをナプキンでつつんだものや、湯気のたつ紅茶のポットが机の上に置かれている。ローガンがあれはどこにあったかなと考える前に、走ってそれを捜してくる。マデリンは彼の習性をすっかり熟知しているようだった。紅茶に入れる砂糖は何杯で、シャツにきかせる糊はどれくらいが好みかといったことまで把握していた。

その献身ぶりに、ローガンはいらだちと当惑を覚えた。その一方で、最後にこんなふうに尽くしてもらったのはいつだっただろう、あるいは、誰かに尽くしてもらったことなどあっただろうかとも思った。マデリンは常に彼の衣装をきれいに洗濯し、繕い、きちんとアイロンをかけた状態に保ってくれた。必要なときには図書室に行って、参考資料を探してきてくれた。事務室や楽屋の整理整頓も完璧だった。

ひとりにしてくれという言葉が始終口をついて出そうになるのに、なぜかそのせりふをマデリンに投げることができない。彼女がそばにいてくれると助かった。それに、口述筆記や、刷りたてのチラシの山の整理に専念する彼女の小さくて表情豊かな顔を眺めていると、不思議と心が休まった。彼女の出勤が遅れたときには、まだ来ないのかと時計をにらんでいる自分に気づくことさえあった。

「遅いじゃないか」ある日の朝、口述筆記の手伝いに来たマデリンをローガンは叱りつけた。「どうしてこんなに待たせる」

「申し訳ありません」マデリンは息を切らせて謝った。「ミセス・リトルトンが、衣装合せの手伝いを頼みたいとおっしゃるものですから――」

「衣装製作室で働く時間が長すぎるんじゃないのか。ミセス・リトルトンがそんなに忙しいのなら、もうひとり新たに助手を雇うよう言っておけ。わたしは手紙の返事を出さねばならんのだ」

「かしこまりました」マデリンは素直に応じつつ、口元にかすかな笑みを浮かべた。

独占欲まるだしでやきもちを焼く男のような口調になっていたのに気づいて、ローガンは顔をしかめた。「ミセス・リトルトンのけばけばしい衣装などより、こっちの手紙のほうがずっと重要なんだ」先ほどのせりふを正当化するように言い添えてみる。マデリンはほほえんで、いつもの場所、彼のとなりの椅子に腰を下ろした。

就業時間の大半を、ローガンはマデリンに事務室での仕事にあたらせた。彼女のように面倒ばかり起こしている団員には、そうさせるのが一番安全なのだと理由をこじつけた。恐れを知らぬ彼女の行動に、ローガンは四六時中腹を立てていた。工房で釘打ちをしているところや、舞台脇の天井高く設けられている足場でなにやら作業しているところに出くわしたこともある。足場にのっている彼女を見つけたときは、さすがにたまりかねた。あるとき彼が舞台に向かうと、道具方の連中が数人、足場で作業をしているマデリンを見物していたのだ。彼女は片手にロープを握りしめ、天井から三メートルほど下方の格子に据えつけられた滑車にそのロープを渡そうとしていた。「うまいぞ！」道具方のひとりが声をかけ、ほかの連中が感心したように笑い声をあげる。「彼女、猿みたいに身軽だな」

その光景を目にした瞬間、ローガンは息もつけなくなった。一歩足を踏みはずしたら、マデリンは何メートルも下の床に転落してしまう。歯を食いしばっていなければ、ローガンはいまにも叫んでしまいそうだった。そんなことをしたら驚いた彼女はまっさかさまだ。どっと汗が噴きでるのを覚えつつ、彼は口のなかで悪態をつき、張り出し舞台の裏の狭い螺旋階段を二段抜かしに大急ぎで上った。足場のすぐ下の、鉄格子から吊るされた幅六〇センチほどの通路にたどりつく。

「終わったわ！」マデリンが叫び、足場の端から下をのぞきこむと、足場がかすかに揺れた。

「下りるのが大変そうね！」とつづけて叫んでから、すぐそこにローガンがいるのに気づいた彼女は「ミスター・スコット」と驚いた声をあげた。「こんなところでいったいなにを」

「そっちこそ」ローガンは嚙みつかんばかりの勢いで言いかえした。「スカートのなかを連中にのぞかせてるのか。道理で道具方の連中に大人気なわけだ」

マデリンの顔に初めて、ローガンに対する怒りの表情が浮かんだ。彼女はぎゅっと唇を引き結んだ。「失礼なことをおっしゃらないでください。仕事をしているだけです。わたしで役に立てることがあればなんだって――」

「命がけでやることはないだろうが。その細い首をひねりあげて、手間を省いてやりたいくらいだよ。さあ、手を寄越しなさい」

「ひとりで下りられます」

「早く」ローガンは歯ぎしりした。しぶしぶ従うマデリンの手首を万力のようにしっかりつかみ、足場から引き下ろし、腕のなかに抱きとめた。その反動で通路がぐらりと揺れる。

小麦粉の袋のように肩にかつぐと、マデリンは恥ずかしそうに悲鳴をあげた。そのまま螺旋階段を下りていくローガンに向かって「下ろしてください。あなたの助けなんていらないわ！」と訴え始めた。だがローガンは知らん顔だ。ようやく舞台に戻ると、荒々しく彼女を床に立たせた。

かたわらでびくびくしている道具方の面々をにらみつけ、ローガンは妙に優しい声音で言った。「道具方のやるべき仕事をどうしてミス・リドリーがやっていたのか、理由を説明し

「自分からやるって言ったんですよ」ひとりが決まり悪そうに説明する。「自分は小さくて身軽だから、おれたちの半分の時間でできるって――」

「今後」ローガンはさえぎった。「ミス・リドリーにロープを持たせたり、足場に上らせたり、舞台装置を移動させたりしたやつは、即刻くびだ」ぎらついた目をマデリンに向ける。

彼女は怒りに顔を真っ赤にして、ローガンにきつく握られて痛む手首を小さな手でさすっていた。「謝らんぞ」彼はぶっきらぼうに言い放った。「その程度ですんで運がよかったと思え」

スコットの不可解な怒りはなかなかおさまらず、新作『亡霊』の稽古の最中もくすぶっていた。マデリンも内心でいらだちを覚えつつ、俳優たちの後見役をこなした。スコットのほうは見ないようにした。こんなに一生懸命に働いているのに、自分ばかりが叱られるのだからたまったものではない。団員のみんなもそのことに気づいていた。実際、道具方も、工房のスタッフも、俳優もみな、マデリンに優しく接し、同情を示してくれた。すれちがうときに励ましの言葉をかけてくれたり、稽古の手伝いをしてくれてありがとうと大げさに礼を言ってくれたりもした。

「マディのほうがあたしよりしっかり台本を把握しているくらいよ」アーリスが舞台の真ん中で誰にともなく言う。「彼女みたいな後見役って初めて」

「まったくだ」スティーヴン・メイトランドが賛同の意を示す。「それに、みんなのために一日中こまごました仕事をこなしながら、よく台本を読む時間があるなと感心するよ」

観客席の最前列にマデリンと並んで座るジュリアも、優しくほほえみながら彼女の肩を軽くたたいて言った。「マディには一〇人分のエネルギーがあるのよね」

マデリンは恥ずかしくなって頰を赤らめた。

「おいみんな」舞台上からスコットの声が聞こえてくる。「いまは稽古中のはずだぞ」彼は書割の前に置かれた肘掛け椅子にかけ、大きな手のなかでウイスキーの瓶を転がしている。「稽古に集中してくれ」という声は辛辣だった。

「せりふを思いだすからちょっと待って」アーリスがのんきに応じた。

ローガンはマデリンをにらみつけた。「ミス・リドリー、彼女のせりふを教えてやってくれ」

団員たちがどれだけ不満そうな顔をしても、ローガンは痛くもかゆくもなかった。どいつもこいつもマデリンの味方をして、わたしを悪者扱いだ。みんなくたばれ。キャピタル劇場はわたしが創りあげた。だから団員をどう扱おうとわたしの勝手だ。彼は不愉快な気持ちのまま午後の仕事をつづけ、けっきょく、いつもより一時間も早く稽古を切りあげた。

稽古のあと、ジュリアが事務室にやってきた。心配そうな面持ちで、眉根を寄せている。

「マディと今朝なにがあったのか聞いたわ。あの子に厳しすぎると自分で思わない?」

「そうだな」ローガンは皮肉めかして応じた。「今度、彼女が危ない仕事を買って出ようとしても、邪魔はしないいよ」

「そういう話じゃないでしょう。あなたが団員のことをどれだけ大切に思っているかくらいわかってるわ。だから今朝、あの子にきつく言った気持ちも理解できる。でも、どうしてあの子にだけ常に厳しく接するの？　いつも一生懸命にあなたの手伝いをしているじゃないの。わたしの助手に雇ったはずが、あなたの助手みたいだわ。それに、彼女のおかげでみんな以前よりもずっと仕事が楽になっているのよ。あなたもマデリンに感謝してしかるべきなのに、彼女がそばに来るたびにいじわるばかり」

ローガンはかっとなってジュリアをにらみつけた。「いいかげんにしてくれ」

「ごめんなさい」ジュリアはすぐに口調を和らげた。「ただ、なんだか近ごろのあなたはあなたらしくないから。心配なのよ」

「そもそもきみが彼女を雇わなかったら、心配する必要もなかっただろうが」

ジュリアは怪訝そうにローガンを見つめた。「やっとわかったわ、あなた、あの子が嫌いなわけではないのね。むしろ問題は、それと正反対のところにあるのでしょう。キャピタルの男性陣はほとんどみんな、マディと恋仲になることを夢想しているわ。ひょっとしてあなた、自分がそうなることを恐れているの？」

わきおこる怒りを、ローガンは小ばかにするような目つきでごまかした。「よりによってそんなくだらんことを言いだすとは――」

「図星なのね」ジュリアはまじまじとローガンを見つめた。「あの子に惹かれそうになる自分と闘っているのね。でも、どうして自分の気持ちを認めないの」

「きみの屁理屈につきあう時間はない」ローガンはつぶやくようにさえぎった。「悪いが、仕事に戻らせてくれ」

だがジュリアは出ていこうとしない。「自分の感情くらい意のままにできる、あなたがそう思っているのは知ってるわ。あなたはいつだって、精神力で感情を抑えてきた。絶対にその反対にはならないようにね。でも、感情って厄介なものよ、ローガン。いつも思いどおりになるわけではないわ」

「知るか」ローガンはそれだけ言うと、大またに事務室をあとにした。

稽古が終了し、舞台に誰もいなくなってから、マデリンは足元に埃が舞いあがるのもかまわず勢いよく床を掃きだした。「傲慢……恩知らず……暴君……」一掃きするたびにつぶやいて、怒りをぶちまける。舞台の右手に向かって掃いていき、昼間の稽古で使った数本の剣が粗布に軽くくるまれて置いてあるのを見つけて立ち止まった。

手を伸ばし、そのうちの一本を取り上げて柄《つか》を握る。剣は軽く、安定感があり、振り下ろしてみるとひゅっと音をたてた。なんだか楽しくなってきて、稽古で見た動きを思いだしながら、手にした剣で突くまねをしてみる。「これでどうだ……もう一突きどうだ……」せりふを口にし、そこにスコットがいるようなつもりで攻撃をくりかえした。

「まるでハエたたきだな」という皮肉めかした声がすぐ近くから聞こえてくる。

びっくりして視線をそちらに投げると、当のスコットが袖から現れた。穴があったら入りたい。よりによって彼に、ばかなまねをしているところを見られるなんて。きっと一生忘れられないくらい屈辱的なことを言われるにちがいない……。だが彼は青い瞳を愉快そうにきらめかせるばかりだ。

「串刺しにしたい相手は？」とたずねながら浮かべた笑みから、マデリンが想像のなかで誰を相手にしていたのかちゃんと承知しているのがわかった。答えずにいると、驚いたことに彼はそっと手首を握ってきた。温かなぬくもりが肌に伝わってくる。「ほら、剣の持ち方を教えてやる。いったん力を抜いて」スコットは彼女の手の位置を直し、上から自分の手を重ねて柄を持った。彼女は普通に振る舞おうとした。だがそれは容易ではなかった。彼があまりにも近くにいるし、脈がばかみたいに速くなっている。「わたしと同じような姿勢で立って」スコットがつづける。「膝は少し曲げて」

マデリンは思いきって視線を上げた。無意識に手でいじったのか、スコットの髪はひどく乱れている。彼女はその豊かな髪を撫でてみたいと思った。「いつもそうやって人に命じているんですね」

「そう言ってわたしを非難する女性はきみが初めてではない」スコットは皮肉っぽく応じ、剣で突くときの正しい角度を示してみせた。「右足を前に出し、膝を曲げて、腕を伸ばす。そう、うまいぞ。舞台で使ってやってもいいくらいだ」

とても近くにいるせいで、スコットがなめらかな肌をしていることや、顎にひげが生え始

めているこ と、長いまつげが赤褐色に光っているのまでわかる。リラックスした表情で口元に笑みを浮かべた彼は、いつもより少し若く、とっつきやすそうに見えた。

「どうしてあんなふうに厳しく言われたのか、わたしちゃんとわかっていますから」

「ほほう」スコットは茶化すように眉をつりあげた。

「わたしの身の安全を心配なさったのでしょう? だからわれを忘れたんですよね。だったらわたし、あなたを許します」なにか言いかえされる前に、マデリンは彼の顎に唇を寄せた。ひげのせいで唇がちくちくした。

スコットは全身をこわばらせている。マデリンは身を離し、不安な思いで彼の反応を待ったが、まるで無表情なままだ。

マデリンはぎこちなく腰をかがめ、床に剣を置くと、背筋を伸ばして彼を見つめた。「いまのも……舞台で使えますか?」

スコットは妙な表情を浮かべ、なかなか返事をしなかった。「いまひとつだな」とようやく言う。

「どうして?」

「観客に背を向けていたからだ。舞台では……きみはこちら向きじゃないといけない」彼は手を伸ばしかけてためらい、思いなおしたようにマデリンの両腕をつかんだ。その手を肩のほうに這わせていき、首筋から顎へとさらに移動させた。

「姿勢と首の角度で感情を伝えるんだ……」彼女の顎をそっと、わずかに下に向かせる。スコットの声はかすれていた。「キスを迷っているときは、こうやって顔をうつむける。わたしの胸板に手を置けば、押しのけようとしているように見える」

マデリンは言われたとおりにした。手のひらをスコットの硬い胸板に置くとき、両手がかすかに震えた。彼はマデリンよりもずっと背が高くて、見上げたところにある肩がのしかかってくるようだ。顎は頭のてっぺんにぶつかりそうな位置にある。

「キスしてほしいときは」スコットはつづけた。「顎を上げて……もっと相手のそばに立ち……」

彼女が首に腕をまわし、小さな手でうなじに触れると、彼は黙りこんだ。彼は糊づけされたリンネルと、汗と、サンダルウッドの石鹸の匂いがした。こんなに気持ちをそそられる匂いはかいだことがない。思わず首筋に顔をうずめて、深くかぎたい衝動に駆られてしまう。スコットの額にはほんのりと汗が浮いている。「マディ……」彼がやっとの思いで口を開くのがわかった。「自分がなにをしようとしてるか、わかっているのか」

マデリンは指先を丸め、スコットのシャツをぎゅっとつかんだ。「はい、わかっています」

ごくりと唾を飲み、つま先立ちになって、唇を重ねようとした。スコットの自制心が解き放たれるのがわかる。彼は唐突に身をかがめると、唇を重ねてきた。

口づけは温かく、激しかった。求められているのはたしかなのに、マデリンはどうやって応えればいいのかわからなかった。両腕が体にまわされ、隆起した硬い筋肉が押しつけられる。唇は徐々に優しさを増していき、執拗に重ねられ、やがて彼女は口を開いた。大きな両の手が後頭部をつつみ、巧みに口づけるあいだずっと支えてくれていた。こんなときどうすればいいのか、いままで誰もなにも教えてくれなかった。詩や小説で得たすべての知識が燃えかすとなり、押しつけられたたくましい体というたしかな現実に取って代わられる。

マデリンはスコットの髪をまさぐった。乱れた髪は絹のようにやわらかく、とても豊かだった。手のひらに触れたうなじは板のように硬い。彼女はしっかりと抱きしめられたまま、口づけをかえした。心臓がとどろくように鼓動を打ち、失神してしまうのではないかと思った。唇が離れ、やがて首筋に下りていき、あらわな薄い肌の上を飢えたように這う。マデリンは膝を震わせ、立っていられずに彼に身を寄せた。

張りつめた胸の曲線にスコットの手が触れてくる。やわらかなつぼみはやがて、ドレスの下で硬く尖っていった。

「ミスター・スコット……」マデリンはあえぎ、後ずさって、脈打つ胸元を手で押さえた。頬を赤らめ、目を大きく見開いて、胸を大きく上下させて息をした。

ローガンは汗ばんだ額をシャツの袖でぬぐった。ひどく興奮し、彼女を求めて激しくうずいている。もう一度触れたいと思った。硬い舞台の床に押し倒し、いますぐこの場で奪ってしまいたい。正気の沙汰でないことくらいわかっている。とりわけ魅力的な女性たちとも関係を結んできた彼にとって、マデリンのような無垢な乙女のとりこになるなど、ありえないことだった。「ばかなまねはこのくらいにしておこう……」

「ばかなまね？」彼女は傷ついた表情に当惑の色を浮かべてくりかえした。

ローガンは彼女の周りを半円を描くようにまわった。「わたしはもう三〇歳だ。きみのような年齢の娘には興味がないんだよ。自分がその年ごろだったときからね」

「それは……わたしに魅力を感じないという意味ですか」

「まったく」そのようなことを訊くこと自体、彼女が未経験だという証拠だ。ズボンのボタンはいまにもはちきれんばかりだというのに。彼は歩みを止めると、強いてマデリンの顔を見つめ、「きみは魅力的だ」とぶっきらぼうに告げた。「是非ともきみを――」言葉を切り、片手で髪をかきあげる。「だがそういうのはよくない。きみにはわたしの相手は務まらない。わたしはきみを変えてしまう。傷つけてしまう」

「おっしゃる意味はわかります」

「いいや、わかっていない。だからこそわたしは、きみを避けようと努力してるんだ。やましい思いをしたくないんだよ」

「やましく思う必要なんてありません。わたしはただ、あなたにもう一度キスしてほしいだけです」

マデリンの大胆なせりふは宙に浮いたまま消え去らない。彼女は言ってしまってから自分でびっくりした。スコットはぎょっとした顔で彼女を見つめていたが、やがて背を向けると押し殺した笑いをもらした。「ありえないな。きみがなんと言おうと、わたし自身のためにありえないんだよ」

「ミスター・スコット――」

「明日からもう事務室に来なくていい。稽古場にも現れないでくれ。ジュリアは抗議するだろうがな」いったん口をつぐみ、にべもなく言い添える。「わたしの視界に入らぬようせいぜい努力したまえ」

あまりにも冷淡な言葉にマデリンは愕然とした。きらめくような情熱が身内から消えていき、冷たい空虚に満たされる。どうしてこんなに急に、望まぬ方向に話が進んでしまうのだろう。彼女はまごつき、必死に考えようとした。どうして彼は、拒絶したかと思うと彼女がほしいと言い、なおかつ、近づくなと警告するのか。「ミスター・スコット――」

「行け」スコットは身振りで立ち去るよう示した。「舞台装置の具合を見にきたんだ。きみがいると邪魔だ」

ミセス・フローレンスがいなかったら、マデリンはすっかりふさぎこんでいただろう。だがスコットとの一件に関する老婦人の解釈を聞かされると、ふさぎこむどころか、ひたすら首をひねる羽目になった。「わたしだったら、それは前進と思うわね」老婦人はその日の出来事を聞くなり言った。「これでもう彼を手中におさめたも同然よ。ベッドに誘うまでにそう時間はかからないわ」

「わたしの説明が足りないんですね」マデリンは自信なさげにミセス・フローレンスを見つめた。「ミスター・スコットを手中におさめてなんかいませんもの。それどころか彼は、さっさと背を向けたんです。わたしとはいっさいかかわりたくないって」

「マディ、あなた彼のせりふをちゃんと聞いていたの？　彼はあなたに、そばにいると誘惑に負けそうになるから近づくなと言ったのよ。これ以上励みになるせりふ、ありゃしないじゃない」

「でも、本気で近づくなと言っているようにしか――」

「ためらっている場合じゃないわ。彼はいま、ぐらつき始めているのよ」老婦人はかたわらの書物を取り上げると、なかに挟んだメモを取りだした。「はいこれ。近いうちに劇場の仕事を午前中で早退させてもらって、ここに書いた住所を訪問なさい」

「ミセス・バーナード」マデリンは声に出してメモを読み、問いかけるように老婦人を見つめた。

「わたしの親友。リージェント・ストリートでドレスショップをやっているの。ロンドン一とは言えないけれど、なかなかのものよ。あなたのことは先に少しお話ししておいたわ。生地はたくさん在庫があるし、見本も何着かあるそうだから、素敵なドレスを何枚か作ってくれるそうよ。もちろん代金はただ。お針子さんに、練習用に縫わせるそうだから」

「ああ、ミセス・フローレンス！　なんてお優しいんでしょう。どうお礼を申し上げればいいか――」

「こんな楽しいことにおつきあいさせてもらえるのだもの、その言葉だけでいいわ。最近はどんな気晴らしにもすぐに興味を失ってしまうの。でもあなたの計画のお手伝いは本当に愉快だわ」老婦人はいったん言葉を切り、まじめな顔でマデリンを見つめた。「それよりも、わたしが口出しするようなことではないと思うけど……あとのことはどうするつもり」

「あとのこと?」

「ミスター・スコットを誘惑するのに成功したあとのことよ。あなたならきっと、彼と素晴らしいひとときを過ごせると思うわ。でもいずれ、彼が関係を終わらせたいと言いだすときが来るでしょ」

マデリンはうなずいた。「家族の元に帰ります。わたしのしたことを知ったら、怒るだろうと思いますけど……覚悟はできています」

「そこまでしてミスター・スコットがほしいのね」

「ええ……はい」マデリンは気づまりなものを覚えつつ答えた。しばらく黙りこみ、やがて言い添える。「わたし、ごく普通の人生を約束されたも同然なんです。特別な才能もないし、とりたてて美しくもないし、ほかの大勢の女の子たちとはちがう自分だけの個性なんてなにひとつないんです。でも、魔法にかけられたような一夜も過ごさずに、これからの人生を送るのはいやなんです」

「魔法なんて期待しちゃだめよ」老婦人は忠告し、しわの刻まれた顔を心配そうにくもらせた。「男の人にそんなことを期待してはいけないの。相手がたとえミスター・スコットのような人でもね。ずばり言うけど、ベッドで男女が抱きあうのはとても素敵なことよ。でも、魔法にかけられるのなんて一生に一度だけ。もしあったとしてもね」

洗濯され、きれいにたたまれた山ほどの衣装を腕に抱えて、マデリンはスコットの楽屋に向かった。午前中なら楽屋はいつも無人だ。だが意外にも、室内からは人の話し声が聞こえてきた。扉は半開きになっており、肘で軽く押すだけで小さくきしむ音をたてて開いた。驚いたことにスコットが立ったままテーブルに身をのりだして、女性の来訪者との会話に夢中になっていた。ほっそりとした優雅な体つきの女性で、髪は淡いブロンド。とても魅力的な面立ちだ。濃紺のベルベットの普段着用のドレスは、スカートがこまかいプリーツになっている。見るからに世知に長けている女性、落ち着きを身につけ、自分の立ち位置を知っている女性という感じがする。マデリンとは正反対だ。

落胆と嫉妬を隠すのは難しかったが、振り向いたふたりに対し、マデリンはなんとか無表情を作ってみせることができた。「あの、この時間なら楽屋にいらっしゃらないかと――」

「ふたりきりで話す必要があったのでね」というスコットの声は抑揚がなく、そっけなかった。

「わかりました」マデリンは顔を真っ赤にし、部屋の隅にある椅子に衣装を置いた。「あとで戻って片づけますから」

「いま片づけてもらったら？」ブロンドの女性があっさりと言う。マデリンのことなど、メイドかなにかとしか思っていないようだ。「わたしもそろそろお暇《いとま》しなければならないし。劇場経営のお邪魔をするつもりはないもの」

スコットはほほえんでテーブルから離れ、女性の肘に軽く触れた。たったそれだけのことなのに、マデリンのなかでいらだちが大きくなっていく。彼のしぐさは、ふたりが親密な関係にあることをほのめかしていた。

「あなたに邪魔されるのなら、いつだって大歓迎ですよ」

女性は手袋をはずした手で、シャツの上からスコットの腕を撫でた。「だったら、もう少しお邪魔しようかしら」

「是非とも」ふたりの視線がしばしからみあう。

マデリンは急いで衣装を片づけようとした。衣装だんすのところに運び、整然と掛けていく。裏切られた気分だった。もちろん、そんなふうに感じる立場にないことはわかっている。スコットが誰を求めようと自由なのだから。でも、どうしてその相手はわたしではないの。こみあげるものを覚えつつ、マデリンは内心でつぶやいた。

スコットが小声でなにかをたずね、女性がほほえみながら首を振る。「でもやっぱり、もうお暇するわ」女性はスコットの瞳をじっと見つめ、手袋をはめると、指先のたるみを一本一本きちんと直した。毛皮でトリミングしたマントをスコットが華奢な肩にふわりとかけ、冬の風を寄せつけぬよう、襟元をぴったりとかきあわせる。女性が出ていくと、室内には甘い花の香りが残された。

沈黙が流れる。スコットは考えこむような面持ちで扉のほうを凝視している。マデリンはたんすに衣装を掛け終えると、戸を閉めた。少し勢いよく閉めたせいで彼が振り向き、問いかけるように黒い眉をつりあげた。

「香水がきついですね」マデリンは言い、不快な臭いを払うように片手を振った。

「わたしはいい香りだと思うけどね」スコットはそう応じ、室内を片づけるマデリンをずっと目で追っている。彼女はテーブルの上に置かれた物を片づけ、椅子を壁のほうに寄せ、床に落ちたコインを拾った。

「恋人ですか」なにも言うまいと思っていたのに、衝動的に口から質問がこぼれるのを止められなかった。

スコットの顔には笑みが浮かんでいるものの、穏やかとは言いがたい。「私生活について話すつもりはない」

「あの方、結婚指輪をしていました」

非難がましい口調に、なぜかスコットは愉快そうな顔をした。「そんなもの、なんの意味もない」彼はあっさりと言ってのけた。「彼女と夫が了解しあっているのは周知の事実だ」

それがどういう意味か、マデリンには一瞬わからなかった。「つまり、あの方とあなたが……どうにかなっても、ご主人はなにも言わないということですか」

「彼女が羽目をはずすことさえなければ」

「そんなの変です」

「ちっとも変ではない。上流社会の奥様方の多くは、夫以外の男と友情を築くことを許されている。そうすれば奥様方は、夫の不貞行為について不満をもらすこともないからな」

「それではあなたも、他人の妻と愛を交わすことをなんとも思わないのですか」マデリンは思いきって問いただした。

「むしろ既婚女性のほうがいい」スコットは静かに応じた。「わがままを言わないし、独占欲もない」

「先ほどの女性が独身でも、やっぱりおつきあいしたいと思うのですか」

「きみには関係のないことだ」

ぴしゃりとはねつけられて、マデリンは楽屋をあとにすることにした。「いいえ、関係あるわ」とスコットには聞こえないくらいの小声でささやきながら。彼を自分のものにしたいという思いがますます強くなっていた。あのブロンドの既婚女性から自分にスコットの関心を引き寄せることが不可能ではないのなら、絶対にやってみせる。

それから数日のあいだに、キャピタル劇場では団員の四人がたてつづけに病に倒れた。ふたりは俳優で、ふたりは工房の職人だった。症状は高熱と咳と倦怠感。ひとりは意識が混濁して二日間も寝こんだほどで、ジュリアが彼らの自宅に使用人をやり具合を確認させた。

「全団員にうつる可能性もあるわ」ジュリアは眉根を寄せてマデリンに言った。「これ以上誰にもうつらないよう祈りたいところだけど、きっと無理ね」

「公爵夫人」マデリンはだいぶ大きくなったジュリアのおなかに視線を落とした。「妊娠してらっしゃるのですから、とくに気をつけないと――」

「わかってるわ」ジュリアはいらいらとため息をついた。「でも、この忙しいときに家でおとなしくなんかしていられないのよ」

「どんな作品よりも公爵夫人のお体のほうがずっと大事です」

ジュリアは鼻で笑った。「ローガンの前でそんなことを言ってはだめよ。彼にとっては、この世に病気なんて存在しないも同然なの。昔からそう。どんな病がはやろうと、たとえそれが猩紅熱《しょうこうねつ》だろうと、絶対に劇場のスケジュールを変えないんだから」

「でも、かかったものは仕方がないのに」マデリンは抗議した。スコットの理不尽さが理解できなかった。

ジュリアも呆れ顔だ。「他人の弱さを許せない人なのよ。でも、自分に弱い面がないのだから、他人の弱さなんて理解できるわけがないわね」夫人は机の端をつかんで体を支えながら立ち上がり、口をへの字にした。「彼に現状を話すしかないわね。きっと熊みたいに吠えだすと思うけど」

予想に反し、スコットの事務室から熊のような吠え声は聞こえてこなかった。だがその日は一日中、ぴりぴりした空気が劇場をつつみ、団員たちもいつになくおとなしかった。マデリンが夫人に早退を申し出ると、すぐに許可をもらうことができた。

ミセス・フローレンスにもらったメモを片手に握りしめ、マデリンはリージェント・ストリートを歩いた。大通りを行き交う人の群れや馬車、動物たちのあいだを、不安などみじんも見せないようにして進む。通りにはさまざまな店が並んでいる。家具屋、食器屋、食料品店、婦人帽子店、生地屋。これではミセス・バーナードの店など見つけられっこない。絶望しかけたときにふと顔を上げると、緑色の小さな看板を掲げた店が目に入った。ウインドーに布地が飾られている。

ためらいがちに店内に足を踏み入れると、扉に紐でぶら下げられた真鍮のベルが大きな音をたてた。マデリンより少し年上とおぼしき、こざっぱりとした身なりの娘がすぐに現れる。

「いらっしゃいませ」

「ミセス・バーナードにお会いしたいのだけど……マデリン・リドリーと申します」

ふたりのやりとりを耳にして、店の隅のテーブルにいた背の高い女性が立ち上がった。テーブルの上にはスケッチや生地見本が散乱している。女性は見たところ四〇代後半。優雅なブルーのドレスに身をつつみ、白髪交じりの髪はしゃれたスタイルに編んで結い上げている。

「ミセス・バーナードでいらっしゃいますか」マデリンは先ほどの娘にマントと手袋を渡しながらたずねた。

「ネルのところにいるお嬢さんね」ミセス・バーナードは言いながら、マデリンをじろじろと観察した。「ネルからお手紙をいただいてるわ。とある男性の関心を引きたいのに、それにふさわしいドレスがないそうね……」値踏みする目で、地味なドレスに視線を投げる。「そうね、たしかにその格好では裕福な庇護主を見つけるのは無理だわ」彼女は店員の娘に、マデリンを奥の部屋に案内するよう身振りで指示した。「ルースに試着を手伝ってもらってちょうだい。わたしもすぐに行くわ」

ルースに案内されながら、マデリンは肩越しに振りかえった。「ミセス・バーナード、なんとお礼を申し上げればよいか――」

「いいの、いいの。ルースにはどうせ、何着かドレスのお直しをやらせるところだったのよ。練習のためにね。ネルがここまで気に入ってるお嬢さんなんだもの、これくらいのことはさせてちょうだい。彼女にはいろいろとお世話になっているの。いいお客様を何人も紹介してもらったりね」ミセス・バーナードはそこでいったん言葉を切り、店員に向かって指示を出した。「ルース、あの茶色のベルベットのドレスと、黄色のイタリアンシルクのドレスは必ず試着していただいてね。きっとミス・リドリーによく似合うわ」

そもそもマデリンは、いままでドレスショップを訪れたことさえなかった。母はいつも地元のお針子を屋敷に呼び、新しいシーズン向けに五、六着のドレスを注文した。その際には最新のファッション誌を参考にしてデザインに流行を取り入れていた。たいてい、着てみるとどれもぱっとしなかった。彼女はもっと洗練されたドレスがほしかった。だがいざは、そのようなものは不適切だと言ってはねつけた。「クリフトン卿と結婚すれば好きなドレスを買えるようになりますよ。とはいえ、あの方は保守的だから、ご自分の妻が派手に着飾るのは好まないでしょうけど」

「派手に着飾りたいわけではないわ」マデリンはむっとして抗議した。「お友だちが着ているようなドレスがほしいだけよ。きれいな色の、ちょっぴりレースをあしらったドレスが――」

「そのようなドレスは必要ありませんよ」母は静かに娘を諭した。「その手のドレスは殿方の気を引くためのものですからね。あなたはすでにクリフトン卿と婚約しているのです」

母は頑固に言い張るばかりで、年寄りの妻になるのをいやがる気持ちなどわかってくれなかった。打ちひしがれた思いがよみがえってきて、マデリンはあらためて決意を固めた。スコットの見る目を変えさせるためなら、どんなことだってするつもりだ。

ルースに促されるまま、マデリンはドレスを脱ぎ、しわくちゃの木綿のシュミーズと長いドロワーズだけになった。するとルースは下着姿をいぶかしそうに見やり、なにやらもぐもぐとつぶやいてどこかに消えた。戻ってきたときにはミセス・バーナードも一緒だった。マデリンの膝丈のシュミーズを見たミセス・バーナードは後ずさった。

「なんて野暮ったいの」彼女は言い、腕組みして首を振った。「わたしのドレスの下にそのような下着を着てもらうわけにはいかないわ。ラインが台無しになってしまうもの」

マデリンは不安と申し訳なさが入り交じった顔でミセス・バーナードを見つめた。「でも、持っている下着は全部こんなものばかりなんです」

「ステーはどうしたの」ミセス・バーナードが問いただす。マデリンがぽかんとした表情を浮かべると、彼女はかすかにいらだった表情になった。「コルセットのことよ。着けてないの？　まったくもう、あなたいったいおいくつ？」

「一八です。でも、いままで一度も――」

「あなたの年ごろのお嬢さんなら、みんなコルセットをしているわ。当然のたしなみなの。もちろん体に悪いことなんてなにもないわ。コルセットも着けないで、よくも背中が丸まらなかったものね」

不安に駆られたマデリンは腰をひねり、鏡に映った自分の背中を見つめた。幸い、背中は丸まっていなかった。

ミセス・バーナードがため息をつき、ルースに指示する。「レディ・バーカムに注文いただいた下着、あれを三組持ってきてちょうだい。あちらの分はこの週末に新しく作りましょう。それと、二番目の棚にある箱からコルセットもね」

「あの」マデリンは残念そうに言った。「すみません、そのようなものを買う余裕は——」

「いいのよ。万が一、余計な費用が必要になった場合には、ネルがあなたと話しあうと言っていたから。彼女のお手伝いでもすることになるんじゃないの？　それじゃいやかしら」

「いいえ、それなら——」

「そう、だったら始めましょう」

ミセス・バーナードは優しく励まし、ルースは黙々と手を動かして、マデリンの厚手の下着を脱がした。ルースから渡されたシュミーズとドロワーズは膝も隠れない短い丈で、薄い上等なリンネルでできていた。とても軽くて、まるでなにも着ていないような感じだった。よく見るとかすかに肌が透けており、鏡の前に立ったマデリンは思わず頬を赤く染めた。娘がいまごろなにをしているか知ったら、母はきっと卒中を起こすだろう。

下着を替えたあとはコルセットだ。前面に留め具が並び、背面を編みあげたシルクのコルセットを着けると、ウエストは五センチほども細くなった。マデリンは鏡のなかの自分をまじまじと見つめた。本当に男性はこのようなものを好むのだろうか。これでミスター・スコットの気を引くことができるのだろうか。彼女は早く結果が知りたくてたまらなかった。

最初に試着させてもらったのは、やわらかな畦織《あぜおり》シルクの黄色のドレス。マデリンよりも背の高い女性用に作られたものだったが、シンプルなデザインは彼女によく似合った。マデリンはやっとの思いで興奮を隠しつつ、ルースが背中の隠し留め具を留めてくれるのを待った。

「素晴らしいわ」ミセス・バーナードが巧みな手つきで、布地の緩みがある部分にきらりと光る針を刺していく。「こういう黄色を着こなせる女性はそうそういないのよ。でもあなたの場合、金色がかった髪が引き立ってとてもよく似合うわ」

ドレスの襟元が深く刳《く》られているため、首筋と鎖骨は完全にあらわになっており、胸の谷間までわずかにのぞいている。コルセットで締めあげた上半身に布地がぴったりと寄り添い、ウエストがありえないほど細く見えた。きらめく黄色の布地は腰まわりとスカートにドレープが寄せてあり、下のほうはゆったりとしたプリーツ仕立てで、裾には波形のカットがほどこされている。「別の人になったみたいです」マデリンは息をのんだ。

「本当ね。余裕があればトリミングも追加したいところだけど、でも、いまのままのほうがよさそうね。シンプルなほうがより洗練された印象を与えるでしょう」ミセス・バーナードはさらに三着のドレスを試着させてくれた。長袖にレースをあしらった茶色のドレスに、綾織の青いカシミアの品に、象牙色のドレス。三着目は襟刳りがとても深く、マデリンはこのようなものを人前で着られるのかしらとさえ思った。ペールブルーの刺繍をほどこした象牙色のスカーフが付属しており、肘にふんわりと掛けられるようになっていた。

ドレスに似合うような靴をマデリンが持っていないことに気づいたミセス・バーナードは、足首に細いリボンを巻くデザインのベルベットの履き物まで用意してくれた。代金の支払いを申し出ると、「注文した方の足には小さくて合わなかった品だから」と言って断った。

試着は大成功だったわね。ミセス・バーナードは満足げに言い、ルースの作業の進捗にもよるが、数日でお直しが終わるだろうと説明した。マデリンは自分の幸運が信じられず、大げさなくらい熱心にふたりに礼を述べた。

「お礼を言うならネルにね」ミセス・バーナードが言った。「本当に素晴らしい方よ。相談相手に彼女を選んだのは賢明だったわね」

「賢明でもなんでもないんです。単に運がよかっただけですから。あとはもう少し――」

「意中の男性のことなら、もう運は必要ないわ。新しいドレスを着たあなたを一目見たら、あとはすっかりあなたの言いなりになるはずだから」

「そんなの想像もできません」スコットの怖い顔を思いだして、マデリンは笑いながら応じ、ドレスショップをあとにした。

4

「ドレスショップはゴシップの宝庫」ミセス・バーナードの店から帰宅したマデリンの報告を聞いたミセス・フローレンスは、懐かしげに言った。「いつもスキャンダルや興味深い噂話であふれかえっているの。わたしもよく噂の的になったものだわ。ご婦人方ときたら、ご主人や愛人をわたしに奪われるのではないかと、いつも恐れていたのよ」

「奪ったことがあるんですか」マデリンは訊かずにはいられない。

「ひとりかふたりだけね」

マデリンはほほえんで、ミセス・フローレンスの居間を見渡した。半貴石の留め具がついた紗の衣装を額に入れたものが、壁の中央に飾られている。その左右には部屋の角に合わせた三角形の、彫刻が美しいトランクが並んでいる。「なにが入ってるんですか」

「若いころの思い出の品」老婦人は色鮮やかなベルベットで張りぐるみにした椅子の上で座りなおし、皿のサンドイッチをつまんでほんの少し口にした。「よかったら開けてみなさいな」

オービュッソン織の絨毯にいそいそと膝をつき、マデリンはひとつ目のトランクの鍵を開けた。少しかびくさい、ラベンダーのサシェの香りがふわりとたちのぼった。薄紙で丁寧につつまれた衣装をそっと取りだしてみる。

「それはコリー・シバーの作品で男装するヒロインを演じたときの衣装よ」というミセス・フローレンスの説明を聞きながら、マデリンは軍人の衣装を広げた。膝丈のズボン《ブリーチ》と羽根飾りのついた帽子がセットになっている。「そういうおてんばな役が得意だったの。脚が自慢だったからね」老婦人は先ほどまでよりも興にのった、楽しげな様子で身をのりだした。

「そっちはオフィーリアのときのドレスね」

　透けるように薄い白と緑の生地でできたドレスを、マデリンは恭しく掲げてみた。表面には数えきれないほどたくさんの小さな薔薇のつぼみの刺繍がほどこされている。「これを着たミセス・フローレンスはさぞかしおきれいだったでしょうね！」

「そのなかの小箱のひとつに、セットのかつらも入ってるはずよ」

　革の箱を開けてみると、なかからは精巧な細工の宝石や、レースやシルクや革の手袋、花柄の色褪せた履き物、何本もの扇などが出てきた。ミセス・フローレンスがそれぞれの品について現役時代の逸話を話すのを、マデリンは夢中になって聞いた。

　ところが緑色のラッカー塗りの箱を開けようとすると、老婦人の顔からふいに笑みが消え、苦悩と悲しみの色が広がった。「それは開けないでちょうだい。とても大切なものが入っているの」

「ごめんなさい――」

「いいの、気にしないで。こちらにちょうだい」老婦人はしわだらけの手で箱を受け取り、白い指でそれをきつくつかんだ。マデリンがいることなど忘れたかのように、箱にじっと視線を落としている。

「あの……衣装を片づけて、下がったほうがよろしいですか」マデリンはそっとたずねた。

その声に、ミセス・フローレンスがはっとわれにかえる。老婦人の瞳には底知れないほど深い後悔の色が浮かんでいた。「中身は細密肖像画《ミニアチュール》なの」と説明しながら、ラッカー塗りの箱を何度も何度も、つややかな表面にくもりができてしまうまで親指で撫でる。やがて彼女はゆっくりと箱を持ち上げ、口づけると、きらめく瞳でマデリンを見つめた。「見てみたい？」

マデリンはうなずき、老婦人のそばに寄って足元にひざまずいた。

ミセス・フローレンスはかすかに指を震わせながら、小さな金縁のミニアチュールをひとつ取りだし、マデリンに手渡した。

絵のモデルは、つぶらな青い瞳に天使のような顔立ちをした五、六歳の少女だった。大きなボンネットをかぶっており、その下から真っ赤な巻き毛がのぞいている。「まあかわいい」マデリンは心から言った。「どなたですか」

「わたしの娘」

驚いたマデリンはミニアチュールをただじっと見つめた。「知りませんでした、あなたに――」

「ほとんど誰も知らないの。婚外子だったから」ミセス・フローレンスは言葉を切り、マデリンの顔をのぞきこむようにした。マデリンがショックを受けるか、非難の色を顔に浮かべているのではないかと思ったのだろう。そのどちらでもないのを見てとると、彼女はつづけた。「愛しいエリザベスが生まれたとき、わたしはいまのあなたと同じ年ごろだったわ。相手の男性は素晴らしい人だった。ハンサムで、高潔で。家柄はよくなかったけれどね。結婚を申しこまれたのだけど、その代わり舞台を降りてほしいと言われたの」

「愛してらっしゃったんですか」

「ええ、もちろん。誰かとのあいだに魔法を感じたことがあったとしたら、それはきっと彼とだったはずよ。でも断ったの。女優のキャリアを犠牲にしたくなかった。仕事はとても大事なものだったから。妊娠がわかったときも彼には黙っていたわ。けっきょく彼はほかの人と結婚をした。わたしの知るかぎり、幸福な人生を送っていたようよ。共通の知人から聞いた話では一〇年前に亡くなったそうだけど」

「後悔はなさらなかったんですか」

「後悔はしない主義なの」

それからふたりは無言でミニアチュールを見つめた。「いま、娘さんはどちらにいらっしゃるんでしょう」

ミセス・フローレンスはほとんど聞こえないくらいの声で答えた。「ずっと前に亡くなったわ」

「そんな……」マデリンは老婦人が哀れでならなかった。

「娘のことなんてろくにわかってなかったわ」ミセス・フローレンスは打ち明け、ミニアチュールに手を伸ばすと、ぎゅっと握りしめた。「あの子が小さいころに別れたから。学校に入れる年になったとき、手放したの」

「まあ」

「女優としての暮らしは、エリザベスのためにならないわ。わたしの周囲にはいつも殿方がいたし。あの子には世間の余計なことなど知らない、きちんと教育を受けた娘に育ってほしかった。ドレスも本も人形も、一番上等なもの、あの子が必要とするものを与えたわ。休みのときには旅行に連れていくこともあった。わたしの職業や、暮らしぶりについて話すことはけっしてなかった。いつか娘が立派な紳士と結婚し、田舎のお屋敷で暮らすようになる日を夢見ていたわ。なのに……」ミセス・フローレンスは言葉を失い、首を振った。

マデリンはさまざまな可能性について考えてみた。そして、老婦人の顔に浮かぶ悲しい皮肉の色から、エリザベスがどうなったのかをはっきりと悟った。「娘さんは、ミセス・フローレンスのような人生に憧れたんですね」静かな確信を持って言う。

「ええ。娘は自ら学校をやめ、自分も女優になると言いだしたの。わたしはやめてちょうだいと懇願した。でも、いくら言っても娘の気持ちは変わらなかった。演じることへの欲求はね、胸に抱える空虚が大きければ大きいほど強くなるものなの。きっとエリザベスも、けっして満たされることのない思いをいくつも抱えていたのね。とくに、父親と家族を求めて苦しんだんだと思うわ。娘のために最善を尽くしたつもりだったけど、もっとしてあげるべきだった」

「それで、その後娘さんは？」

「一六歳で舞台にデビューしたわ。そして、熱狂的な歓声で迎えられた。あの子の演技は洞察力に富んでいて、力強くて、わたしよりも遥かに優れていた。あの子ならまちがいなく、偉大な女優になれたでしょうね。大好きなジュリアよりもずっと有名になれたかもしれない。当初はあの子の選択に反対したけれど、成功を心から望んでいたのよ」

ミセス・フローレンスはため息をつき、ミニアチュールを箱に戻した。「一七歳の誕生日を迎えてすぐ、あの子はある男性と出会ったの。貴族よ。ハンサムで知的で、そして、冷酷だった。娘は気が変になるくらいその人を愛した。キャリアはもちろん、大切なものをなにもかも捨てて、その人の愛人になる道を選んだ。妊娠がわかったときの喜びようといったらなかった。相手の男性がその状況をどう思っていたかはわからないけれど、娘と結婚するつもりは毛頭なかったでしょうね。やがてある日……」ミセス・フローレンスは言葉を切り、口にするのさえつらそうに唇をゆがめた。「相手の方が使用人を寄越し、娘がお産の際に亡くなったことを告げられた」

「赤ちゃんはどうなったんですか」マデリンは長い沈黙の末にたずねた。

「赤ちゃんも助からなかったと聞かされたわ」

「相手の方というのはいったい――」

「彼の話はしたくないの。彼は娘の人生を台無しにし、こんな痛みがこの世にあるのかと思うほどの苦しみをわたしに与えた。あの人の名前は絶対に口にしたくないわ」

「お気持ちはわかります」マデリンは老婦人の手を撫でた。「話してくださってありがとう、ミセス・フローレンス」

老婦人はほほえみ、箱を持つ手に力をこめた。

「娘さんのミニアチュールはほかにも？」

「ええ……でも、見る勇気がないの。誰かに見せる勇気もね」

「そうですよね」マデリンはいぶかるようにミセス・フローレンスを見つめ、そして気づいた。エリザベスについて、ミセス・フローレンスにはまだ打ち明けていない秘密があるのだと。

翌朝キャピタル劇場に出勤したマデリンは、アーリス・バリーが例の病に倒れたことを知った。絵師のリーダーである夫が自宅で看病しているという。公爵夫人はひどく心配している様子で、「よほどのことじゃないと稽古を休んだりしない人なのよ」とマデリンに言った。「お見舞いに行きたいのだけど、公爵が許してくれないの。それどころか、今後数週間は家にいなさいとまで言うのよ。感染の恐れがすっかりなくなるまで」

「賢明なご判断だと思います」マデリンはうなずいた。「是非そうするべきです」

夫人はいらいらとため息をついた。「やるべきことが山積みなのよ。それにもうじきお産だから、それまではできるだけ劇場にいたいの。それでね、アーリスも代役も倒れてしまったでしょう、どちらかが復帰できるまで、稽古のときにあなたに代わりをお願いできないかしら」

「そんな、わたし……」マデリンは首を振った。「演技なんて無理です。才能もないし、やってみたいとも……」

「演技する必要はないわ。せりふを言ってくれればいいの。アーリスよりもよく覚えているくらいでしょう。それと、彼女が稽古でやっていたとおりに舞台で動いてくれればいいから。恥ずかしがることなんてないのよ、マディ。みんなだって、稽古がしやすいようにアーリスの代わりを務めているだけだとわかってくれるから。考えてみて」

「ミスター・スコットが反対なさいます」マデリンはきまり悪そうに言った。

「彼のことはわたしに任せて。ローガンは、なによりも劇場のために最善の道を選ぶ人だから」

マデリンは翌日までスコットと会わなかった。困ったことに、稽古は本番の衣装で行うことになったという。アーリスの代わりを務めるだけでも緊張するのに、衣装まで身に着けなければならないとは。彼女の衣装は、青と銀のごく薄い生地を重ねて体にまとわせただけのようなものだ。マデリンはアーリスよりも小柄なので、深く刳られた襟が胸元まで開き、必要以上に露出度が高くなってしまう。

「まあ、なんて美しいんでしょう」ミセス・リトルトンは一歩後ろに下がって、誇らしげに衣装を見やった。「ミス・バリーはあなたのような美貌に恵まれなくってかわいそうね。あなたが着たほうが衣装も優美に見えるわ」

「ミス・バリーはおきれいです」マデリンはすかさず応じた。

「毎日毎日、午後のお茶のたびに砂糖をまぶしたビスケットを食べるのをやめればね」ミセス・リトルトンはいじわるく言い、大きなお尻を振ってくるりと後ろを向くと、その日使う衣装の棚で作業を始めた。

楽屋に向かったマデリンは、人目につかぬよう隅のほうで小さくなっていた。だが露出度の高い衣装のせいで、思ったとおり、みんなにからかわれる羽目になった。真っ先に彼女に気づいたチャールズ・ハヴァースリーは、感服したように口笛を吹いてみせた。

「おいおい、大変身じゃないか!」チャールズはマデリンに駆け寄り、両手を握りしめてきた。全身になめるような視線を這わせ、半分見えそうな胸元をのぞきこむ。「麗しのミス・リドリー、いつものドレスの下にそのようなものを隠していたとは知らなかったよ。じつを言うと、ひとりきりのときにはきみのことを――」

「チャールズ」娘に先立たれた父親役を演じる、老男優のミスター・バージェスが口を挟む。「ミス・リドリーはいうまでもなく、われわれの誰も、きみがひとりでいるときになにをしているかなど聞きたくないぞ」

がっしりと握ってくるチャールズの手から、マデリンは手を引き抜いた。「ミスター・ハヴァースリー」とたしなめる声で呼んだところへ、スティーヴン・メイトランドまでやってきて、彼女の胸元を凝視した。

「ミス・リドリー、舞台までご一緒しましょう。暗いので、つまずくといけない――」

だがふたりのおふざけも、そこまでだった。楽屋の反対のほうから静かな声が聞こえてくる。「ふたりとも、それくらいにしておけ」

誰だろうと思ってマデリンが振りかえると、そこには数枚のメモを手にしたスコットが立っていた。彼は集まった俳優陣にさっと視線を投げただけで、マデリンに目を留めた様子はない。「そろそろ始めよう。まずは昨日の午前中の稽古について、気になった点を伝えておく。そのあとで冒頭の場面から稽古に入ろう」

スコットが注意点や変更点を告げるのを、俳優たちは熱心に聞いている。話の最後にスコットは、ようやくマデリンとまっすぐに視線を合わせた。「ミス・バリーと代役が病に倒れたので、代わりに稽古に参加してくれるそうだな。団員を代表して、協力に感謝する」

頰が赤くなるのを感じつつ、マデリンはやっとの思いで小さくうなずいた。彼女からさっさと視線をはずしたスコットは、なぜか妙に険しい顔をしていた。

あわただしく楽屋をあとにする俳優たちのあとについて、マデリンも舞台に向かった。亡霊となって現れる妻役を演じる彼女も、冒頭の場面に登場する。楽屋を出るとき、戸口にスコットが立っているのに気づいた彼女は、立ち止まって彼を見上げた。

「ミスター・スコット」誰かに聞かれぬよう、小声で話しかける。「近づくなと言われたのにすみません。公爵夫人がどうしてもと――」

「わかってる」スコットがさえぎる。

「わたしのこと、怒ってらっしゃいませんか」

スコットは冷ややかな表情を浮かべたままだ。「きみがいたところで、なんとも思わん」

「よかった」マデリンはあいまいにほほえみかけ、ふたたび舞台のほうに歩みだした。スコットの前を通りすぎるとき、指が白くなるほど彼が戸枠を強くつかんでいるのが目に入り、いったいどうしたのかしらと首をかしげた。だがすぐに、なんとも思わん、という言葉が本心ではなかったのだと気づき、気持ちが沈んだ。やはり怒っているのだ。マデリンは深いため息をつきながら舞台袖に向かい、たれ下がってくるドレスの胸元をぐいと引き上げた。

どうして、よりによってスコットを相手に選んでしまったのだろう。チャールズ・ハヴァースリーのような人なら話は簡単だっただろうに。だがハヴァースリーを前にしても、スコットに対して覚えるさまざまな感情はわきおこってこない。めまいがするほどの緊張も、そばにいるだけで胸に渦巻く恐れも喜びも。マデリンはほかでもないスコットの腕に抱かれたかった。彼が与えてくれる秘めやかな喜びがどんなものか――。

「マディ」公爵夫人の呼ぶ声に、マデリンは幕の陰から出た。

「なんでしょうか」

観客席の最前列にかけていたジュリアは、マデリンの姿を見るなり笑みを浮かべた。「衣装がよく似合っているわ。稽古を始める前にあらためて言っておくけど、誰もあなたに完璧を求めてはいないから安心なさいね。できるだけみんなについていって、あとは楽しんでちょうだい」

マデリンはジュリアの指示に聞き入った。一同はこれから、演目の冒頭場面から稽古を開始する。若い女性の亡霊が、この世に残した愛する者たちを訪れるシーンだ。チャールズ・ハヴァースリーが兄を、ミセス・アンダーソンとミスター・バージェスが両親を演じる。そして夫を演じるのは……もちろんスコットだ。

「あなたの役は、誰からも見えないし、声も聞こえないという設定よ」ジュリアがつづける。「でもなんとなくみんな、そこに誰かがいる、あるいはなにかがある、と感じているわけ」

「わかりました」マデリンは袖に戻り、アーリスが最初に登場するときの位置についた。

稽古はときおり中断を挟みながら、大きな問題もなく進んだ。しばらくするとマデリンも周囲が気にならなくなり、アーリスの演技を可能なかぎり忠実に再現できるようになっていた。ときには身振りや声音までまねすることができた。

「その調子よ、マディ」ジュリアがときどき声をかけてくれる。マデリンは舞台と袖を行き来しながら、家族には聞こえないのに話しかけ、自分が死者となったあとの彼らの暮らしぶりを観察した。

稽古が滞ったのは一度だけ。チャールズ・ハヴァースリーがうっかりマデリンと目を合わせ、せりふの途中で黙りこんだときだけだ。彼はふいにぷっと噴きだした。わけがわからず、マデリンは彼を見つめることしかできない。ジュリアが淡々と、いったい何事なのと訊いた。

ハヴァースリーはかぶりを振り、申し訳なさそうな表情をしたものの、まだ笑いがおさまらないようだ。「すみません、我慢できなくなってしまって」彼は苦しそうに説明した。「ミス・リドリーが、僕のせりふを信じきっているような、真剣な表情でこちらを見るもんですから。なんだか、かわいくなっちゃって」

ジュリアはたしなめるようにハヴァースリーを見やった。「マデリンの顔を見てはだめでしょう、チャールズ。彼女は亡霊なのよ」

「我慢できなくって」ハヴァースリーはくりかえし、いたずらっぽくジュリアにほほえんだ。「あなたが男性なら、僕の気持ちがわかると思いますよ」

「あら、ちゃんとわかるわ」ジュリアはそっけなく応じた。「ちゃんと演じてちょうだいね、チャールズ。すけこましじゃなくて、兄役をね」

「すけこまし？」マデリンは当惑気味にたずねた。彼女の問いかけに、なぜかハヴァースリーがまた噴きだす。舞台袖に視線を向けると、そこには出番を待つスコットの姿があった。ミセス・オールブライトの学校でそのような単語を習ったことはなかった。ベルベットの幕を背に、優雅な衣装に身をつつみ、リラックスしていながらも緊張感を漂わせて立つ彼は、ひどく印象的だった。

そのとき彼女はふと思った。いまから一〇〇年後の未来に、人びとは演劇の歴史をつづる書物でスコットのことを読み、いったいどんな演技だったのかと思いをめぐらせるのだろうと。だがどんなに言葉を尽くしても、あの朗々たる深い声やあふれる才能を正確に伝えることはできないだろう。スコットのなかにはふたりの異なる人格が存在しているかのようだった。舞台を離れたときの自制心のかたまりのごとき男性と、舞台で感情をわきたたせ、爆発させる男性と。ミセス・フローレンスの言うとおりだ。舞台の上でなら、彼に接近できる。マデリンに袖に立って稽古を眺めるローガンは、胸の内に怒りが渦巻くのを感じていた。マデリンにアーリスの役をやらせるジュリアにも、病に倒れたアーリスとその代役にも、せりふを忘れてしまうほどマデリンにくぎづけになっている自分にも、腹が立っていた。集中力を失ったチャールズ・ハヴァースリーを、誰が責められるだろう。あのような薄っぺらい衣装に身をつつんだマデリンを前にしたら、ローガンだとてうまく演じる自信はない。彼女の目の前にひざまずき、胸の谷間に顔をうずめたくなっているほどなのだから。彼女は若々しさとみずみずしさにあふれ、肌はまるでクリーム色の絹のようだ。だがローガンは、彼女の愛らしさにただ心奪われているわけではなかった。ほかの連中のうっとりした目にさらされないよう、衣装の上からマデリンになにか掛けてやりたかった。そしてどこかに連れ去り……自分だけのものにしてしまいたかった。

どういうわけか、マデリンは彼の人生にうまく入りこみ、自分の存在を彼の心に刻みこむことに成功し、彼から退路を奪った。彼女とベッドをともにするなどとんでもないと思っていたのに、いまでは彼女以上にほしいものなどなくなっている。愛人候補に考えてみた女性たちはみな、必ずなにかが欠けていた。無意識にマデリンに似た女性を探している自分に気づいたときには、気が変になるかと思った。あの若い生命力につつまれて自分を解き放つ瞬間を夢想せずにはいられない。彼女といると、ともに無邪気にたわむれ、けっして経験できなかった少年のような喜びを少しでもいいから味わいたいと思ってしまう。かつての愛人たちにこんな気持ちにさせられたことは一度もない。

体がほてり、いらだちが募ってきて、彼はいまにも書割を粉々に破壊してしまいたい衝動に駆られた。だが登場の合図に気づくと、小道具係から酒瓶を受け取り、指先で軽く持って舞台へと歩みでた。ほかの俳優たちが袖に下がり、舞台にはローガンとマデリンだけが残される。

妻を亡くして悲嘆に暮れる彼は、酔っぱらいという設定になっている。酔っぱらいの演技は難しい。たいていの俳優は大げさに演じすぎ、もっとひどいと控えめに演じすぎる。酔っぱらいを自然に見せるには、演出術のなかでもとりわけ高等な技術を要するのだ。ローガンは懸命に集中力を維持しつつ、飲んだくれ特有のまわらないろれつや、緩慢な立ち居振る舞いや、おぼつかない足取りを再現した。

書斎を模したセットの前に置かれた大きなオークの椅子に腰を下ろし、頭のなかから余計な思いを振り払って、彼は長い独白を開始した。皮肉屋で、荒涼たる絶望にとらわれた男の人格が明らかになるシーンだ。

独白の途中で、マデリンが背後から近寄り、小さな両の手が椅子の背に置かれる気配を感じた。台本に従い、彼女が身をのりだすようにして、独白の合間に言葉を挟んでいった。甘い声がローガンの耳元にささやきかける。

ローガンは身じろぎひとつしなかった。すぐ後ろに立つマデリンを、彼女の匂いを、肌にかかる息を、痛いほど感じていた。汗がどっと噴きだした。金茶色の長い巻き毛が肩に落ちてきて、首筋をくすぐる。彼は股間が激しくうずきだすのを覚えた。そこが岩のように硬くなり、彼女を求め切望する気持ちにのみこまれていく。

それ以上はもう我慢できなかった。ローガンはせりふの途中で黙りこんだ。ちょうどチャールズと同じように。笑いださなかっただけ、まだましだ。

劇場内がしんと静まりかえった。団員たちの視線を感じて、ローガンは稽古に意識を集中させようとした。おそらく彼らは、ローガンがせりふを忘れたと思っているはずだ。いままで一度としてなかったことではあるが。彼は祈った……誰も本当のことに、わたしが無垢な乙女に骨抜きにされていることに気づかないでくれ。歯をぐっと食いしばり、静かに深呼吸をくりかえした。

「ミスター・スコット」マデリンがためらいがちに、背後からささやきかけてくる。「せりふをお忘れならわたしが――」

「忘れてなどいない」ローガンは背をこわばらせた。一度でもマデリンの顔を見たら、自分がなにをしでかすかわからない。

ジュリアが観客席から声をかける。「どうかしたの、ミスター・スコット」

ローガンは恐ろしい形相でジュリアをにらみつけた。このような状況に追いこんだ張本人の首を絞めてやりたいと思った。ジュリアは心底不思議そうな表情で、眉根を寄せ、彼をじっと見かえしている。やがて彼女は、なぜローガンが怒りを煮えたぎらせているのか考えこむ表情になったと思うと、背後に立ったままのマデリンに視線を移動させた。それだけでもう理由に思い至ったらしい。長いつきあいだけあってジュリアは彼のことを知りつくしている。

「少し休憩しましょうか」彼女はきびきびと言った。

「いい。このシーンを終えてしまおう」ローガンは額の汗をぬぐい、独白を適当なところから再開した。途中でせりふを挟むマデリンの声はどこか不安げだった。

技術や性格描写やこまかな演技のニュアンスなどおかまいなしに、彼はどうにかこうにかそのシーンを演じきった。ジュリアはなにも言わないが、思うところがあるのはつりあがった眉を見ればわかる。

そのシーンが終わるなり、彼女は二〇分間の休憩を告げた。団員はあっという間に、飲み物などで一息つこうと楽屋や控え室に散っていった。ローガンは舞台上の椅子にかけたまま、マデリンに背を向けつづけた。やがて彼女が立ち去る気配が感じられた。

ジュリアが舞台の手前までゆっくりと歩み寄り、腰をさすりながら、「ローガン」と小声で呼ぶ。「さしでがましいようだけど――」

「だったらなにも言うな」ローガンは舞台前方に歩を進め、ジュリアから数メートル離れたところで立ち止まり、見上げる彼女の顔を見つめた。

ジュリアは誰かに盗み聞きされる心配がないことを確認してから、慎重に言葉を選んでつづけた。「あなたとマディ、惹かれあっているのでしょう。でもあの子は、あなたがいままでつきあってきた女性とはまるでちがうわ。夢にも思わなかった、まさかあなたが――」

「なにが言いたい、公爵夫人」

ぶっきらぼうな物言いに、ジュリアは傷ついた表情を浮かべた。「わたしはマディが好きよ。だからあなたに利用されるようなことになってほしくない。あなたもわたしもわかっているはずだわ、あなたにもてあそばれたら、マディは二度と立ち直れなくなる。あの子にはまだそんな強さはないの」

ローガンは自分が石のように無表情になっていくのを覚えた。「わたしが彼女になにをしようと、あるいはしまいと、きみには関係ない」

「あの子が心配なのよ。それにあなたは、団員とはけっして個人的なつきあいをしないと決めているはず――」

「彼女を雇ったのはきみだ。わたしじゃない。だから彼女になにをしようと、わたしの勝手だ」

「ローガン」ジュリアは失望の色を顔に浮かべて警告するように呼び、大またに立ち去る後ろ姿を見送った。

楽屋をぼんやりと歩きながら、マデリンは舞台でのがんばりを褒めてくれる俳優たちに弱々しい笑みで応じた。

「ミスター・スコットったらどうしたのかしら」と誰かが言うのが聞こえた。「最近の彼、なんだか変じゃない？」

「どうしたんだろうねえ」と別の誰かが答えた。「あの高熱が出る病気にかかったんじゃないといいけどね。彼が倒れたりしたら、団員みんなが困るよ」

そのあとの会話がどうなったのか、マデリンは稽古部屋に向かったのでわからない。ひとりになって考えたかった。あのとき、舞台でいったいなにが起きたのだろう。すべてうまくいっているものとばかり思っていたのに。スコットとのあいだに、ある種の絆のようなものさえ感じることができたのに。ところが彼は急にぎこちない態度になった。彼女の存在に耐えられないとでもいうように、演技まで機械的なものになった。思いだすと涙があふれそうになってくる。マデリンはどこかに隠れてしまいたかった。

そのとき、背後にあわただしい足音が近づいてきた。誰かにぎゅっと腕をつかまれ、手近の稽古部屋に引きずりこまれる。マデリンはわずかによろめきながら、身をよじって、扉を閉めようとしている人物を目を見開いて見た。「ミスター・スコット……」

陰になっていて表情はわからないが、窓から射しこむ幾筋かの光に頭の輪郭が照らしだされている。スコットの息は荒く、不規則だった。マデリンは後ずさったが、びっくりするほどの速さで彼の手が伸びてきた。両の手が頬に触れる。スコットはなにか言おうとしているようだったが、押し殺した声とともにそれをあきらめ、唇を重ねた。

彼の唇は驚くほど熱く、口づけはぎこちないくらい性急だった。どれだけ唇を重ねても足りないかのように執拗で、けっして満たされない飢えを満たそうとするかのようだった。マデリンは仰天して身を震わせた。激しい愛撫に抵抗をあきらめると、彼はますます興奮を呼び覚まされたらしかった。

大きな手がドレスの背中をかきむしり、薄い生地を危うく引き裂きそうになる。マデリンは彼に身を寄せずにはいられなかった。いっそう激しく求め、たくましい太ももを受け入れるように脚を開いた。両腕を相手の体にまわし、筋肉の張りつめた背中をぎゅっとつかむ。まさに望んでいたもの、夢に見ていたもの。それは、想像よりもずっと甘やかだった。彼の唇は優しく、エロチックで、引き締まった体が押しつけられると、えもいわれぬ感覚にめまいすら覚えた。

やがてスコットは唇を離し、マデリンの耳元で荒く息をついた。長い髪をつかんでかきあげ、首筋に唇を這わせる。感じやすいところを探しあてると、そっと口づけ、そっと歯をたてた。マデリンは心地よさにあえぎ声をもらした。体のなかに満たされない部分があって、なにを求めているのか自分でもわからないのに、ほしくてたまらない……。

スコットがドレスの袖とシュミーズを強くつかみ、引きつれた生地の縫い目がほつれて胸があらわになる。マデリンは息をのんだ。やわらかな乳房が手のひらにつつみこまれ、先端を指先で撫でられ、優しい愛撫を受ける。つぼみが痛いほど尖ってきて、彼女は激しく身を震わせ、スコットにもたれかかった。

「マディ」スコットはささやきかけながら、きつく抱きしめた。「かわいい人、怖がらなくていい」たくましい腕で彼女の背中を支え、唇を胸に這わせ、すっかり硬くなった乳首を口に含む。円を描くように舌で愛撫されると、乳首はいっそう硬くなった。どうすれば歓喜を呼び覚ますことができるか、彼はすべて知っているようだった。

　ふいにスコットが胸元から顔を上げ、身を離した。唐突に解放されて驚いたマデリンは、無言で彼を見つめた。あらわになった胸を両手で隠し、背を向けると、あたふたとドレスを直そうとした。だが指先がひどく震えてうまくできない。ぎこちない手つきでもがいていると、ふたたび彼の手が触れてきて、袖と身ごろを優しく引き上げた。

　ドレスを直すとすぐに、スコットは狭い稽古部屋の壁際に下がった。片手で髪をかきあげ、大きくため息をつく。長いこと黙っていたが、やがて彼女のほうを見ないまま口を開いた。

「マディ、こんなつもりでは……こんなふうにきみに近づくつもりはなかった。ただ、どうしても……」いったん言葉を切り、苦笑をもらす。「自分を抑えられなかった」

　マデリンは両手を握りあわせ、「ミスター・スコット」とやっとの思いで言葉を発した。

「わたし、後悔などしていませんから」

　振りかえったスコットの瞳は青い炎を思わせた。彼はわずか三歩で彼女の目の前までやってくると、両手で頬を挟んだ。「マディ……」唇を頬に寄せ、顔にかかった絹のような髪をかきあげ、指先でもてあそぶ。「きみを求める気持ちに、気づくんじゃなかった」

　マデリンの心臓が喜びに大きく鼓動を打つ。「ミスター・スコット――」

「いいかい」彼は頬から手を離し、身を引いた。「どれだけきみを求めていようと、きみとベッドをともにするつもりはない。そんなことをしたら、きみはわたしを憎むようになる。そしてわたしは、そんな自分を憎むようになるだろう」

「あなたを憎むようになるなんてありえません」

スコットが皮肉めかした笑みを浮かべる。「それはどうかな。純潔を奪われてもなおそう言いきれるか？　どんなかたちであれ、わたしとかかわればきみは変わってしまう。しかも悪いほうに」

「喜んでその危険を冒します」

「きみはわかってないんだ」スコットは苦々しげに口元をゆがめた。「わたしにとって女性は肉体的な喜びを得る手段。それ以上の意味などない。どんな女性が相手でも、得られるものをすべて得たらじきに飽き、次の相手を探すだろう。きみも例外ではない」

「誰かを本気で愛したことはないのですか」マデリンはこわばったスコットの顔をじっと見つめた。

「一度だけある。だが、うまくいかなかった」

「どうして――」

「わたしの過去を知る必要はあるまい。わたしだって、きみの過去など知りたくもない」

マデリンは反論しなかった。たぶん彼の言うとおりなのだろう。彼のことを知れば知るほど、別れがつらくなるだけだからだ。世の多くの女性同様、マデリンもまた、スコットの男らしさと謎めいたところにすっかり魅了されていた。自分がかわいければ、心まで彼に奪われてはいけない。ミセス・フローレンスの賢明な忠告が脳裏によみがえってくる……とにかく、彼に夢中な態度だけは見せないようにね。あなたにお相手がいないこと、彼を受け入れる気があることだけを伝えればいいの。なんの責任を負わせるつもりもない、ただ喜びを与えたいだけだと伝えるのよ。

「ミスター・スコット」マデリンは静かに口を開いた。「わたしに惹かれてらっしゃるのなら、どうしてその気持ちに従わないのですか。わたしはただ、あなたと一夜をともにしたいだけなのに」

スコットは表情を変えなかった。だがマデリンには、いまの言葉に相手が驚いているのがわかった。「なぜ?」彼は優しく問いかけた。「きみのような娘が……どうしてそこまで自分をおとしめようとする」返事を待ちながら、指先でマデリンの顎をとらえ、顔を上に向かせる。彼の瞳にいままでなかった鋭い輝きを認めて、マデリンは落ち着かないものを覚えた。その思いを見破られるまいと、まつげを伏せた。

「きっと素敵な一夜になると思うからです。それだけでは理由になりませんか」

いやな沈黙が一瞬流れた。「わたしを見なさい」スコットがつぶやくように言い、マデリンはゆっくりと視線を上げた。じっと瞳をのぞきこまれる。やがて彼は、大しておもしろくもないパズルを放りだすように首を振った。「きみは演技が下手だな、マディ。本当の理由を問いただしたいところだが、わたしも忙しい身でね。なにしろいまは、団員のほぼ四分の一が病に倒れている状態だ。キャピタルが平常に戻り次第、きみにはここを出ていってほしい。仕事なら別の、もっといいのを紹介してやろう」

「ここにいたいんです」

スコットが心を動かされた様子はない。「お互いのために、そうするのが一番なんだ」

マデリンは必死に自分を抑えた。吐き気をもよおすほどの失望に襲われていた。どうすればいいのだろう。彼に一夜の喜びを申し出て、そして拒絶された。拒絶の言葉が耳の奥で鳴り響いて、屈辱感と怒りに全身が燃えるほど熱くなってくる。彼女は薄っぺらなスカートを両手でぎゅっとつかんだ。

わたしがばかだった。彼との一夜を夢見て、こんなにも長い時間を無駄にしてしまった。そのような夢はけっして現実になりえないのに。いまの自分に残されたのは、学校からいなくなったことをいずれ両親が誰かから聞きつけるという現実だけだ。

一瞬、すべてを打ち明けて、彼の情けにすがろうかと思った。無駄だろう……彼はそのような哀れみの情をかけてはくれまい。クリフトンとやらと結婚し、幸せになりたまえ……皮肉めかした声が聞こえてきそうだ。実際、マデリンにはそれ以外の道などほとんど残されていない。

こぶしを握りしめ、マデリンは決然とした足どりで扉のほうに向かった。これからの生涯を、クリフトンの所有物として生きるつもりなどない。扉の前で立ち止まり「わかりました」とスコットに告げる。「言われればすぐにここを出ていきます。別の仕事をご紹介いただく必要もありません。自分でちゃんと見つけられますから」彼女は返事を待たずに部屋をあとにした。

ローガンはぼんやりと扉に歩み寄り、戸枠に片手をかけた。冷たい扉に額を押しつけ、押し殺したうめき声をもらした。

　あなたと一夜をともに……その一夜のためなら、彼は全財産すらなげうてる。彼女を腕に抱いたときのえもいわれぬ感覚は、いままで一度として味わったことのないものだった。彼女は恐れることなくローガンを受け入れ、自ら彼を抱き寄せた。彼は危うく挫《くじ》けそうになるのを感じた。だが、そのような状況を許すわけには、残された心のかけらを他人に打ち砕かれるわけにはいかなかった。

　マデリンはじきにここからいなくなるだろう。ローガンは安堵感が訪れるのを待ったが、それはやってこなかった。

　力任せに扉を開き、事務室に向かう。団員が興味津々な目でこちらを見ているのがわかったが無視した。狭い部屋に閉じこもり、机のなかをひっかきまわして、ハイランド・ウイスキーの瓶を取りだす。椅子に腰を下ろし、瓶からじかに酒をあおって、いぶしたピートのほのかな香りを舌で味わう。もう一口あおると、喉の奥に心地よいぬくもりが広がった。だがそのぬくもりも、胸のなかの氷のかたまりを溶かしてはくれなかった。

　ローガンはのろのろと酒を飲みつづけた。机の端に両足をのせ、磨きあげた革靴の先をじっとにらむ。大きな成功を手に入れたいまの自分に、弱い部分などないと思っていた。それがたったひとりの小娘のためにここまで動揺するなど、ばかげているとしか言いようがない。

きっと、これまでマディのような娘に出会ったことがないせいだろう。彼女は上流社会の貴婦人とは正反対だ。秘密のランデヴーを求める手紙をローガンのポケットにすべりこませつつ、自分たちのほうが優れた人間なのだという態度をけっして崩すことのない彼女たち。だがなんといっても不快なのは、上流階級に生まれた毛並みのいいレディたちだ。彼女らにとって人生の目的は、結婚し、自分たちと同じような子どもを産むことだけ。ローガンが彼女たちにふさわしい人間とみなされることは絶対にない。彼には優れた血筋も爵位もない。金があるだけでは十分ではないのだ。

そうした特権階級に属する若いレディに彼が求婚したところで、娘にはずっと望ましい未来が待っていると両親から言い渡されておしまいだろう。舞踏会や夜会で純白のドレスに身をつつみ、お目付け役と一緒にいる乙女を目にするたび、ローガンはいつも思い知らされる。どれだけ成功しようとも、けっして手に入れられないものがこの世にはあるのだと。つまり彼には、完璧に受け入れられる日は永遠にやってこない。劇場を一歩外に出てしまえば、本当の意味で彼の属する世界などどこにもありはしない。

マデリンも自分と同じように場ちがいな人間に見えた。社交界で泳いでいくにはあまりにも優しく世間知らずで、情婦になるにはあまりにも理想が高すぎる。まさに誰かの妻になるために生まれてきたような娘。だが、彼女にふさわしい男などこの世にいるのだろうか。彼女に必要なのは、あの闊達さを損なってしまわぬよう心を砕き、彼女の愛情に一〇〇パーセントの愛で報いることのできる男だ。

いずれもローガンにはまるで不可能なことだ。「家庭」や「家族」といった言葉を幼くして憎むようになった彼は、そういう関係を他人と築けない。父と呼んだ男と同じように冷淡な人間になる以外、生きるすべなどなかった。

殴打と虐待の年月はローガンを強く、嘘の上手な子どもにした。父のポール・ジェニングズは酔って怒るたび息子に暴力を振るい……暴力を振るったあとは、自分がしたことを認めるのを拒んだ。だからローガンはすべて忘れたふりをするしかなかった。ジェニングズ家は幸せな家族だという幻想を壊すことは、彼には許されなかった。一粒の涙、痛みにしかめた顔、あるいは恨みがましいまなざしを見せれば、それだけでもっとひどく殴られる。父は図らずも、ローガンに演じることを教えたのだ。

あるときのことだ。とりわけひどく殴打されたローガンは、腕が折れたにもかかわらずこも痛くないと言い張り、なんの治療も受けずに過ごした。三日が過ぎたころ、見かねたアンドルーに屋敷に無理やり連れていかれ、腕に添え木をあてられ、包帯を巻かれた。「どうしてこんなことになったのだ？」伯爵はあざだらけのローガンの顔をじっと見据えた。ローガンは質問に答えなかった。真実をほのめかしただけで、ポール・ジェニングズに殺されると思ったからだ。

それから数年が経ち、ローガンは考えるようになった。どうして母は、息子の痛みを和らげるために慰めの言葉をかけることも、優しくキスをすることもしなかったのか。考えた結果彼は、家庭の平和を守るだけで精一杯だった母には、息子を顧みる余裕などなかったのだと結論づけた。それ以来、女性に優しさを求めるのはきっぱりやめた。女に慰めや安らぎなど求めない。女は味わったら捨てるもの。信頼に値しない。必要ですらない。マデリンとの話はすっかり片づいた。あとはアーリスが元気になって戻ってくるまで無視していればいい。彼女をくびにすると言ったら、ジュリアはまちがいなく反対するだろう。だがうまく説得する自信があるし、どうせジュリアは、生まれてくる赤ん坊のことでじきにそれどころではなくなる。マデリンのことなどすっかり忘れてしまうに決まっている。マデリンなど最初から存在しなかったかのような日々が、すぐにやってくる。

やがて、待ちかねた瞬間がようやく訪れた。ウイスキーが骨まで染みわたり、緊張がほどよく解けていく。ローガンは静かに瓶を机にしまい、引き出しを閉めた。

5

マデリンはいつもより早く床についた。ミセス・フローレンスとの夜のおしゃべりは遠慮した。拒絶の痛みが、まだあまりにも生々しく残っていた。明日になれば、あるいは明後日になれば、落ち着きを取り戻し、話す気になれるだろう。

闇を見つめながら、もう劇場に行くのはやめようかと考えてみる。スコットとまた顔を合わせると思うと耐えられない。だが、アーリスが元気になるまで稽古で代理を務めると、公爵夫人に約束してしまった。約束を破るのはいやだが、舞台でスコットと向かいあい、彼の瞳を見るなんてこと……マデリンは恥ずかしさに顔をしかめた。できるかどうか、自信がない。

とはいえほんの一日、二日の我慢だ。アーリスもそのあいだに回復するだろう。スコットの前で赤面したり口ごもったりしないよう、気持ちを強くもてば大丈夫。冷静に、何事にも動じぬようがんばればいい。

その夜は一晩中、毛布の下で寝がえりをうちつづけた。くよくよ考えまいとしたが、だめだった。朝を迎えたときには疲れきって、かつて感じたことがないほどの極度の不安に駆られていた。男性を誘惑しようとして失敗した女性など世間には大勢いる。でも、その翌日に相手と向きあい、何事もなかったかのように振る舞うことを強いられた女性はそうそういないはずだ。

マデリンは着替えをすませると、髪をきつく編んで、うなじのあたりにヘアピンで留めた。ミセス・フローレンスが起きてくる前に家を出て、貸し馬車で劇場に向かった。

団員はみないつになく沈んだ様子で、稽古部屋や工房もしんとしていた。朝稽古が中止になったと知り、衣装製作室に向かうと、マデリンはミセス・リトルトンからすかさず仕事を頼まれた。「団員の半分は病に倒れたようよ」ミセス・リトルトンは仮縫いの手を休めず、早口に告げた。縫い針がきらりと光る。「今日は来られないという連絡が一〇件以上あったの。でもわたしの仕事は予定どおりにやらなくてはならないでしょう。なのに助手がいなくて困っていたのよ」

マデリンは昼近くまで衣装製作室での仕事に専念した。一時的にでもスコットの顔を見ずにすむのがありがたかった。だがミセス・リトルトンから、公爵夫人の事務室に行って衣装のスケッチを取ってきてほしいと言われてしまった。マデリンは気乗りしないまま、劇場のある棟に向かった。公爵夫人の事務室に近づくにつれて、夫人の軽やかな澄んだ声に重なるように、耳慣れない男性の声が聞こえてきた。ふたりの邪魔になるのではないだろうか。マデリンはとまどい、戸口で足を止めた。

「いいかげんにしなさい」男性が言うのが聞こえる。「このいまいましい劇場に寄りつかないよう言っただろう」

「やらなければならないことが山ほどあるのよ」公爵夫人が応じる声。「だから、あともう一日、いいえ、二日だけお願い。やりかけの仕事をこんなにたくさん残したままでは——」

「わたしにとってはきみの健康が、誰よりも、なによりも大事なんだ」

「大丈夫よ、心配いらないから」

「家に帰りなさい、ジュリア」

「帰るのなら荷物をまとめないと」

「必要なものがあれば、メイドにでも言ってあとから取りに来させる」

「どうしてそんな理不尽なことばかり——」

長い沈黙が流れ、やがて、なんだかよくわからないが押し殺したような声が聞こえたかと思うと、男性が優しく言った。「まだわたしに反論するつもりかい、ジュリア」

「いいえ」

公爵夫人がそのように甘い声を出すのを、マデリンは初めて聞いた。いつもはきびきびとした、自信に満ちた口調で話すのに。マデリンは戸枠の横から室内をそっとのぞきこんだ。公爵夫人は部屋の真ん中に立って、黒髪の男性の口づけを受けているところだった。あれはリーズ公爵……気づいたとたんに好奇心に駆られた。公爵が顔を上げ、引き締まり整ったエキゾチックな印象の容貌が見てとれる。彼は愛情と怒りがないまぜになった表情で妻をじっと見つめていた。やがて人の気配に気づいた公爵は、用心深そうな灰色の瞳を戸口に向けた。

マデリンは真っ赤になりながら、慌てて一歩前に進みでた。「申し訳ありません、お邪魔をするつもりでは――」

「いいのよ、マディ」ジュリアは頬をピンク色に染め、夫の腕のなかからすり抜けた。夫人の紹介を受けて、マデリンは公爵に恭しくおじぎをした。

「お目にかかれて光栄だ」公爵は気さくそうな輝きを瞳に浮かべた。「ミス・リドリー、妻が必要な書類や本をまとめるのを手伝ってくれるかね、すぐにここを発たねばならん」

「かしこまりました」

ジュリアは呆れ顔でため息をついた。「どうやら選択肢はなさそうね。マディ、悪いけどミスター・スコットに、いますぐ話があると伝えてきてくれるかしら。今日は朝からずっと事務室で、団員が足りない部分を補うようスケジュールを練りなおしているはずだから」

スコットと顔を合わせるのは怖かったが、マデリンは覚悟を決めて夫人にうなずいてみせた。部屋をあとにするとき、公爵夫妻が会話を再開するのが聞こえてきた。ふたりともまるで口論を楽しんでいるかのようだった。

スコットの部屋の前にたどりついたマデリンは、そこでためらい、聞き耳をたてて室内の様子を探った。気味が悪いくらい静かだ。彼がいないことを願いつつ、片手を上げて扉をそっとたたく。

「忙しいんだ」というかすれた怒鳴り声がなかから聞こえてきた。

マデリンは両手を握りあわせて扉をにらんだ。意を決して、落ち着いた声音を作り呼びかける。「公爵夫人が、お話があるそうです」

返事はなかなかかえってこなかった。しばらくしてから、ぶっきらぼうに「またきみか」という声が聞こえてきた。

「ご自宅に戻られると、ミスター・スコットにお伝えしたいのだと思います。公爵様がお迎えにいらしてますので」室内からまたもや沈黙がかえってくる。「あのお体で劇場にとどまるのは賢明ではありません。これだけたくさんの団員が熱病に倒れているのですから、公爵夫人も劇場を離れるべきだと、ミスター・スコットもお考えなのでは――」

「ジュリアがいなくなればせいせいする。わかったから、もう向こうに行け」

マデリンは喜んでその命令に従った。だが数歩歩いたところで、つと足を止めた。スコットの声がどこかいつもとちがっていたのが気になる。疲れた声をしていた。これだけ大勢の団員が倒れたのだから無理もない。向こうに行けと命じられたし、拒絶の痛みと屈辱感がまだ残ってはいるものの、マデリンは部屋の前に戻らずにはいられなかった。「あの、なにかお手伝いできることはありませんか。紅茶でもお持ちしましょうか」

「いいから行け……仕事があるんだ。邪魔するな」

「わかりました」と言いながら、彼女はそこを立ち去れなかった。なにかがいつもとちがうという思いがだんだん強くなっていく。仕事をしているにしては静かすぎる。それに、この時間に団員を締めだし、ひとりで事務室にこもってしまうのは彼らしくない。マデリンは古びた真鍮の取っ手に手をかけ、目を閉じて、深呼吸をした。もしもこれがただの思いちがいだったら、きっと怒鳴りつけられる。

彼女は室内に足を踏み入れた。かたわらに歩み寄るまで、スコットは彼女に気づきもしなかった。彼はインクの染みだらけのくしゃくしゃの書類の山に囲まれて机についており、袖で額を拭いてからペンを取り上げた。上着もベストも着ておらず、薄いリンネルのシャツ一枚という姿で、室内を満たす冷たい空気に震えていた。彼は激しく咳きこむと、ペンを取り落とした。インクが机の上に飛び散る。

「ミスター・スコット」マデリンは静かに呼びかけた。

スコットが振り向いた。顔は真っ赤で、目もうつろ。まるで濃い霧越しにこちらを見つめているかのようだ。マデリンは無意識に手を伸ばし、汗ばんだ彼の髪をそっとかきあげた。指先が額に触れ、高熱のために乾いた熱を帯びているのがわかった。

「休んでください」と促すと、スコットは顔をそむけ、小声で悪態をついた。

「スケジュールを組みなおさねばならんのだ」聞く耳を持たずにペンを手探りしている。

「熱があるわ。家に帰って休まないとだめです」

「病気なぞではない。わたしはけっして――」マデリンがもう一度額に手を触れると、彼は身をのけぞらせ、目を閉じた。「手が冷たい」とかすれ声で言い、指をつかんでくる。「頭ががんがん鳴ってたまらん」

マデリンは心配でたまらなくなった。彼のことを気にかけてくれる人、体を気づかってくれる人はいないのだろうか。どうすればいいのかわからず、彼女はただじっと、震えるスコットを見下ろすばかりだ。

「帰らなければだめです」マデリンはきっぱりと言い、反論されると同じ言葉をくりかえした。やがて彼は黙りこみ、机につっぷした。片方の手をこぶしにしてその上に額をのせ、もう片方の手でマデリンの指を握っている。彼女はスコットの手のなかから、そろそろと指を引き抜いた。「じっとしててくださいね。すぐに戻りますから」スコットはなにも答えず、力なく座っている。そうして座っているだけで精一杯のようだ。

そこへ運よく、工房見習いのジェフが事務室の前を通りかかった。マデリンに呼び止められ、人なつこそうな顔に怪訝な表情を浮かべてすぐに歩を止める。

「ミスター・スコットがご病気のようなの」彼女は背後の、半分閉めた扉を指差しながら告げた。「すぐに家に帰らせなければいけないわ。申し訳ないけど、誰かにミスター・スコットの馬車を用意するよう頼んでくれない」

「ミスター・スコットが……病気？」ジェフはそのあとの話など聞いていなかったかのように、おうむがえしにたずねた。そんなことはありえないというふうに、仰天しきった表情を浮かべている。

「それから公爵夫人に、すぐにご自宅に戻られるよう伝えて。ミスター・スコットの部屋にはいらっしゃらないようにって。公爵夫人にうつったら一大事だわ」

ジェフは後ずさり、不安げに事務室のほうを見やりながら「ミス・マディは？」と心配そうに訊いた。「ミス・マディも、この部屋に寄りつかないほうがいいんじゃないの」

「わたしは大丈夫だと思う。とっくにうつっていてもおかしくないのに、なんともないもの。急いで、ジェフ。馬車の用意ができるまで、わたしはミスター・スコットと一緒にいるから」

「わかった」ジェフは尊敬のまなざしをマデリンに投げた。「思いきって言うけど、ミス・マディは天使のような人だね。あなたみたいに優しくて思いやり深い人、会ったことないよ」

マデリンは居心地悪そうにほほえんで首を振った。「ありがとう、ジェフ」部屋に戻ると、彼女はスコットの上着を探し、体にかけてやった。分厚いウールのおかげで暖かいはずなのに、震えと咳が止まらない。彼が立ち上がろうとしたので、マデリンは慌てて駆け寄った。

「具合が悪いのだからひとりでは無理よ！　すぐに従者が来て、手を貸してくれますから」

「ひとりで帰れる」スコットはうめき、止めようとするマデリンの小さな手を押しのけた。

「わたしではあなたを支えられません。馬車にたどりつく前に倒れたら、けがをするかもしれないわ。そんなあなたを見たら団員の人たちがどう思うか。みっともない姿を見られたくはないのでしょう？」

スコットは身じろぎひとつしなくなった。どうやら痛いところをついてしまったらしい。自分の弱さを、かけらでも人に見せたくないのだろう。団員たちの前では、威厳のある経営者としてのイメージをなんとしても守りたいのだ。スコットは両手で頭を支え、じっと耐えるように待っている。まったく彼らしくないその姿に、マデリンは恐怖心すら覚えた。

永遠とも思われる時間が流れ（実際には数分だった）、黒と銀のお仕着せを着た従者が事務室に現れた。冷静をよそおっていた従者は、あるじの姿を見たとたんに大きく目を見開いた。立たせるのを手伝うようマデリンが告げると、唖然とした表情で指示に従った。あるじが病に倒れた姿を見ただけでここまで驚くとは、普通ではない。きっと、スコットが伝説の男としてのイメージを巧みに保っているせいで、誰もが、従者さえもが、彼もひとりの人間にすぎないという事実をたやすく忘れてしまうのだろう。

事務室の外にはすでに大勢の俳優や職人が集まっていた。雇い主を一目見ようとする彼らの顔には、好奇心から不安までさまざまな表情が広がっている。マデリンは彼らに告げた。「みなさん、もう少し下がってください。また誰かにうつったら大変です」

一同はすぐにその言葉に従い、適当に離れたところまで下がった。「これからおれたちどうすりゃいいんだ」小道具係の男性が誰にともなくたずねた。「公爵夫人は自宅に帰るし、ミスター・スコットは病に倒れた。誰が劇場を仕切るんだ」

「わたしが訊いてきます」マデリンが室内に戻ると、スコットは従者の手を借りて立ち上がるところだった。血の気が失せた蒼白な顔で、あたりに視線を泳がせ、やがてマデリンの姿をとらえる。「ミスター・スコット」彼女は小声で呼びかけた。「いらっしゃらないあいだのことはミスター・ベネットに任せると、団員のみなさんに伝えてよろしいですか」

ベネットは舞台監督助手で、公爵夫人やスコットがほかの用事で忙しいときには、稽古を指揮したり、議論をまとめたりする役割を担っている。スコットは熱でどんよりとした瞳でマデリンを見つめた。果たしていまの問いかけをきちんと理解しているのかどうか。やがて彼は、短くうなずいた。

廊下に出たマデリンは、スコットからの指示を一同に伝えた。そこへ彼が事務室から姿を現した。従者の肩をつかみ、歩くことだけに意識を集中させている。このような状態になってもなお立っていられるとは、驚異的な体力だ。

マデリンは先に立ち、劇場裏手の通用口へと向かった。スコットの荒い息づかいと、不規則な足音が聞こえる。そろそろ限界にちがいない。スコットの体がどんどん重たく感じられてくるのだろう、従者も明らかに疲弊した様子だ。

「もうすぐよ」マデリンは声をかけながら、どうか彼が倒れませんようにと懸命に祈った。

通用口にたどりつき、おもてに出ると、突き刺すような風が吹きつけてきた。冷たい風がドレス越しにマデリンの肌をなぶり、頬の感覚を麻痺させる。馬車のかたわらで待っていたもうひとりの従者が扉を開けた。赤茶と黒のラッカー塗りの馬車は、車体の色によく合う栗毛馬に引かれていた。凍てつく空気に、馬の鼻息が白い煙のようにたなびく。従者は折りたたみ式の足台を用意し、問いかけるようにマデリンの顔をのぞきこんだ。

彼女はためらい、豪華な馬車を切望感とともに見つめた。一緒に行く権利は自分にはない。だが、スコットが助けを必要とするかもしれない……。

マデリンは気が変わらないうちに急いで馬車に乗りこんだ。厳しい寒さから逃れられて安堵を覚え、やわらかなベルベットのクッションに身を任せると、従者たちがうんうん言いながら、となりにスコットの体を押しこんできた。彼は座席の隅にどさりと倒れこんだ。顔はまるで蠟のようで、まぶたがぴったりと閉じられている。上着が肩から落ちそうになっているのに気づいたマデリンは、首のほうまで引き上げてやった。彼は苦しげに息をし、激しく咳きこんだ。

馬車が走りだす。スプリングがよくきいたなめらかな走りだった。内装も見たことがないくらい手がこんでおり、木材を使った部分はきれいに磨きあげられ、濃茶色の布張りはつややかで、天井には黄金色のキャピタル劇場が精巧に描かれている。馬車が自慢のマデリンの父も、これにはきっと感銘を受けるだろう。

彼女はスコットに視線を戻した。たくましさの裏に隠された弱さがあらわになったいまの彼は、瀕死の獅子を思わせた。道のでこぼこを車輪が踏んだのだろう、車体ががくんと揺れ、スコットがうめき声をあげる。マデリンは反射的に手を伸ばし、冷たい手で額に触れた。

その手の冷たさに、意識がつかの間明瞭になったらしい。スコットは腫れぼったいまぶたをわずかに開いた。驚くほど真っ青な瞳がのぞく。「マ、マディ」彼は呼びながら、寒さにがちがちと鳴りそうになる歯を食いしばって耐えている。

「なんでしょうか」マデリンは額にあてた手を頬に移動させ、乾いてざらざらとした肌をそっと撫でた。

「どうして……一緒に来た」

「ごめんなさい」マデリンは手を引いた。「プライバシーを大切にしてらっしゃることは知ってます。でも、心配はいりません。すぐに帰ります。あなたが大丈夫かどうか、それだけ確認したかったんです」

「ち、ちがう。そうじゃない……」震えの発作に襲われたのか、スコットはぐっと歯を食いしばった。「きみにうつったらどうする」口調がふいにきっぱりとしたものになる。

マデリンは驚いて彼を見た。このような状態になってもなお、他人の体のことを心配できる人がいったいどれだけいるだろう。思いがけない気高さに打たれて、彼女はほほえんだ。

「わたしなら、健康そのものですから」

反論する気力もないのだろう、彼はまぶたを閉じ、背もたれに頭を預けた。マデリンは笑みを消した。自分や姉たちが寝こんだときに、乳母がどうやって看病してくれたか必死に記憶をたどる。たしか、部屋を温かくして、からしの湿布を胸に張り、熱した石鹸石《ソープストーン》をベッドの足元に入れ、ブイヨンスープとミルクトーストの食事を用意してくれた。咳がひどいときには、檸檬と杏仁油のシロップを作ってくれた。だがあとは？　マデリンにはそうした医学的な知識が悲しいくらい欠けていた。自分がまるで役立たずな人間に思えて、ため息をもらした。

やがて馬車はセント・ジェームズ・スクエアにほど近い閑静な一角に入り、青銅のグリフォンが見下ろす石の門をくぐった。マデリンは窓のカーテンの隙間からおもてをのぞいた。木々の立ち並ぶ私道の先に、縦溝彫りの柱が正面に並ぶ大きな屋敷が見える。

馬車がゆっくりと停まり、従者のひとりが地面に飛び降りるなり一目散に玄関へと走った。

両開きの扉にたどりつき、どんどんとたたく。扉の片方が開かれたあとはもう大騒ぎだった。分厚い上着に縁なし帽をかぶった少年が、御者を手伝って馬を厩舎に連れていく。ふたりの従者がスコットを半ば引きずるようにして馬車から降ろす。ふたりはスコットの左右につき、それぞれがあるじに肩を貸して邸内へと向かった。マデリンはそのあとについていきながら、禁じられた場所に足を踏み入れたように感じていた。普段のスコットなら、このような振る舞いをけっして彼女に許しはしなかっただろう。

壮麗な玄関広間は、クリスタルが精巧にちりばめられたシャンデリアに照らしだされていた。玄関広間の先の大広間で、威厳をたたえたメイド長が大勢のメイドたちに指示を出しているのが見える。「……きれいなタオルと水を用意しなさい」メイド長は自信に満ちあふれた声で命じた。「ティルダ、あなたはわたしの薬箱を取ってきて。それからグウェンに、蛭《ひる》の瓶を持ってくるよう伝えてちょうだい。先生が到着なさったら、お使いになるかもしれないわ」

白髪交じりの執事も、従僕たちに指示を出すのに忙しそうだ。ブランデーやウイスキーのボトルを用意し、近侍があるじをベッドに運ぶのを手伝うよう命じている。マデリンは途方に暮れたように片隅に立ちつくし、白と灰色の大理石でできた馬蹄形の階段を使用人に付き添われて上っていくスコットを見守った。

指示を出し終えたメイド長がようやくマデリンに気づき、ミセス・ビーチャムですと名乗る。「申し訳ありませんでした、ミス……」

「リドリーです」

「ミス・リドリー、みんな少々取り乱しておりまして。なにしろ、このようなことはいままでなかったものですから」

「わかります」

メイド長はマデリンの全身にさっと視線を走らせた。彼女が何者なのか、あるじとどのような関係にあるのか判断しようとしたのだろうが、質問したい気持ちは抑えたようだ。「劇場からここまで、だんな様に付き添ってくださりありがとうございました」

マデリンは近侍たちがスコットを連れていったほうを見やった。「ご無事だといいのですけど」

「お医者様が見えるまで、わたしどもが最大限、努力するので大丈夫ですよ。応接間でお待ちになりますか」

「ええ、ありがとう」

ミセス・ビーチャムに案内された広々とした応接間は、金色と暗紫色で控えめに彩られていた。フランス製の椅子はシルクとベルベットの張りぐるみで、テーブルの上には詩集と版画集がのっている。一方の壁には、フランスの景色を模したタペストリー。床から天井まである二枚の大きな窓に挟まれた長いテーブルには、東洋風の置物が並んでいる。

金色の竿《さお》をかついだひげの老人を象った日本製の小さな置物にマデリンが興味を引かれたのを見てとると、メイド長は苦笑を浮かべた。「だんな様によると、富をもたらしてくれる神様だそうですよ。名前は難しくて覚えておりませんけど。ほかにもたくさん収集してらっしゃいます。どれもこれも異教のものばかり」

「わたしは好きだわ、これ」マデリンは小さな老人の置物のひげの部分に指先で触れた。

「この神様がその評判どおり、ミスター・スコットに富をもたらしてくれますように」

「ミスター・スコットは本来手に入れられる以上の運をすでに手にした、そうおっしゃる方もいるでしょうね」ミセス・ビーチャムは言い、部屋をあとにした。

ひとり残されたマデリンは窓辺に歩み寄った。庭にずらりと並ぶ装飾的な生垣《トピアリー》と、大理石の噴水を眺める。澄みわたった冬晴れの日で、果樹園の木々が突風に震えている。

かすかに身を震わせると、肘掛け椅子のほうに戻り、腰を下ろした。分厚い絨毯の敷かれた床を、いらいらと靴底でたたく。かたわらのテーブルに木の箱があるのが目に留まり、なにかしらと思って手に取ってみた。箱の内部は銀張りで、ふたにはシェイクスピア・メダルが彫られ、底部には「ストラトフォード・コーポレーションよりミスター・ローガン・スコットに寄贈」と記されていた。

人の声が聞こえてきて、マデリンの物思いは断ち切られた。顔を上げると、メイドがふたり、紅茶のトレーを運んでくるところだった。「その箱、シェイクスピアが植えた桑の木を使って作られた品なんですよ」ひとりが誇らしげに説明する。「だんな様が慈善事業を手がけたり募金をしたりするたびに、そうした品々が贈られてくるんです」

マデリンはほほえんだ。どうやらスコットの使用人たちはみな、あるじに尊敬と親愛の情を抱いているようだ。

メイドがローテーブルに紅茶のトレーを置く。「ミセス・ビーチャムから、ご用があればわたしどもが伺うよう言われてますので、呼び鈴を鳴らしてください」

「ありがとう。でも、紅茶だけで十分。ミスター・スコットの具合が心配なだけだから」

「もうすぐドクター・ブルックが到着します。先生に診ていただけば、だんな様はすぐに元気になられますよ」

「だといいのだけど」マデリンは空のティーカップを手に取り、華奢な持ち手をもてあそんだ。医師はいつ到着するのだろう。どれだけ待てば、スコットの病状を聞くことができるのだろう。

やがて応接間を出ていったメイドたちは、部屋の外に出るなり、ひそひそ話を始めた。会話の断片が聞こえてきて、マデリンは聞き耳をたてずにはいられなかった。

「ひょっとしてあの方が一番新しい……」

「まさか」

「でも、顔はとてもかわいかったわよ」

「まあね、でもまだほんの子羊だわ。だんな様の好みじゃないでしょ」

マデリンは眉根を寄せ、カップをテーブルに戻した。椅子から立ち上がり、室内を行ったり来たりする。まるで子どものように言われて、心底憤慨していた。だが、ヘアピンからほつれた髪が顔の周りにたれているのに気づくと、思わずため息をもらした。これではきっと、庭を駆けまわってすっかり身だしなみの乱れたおてんば娘のように見えたにちがいない。入ってきたのと反対側にある金張りの扉にぼんやりと歩み寄ると、扉の向こうに音楽室とロングギャラリーがふたつ、それから、象眼模様の床が美しい客間があるのが見えた。どの部屋にも風景画や大理石の彫像、陶器や磁器など、素晴らしい美術品が飾られていた。

彼女は優雅な部屋をゆっくりと見てまわった。内装や美術品はどれもスコットが自ら選んだものなのだろう。彼がどのようなものを賛美し、どのような人間になりたいと願っているのかが、部屋を見ているだけでわかる。マデリンはスコットに魅了された。彼のことをもっと知りたい。だが、彼の心からの信頼がほしい……彼の創った世界の、小さくてもいいから一部になりたい、きみを求めてなどいないと本人にはっきり言われたのだ。彼女はうなだれ、大広間のほうに向かった。そろそろ医師が二階でスコットを診察しているころだろう。それにしても屋敷は妙に静まりかえっている。まるで、使用人がみな息を潜めているかのようだ。

「なにかお探しですか、ミス・リドリー」階段のそばの椅子から執事が立ち上がり声をかけてくる。

「ええ」大理石の階段に歩み寄りつつ、マデリンは内心、引き止められるのではないかと焦った。「ミスター・スコットのお部屋はどこかしら」

執事は無表情なままだ。だがマデリンには、彼がとまどっているのがわかった。執事もほかの使用人たちも、マデリンとあるじの関係がどのようなものなのか判断しかねているのだろう。自分たちと同様あるじの雇われ人にすぎないのか、それとも新しい愛人なのか。

「先生に診ていただいているところです」執事は慎重に口を開いた。「応接間がお気に召さないようでしたら、どこかほかの部屋でお待ちになられては──」

「彼の部屋に行きたいの」マデリンは抑揚のない声音を作った。使用人に話しかけるとき、母はいつもこういうきっぱりとした口調だった。

「承知しました、ミス・リドリー」執事はしぶしぶ応じると、呼び鈴を鳴らして従僕を呼び、東棟のスコットの私室にマデリンを案内するよう指示した。

廊下は窓がずらりと並んでおり、そこから射しこむ光にあふれていた。陽射しに照らしだされた四つのアルコーヴにはいずれも彫像が置かれている。そのうちのひとつが沐浴《もくよく》する女性の裸像なのに気づいて、マデリンは思わず赤面した。つややかなマホガニーのアーチをくぐると、そこはいかにも男性的なしつらえのつづき部屋だった。壁はこげ茶色のマホガニーの板張りで、見事な彫刻のローズウッドの額縁に入っているのはアンティークのドイツの地図。床にはペルシャ絨毯が敷きつめられている。

閉ざされた扉の前まで案内される。部屋の前にミセス・ビーチャムがおり、その脇にメイドがひとり控えていた。必要なものがあればすぐに取りに行けるようにとの配慮だろう。

ミセス・ビーチャムはマデリンを認めるなり眉を上げた。「ミス・リドリー……応接間はお気に召しませんでしたか」

「診察結果が気になって」

メイド長は首を振った。「先生ならまだ診察中です。なにかわかり次第、すぐにお知らせ

しますから。それまで、メイドが一緒にまいりますからどうか下の応接間でお待ちくださ
い」

「でも――」

マデリンが反論しようと口を開きかけたそのとき、取っ手がまわされるかちゃりという音が聞こえ、スコットの近侍がなかから扉を開いた。マデリンは口をつぐみ、医師が現れるのを待った。

ドクター・ブルックは見たところ三〇代。額が後退し始めており、丸眼鏡をかけているため、どこかフクロウを思わせる。優しそうな面立ちだが、黒い瞳は厳格そうだ。医師はミセス・ビーチャムを見てから、視線をマデリンに移した。

「ミス・リドリーと申します」マデリンは一歩前に出て名のった。「ミスター・スコットの容態を伺いに来ました。彼とは、その……親しい間柄です」

医師はマデリンの手をとり、礼儀正しくおじぎをした。

「それで、だんな様の具合は」メイド長がせっつく。

ドクター・ブルックはマデリンとメイド長の両方を見やりつつ説明を始めた。「同じような症例が目下多発しています。残念ながら、ミスター・スコットの場合はとりわけひどい状態です。患者の日ごろの健康ぶりを考えると驚かれるかもしれませんが、無理をされるお方ですからね」

「たしかに、おっしゃるとおりです」メイド長が陰気に応じる。

「具合を見たいので、明日もまたまいりましょう」医師はつづけた。「どうやらまだ熱が上がりそうな感じですからね。水と氷で熱を冷ましてください。ゼリー、ブイヨンスープ、それから、牛乳にラムや砂糖を混ぜたミルクポンチなどで栄養を与えるように」

「わが家では昔から、ユーカリの葉を漬けたブランデーを病人に飲ませておりました」メイド長が口を挟む。「夜はそのようなものを飲ませてもよろしいですか」

「もちろん」医師はいったん口を閉じ、マデリンにじっと視線を注いでからつづけた。「ミス・リドリー、あなたも看病を手伝われるおつもりですか」

「はい」マデリンは力強く答えた。

「でしたら、外部の方々との接触はできるかぎり控えるようお願いします。この熱病は伝染性が非常に高い。あなたにうつらないと断言はできませんからね」

ミセス・ビーチャムは当惑気味にマデリンを見やった。「では、ミス・リドリーにお部屋をご用意しなければなりませんね」

メイド長がためらっているのがわかる。スコット家の使用人の誰ひとりとしてマデリンの存在を知らなかったのだから、それも当然だろう。彼らはみな、スコットに心からの忠誠を誓っている。あるじのプライバシーを、当のスコットが守れないいま、他人に侵害させてはならないと考えているはずだ。「よろしくお願いします、ミセス・ビーチャム」マデリンは冷静に応じた。「わたしはただミスター・スコットを……いえ、ローガンを、なんとしても救いたいだけですから」

メイド長は当惑の面持ちのままうなずき、かたわらのメイドに指示を出し始めた。ドクター・ブルックが暇を告げ、従僕に付き添われてその場を立ち去る。そのすきにマデリンは、半開きの扉からスコットの寝室に足を踏み入れた。

寝室は極めて簡素なしつらえで、装飾らしきものは天井に描かれた雲のたなびく空の風景だけだ。驚くほど大きなベッドに暗紫色のシルクの上掛けがかけられ、ヘッドボードのところに羽毛枕が三つ重ねられているのが見える。横たわるスコットの体にはシーツと薄手の毛布がかけられており、上掛けは脚のあたりまでめくってあった。フランネルのパジャマに身をつつんでいるが、上衣は胸の下までボタンがはずされている。スコットは熱で赤みを帯びた片頬を枕に押しつけ、麻酔でも打たれたかのように寝入っていた。

マデリンはベッドのかたわらに歩を進めた。近侍が水の入った洗面器とたたんだタオルをナイトテーブルに用意する。脇に小さな肘掛け椅子があったが、彼女はベッドの端に腰を下ろすことにした。重みでわずかにマットレスが沈み、スコットが顔をこちらに向け、目を閉じたままで何事かつぶやく。息がひどく苦しそうだ。

「大丈夫よ」マデリンは優しく声をかけ、タオルを水に浸してぎゅっとしぼり、熱を帯びた額にのせた。冷たいタオルのおかげで少し楽になったのか、スコットはさらに深く枕に頭を沈めた。彼女は手を伸ばし、思いきって、彼の美しい髪を撫でた。何度こうしてみたいと思ったことだろう。マホガニーのようなつやを帯びた髪はやわらかく、ふんわりとしていて、触れると黒絹のようだった。

彼の顔をじっと観察してみる。すっかり血の気の失せた肌が、かえって骨格の美しさを際立たせていた。羽のようなまつげは三日月のごとき弧を描いている。熱にうなされているのか、まぶたがかすかに震えている。あれほどまでに誇り高く、孤独を愛する彼が、いまはただ子どものように小さく口を開けたまま、なすすべもなく眠りについている。スコットに対する気持ちが本物の恋なら、マデリンはいまごろ、彼のこんな姿を目にして打ちのめされているはずだ。

だが本物の恋でないなら、胸の奥にあるこの鈍い痛みはいったいなんなのだろう。彼女はじっと座ったまま考えた。もしも彼への思いが本物なら、この痛みが消えてなくなることはけっしてないはずだ。これから一生、来る日も来る日も彼との思い出をたどることになるだろう。彼のような男性に、二度と出会うことはできないから。

いま自分が陥っている窮地について、つかの間思いをめぐらせる。残された時間はあまりにも少ない。あるいはもう手遅れで、いまごろは両親の元にも、娘が学校を卒業したとの情報が届いているのかもしれない。もしそうなら、父も母もさぞかし心配しているだろう。娘の行方を捜そうとしているはずだ。捜しだしたあとは、娘がすっかりおとなしくなるまで叱りつけ、脅しつけるはずだ。そしてマデリンは、必死の抵抗もむなしく、クリフトンの妻にさせられる。でも、その時点ですでに傷物になっていれば……。

いますぐここを出て、誰か別の相手を探すべきだ。ローガン・スコットよりもずっと簡単に応じてくれる人はきっといる。女性との噂が絶えないスコットを誘惑するのが、まさかこんなにも難しいとは思いもしなかった。彼がこのように複雑な人だとも、良心のある人だとも思わなかった。彼はマデリンをはずかしめるような行為はしたくないと言った。その決意を覆せるなどと思うほど、彼女は愚かではない。

自分はここで必要とされていない。スコットにはきちんと世話をしてくれる使用人がいる。優秀な医師もついているし、数えきれないほど多くの友人や知人だっている。自分がいなくても、きっとよくなる。マデリンは眉根を寄せたまま、眠るスコットを見つめつづけた。かたわらの椅子に移動して、何度も額のタオルを取り替え、咳がひどくなったときには唇のあいだからスプーンで薬を飲ませた。

ときおり使用人が部屋にやってきてなにか必要なものはないかと声をかけてくれたが、すべて断った。そうやって一時的に邪魔が入るとき以外は、この寝室だけが世界のように感じられた。看病を始めてから数十分が過ぎ、やがて数時間が過ぎ、午後の日が暮れ、夜の闇が近づいてくる。

病時にいいという濃い牛肉のスープ《ビーフティー》を持ってきてもらおうかとマデリンが思い始めたちょうどそのとき、スコットが目を覚ます気配があった。毛布の下で身をよじり、目をしばたたく。彼の瞳は熱のせいでぎらついていた。彼女はそっと、湿ったタオルを額から取り、ベッドの端にまた移動した。「ミスター・スコット」と呼び、ほほえみかけた。

スコットはまだ夢のなかにいるような目を向けた。どこか不思議そうな、ぼんやりした表情を浮かべていたかと思うと、やがて、マデリンのほほえみに応えるように口元に笑みを広げた。激しく咳きこみながら、かすれた声で言う。「どうやら……きみを追い払うのは不可能らしいな」

マデリンはグラスに水を注いだ。片手にグラスを持ったまま、もう一方の手でスコットの頭を支え、水を飲むのを手伝った。スコットはぐらつく頭を彼女の腕にもたせ、大儀そうに数口、水を飲んだ。彼はとても重くて、マデリンはじきに腕の筋肉が悲鳴をあげるのを感じた。もうそれ以上は飲めないのか、彼が顔をそむける。マデリンはゆっくりと頭を枕に戻した。

「出ていったほうがいいですか」彼女は静かにたずねた。

スコットは目を閉じ、なかなか答えようとしない。また眠ってしまったのだろうか。

「いてくれ」長い沈黙ののちに、つぶやく声がようやく聞こえた。

「誰か代わりに看病できる人を呼びましょうか。お友だちでも、ご親戚でも――」

「いや。きみが看病してくれ」スコットはまた目をつぶり、黙りこんだ。その手はマデリンのドレスをぎゅっとつかんでいた。

心配でたまらないのに、マデリンは思わずほほえみたくなった。病に倒れてもなお尊大な口調なのがおかしかった。理由はわからないが、とにかくスコットは彼女にここにいてほしいらしい。彼女を信頼してくれているのだ。マデリンのなかに、もう出ていくなどという考えはない。代わりに彼女は、「ローガン」と彼の名を言葉にしてみた。

無鉄砲な計画は失敗に終わったが、どういうわけかいまマデリンは、病に倒れた彼を見守っている。けっきょく、なにひとつとして計画どおりには運ばなかった。それなのに自分の抱える問題が気にもならないのが、不思議で仕方がない。彼女のいまの願いは、元気になったローガンの姿をもう一度見ることだけだ。

マデリンは窓辺に置かれた書き物机に歩み寄り、ミセス・フローレンス宛に事情を説明する手紙をしたためた。便箋をきちんと折り、茶色の封蠟で封をし、呼び鈴を鳴らしてメイドを呼び、サマセット・ストリートのミセス・フローレンスに届けるよう頼む。「それから、あちらに従者をやって、わたしの荷物を持ってきてもらって」マデリンはそう言い添えた。メイドはぺこりとおじぎをしてから寝室を出ていった。

マデリンは真夜中まで休むことなく看病をつづけた。病状は刻々と悪化しているようだった。熱が威力を増し、じわじわと上がっていた。ビーフティーを飲ませたときは、意識が朦朧として抗議すらできないようだった。あきらめずに飲ませつづけると、やっとカップの半分を胃におさめてくれた。そのあとローガンは、また眠りについた。

屋敷のどこかで大時計が一二回、深い鐘の音を響かせる。不本意ながら疲労に負けそうになったマデリンは、睡魔に襲われてこっくりこっくりとしていたが、立ち上がって伸びをし、無理やり目を覚ました。誰かが寝室に入ってくる気配がして、驚いて振りかえる。

ミセス・ビーチャムとローガンの近侍だった。「だんな様のご容態は?」メイド長は昼間よりも気さくな口調で話しかけてきた。疑念はひとまず脇に置いて、マデリンの存在を認めることにしたのだろう。

「熱が上がっているの」

「ドクター・ブルックも、その恐れがあるとおっしゃっていましたからね」メイド長は淡々と応じた。「近侍のデニスとわたしで、だんな様のお体を冷水で拭こうと思います。それで多少は熱が下がるのではないかと。あなたも少し休まれたいでしょう。狭いですが、つづきの間にベッドをご用意しました」

「ご親切にありがとう。でも、ここにいたいの。ミスター・スコットがわたしを――」

「休まれるあいだは、わたしがちゃんと見ておりますよ。数時間でも睡眠をとりませんと、明日もあるのですから」

メイド長の言うとおりだ。マデリンは疲れていたし、熱病が去るまであと何時間も、ひょっとすると何日もかかるだろう。「わかったわ」うなずくと、メイド長は扉を数枚隔てただけの客間に案内してくれた。

マホガニーの衣装だんすには、すでにドレスやそのほかの衣類がきちんとしまわれていた。ベッドには刺繡がほどこされた上掛けとよく似合う、青いシルクの天蓋がかけられている。

マデリンは着替えを手伝いましょうというメイドの申し出を断った。

襟元にプリーツの入った清楚な純白のナイトドレスに着替え、ベッドに潜りこむ。こんなに疲れたのは生まれて初めてかもしれない。あっという間に睡魔に襲われ、心地よい闇につつまれた。

朝一番の一筋の光とともに、マデリンはぱっちりと目を覚ました。いくらか疲れがとれたようだ。ナイトドレスの上に揃いの化粧着をあわただしく羽織り、ローガンの寝室に急ぐ。冷たい朝の空気に、はだしの足がまたたく間に冷えていった。寝室ではメイドが暖炉に火をおこし、ミセス・ビーチャムが熱冷ましに使った湿ったタオルの山をまとめているところだった。

メイド長の目の下にはくまができ、額には前日は見られなかったしわが刻まれている。

「変化はありません」彼女はマデリンの無言の問いかけにそう答えた。

ベッドに歩み寄り、ローガンを見下ろす。肌は乾いて熱を帯び、唇はかすかにひび割れている。フランネルのパジャマは脱がされており、シーツが一枚、腰から下を覆っているだけだ。筋肉質な上半身や、脇の下の毛、臍《へそ》まであらわになっている。男性の裸など、マデリンはいままで見たこともない。思わず視線が、シーツに覆われた部分に吸い寄せられた。どこまでもつづいているかのような長い脚、薄い純白のリンネルの下で盛り上がっている秘密の場所。頬がぽっと赤くなるのが自分でもわかった。振りかえると、ミセス・ビーチャムがじっとこちらを見ていた。

「やはり、だんな様のお相手ではないのですね」メイド長は静かな確信をもって言った。

「だんな様とどのような関係にあるにせよ……愛人ではいらっしゃらない」

6

ふいを衝かれたマデリンは、すぐに返答することができなかった。鼓動のリズムが変わり、早鐘のようにとどろくのを聞きながら、必死に言葉を探す。「なにを根拠にそんなことを」

ミセス・ビーチャムはほほえんだ。「一目瞭然ですよ。たとえばそのナイトドレス……眠るためだけにデザインされたものです。あなたの振る舞い、だんな様を見るときのまなざし、すべてがだんな様と親密な関係でないことを如実に示しています。いいところのお嬢さんで、学校を出たばかりなのでしょう？ だんな様の好みの女性は決まっているのです。夜はシルクのネグリジェをまとい、午後二時までベッドから出ず、病人の看病なんて厄介なことはけっしてしない女性。だからあなたは、だんな様の愛人ではいらっしゃらない」

「キャピタルで働いてるんです」マデリンは正直に打ち明けた。「女優ではなく、単なる手伝いとして。でも友人ではあるわ。彼にも、せめて友人程度には思われているよう願っています」

「だんな様を愛してらっしゃるのでしょう」

「そんな、そんなことは」マデリンは顔が青ざめるのを覚えた。「いまも言ったように、彼に対する気持ちはただの友情です。もちろん、尊敬もしてますけど――」

「たかが友情のために、こんなに献身的に看病なさって、ご自分の体まで危険にさらすのですか」

マデリンは打ちひしがれた表情でメイド長を見つめた。喉の奥が詰まって、昨晩感じたあの鈍い痛みがふたたびわきおこってくる。

「まあいいでしょう」ミセス・ビーチャムはマデリンの顔に浮かんだ表情に思うところがあったようだ。「あなたが当家にいらっしゃる理由を、わたしが詮索する筋あいはありません。どうぞ、お好きなだけ滞在なさってください。だんな様が出ていくよう言わないかぎりは」

マデリンはうなずき、椅子の位置を手で確かめてから腰を下ろした。

「だんな様は、しばらくなにも口にしてらっしゃいません」というメイド長の声が聞こえた。「ミルクトーストを用意させますので。あなたからなら、だんな様も召しあがってくださるでしょう」

ミセス・ビーチャムが部屋を出ていくのをマデリンは頭の片隅で認識し、眠るローガンの横顔を食い入るように見つめた。ひげが伸びて頬に陰ができ、艦長のような、ならず者のような印象を与えている。

大きな手を両手にとり、なめらかな甲を撫でた。手首にうっすらと毛が生えているのがわかった。彼の手はたくましく、手入れがゆきとどいていた。つめは短く切り揃えられ、表面がベルベットのように磨きあげられている。指輪はしておらず、古い切り傷や擦り傷の跡が白く残っているだけだ。その手に触れられたときの感覚を思いだしてみる。彼は指先でそっと、頬に、胸に触れ……。

もう一度この手に愛撫されたい。でも、この思いが絶対にかなわぬものなのはわかっている。無意識のうちに、マデリンはうつむいて彼の手に唇を押しあてた。手を裏がえし、しわのあるくぼみに口づけると、自分の涙の味がした。

彼がわたしを求める日は永遠にやってこない。いやになるくらい、はっきりとそう言われたはずだ。それに、ふたりのあいだに信頼関係を築くのももう無理だ。嘘をつき、偽名を使って近づき、彼を卑劣な計画の協力者に仕立てあげようとしたのだから。彼のように誇り高い男性が、そのような行為を許してくれるわけがない。不可能に決まっている。

これほどの痛みを、マデリンはいままで感じたことがなかった。胸の内にあるわずかな幸福すらもすべて粉々に打ち砕いてしまいそうな、けっして消えることのない重い痛み。まったく皮肉としかいいようがない。あれほど冷静な決意をもって目的に突き進み、その結果、心にこのような傷を負ってしまうとは。この計画によって社会的にもひとりの女性としても傷を負うことを、彼女はきちんと認識していた。でも、心に傷を負うことになろうとは思ってもみなかった。まさか、ローガンを愛するようになるとは想像もしなかった。

彼の手のひらに口づけたまま、マデリンはささやいた。かけがえのない宝物をその手のひらにしまいこむように、力を失った指先を折る。

熱病がよくなったら、すぐに彼の元を去ろう。あの計画に彼を利用して、彼を愚弄することも、自分がすさんだ心の持ち主になることも、あってはならない。唐突に、彼と愛を交わすことがなくてよかったという思いがわいてくる。おかげで彼を傷つけることも、裏切ることもせずにすんだ。もしもそんなことをしていたら、マデリンはこの先、生きてはいけまい。

扉をたたく音がして、メイドが紅茶とミルクトーストをのせたトレーを手に部屋に入ってきた。メイドはマデリンの指示に従って、トレーをナイトテーブルに置き、ローガンの体を起こして、背中に枕をあてがうのを手伝った。マデリンはメイドに礼を言い、下がるよう告げてから、ローガンのとなりに腰かけた。彼が目を覚ます。まつげが持ち上がり、彼は長いことマデリンをじっと見つめた。すぐには彼女だと認識できなかったらしい。しばらくしてから、唇の動きでマデリンの名を呼ぼうとしているのがわかった。

「マディ……キャピタルは……」なめらかなベルベットと豊潤なワインを思わせた声は、ひどくかすれていた。

「ミスター・ベネットが団員をまとめています」マデリンは応じ、一瞬ためらってから、ローガンの腰から下だけを覆うシーツを引き上げた。当人は服を着ていないことに気づいていないようだ。「彼がきちんとみなさんを指揮しているはずです」

ローガンはなにも言わなかった。だがマデリンは、その瞳に苦悩の色が浮かぶのに気づいた。他人に劇場を任せたことなど、一度としてなかったにちがいない。「お戻りになられるまで、日報を送るようミスター・ベネットに伝えましょうか?」

ローガンはうなずき、枕にもたれて、まぶたを閉じた。

「まだ眠らないで」マデリンは裸の肩に手を置き、軽く揺すった。肌が焼けるように熱い。

「眠る前に、なにか食べなければ」

「いらない」ローガンは苦しげに息を荒らげながら、自力で身を横たえようとした。

「だったら、ミスター・ベネットからの日報を伝えませんよ」マデリンは淡々と告げた。

するとローガンは動きを止め、薄目を開けて、凶暴な猫のようにこちらをにらんだ。

「紅茶と、朝食を少しだけでも召しあがってください」彼女はなだめるように言い、噴きだしそうになるのをこらえた。これほどまでに心配でなければ、彼を言いなりにできるいまの状況を楽しむことができるのに。紅茶の入ったカップを用心深く彼の口元に運び、甘い液体を飲むよう促した。彼はおとなしく従い、温かな液体が喉を落ちていく感覚に満足げな表情を浮かべた。だが、バターを塗ったパンを温めた牛乳に浸したミルクトースト――昔からある病人食だ――を一口、口に入れた瞬間、げんなりした声をあげてそっぽを向いた。

「牛乳だ」とかすれた声で嫌悪感たっぷりにつぶやく。

「わたしも苦手なんです」マデリンは打ち明けながら、ミルクトーストをのせたスプーンをふたたび口元に運んだ。「でも、いまのミスター・スコットは抗議できる立場にありません。はい、もう一口」

ローガンは顔をしかめ、ぶつぶつと拒絶の言葉を口にした。

「ミスター・ベネットの日報は？」とマデリンが言うと、じろりとにらみつけてきた。「お願いだから召しあがってください」彼女は戦術を変えることにした。「いつかわたしが病気になったときには、たとえわたしがどこにいようと、ボウルいっぱいのミルクトーストを何杯も食べさせに来てくださってかまいませんから」

そう聞くなり、ローガンはさらに数口、ミルクトーストを胃におさめた。「よかった」マデリンはつぶやき、ボウルを脇にやった。身をのりだして背中にあてがった枕を取り、乱れた髪を撫でる。「すぐによくなります。そうしたら、いつでも好きなときに仕返ししてください」

彼女の冷たい手のひらに顔を押しつけてから、ローガンはすぐに眠りについた。呼吸がひどく荒かった。マデリンは身をのりだしたまま、なめらかな曲線を描く彼の耳に触れた。体はとても大きいのに、耳はずいぶん小ぶりだ。それから、顎と首の境目のあたりに唇を寄せた。たちまち、愚かしいほどの幸福感がわいてくるのを感じた。わたしはいま、愛する人のそばにいて、好きなように触れることができる。彼のためなら、彼が喜んでくれるならどんなことでもしよう。マデリンはいそいそと呼び鈴を鳴らして従僕を呼んだ。書き物机に向かい、ミスター・ベネット宛の手紙を急いでしたためた。

ローガンを看病するマデリンを、ミセス・ビーチャムと近侍のデニス、さらにふたりの従僕が交替で手伝ってくれた。熱冷ましのために水に浸した海綿で絶えず彼の体を拭きつづけるのは、とても骨の折れる作業だった。しまいにはドレスの袖が肘のあたりまで濡れ、身ごろまで湿った。最初のうち、マデリンは彼の裸を見て驚き、魅了された。だがじきになにも感じなくなった。どれほど魅惑的な姿だろうと、高熱に苦しむ彼に対してそんなふうに感じている余裕はなかった。

暗い部屋で、彼女は休まずに看病をつづけた。スープや紅茶を唇のあいだから流しこみ、肌を海綿で拭いて熱を冷ます。ずっと身をかがめているせいで、肩や背中が痛くなってくるほどだった。ブイヨンスープや水、煎じ薬などで、ドレスは襟元から裾まで染みだらけになった。ときおりミセス・ビーチャムがやってきては風呂や仮眠を勧めたが、ローガンのそばを離れる気にはなれなかった。

だが熱は、冷やしたシーツや冷湿布を使っても一向に下がらず、ますます猛威を振るうばかりだった。夕方には彼の意識は混濁し、目を開けることさえかなわなくなった。心配した使用人たちがあるじのつづき部屋の前までやってきては、巷で評判の薬や、先祖伝来の煎じ薬を置いていった。得体の知れない粉末やお守りを、よく効くからと言って置いていく者もいた。

彼らの真剣な思いを傷つけてはなるまいと、ミセス・ビーチャムはそうしたものをすべて受け取り、あとで処分できるようまとめて箱にしまった。「動物の角を粉にしたものなんてね」と苦笑を浮かべながら、従者のひとりが置いていった、ハンカチにつつまれたものをマデリンに見せる。それはひとつかみの灰色の粉だった。「ロンドンの店で買ってきたそうですよ。一角獣の角を砕いたもので、どんな病にも効くと説明されたとかで。だんな様のために秘薬を、と言われてもねえ」

「みなさん、ミスター・スコットのことが大好きなんですね」ベッドの脇に座ったまま、マデリンはローガンの顔から視線を離すことなく言った。

「だんな様は素晴らしい方です」メイド長は応じつつ、砕いた氷をリンネルの袋に詰めては、トレーにのせていった。「自分は感情に支配されない人間だ、なんておっしゃっていますが、赤ん坊が泣いていたり、誰かが恐ろしい目に遭っていたり、面倒に巻きこまれていたりするのを見ると、もう黙っていられないんです。使用人にまであれこれ配慮してくださって……あなたも、聞いたら驚かれますよ」作業の手を休め、考えこむような顔つきでマデリンをじっと見つめる。「だんな様は人を引きつける力がおありだし、頼りにされるのがお好きです。でも、一定の距離を保つことはけっして忘れません」

「たぶん、そうすることで望まぬ事態を避けようとしているのでしょう」マデリンは言い、氷の入った袋を手に取ると、じっと動かないローガンの体の周りに置いた。「そうやって自分を守っているんだわ」

メイド長はかすかに驚きの表情を浮かべてマデリンを見た。「だんな様のことを、よく理解してらっしゃるのですね」

「そんな。求めるものを追って傷つくよりは、あきらめることを選ぶ人……その程度のことしか知りません」

「なるほど」ミセス・ビーチャムが合点のいった面持ちでうなずく。その瞳には、先ほどとはちがう好奇心が浮かんでいた。「ひょっとして、その求めるものというのは、あなたのことですか。だんな様はあなたを求めながら、あなたを避けてらっしゃる？」

疲れと不安のせいだろう、マデリンは思わず真実を口にしていた。「どういうかたちであれ自分とかかわれば、いずれお互いに傷つくことになる、そう言われました」彼女は髪が頬にかかるくらい深くうつむいた。

メイド長は冷たくなった両手を揉みあわせながら、マデリンの言ったことについて考えている。「だんな様のおっしゃるとおりかもしれませんね。わたしがあなたなら、だんな様の言葉を受け入れます」

「わたしもそうしたの。それでもここにいるのは、病に倒れた彼のそばを離れることなんてできなかったから……さようならも言わずに」

「ミス・リドリー」と呼ぶメイド長の声はとても優しげだった。マデリンが涙に光る瞳で見上げると、メイド長はつづけた。「心の奥底では、だんな様もあなたの真心をわかってらっしゃいますよ。だんな様にとっては、きっとかけがえのない贈り物のはずです」

マデリンは歯を食いしばり、口元が震えそうになるのをこらえた。涙を流すまいとぎゅっと目を閉じ、ベッド脇の椅子にふたたび腰を下ろした。

翌日、事前の知らせもなしにドレイク卿が屋敷を訪れた。幼なじみが倒れたと知って、急ぎやってきたのだ。ローガンの容態について、彼が玄関広間でミセス・ビーチャムを質問攻めにしているところへ、マデリンは偶然、汚れたタオルを両腕に抱えて通りかかった。

「おや、劇場で働いていた子じゃないか」ドレイクが大声をあげ、身振りでマデリンを呼び寄せる。彼はにやりと笑ったが、瞳に浮かぶ不安の色は消えていない。「ジミーのことだ、かわいい看護師をつけているにちがいないと踏んでいたよ！」

「ジミー？」マデリンは当惑気味にたずねた。

ドレイクが小さくほほえむ。「彼は生まれたときからローガン・スコットだったわけではないからね」

ミセス・ビーチャムがマデリンの腕から汚れ物を取り上げた。「これはわたしが片づけておきましょう」とつぶやくように言い、マデリンのすっかり乱れた格好を見る。「少し休まれたほうがいいですよ」

「ええ、そうね」マデリンは応じ、痛むこめかみを揉んだ。「では、ドレイク卿、わたしはこれで――」

「待ちたまえ」ドレイクの態度から先ほどまでのなれなれしさが消えた。飲みすぎと睡眠不足でむくみ、青ざめた彼の顔を見ているうちに、自堕落なのは外見だけで、心の底から友人の身を案じているのが伝わってきた。「今日は、力になれることがないかと思ってやってきたのだよ。ジミーのために、わたしにできることがないかと思ってね。彼は一番古い友人なんだ。生まれてこの方、病気ひとつしたことがない男だったんだが、あのいまいましい劇場を休むほどなのだから事態は相当深刻なんだろう。彼に必要なものがあればなんでも言ってくれ。わたしがなんとかするから」

「ありがとうございます」マデリンはドレイクの真剣な口調に心を打たれた。「ですが、ミスター・スコットにしてさしあげられることは、あまりないのです」喉の奥が詰まって、それ以上は言葉にならない。なにもできない絶望感をにじませ、ドレイクを見つめるばかりだ。その表情から、尋常な事態ではないと相手も察したようだ。「そんなにひどいのか」とたずね、静かに断言するように言った。「彼と話をしなければ」

マデリンはかぶりを振った。「意識が混濁してらっしゃるんです」

「彼に会わねばならん」

「でも、熱病が感染する恐れも――」

「かまわん。ジミーは兄弟も同然だ。彼のところに連れていってくれ……頼む」

しばらくためらってから、マデリンはドレイクを二階に案内した。寝室は明かりを落としてある。表情を失ったローガンの顔はまるで仮面のようで、乾いた唇からはとぎれがちな呼吸がもれてくる。すっかり力を失い、なすすべもなくぐったりと横たわる姿は、別人のようだ。

「なんということだ」ドレイクはベッドに歩み寄りながらつぶやいた。ぴくりとも動かないローガンを見下ろし、途方に暮れたようにかぶりを振った。「よせよ、ジミー、おまえが死んだりするものか」とささやいて、顔をゆがめて笑う。「第一に、わたしはおまえに莫大な借金がある。返すのに何年もかかるんだ。第二に……おまえが逝ったら、わたしはどうすればいい」ドレイクはため息をつき、長い黒髪を両手でいじった。その様子に、マデリンは妙に慣れ親しんだものを覚えた。たしかローガンも、緊張したときや考え事をしているときに、同じように髪を引っ張ったり、いじったりしていた。「おい……絶対によくなれよ。よくならなかったら、許さないからな」

ドレイクはベッドに背を向け、扉のほうに向かった。マデリンの前で足を止め、つらそうに告げる。「力になれることがないなら、倒れるまで飲んでくるよ」

「そんなことをしても、誰のためにもなりません」

「わたしのためになるんだよ、ミス・リドリー」ドレイクは額をこすった。「見送りはいい」

夜になってドクター・ブルックが往診に訪れた。マデリンはミセス・ビーチャムとともに寝室の外で診察が終わるのを待ったが、医師はすぐに部屋から出てきた。「おふたりとも、素晴らしい看病ぶりだったようですね」という声は、回復を請けあうというよりも、ふたりを慰労するふうだった。

医師の表情は平静で、口調も昨日と同じ、穏やかなものだ。けれどもマデリンは、なにかが昨日とちがっているのに気づいた。「熱はじきに下がりますか。そう長くはつづきませんよね」

「ええ、ミス・リドリー。そうつづいたら患者の体がもちません。非常に危険な状態だ。覚悟しておいたほうがいいでしょう」

その言葉の意味するところを、彼女はすぐには理解できなかった。ミセス・ビーチャムが医師になにか応答してくれるのを待ったが、無言のままだ。メイド長の顔に凍りつくような表情が浮かんでいるのを見て、マデリンは自分もそんな顔をしているにちがいないと思った。

彼女は医師に向きなおった。先ほどの言葉を拒絶する気持ちがふつふつとわいてくる。

「では、なにかお薬を出してください。なにをすればいいか、教えてください」

「わたしにも、誰にも、もう手のほどこしようはないのです。ここまできたらもう、祈る以外に方法はありません」

「祈るですって」マデリンは苦々しげに言い放った。そんなことをしても、なんにもなりはしない。

「明朝また来ます。引きつづき水分を補給して、少しでも熱が下がるよう努めてください」

「それだけ?」信じられない、という声でマデリンは問いただした。「ロンドン一のお医者様なんでしょう……先生なら彼を治してくださるとみんな言っていたわ。なにもせずに帰るなんて」

ドクター・ブルックはため息をもらした。「奇跡を期待されても困るのですよ。それに、同じような症状で苦しむ患者が大勢待っているんです。患者の大部分は回復しましたが、熱が下がらないケースもあった。瀉血《しゃけつ》を試してみることも考えましたが、これまで診た患者で著しい改善は得られませんでしたし」

「でも……ほんの三日前にはあんなに元気だったのに」マデリンは叫んだ。途方に暮れ、唐突に激しい怒りを覚えていた。ローガンの肉体から命が去ろうとしているのが、医師の責任のようにすら思われた。

彼女の青ざめた顔を見つめた医師は、なにか慰めの言葉をと考えたようだ。「彼はまだ若い。それに、きっと大切な生きがいがあるはずです。ときには、生きがいの有無が回復に影響することもある」医師は上着のしわを伸ばすと、階下まで案内するために控えていた従者に向かってうなずいてみせた。

「生きがいですって?」マデリンは皮肉をこめて言い、両手をぎゅっと握りしめ、大またに寝室に戻った。「まさか劇場のこと?」単なる建築物ではあるが、ローガンはキャピタルにすべてを注ぎこんでいる。彼には家族も、恋人もいない。心を許している相手はひとりも。

マデリンは、控えの間に山と積まれた花束やお見舞いの品について思いをめぐらせた。ローガンの容態を心配した友人や知人が贈ってくれた品々だ。ミセス・フローレンスまで、しゃれたブルーのリボンを結んだ籠にゼリーを詰めたものを贈ってくれた。あれほど大勢の知人がいる人、あれほど周囲の人びとから尊敬され賞賛される人が、たったひとりで天に召されていいわけがない。

脳裏をよぎった言葉を、思わず口にしていたらしい。ミセス・ビーチャムが応じるのが聞こえてきた。

「だんな様ならそういう死を望まれるでしょうね。でも、いまはおひとりではありません。あなたに、一緒にいてほしいとおっしゃったのでしょう?」

「彼が亡くなるところなんて見たくない」

「だったら、だんな様のおそばを離れますか」

マデリンは首を振り、ベッドにぼんやりと歩み寄った。ローガンが身をよじり、混濁した意識のまま何事かつぶやく。まるで、地獄の業火から逃れようとしているかのようだ。「そうだわ、リーズ公爵夫人に知らせなくては。きっと連絡を待っているはずよ」マデリンは書き物机に駆け寄ると、便箋を一枚取り、ペンをインク壺に浸した。あかぎれのできた指がこわばり、うまく文字が書けない。〝ミスター・スコットの病状が悪化しています……〟自慢の文字がひどく震えている。〝医師によれば、ミスター・スコットはもう――〟

マデリンは手を止め、便箋をじっと見下ろした。文字が躍っているように見える。「書けないわ」彼女はペンをペン立てに戻した。

ミセス・ビーチャムがやってきて、代わりに手紙を書く。「すぐに公爵夫人のところに届けましょう」と言うなり、彼女は一刻を争うかのように急いで寝室をあとにした。

真夜中になろうというころ、別の医師がやってきた。公爵夫妻のかかりつけの医師だという。親切そうな初老の男性で、自信に満ちあふれた態度に、マデリンは一縷《いちる》の希望をかけた。

「あなたのお手紙を受け取った公爵夫人から、診察に伺うよう言われましてね」医師はそう説明した。「患者のために、なにかできることがあるかもしれません」

「よろしくお願いします」マデリンは医師を寝室に招き入れた。診察のあいだも彼女はそこにとどまった。すでにローガンの裸身を何度も見ているため、恥ずかしさは感じなかった。すらりと伸びた手足も、皮膚のすぐ下で隆起する筋肉も、まどろむ獅子のように身内に蓄えられたエネルギーも、すべて知りつくしている。

さっき感じた希望の光は、あっという間に消えていった。新しくやってきた医師にも、いままでやってきた以上の治療はなにひとつ提案できないようだった。帰り際、医師は特効薬を処方してくれたが、当の本人が効果を期待していないのが感じられた。

「ミス・リドリー」ミセス・ビーチャムがやってくる。「今日は朝からずっとだんな様のそばにつきっきりでしょう。わたしがしばらく見ていますよ。デニスもそのあとで交替すると言っていますから」

マデリンはほほえんだ。メイド長の顔には疲労の色が浮かんでいる。「疲れてないから大丈夫よ」と応じたものの、本当はへとへとだった。目が腫れてごろごろするし、一日中、氷や湿布薬に触れていたせいで腕が肘のあたりまで赤くなっている。「もう少しここにいるわ」

「本当に大丈夫ですか」

マデリンはうなずいた。「彼とふたりきりにして」

「わかりました。なにかあれば、呼び鈴でわたしでもデニスでも呼んでください」

扉が閉じられる。寝室の明かりは、ランプの炎と暖炉の熾火《おきび》だけだ。暗紅色の光がローガンの横顔を照らしだす。マデリンは氷を詰めた布袋を彼の額にのせた。すぐに彼が、ひどく乱暴にそれを押しのけてしまう。

「じっとしていて」彼女は何度も声をかけ、熱をもった肌をそっと撫でつづけた。

譫妄《せんもう》状態にあるせいだろう、ローガンは芝居のせりふを脈絡もなく口にし、見えない誰かに向かって話しかけ始めた。ほとんど真っ暗な寝室で彼のかたわらに座るマデリンは、聞きながら顔を真っ赤にした。彼は聞いたこともないようなせりふ、ぎょっとするような、刺激的な言葉をいくつも発した。しまいには腕の毛が逆立ってくるほどだった。「お願い」室内がみだらな言葉で埋めつくされる。彼を黙らせなければ。マデリンは焦った。「お願い」額に冷たい布を押しあてながらささやきかける。「静かにしていて――」

いきなり手首をつかまれ、マデリンは息をのんだ。細い骨が折れそうなほどぎゅっと握ってくる。痛みに小さな悲鳴をあげると、彼は力を緩め、やがて当惑の表情を浮かべた。そして、女性の名を呼んだ……オリヴィア、と。憎しみにあふれた声だった。彼女を殺してやりたい。彼女がわたしからすべてを奪ったのだ。ローガンはそう言い、嗚咽をもらし、呪詛の言葉を口にした。彼がどんなに苦悩しているかがわかる。マデリンの胸は嫉妬に痛んだ。

誰かを本気で愛したことは？　以前彼にたずねたことがあった。

一度。彼はそう答えた。だがうまくいかなかった、と。

オリヴィアというのが彼の愛した女性なのは明白だった。その女性に裏切られたのだろう。マデリンは彼の髪を撫で、ささやきかけながら、わずかに体重をかけて身を重ね、おとなしくなるまでなだめつづけた。「わたしなら、あなたのそばを絶対に離れたりしない」心臓と心臓を重ねあわせるようにしながらつぶやく。「絶対にあなたを傷つけたりしない。愛しているわ」彼の熱い頬と乾いた唇に情熱的に口づけ、「愛してる」とくりかえしささやいた。そうすることで、彼にエネルギーを分け与えることができればと願いながら。

ローガンは支離滅裂な言葉を口走り、やがて身じろぎもしなくなると、深い眠りのなかへと戻っていった。

身を起こしたマデリンは、彼の胸に手を置いた。手のひらに感じる呼吸がひどく弱い。生命力が失われつつあるのが実感され、恐ろしくて眠れなかった。彼が自分の腕のなかで天に召されようとしているのだと思うと、冷たい絶望が胸の内に広がった。

マデリンはゆっくりと床にひざまずいた。小さいころから欠かさず教会に通い、学校でも毎週、宗教の授業を受けていたものの、心から神の存在を信じたことは一度もなかった。反抗心でいっぱいだったし、クリフトンとの結婚を「神のお導き」だと言う母に激しい憤りも感じていた。神はわたしに退屈な人生を歩むことを望んでいるのだ、ずっとそう恨んでいた。だが、神が本当に慈悲深い方なら、願いを受け入れてくれるはずだ。この願いさえ受け入れてもらえたなら、二度と神にすがるつもりはない。

彼女は慎重に手を組みあわせ、一言一言に魂をこめ、祈りを捧げた。恐れと希望を口にすると、不思議と安堵感につつまれた。生まれて初めて、祈りは単なる儀式ではなく、誠実なる友への告白なのだと感じた。「……どうかわたしの罪をお許しください」ほのかな明かりの下で彼女はささやいた。「これからは素直な娘になります。両親の望むとおりに生きます。クリフトン卿と結婚し、不満をこぼすことなく、あらゆる方法で夫に尽くします……だから神よ、彼をお救いください。わたしはこれからどうなってもかまいません。彼が生きていてくれれば、なにもいりません。こんなに若くして天に召されるべき人ではないのです。お願いだから、彼を生かしてください……」

どのくらい祈りつづけていただろう。立ち上がったときには、膝が萎えて痙攣し、頭のなかがぼんやりとしていた。マデリンはローガンのかたわらに戻ると、新たに布袋に氷を詰め、彼の体の周りに並べていった。

彼女は一晩中、祈りの言葉をささやきつづけた。けっして終わらぬ夢を見ているように感じた。ほとんど無意識に、手を休めることもなく看病をつづけた。ローガンの口に水やスープを含ませ、うなされたときには静かになるまでなだめた。小さなバルコニーの向こうから、フランス戸越しに菫《すみれ》色の朝の光が射しこんできたのさえ気づかなかった。

「ミス・リドリー」

マデリンははっと顔を上げ、声のしたほうを向いた。

ミセス・ビーチャムと近侍が、心配のあまり表情を失った顔で近づいてくる。「容態は?」メイド長はたずねながらベッドに歩み寄り、あるじの動かない体を見下ろした。マデリンは体をふらつかせ、水のしたたるタオルを手にしたまま、無言でその様子を眺めている。

メイド長がローガンの額に手のひらをあてた。しばらくしてマデリンを振りかえったとき、その顔には安堵の色が広がっていた。「よかった。熱が下がっているわ」メイド長はシーツの乾いた隅を使って、あるじの肌に浮く汗を拭いた。

マデリンはそのさまをただじっと見つめていた。近侍がそばに来て、かすかにフランス語なまりのある口調で話しかけてくる。「もう大丈夫ですよ、マドモアゼル。だんな様はじきに元気になられます」

マデリンはぼんやりと彼に向きなおった。信じられない思いだった。近侍の名前を思いだそうとする。「デニス……？」乾いた唇でそうたずねたとたん、部屋がぐらりと揺れ、近侍の細い腕が体にまわされた。生まれて初めて、マデリンは失神した。

目覚めたときローガンは、幾層にも重なった水と闇の下から浮かび上がっていくような感覚につつまれた。体が徐々に軽くなっていって、ついに水面に顔が出る。体がだるくて、力が入らない。霧のような眠りのなかにふたたび沈んでいくほうが楽だったろうが、頭のなかをある思いが駆けめぐり、無理やり彼を起こした。マデリン……彼は目を開け、霧が晴れるのを待った。彼女はそこにいなかった。彼は口を開いたが、ひどいしわがれ声しか出てこなかった。

「だんな様」メイド長の懐かしい顔が見える。「この数日間、どれだけ心配したことか」彼女はほほえんで言った。「よかった、だいぶよくなられたようですね。なにかお飲みになりたいでしょう」彼女はローガンの頭を支えて、なまぬるいブイヨンスープを口元に運んでくれた。その液体は塩からく、かすかに金気くさかった。

キャピタルがどうなっているか訊こうと思った。だが、それよりももっと重要なことがある。熱病にうなされているあいだ、ずっとマデリンがそばにいたのを彼は覚えていた。彼を悪夢から呼び戻そうとしたときの、マデリンの手の感触も、顔にかかった息も。マデリン……そばにいてほしいと思うのに、どこかに行ってしまったようだ。本当にずっとそばにいてくれたのだろうか、それともあれは、夢だったのだろうか。

ローガンは上の空でメイド長のおしゃべりを聞いた。ドクター・ブルックがあとで往診にやってくること、リーズ公爵夫妻が心配してかかりつけの医師を寄越してくれたこと、使用人はみな、あるじが回復したと聞いて大喜びしていること。ローガンは洗いたてのシーツをぎゅっとつかみ、フランス戸にかかるカーテンの隙間から射しこむ長方形の光に目を凝らした。ふいに、メイド長の言葉が彼の意識をとらえる。

「……ミス・リドリーがあとで様子を見にいらっしゃるかもしれません。でもたぶん、明日の朝までは無理ではないかと――」

「いるのか?」ローガンはメイド長をじっと見つめ、起き上がろうとした。

「だんな様、まだ起きたりしては――」

「どこにいるんだ」彼は問いただし、肘をついて身を起こそうとして、すっかり体力が失われているのに気づくと悪態をついた。

「つづきの間でお休みになっています。いまは起こさないほうがいいと思いますよ。三日三晩、ほとんど眠らず、ものも食べず、だんな様を看病しつづけたのですから。それで今朝、だんな様の熱が下がったのを知るなり、とうとう失神されたんです」メイド長はあるじの表情を見て言葉を切り、「心配はご無用ですよ」と慌てて言い添えた。「熱病がうつったわけではありませんから。疲れただけでしょう。しばらく眠れば元気になりますとも」

ローガンは口を開こうとして唇が乾いて引きつれているのに気づき、ナイトテーブルに置かれた水の入ったグラスに手を伸ばして、おぼつかない手つきで口元に運んだ。「どうして休ませなかったんだ」とかすれ声で問いただす。「倒れるまで看病させることはなかろう」

「休むよう言ったのにあの方が聞かなかったんですよ。自分が看病すると言い張って――」

「化粧着を持ってきてくれ」

「は？」あるじがベッドを出ようとしているのに気づいて、ミセス・ビーチャムは仰天した面持ちになった。「まさかだんな様……そんな、無理をなさっては……」

「デニスを呼んでくれ」ローガンは命じた。マデリンに会うことしか頭になかった。「医者もだ」

「ですが、先ほども申しましたように、お医者様はあとでいらっしゃると――」

「ミス――」ローガンは激しく咳きこみ、グラスをつかんで、また水を飲んだ。「ミス・リドリーを医者に診せるんだ。早く」マデリンが本当になんでもないことを、単なる疲れであって自分を襲ったあの熱病の初期症状ではないことを、確認しなければならない。

ミセス・ビーチャムは扉のほうに下がり、「では、お医者様をお呼びします」とてきぱきとした口調で告げた。「ですが、寝ずの看病をつづけたあの方をいま起こすのは、かえってあの方のためによくありません。それに、だんな様には起きる前になにか召しあがっていただきます。メイドに言って、カスタードクリームとトーストでも持ってこさせましょう」

ローガンはしぶしぶ枕に頭をもたせ、メイド長の後ろ姿を見送った。生まれたての子馬のように足腰に力が入らない。言うことを聞かない手足が自分のものではないように感じられる。これまで並はずれた健康体とエネルギーを誇ってきた彼にとって、弱い自分を認めるのは耐えがたいことだった。彼は口のなかで悪態をつき、枕に寄りかかって、めまいが去るのをじっと待った。

ミス・リドリーは熱病に感染していない。ドクター・ブルックからそうお墨付きをもらっても、ローガンはまだ満足できずにいた。

「わが友」医師は笑いながら言った。「ミス・リドリーを心配して体力を消耗しちゃいかんよ。すでに請けあったとおり、彼女は健康そのもの、ただ疲れているだけだ。明朝にはいつもの彼女に戻る。きみが心配すべきは、きみ自身の健康だ。無理していつもどおりに仕事をしたりしたら、回復までの時間が二倍になるからな。少なくともあと二週間はベッドで休息をとり、疲れるようなことはいっさいしないように」医師はウインクをして言い添えた。「愛情表現の行為も含めてだぞ。とはいえ、わたしがきみの立場なら誘惑に抗える自信がないがね。ミス・リドリーはじつに魅力的だ」

ローガンは医師の口ぶりにいらいらし、柄にもなく嫉妬まで覚えた。顔をしかめて、とっとと帰れ、というふうに上掛けを指先でとんとんとたたく。

「わかった、わかった」ドクター・ブルックがつぶやくように言う。「熱がぶりかえさないかぎり、もう往診の必要はあるまい。さっきの忠告を忘れないようにな、スコット。無理は禁物だぞ」

うなり声で応じたローガンは、なおも上掛けをたたきつづけた。医師がいなくなるとさっそく、呼び鈴を鳴らしてデニスを呼んだ。

近侍の抗議に耳も貸さず体を支えさせ、マデリンの部屋まで歩いていく。たったそれだけの運動なのに、驚くほど体力を消耗した。ようやく部屋に足を踏み入れたときには、肺と心臓が体の動きにやっとついてきているという感じだった。ローガンは近侍の肩を離すと、ひとりでマデリンのベッドに歩み寄り、「下がっていい」とぶっきらぼうに命じた。「用があれば呼び鈴を鳴らす」

「ウイ、ムッシュー」というデニスの声は疑わしげだ。「ですが、だんな様。おふたりともいまのようなお体の状態では、ランデヴーは妙案とは言えないのではないかと――」

「下がれ、デニス」

扉が閉じられ、ローガンはベッドにじっと横たわるマデリンを見下ろした。子どもみたいに横向きになって、両手を軽く握って眠っている。胸元は襟の詰まった清楚な純白のナイトドレスにつつまれている。ローガンはかたわらに腰を下ろし、枕の上に流れる一筋の金茶色の髪に触れた。マデリンが身をよじり、枕に顔を押しつける。呼吸が深いリズムを取り戻す。

見ると彼女の手は、何日も看病をつづけたせいであかぎれになっていた。ローガンは顔がほてるのを覚えた。恥ずかしさを感じたわけではない。女性に裸を見られたり、あるいは女性と親密な行為にふけったりすることを、恥ずかしいと思ったことはない。自分の一部をマデリンに奪われ、それを取りかえせないような……彼女とある種の絆が結ばれたような、そんな気がしたからだ。その感覚を、彼のなかの一部は嫌悪し、別の一部は歓迎している。

これから彼女とのことをどうすればいいのだろう。はっきりしているのは、いまさら屋敷から追いだすのは不可能ということだけだ。彼女はローガンの人生に入りこみ、彼の私生活のそこかしこに自分という存在を植えつけていった。受け入れる以外に選択肢はないように思える。だったら、彼女が与えてくれる喜びも受け入れていいのではないだろうか。彼女は若く、美しく、恐れを知らない。快活で楽天的な性格を、彼もいまでは素晴らしい資質だと思うようになっている。ローガンは、リンネルとウールの毛布でできた繭につつまれた、マデリンの体の線に視線を這わせた。胸にそっと触れ、指先をやわらかな丸みに沿わせ、手のひらでつつみこむ。親指で小さな円を描くようにして、乳首が硬くなるまで愛撫する。マデリンがむにゃむにゃと寝言を言い、わずかに膝を上げたせいでシーツがかさかさと音をたてた。

彼はほほえんで、枕に広がる絹のような髪を撫でた。ほんのつかの間、彼女にどんなことを教えられるか、ふたりでどんな喜びを分かちあえるか、考えてみる。とたんに熱い興奮に全身が満たされた。彼は苦笑いを浮かべてベッドから立ち上がった。まだ早すぎる。ふたりがともに回復したあとに、時間はいくらでもある。そのときが来たら、マデリンが思い描いているあらゆる夢に……そして自分が抱えているいくつもの夢想に、存分に身を任せよう。

7

目覚めたあともマデリンはじっと横たわり、この数日間の出来事を頭のなかでゆっくりと反芻《はんすう》していた。しばらくしてから身を起こし、全身の筋肉が悲鳴をあげたので顔をしかめた。とくに背中と肩が痛くて仕方がなかった。用心深く体を伸ばすと、激痛に息ができなくなり、涙がにじんだ。

扉をたたく音がして、暖炉にくべる石炭の入った籠を手にメイドが現れた。「お目覚めですね」メイドはマデリンが起きているのに気づくと嬉しそうに言った。「ミセス・ビーチャムが、だんな様が助かったのはミス・リドリーのおかげだと申してましたよ」

「彼の具合は？」

「それはもう元気におなりで！　ほとんど一日中眠ってらっしゃいますが、起きてるときは数分おきに呼び鈴で誰かを呼んで、食事やお酒や本やらなにやらを持ってくるよう言いつけるんです。でも、どれも持っていってはだめだとミセス・ビーチャムに注意されてますけど」

マデリンはほほえんだ。寝室でおとなしく眠っているなど、彼の性格では無理だろう。すぐにそばに行きたいが、髪を洗っていないのが気になり、頭に手をやった。

「化粧室にお風呂をご用意しますね。それと、朝食のトレーもお持ちします。ミセス・ビーチャムに、召しあがりたいものをなんでもお持ちするように言われてますから」メイドは衣装だんすに歩み寄ると、なかが見えるように扉を開けた。「ゆうべ、届いたんですよ」

そこには新しいドレスが並んでいた。ミセス・フローレンスが、仕立てあがったばかりのものをすぐにサマセット・ストリートの家から送ってくれたのだろう。マデリンは感謝の言葉をつぶやきつつ衣装だんすに近寄り、畦織の黄色のシルクドレスを取り上げるなり、肩に痛みを覚えて眉を寄せた。彼女の表情に気づいたメイドは、すぐに理由を察してくれた。

「すぐにお風呂をご用意しましょう。温かいお湯につかれば、少しは痛みも和らぎますよ」

メイドがふたり、風呂を浴び、長い髪を洗うのを手伝ってくれた。仕上げには髪がつやつやになるまで菫の香りの水ですすいでくれた。入浴を終えたあとは、温めたタオルで体をつつみ、暖炉の前で髪を梳き、ハムとスフレと果物をのせたトレーを用意し、ドレスにはしわひとつなくなるまで丁寧にアイロンをあててくれた。

ふたりはマデリンの髪をきれいに編んで結い上げ、両頰にわずかな巻き毛を散らし、着替えも手伝った。シンプルなデザインのドレスはマデリンを大人っぽく見せ、それでいて清楚さを失わず、彼女にとてもよく似合った。波状にカットされた裾が歩くと足にまとわりついてさらさらと心地よい音をたて、折り返しのある袖口が手首をくすぐった。メイドに褒めそやされて、マデリンは深い襟ぐりからのぞく胸元まで真っ赤にした。

「なんて素敵なんでしょう」ミセス・ビーチャムが満足げに笑みを浮かべながら部屋に入ってくる。「今朝はだいぶご気分がいいようですね、ミス・リドリー」

「ええ、ありがとう。それよりもミスター・スコットは――」

「五分おきにミス・リドリーのことをたずねてらっしゃいますよ。たったいまもすぐにあなたの顔を見たいとおっしゃったので、それでこうして様子を見に」

マデリンはほほえんだ。「もうほとんど、本来の彼に戻ったようね」

「じきに完璧に元どおりになりますとも」

マデリンはメイド長についてローガンの寝室に向かった。部屋に近づくにつれ、彼が不満を口にする声が徐々にはっきりと聞こえてきた。

「……ブイヨンスープはもうたくさんだ」ちょうど、厨房からトレーを運んできた不運な従僕をしかりつけているところのようだ。「肉とパンとコーヒーを持ってこい。流動食やスープなんぞで力がつくわけがないだろう。ただし、少しでも牛乳を入れたら――」

彼はマデリンを認めるなり口をつぐんだ。「マディ」と呼ぶ声はまだ少しかすれている。

彼も入浴を終えたばかりのようだった。髪がまだ湿っており、きれいにひげを剃った顔がつやつやしている。白いフランネルのパジャマは襟元までしっかりとボタンが留められているが、その下に隠されたなめらかな肌とたくましい筋肉は、マデリンの脳裏に焼きついて永遠に消えることはない。だが、てきぱきと指示を出す姿を目のあたりにすると、彼の裸を見たことや、その体に触れたことが嘘のように思えてくる。

ミセス・ビーチャムと従僕は思慮深く退室し、部屋にはローガンとマデリンだけが残った。

「わがままな患者さんね」マデリンはベッドに歩み寄った。

「頭がおかしくなりそうだ。わが劇場がどうなっているか、ベネットに訊いてくれないか。それと、なにか仕事を──」

「休まなくてはだめよ」退屈をもてあましたローガンがさっそく気の短かさを発揮しつつあるのを見て、マデリンはおかしくなった。「お医者様にも、疲れるようなことはしないよう言われているはずだわ」

「ベッドに横になって病人扱いされるほうが、よほど疲れる」

マデリンは笑みを浮かべ、鼻の先がくっつくくらい深く身をかがめた。挑むように瞳を輝かせて、ローガンの瞳をまっすぐにのぞきこむ。「だって、病人なのは事実だもの」

彼の視線がマデリンの唇に移動し、一瞬、ときが止まったように感じた。「すぐに治るさ」ローガンはささやいた。

それまでなかった思いやりや親愛の情のようなものがふたりのあいだに流れているのに気づいて、マデリンは息もつけなくなった。「でもいまは、なんとしてもベッドにいてもらうわ」

ローガンはマデリンの胸の谷間に視線を注いだ。なだらかな丸みは、黄色のシルクにかろうじて覆われている状態だ。ふたたび彼女の顔に視線を戻したとき、その瞳には青い炎が躍っていた。「どうやって？」

マデリンは慌てて身を起こした。「本と書類でも持ってくるわ。それから、ミ、ミスター・ベネットの日報を読んであげます」

「さしあたり、それくらいでよしとするか。ついでにまともな食べ物も頼むよ」

「それは無理よ。ドクター・ブルックがお許しにならないもの。それに、食べたところで胃が受けつけないでしょう」

「まともな食べ物だぞ、マディ」ローガンはいらだたしげに言い、部屋を出ていくマデリンを見送った。「それと、すぐに戻ってきてくれ。こんなに退屈なのは生まれて初めてだ」

マデリンがスコット邸に滞在して二週間が過ぎた。いまというときを、彼女はこれからずっと、生涯で一番幸せな日々として思いだすことになるだろう。毎日のように出ていくことを考えたが、そのたびに、もう少しだけいようと思いなおした。無鉄砲な振る舞いなのは承知していたが、そんなことはどうでもよかった。ローガンとの時間はかぎられている。だからこそ、その時間はますます大切なものに思われた。もちろん、家に戻ってクリフトンと結婚するという神との約束を忘れたわけではない。彼女は誠実な気持ちで神に取引を申し出たのだし、神は約束を守った。だから彼女も、自分の約束をきちんと果たすつもりだ。

寝室に幽閉された状態でも、ローガンは人の二倍の速さで生きているように見えた。彼のしつこさに根負けしたマデリンや使用人たちは、仕方なく一日に四時間だけ、仕事をすることを認めた。彼はベッドに横になって、あるいはかたわらの椅子に座って、キャピタルの運営に関するベネット宛の手紙や、所有する不動産に関する財産管理人宛の書簡をマデリンに口述筆記させた。さらにその合間には、貴族や芸術家や政治家などとも手紙のやりとりをし、新事業を提案したり、出資や寄付の件を念押ししたり、社交の場への招待に返答したりした。

「ミスター・スコットは、きっと英国一忙しい人ね」とりわけ長い手紙を代筆したあと、マデリンは感嘆の声をあげた。ペンを置き、痛む指を曲げ伸ばしする。

「ここ数年はたしかにそうだったな」ローガンはうなずき、両手を頭の後ろにまわしてヘッドボードにもたれかかった。今日は暗紅色と茶色の縞模様の贅沢なシルクの化粧着に身をつつんでいる。ベッドのとなりにはフランス製の細長いテーブルが据えられ、すぐに手に取れるよう書物などがのっている。「スケジュールをいっぱいにしておけば、ほかのことを考えずにすむ」

「ほかのことって？」何気なくたずねたマデリンは、彼が唇の端に笑みを浮かべる様子にどぎまぎした。

「おもに私生活についてかな。わたしのような仕事は、私生活と両立させにくいから」

「だったら、人生の伴侶を探せばいいのに」マデリンは視線を机に移し、吸い取り紙や便箋、銀のインク壺などをきちんと並べるのに忙しいふりをした。「女性なら誰でも、あなたの申し出を受けてくれるのではない？」

「こちらは誰でもいいというわけにはいかん」

「そうよね……」マデリンは便箋をもてあそび、小さな四角形になるまで何度もくりかえし折りたたんでいった。「経験豊かな女性がいいのでしょう？　成熟した、大人の女性が」

「以前はそういう女性が望ましいと思っていた」ローガンはそこで言葉を切り、彼女が顔を上げるのを待って、「だがいまはよくわからない」と言い添えた。青い瞳が海賊のように光る。

まごついたマデリンは、立ち上がるなり扉のほうに向かった。「お昼をどうするか、料理長と相談してくるわね」

「あとでいい」

「スープがいいかしら。それとも、新鮮な野菜とハム――」

「食べ物の話はいい。それより、ずっとわたしの看病をしてくれるのはなぜなのか、理由を教えてくれないか」

彼との距離を保つため、マデリンは戸口に立ったまま答えた。「ほかに看る人がいなかったからよ」

「しっかり世話をしてくれる使用人が大勢いる」

マデリンは深呼吸をした。「そのほうがよかったのなら、お詫びします」

「わたしが誰に看病を頼んだにせよ、きみにその義務はなかったはずだよ」ローガンは手招きをした。「ここにいる理由を聞かせてほしい。さぞかし大変だったろうに、なぜだい」

マデリンは苦笑いを浮かべて内心の動揺を押し隠した。「どうしてこういうことになったのか、自分でもよくわからないんです。誘惑するつもりだったのに、腕のなかで死にかけているあなたを見たら……」

「では、同情心からここにいるのかい」ローガンは視線をぴたりとマデリンに注いだ。「それとも、まだわたしを誘惑できると思っているのかい」

「まさか」マデリンはすぐに否定し、頬を真っ赤に染めた。「そんな……もうそんなことは考えていません」

「だったらひとまず安心すべきか」ローガンはひとりごちたが、言葉とは裏腹に口調は残念そうだった。視線は相変わらずマデリンに注いだままだ。「だが、いったいどうしてあそこまで必死にわたしを狙っていたんだ？」

彼女は肩をすくめ、途方に暮れたように背後を見やった。誰もいない廊下に逃げだしてしまいたかった。彼の問いかけへの答えを考えることすらできなかった。

ローガンは彼女の懊悩《おうのう》を見逃さなかったらしい。沈黙が渦巻くなか、難しい顔でこちらをじっと見つめてくる。「これまでにも」彼はゆっくりと口を開いた。「あんなふうに自分から近づいてくる女性は何人かいた。有名俳優との一夜を、一種の戦利品のように考えるんだろう。あとで友人に自慢でもするためにね」

「そうよ」真実とはまるでかけ離れているのに、マデリンはその話に飛びついた。「わたしもそのつもりだったの」

ローガンは当惑したように眉間にしわを寄せた。ふたたび口を開いたとき、彼の声はそれまで聞いたことがないほど穏やかで優しいものになっていた。「マディ……きみはそんな低俗なことをする女性じゃないだろう」

マデリンはうつむいた。それ以上、彼の顔を見ていられなかった。いますぐそばを離れなければ、泣いてすがりついてしまう。そんなことをしてもお互いに気まずくなるだけだ。「でもけっきょく、ふたりのあいだにはなにも起きなかったんですから」彼女は弱々しく言った。「お互い、恥じるようなことはなにもしていないでしょう。だったら、もういいじゃありませんか」

なにか言いかえされる前に、マデリンは足早に立ち去った。手をあてた頬が熱い。どのようなかたちであれ、彼と親密な関係になるにはもう遅すぎる。愛する人を、そんなふうに利用することはできない。

残された道はただひとつ。元の暮らしに、貞淑なるマデリン・マシューズに戻ることだ。貞淑な……その言葉にマデリンは自分を恥じ、ため息をついた。向こう見ずな振る舞いによって、彼女は周囲のあらゆる人を失望させた。それなのにまだ、名誉を失っても永遠にローガンのそばにいたいと、それだけを願っている。姉たちはきっと、こんなよこしまな考えは持たないはずだ。でもそれは、ローガン・スコットのような男性に会ったことがないからだ。

その日、ローガンは断固として主張し、ついに病人食をいつもどおりの贅沢な食事に変えさせることに成功した。さらに彼は、夕食はマデリンも一緒にとるよう言い張った。この二週間というものずっと早寝する毎日だったのだが、ようやく、以前と同じように夜更かしをしても疲れなくなっていた。マデリンはしぶしぶ彼に従った。そして、ふたりきりの夕食の席で、明日には屋敷を去ると告げることを決心した。

ドレスはブルーのカシミアの一枚を選んだ。綾織の生地がぴったりと体に寄り添い、肌を抜けるように白く見せてくれる品だ。髪はシンプルにひとつに束ね、頬と首筋に巻き毛をたらした。

八時になり、彼女はローガンの寝室に向かった。彼は蠟燭と銀器が並べられたテーブルの脇で待っていた。昼間とは別の贅沢な化粧着と淡い黄褐色のズボンに身をつつんだ姿は、ねぐらで休む獅子を思わせた。室内には豊潤な香りが漂っていた。リーキと胡椒のスープ、サーモンのワイン煮、チキンのハーブ仕立て、トリュフ、そしてシャンパン。

蠟燭の光のなかに立つマデリンの全身に、ローガンが視線を走らせる。彼は「おなかが空いただろう」と言うと、ごく自然なしぐさで彼女を椅子につかせた。

スコット邸の料理長が作るフランス料理は、マデリンが生まれたときから食べ慣れてきたごく普通の英国料理とはまるでちがっていた。ロシア式に一皿一皿、料理が運ばれるたび、マデリンはかぐわしい香りに酔いしれた。ローガンに笑い顔で注意されたにもかかわらず、最初の二皿があまりにもおいしくて食べすぎ、つづくサラダとデザートは一口しか口にできなかった。

「ゆっくり楽しみなさい」フランスワインをごくごく飲む彼女を見て、ローガンは瞳をきらめかせながら注意した。「快楽主義者《ヘドニスト》は、一滴一滴を味わうものだよ」

「ヘドニスト？」マデリンは興味津々に問いかえした。

「快楽のためだけに生きる人間のことだ」ローガンは彼女のグラスにワインをつぎたした。「快楽こそ人生と考えている人間だね」

「あなたはそうなの？」

「そうであろうと努めている」

「でも、始終仕事ばかりしているわ」

「わたしにとっては、仕事も快楽だからね」

マデリンは眉を寄せた。「そんなの変。快楽だけの人生なんて」

「だったら、人生とはどうあるべきだと思う？」

「義務を果たし、誰かのために尽くすべきだわ。善人であれば、その報いとしてあとから喜びも得られるはずよ」

「わたしは、いま報いがほしい」

「神を冒瀆するの？」マデリンは顔をしかめた。

「快楽主義者は神など信じない。苦悩、自己犠牲、謙遜、そんなものは役者として成功するうえでなんの助けにもならなかったろうね」

　マデリンは当惑し、無言をとおした。たしかに彼の理屈に欠陥はない。

「マディ」彼は優しく呼ぶと、マデリンをじっと見つめながら、抑えきれぬように笑みを浮かべた。「きみは本当に若いな」

「ばかにしてるんでしょ」マデリンはむっとした。

「そうじゃない。わたしが普段つきあっているすれた連中とはまるでちがう、そう言いたかっただけだ。きみの理想には一点のくもりもない」

「あなたの理想もでしょう」

「そもそもわたしには理想などないんだよ。わたしは、純粋な誠実さや優しさなんてものはこの世に存在しないと思っていた。実際、そういう資質をもった人間に会ったこともなかった。きみに出会うまではね」

吐き気をもよおすほどの罪悪感に、マデリンは胃がひっくり返りそうだった。彼に対して誠実だったことなど一度もない。優しさだってすべて、秘密の目的を達成するためのものだった。彼を愛してしまったと気づいてからは変わったが、それでもまだ、計画を進めるつもりでいた。計画をあきらめたのは、彼を傷つけてはいけない、いま以上に皮肉な人間にさせてはいけないと思ったからだ。

「どうした」ローガンはじっと顔をのぞきこみながらたずねた。悲嘆が顔に表れていたのだろう。

「わたしは、優しい人間でも、善人でもないの」マデリンは低い声で告げた。「そんなふうに誤解させたのなら、ごめんなさい」

「わたしが勝手にそう思っているだけだよ」ローガンは優しげに彼女を見やった。

デザートが運ばれてきた。赤ワイン漬けの梨にイングリッシュクリームをかけたものだ。

ほのかな酸味のあるデザートと一緒に、マデリンは小さなグラスに入った酒も楽しんだ。アルコールで少し頭がぼんやりしてくるのを感じて、蠟燭の光越しにローガンを見つめ、目をしばたたいた。

「だいぶ遅くなったな。もう部屋に戻るかい」

マデリンは首を振った。これが最後の夜なのだと思うと、せつなさで胸がいっぱいになった。

「だったらどうしたい?」というローガンの声にはからかうような調子が感じられた。リラックスした様子の彼は、濃茶色の髪が金色の光に照らされて炎のようにきらめき、とてもハンサムだった。

「なにか朗読して聞かせて」マデリンは提案した。ふたりとも文学と哲学を愛しており、これまでにも、キーツがシェリーに勝る点について、あるいはプラトンの学説について、いろいろと意見を交わしていた。嬉しいことにスコット邸の書斎には何冊もの稀覯本《きこうぼん》があった。多くは個人の競売で競り落としたものや、権力者から贈られたものだった。

ローガンは椅子を引いてマデリンを立たせると、呼び鈴を鳴らして、皿を片づけるよう命じた。彼に導かれるまま、つづきの間に移動する。室内は黄褐色のクッション、中国の陶器、壁にかけられた絵画やブロンズの鋳造品などで彩られていた。大理石の暖炉の前に腰を下ろしたマデリンは、炎の心地よいぬくもりに身を震わせた。ローガンはとなりにやってくると、同じように床に腰を下ろし、ベルベットの枕に肘をついて『ヘンリー五世』をよく響く声で静かに朗読し始めた。すっかり魅了されたマデリンは、上の空で物語を聞いた。

ローガンの顔を細部まで記憶に刻みこもうとした。手にした本に視線を落とすときに頬に影を作るまつげも、優雅な曲線を描く頬も、大きな口も。彼はときおり、本から顔を上げて暗誦もしてくれた。ヘンリー五世がフランス王の娘であるキャサリンに求愛するロマンチックな場面の、つむじ曲がりなせりふや優しいせりふ、風刺とユーモアにあふれたせりふ。ふいにマデリンは、もうこれ以上聞いていることはできないと思った。王が懇願するせりふに胸が痛んで仕方がなかった。あまりにも親密なこの雰囲気にも、まるで自分の気持ちを代弁するかのような王のせりふにも、耐えられなかった。

「もういいわ」彼女は絶句した。ローガンがちょうど「そなたの唇には魔法があるのか、ケート」というくだりを諳んじようとしているところだった。

彼は本を下に置いた。「どうした」

マデリンはかぶりを振り、クッションから立ち上がろうとしたが、ローガンの手が伸びてきて腕をつかまれた。彼はマデリンの腕を引き、となりに座らせると、こわばった体を撫でた。「行かないでくれ……」

いきなり抱き寄せられて、マデリンは息をのんだ。ぴったりと押しつけられた彼の体は大きく、たくましく、肩がのしかかってくるようだった。彼の顔を見ることができなかった。耳元にささやきかけられたとき、唇がそこに触れるのが感じられた。

「今夜、わたしの腕のなかで眠ってほしい」

彼の口からなんとかして引きだそうとしていた、ずっと待ち望んでいた言葉。マデリンはふいにあふれだした涙に嗚咽をもらしそうになり、「だめよ」と言うのがやっとだった。

「出会ったとき、こうなることを望んでいたと言っただろう」

「言ったわ……でも、なにもかもが思っていたのとはちがう方向に進んでしまったから」

「難しい人だな」ローガンは親指でマデリンの目の縁にあふれる涙をぬぐった。「だったら、なにを望んでいるんだい」

彼の優しさと思いやり深さに、マデリンは無謀にも、すべてを打ち明けてしまおうかと一瞬思った。だが真実を知ったら、ローガンはきっと彼女を憎むようになる。彼女は嘘をつき、彼を利用し、こっそりと愚かな計画の標的にしようとしたのだから。彼のそばを離れ、あとは真実を悟られませんようにと祈る以外、選択肢は残されていない。

「ローガン」マデリンは化粧着に顔を押しつけながら呼んだ。「これ以上あなたのそばにいることはできないの。明日、出ていくわ」

ローガンは彼女の顔を自分の胸から離すと、すべてを見透かすような青い瞳でじっと見つめた。「どうして」

「この二週間、夢のようだった。あなたといられて……とても幸せだった。でも、わたしには帰るべき人生があるの。もう家に戻らなければ」

彼は何度もくりかえし、マデリンの背をゆっくりとさすった。「家はどこだい、マディ?」

「ここはまるでちがう世界よ」片田舎の屋敷を思い、マデリンはわびしさに嘆息した。これから一生あそこで、クリフトンの妻として、彼の子を産み、彼を満足させるためだけに生きていかねばならないのだ。

「決まった相手がいるのかい」ローガンは彼女の心の動きを読みとったかのようにたずねた。

クリフトンのとり澄ました顔が脳裏に浮かんできて、マデリンは目を閉じた。まつげの下から涙が頬を伝った。「ええ」

ローガンは驚いた顔ひとつ見せなかった。けれどもその静かな表情の下で、感情が激しく揺れ動いたのが感じられた。怒り……それとも嫉妬だろうか。

「誰なのか教えてくれないか。わたしがなんとかしよう」

その口調に堅い決意を感じて、マデリンは不安を覚えた。「やめて、そんなことをする必要は――」

「マディ、これからもここにいてくれ」ローガンは彼女の髪からピンを抜き取り、自分の腕の上にさざなみのように広がった髪を撫でた。「ずっと、きみのような人を求めていた。ようやく見つけたんだ。誰にも渡しはしない」

「わたしはあなたが求めているような人間ではないの」マデリンは濡れた瞳を手首でぬぐった。「それに、わたしたちにはなにひとつ共通点がないわ」

ローガンは苦笑気味にうなずいた。「誰が見てもお似合いというわけではないだろうな。だが、人がなんと言おうと関係ない。こんなふうに激しく誰かを求める気持ちを、ずっと忘れていたんだ。最後にこんな気持ちになって以来、二度と誰かを真剣に思うのはやめようと誓ったから」

「オリヴィアさんとのことを言っているのね」ローガンは笑みを消し、いぶかしげにマデリンを見つめた。「どうして彼女の名を知ってるんだい」

「熱にうなされながら名前を呼んでいたわ。あなたは怒っていた。わたしにはとうてい口にできないような言葉で彼女のことを……」マデリンはその言葉を思いだして絶句し、頬を真っ赤に染めた。

「そうとも」ローガンは顔をゆがめた。「オリヴィアは、わたしと婚約していながらアンドルーと寝たんだ」

「ドレイク卿と？　あなたのお友だちの……でも、どうしてそんなことを」

「アンドルーの爵位と社会的地位に引かれたんだよ。わたしが手に入れようとしていたあらゆるものより、そちらのほうが重要だと考えたわけだ。彼女を愛しているなどと思ったわたしがばかだった。オリヴィアは美しく、洗練されていて、わたしには過ぎた女性だと思っていた」ローガンはいったん言葉を切り、遠くを見るような目になった。「きみがわたしの過去についてどんなことを聞いているかは知らない。だが、華々しい経歴などないのだよ」

彼がどうしてそのような話をするのかわからず、マデリンは無言で次の言葉を待った。

「父のジェニングズはロチェスター伯爵の領地の小作農だ。アンドルーは伯爵のひとり息子でね。わたしたちは幼なじみで、小さいころは彼の家庭教師に一緒に勉強を教えてもらったりもした。だが、やがてわたしが手におえない悪童になると、伯爵はアンドルーに悪い影響が及ぶと考えるようになった」

「そんな話、信じられないわ」

ローガンは苦笑した。「当時のわたしを知らないからそんなふうに思うんだよ。盗みもやったし、けんかもした。村一番のごろつきだと、いばっていたくらいだ」

「どうしてそんな」

「若さゆえの反抗心……怒りのせいかな。腹いっぱい食べられないことにも、あばら家に住んでいることにも、怒りを覚えていた。だが、なにをどうしたところで自分の人生はもう決まっているのだという事実に、一番憤りを感じた」

「わかるわ」マデリンは優しくうなずいた。「わたしも、自分の運命に腹を立てていたもの」

ローガンは見透かすような目で見つめてきた。「そのようだね」

「俳優には、どうやってなったの？」そのまなざしに耐えられず、マデリンはたずねた。

「一六歳で家を出て、ロンドンのワイン商の下で見習いとして働くようになった。仕事は順調で、そのままつづけるつもりだったんだが、一八歳の誕生日の晩にドルリーレーンで舞台を観る機会に恵まれてね。それですべてが変わった。その後、旅芸人の一座に加わり、端役をこなして演技の基礎を学んだ。二年後にはキャピタルを興すためにロンドンに戻った。オリヴィアと出会ったのも同じころだ」彼は苦々しげに笑った。「彼女と結婚すれば、いままで手に入れられなかったあらゆるものの埋めあわせができると思った」

「そう」嫉妬に胸を衝かれたマデリンは、気持ちを悟られまいとしてうつむいた。

「劇団を興す準備で大忙しだった」ローガンはつづけた。「そんなときにうっかり、オリヴィアをアンドルーに紹介してしまった。アンドルーの爵位と相続財産のほうが、わたしが約束した不確かな未来よりずっと望ましいと判断したんだろう。彼女はアンドルーの愛を得ようとした。だが、彼には誰とも結婚する気などなかった」

「でも、なぜわかったの。ふたりが……」マデリンは思わず口を閉じ、適切な言葉を探そうとした。

「ベッドで抱きあっているところを見つけた」

「ひどい話ね」困惑と憤りで、マデリンは顔を紅潮させた。

「まったくだ」ローガンは淡々と応じた。

「どうしてそんなふたりを許すことができたの」

ローガンは肩をすくめた。「ときが経つにつれ、アンドルーはオリヴィアの本性を見せてくれたのだと思うようになった。それにけっきょくのところ、わたしが約束した未来以上のものをオリヴィアが望んだからといって、彼女を責めることはできないからね」

「あなたの心をつかんだことを、彼女は誇りに思い、感謝して当然だったのに――」

「オリヴィアは、わたしがどんな人間かわかっていたんだよ」ローガンは感情のこもらない声で応じた。「わたしの富は人を楽しませることで……伯爵が言ったとおり、訓練された猿のように人前で演じることで築いたものだ。俳優は切符を買って観に来てくれるすべての客のしもべ。相手がろくでなしだろうと、商人だろうと、貴族だろうと、忠実に仕えなければならない。オリヴィアにはそれがわかっていた。彼女は、そういうわたしに嫌気がさしたんだ」

マデリンの髪に触れていた大きな手を、ローガンは彼女の目の前に広げてみせた。「舞台で何度、王や王子を演じようと、ジェニングズの息子である事実は永遠に変わらない。手も足も労働者そのものだろう？　背中だって、重いものを運び、鋤で土を耕すのにぴったりだ。この顔も——」

「そんなことない」マデリンはすかさず打ち消し、指先を彼の口にあてて黙らせた。

ローガンはその手をつかむと、手のひらに口づけてから放した。「きみには、わたしなどよりもっとふさわしい男がいる。若く、理想にあふれ……きみと一緒にいろいろなことを初めて経験できる男が。わたしは優しさを忘れてしまうこともあるし、欠点だって、口にするのもいやになるほどたくさんある。わたしがきみに約束できるのは、この命が尽きるまできみを求めつづけるということくらいだ」

マデリンの胸は痛んだ。彼女にもようやく、なぜ彼がこんな話を始めたのかがわかった。彼は無謀にも、心のなかをすべて正直にさらけだそうとしているのだ。幻想を抱くことなく、本当の自分を理解してほしい、そう願っているのだ。彼の過去などどうでもいいのに。職業などちっとも気にならないのに。ローガンは素晴らしい人だ。過去も職業も関係なく、彼という人間そのものが愛されるに値する。そのような愛を得るにふさわしい人などめったにいない。そんな彼のそばを離れるのはどれほどつらい経験だろう。「オリヴィアさんはばかよ」マデリンはすすり泣いた。「でも、わたしのほうが彼女よりもずっとばかだわ」

頬を伝う涙をローガンはそっと口づけでぬぐった。「きみが何者で、どんなふうに生きてきたかなどどうでもいいんだ。どうしてわたしの元を去りたいのか、それだけ教えてくれ。さっき言った相手のことを愛しているのかい」

「そんなんじゃないわ」マデリンは即答し、ありえない話にヒステリックな笑い声をあげそうになった。「そういうことではないの……神様に約束したのよ。あなたが元気になったら、家に戻りますって」

肩に唇を寄せるローガンがほほえむのがわかる。「そいつはあまりいい取引だったとは言えないね。それに、わたしに相談もなかった」顔を上げたとき、彼の顔にもう笑みは浮かんでいなかった。代わりに、瞳に激しい切望感のようなものが浮かんでいて、マデリンは思わず身を硬くした。どうやら、もうどうにもできないところまで来てしまったようだ。ローガンは彼女を求め、この場で結ばれることを望んでいる。そしてマデリンもまた、悲しむべきことに彼への思いが募り、ほかのことなどどうでもいいと感じ始めていた。

「愛してる、マディ」ローガンは飢えたように荒々しくマデリンの頬に口づけた。「こんな言葉を口にするのは、正直言って恐ろしくてたまらないんだ。ずっと、愛とは弱さそのものだと信じてきたからね。いまだってそう思ってる。でも、言わずにいたら、きみを失うことになる。わたしは、きみを失いたくない」彼は大きな両の手をマデリンの頬に添えると、唇を重ねた。探るように深く、激しく、優しく口づけられて、彼女は打ちひしがれた。「きみと愛を交わしたい」というローガンの声はかすれていた。「優しくするよ」彼の唇が甘やかに、切望感もあらわに押しつけられる。何度も何度も口づけられると、体中がほてってきた。

彼女は口づけに応えずにはいられなかった。大きくたくましい背中に両腕をしっかりとまわしながら、恐れと、そして捨て鉢の愛に心臓がとどろくのを覚えた。「どうすればいいのか知らないの」口づけたまま、マデリンはあえぐように伝えた。

「きみはなにもしなくていい。ただ、わたしを信じてくれればそれでいい」

激しく身を震わせながら、マデリンは彼の手がドレスの背中にまわされ、胸元が緩まるのを感じていた。身ごろが引き下ろされ、きついシルクのコルセットから胸が解放されたときには、乳首が痛いほど硬くなっていた。

最後に一瞬だけ、こんなことをしてはいけないと警告する声が脳裏をよぎった。けれどもマデリンはその声を無視した。この瞬間のため、この夜のためだけに生きよう、そのあとのことを考えるのはもうよそうと心を決めた。「キスして」彼女は弱々しく訴えた。酔わせるように熱い口づけがもう一度ほしかった。それなのにローガンは、乳房に唇を寄せると、舌と歯を使って乳首を転がし、吸い、もてあそんだ。もっと激しく愛撫してほしくて彼女が身をよじると、やすやすと押さえつけた。大きな両の手が体の上を這い、ドレスを脱がせていく。紐がほどかれ、留め具がはずされ、肌を覆うものが一枚一枚引き剝がされて、ついには靴下とドロワーズだけという格好になる。

大人になってからというもの、マデリンはメイド以外の他人に肌を見せたことがなかった。寄宿学校でも、入浴は下着を着けたまますませるよう注意されていた。「やめて」とささやく自分の声が聞こえてくる。腰の紐がほどかれ、ドロワーズが膝まで引き下ろされ、足首から抜き去られるのを感じて、彼女は頬を赤らめた。

ローガンの顔は情熱でこわばっていた。マデリンが両手で体を隠そうとすると彼は言った。「愛するマディ、わたしの体を隅々まで見たんだろう。今度はわたしの番だよ」

両手をどかされながら、マデリンは現実感が失われていくのを覚えた。これはわたしじゃないわ、とぼんやりと思った。だが実際には、ベルベットのクッションに囲まれて裸で横たわり、ローガンに見つめられ、優しく触れられていた。指先が軽やかに、胸から腹、脚へとなぞっていき、触れられたところに心地よいしびれとうずきが走る。彼女は見つめられているのを感じた。なにか大切なことを学びとろうとするかのように真剣な彼の表情に、やがて、激情が宿るのがわかった。

「きれいだよ……想像していたよりもずっと美しい。マディ、わたしはきみの最初で最後の男になる……永遠に」

かえす言葉が見つからず、マデリンは組み敷かれたまま身を震わせた。ローガンの手が引き締まった下腹部に下りてきて、指先がやわらかな巻き毛をもてあそび、小さな裂け目を探しあてようとする。マデリンは胸の奥で心臓が激しく鼓動を打つのを覚えた。その音が体中に反響しているようだ。身じろぎしそうになるのを懸命にこらえていると、全身が引きしぼられた弓のように震えた。

「そのままにしていて」というささやき声が聞こえたと思うと、ローガンは身をかがめ、唇をそっと重ねてきた。「きみに触れたい……きみを愛したい……」信じられないくらい優しくまさぐられて、マデリンはあえぎ声をもらし、背を反らして、歓喜に身をゆだねた。指先が入り口に触れる感覚につづいて、しっとりと濡れたなかにその指がうずめられる。

「これがほしかったんだろう」ローガンは静かにたずねながら、指を動かしつづけた。マデリンは押し殺したあえぎ声をあげ、あまりの心地よさに恐ろしくなって、思わず身を引き離した。横向きに寝そべっていると、上等な生地がこすれあう音と、荒々しい息づかいが聞こえ、彼が服を脱いでいるのがわかった。

一糸まとわぬ姿になった彼はマデリンを自分のほうに向かせ、「触って」と言いながら唇を重ね、両手で長い髪をもてあそんだ。彼女はためらった。ローガンの体は、看病したときに見たのとはまったくちがう状態になっていた。そこに手を伸ばし、おずおずと握ってみる。絹を思わせるなめらかさと、鋼鉄のような硬さ、炎にも似た熱さを同時に感じて、興奮のあまり手が震えた。ローガンが低くうめき、彼女の手に自分の手を重ねて強くそこに押しつけ、どうすればいいのか教えてくれる。

彼は深く舌を挿し入れ、舌をからませて、えもいわれぬ荒々しさで口づけた。マデリンは両手で彼の体をまさぐり、その感触を味わった。引き締まったなめらかな肌、縮れ毛に覆われたたくましい脚、硬い筋肉が波打つ背中。強く体を押しつけ、彼の喉元に顔をうずめ、匂いをかいだ。男性的で、少しぴりりとした、シナモンのような香りだ。「わたしを愛してるか？」とたずねる声が聞こえてくる。答える自分の声はひび割れていた。

「永遠に」

ローガンが彼女の脚を開かせ、そのあいだに腰をうずめ、硬く大きなものが入ってくる圧迫感が彼女をつつむ。彼は両腕でマデリンを抱きしめながら、さらに深く突き立てた。圧感が焼けるような痛みに変わり、彼女は痛みに耐えられずに身をよじって抵抗しようとした。体が引き裂かれ、焼け焦げるようだ。

ローガンが耳元でささやきかける。「マディ、じっとして――」

「痛いの」マデリンは息をのんだ。

「痛くしないから、しっかりつかまっていて」ローガンはかすれ声でささやき、胸のほうに唇を這わせ、硬くなったつぼみを口に含むと、そこを吸い、なぶった。マデリンのなかでふたたび欲望が高まっていき、炎のようなきらめきを放つ。ローガンの頭をさらに強く胸に引き寄せると、焼けるような痛みはほとんど感じられなくなった。やがて、マデリンのなかで彼が優しいリズムを刻み始める。最初はごく小さかったリズムは、やがて深度を増していった。しっかりと彼に抱きついたマデリンは、緩やかにくりかえされる挿入に喜びを感じ始めていた。刻まれるリズムのひとつひとつが官能的で、絶妙に計算しつくされていた。

「マディ」ローガンは押し殺したようなかすれ声で呼んだ。「すごく締まってる。こんなふうに感じたことはいままで――」彼は絶句し、痛みをこらえるように眉根を寄せ、顔に汗をにじませた。

手足をからませあい、しっかりと結ばれたまま、マデリンは切迫感が募ってくるのを覚えていた。腰を突き上げ、もっと深く彼を感じなければと思った。その思いを読みとったかのように、ローガンが彼女の脚をさらに開かせ、わたしの腰に巻きつけてとささやきかけてくる。彼が深々と刻みつづけるゆったりとしたリズムに身をゆだね、頭のなかが真っ白になるのを覚えた次の瞬間、マデリンは唐突に、強烈な歓喜のただなかに放りだされた。快感の波が何度も全身を洗っていき、甘い余韻に驚愕して、あとは気だるく横たわりつづけることしかできない。

やがてローガンは激しく身を震わせたかと思うと、いっそう深く突き立て、食いしばった歯のあいだからうめき声をもらした。一瞬、息もつけぬほど強く抱きしめられたマデリンは、すぐにその力が和らぎ、激情が去っていくのに気づいた。彼は荒い息をつきながら、ほっそりとした体を腕のなかに抱き寄せ、彼女を押しつぶしてしまわぬよう、横向きになった。

嵐が過ぎ去り、静けさが訪れる。聞こえてくるのは、暖炉で炎がときおりたてるぱちぱちという小さな音だけだ。ふたりはしっかりと抱きあったままでいた。ローガンはマデリンの髪を撫で、汗ばんだ額に唇を寄せた。これほどの充足感はいままで経験したことがなかった。彼はずっと、慎重に心を閉ざしつづけてきた。ひょっとすると、こんなふうにたやすく心をさらけだすべきではなかったのかもしれない。でも、そんなことはどうでもよかった。マデリンはほかのどんな女性ともちがう。無垢で思いやり深く、誠実だ。愛に酔いしれながら、彼は頭をもたげてマデリンを見つめた。その瞳は、なにかを悔いるかのように涙で光っていた。

「後悔してる?」ローガンは静かにたずねた。女性の多くは、無垢な乙女から大人の女へと生まれ変わったとき、悲しみに襲われるものだ。安心させてやりたくて、彼は指先でやわらかな頬をなぞった。

「いいえ」

「愛するマディ……きみを幸せにするよ。ほしいものはなんでもあげる。必要なものはなんだって――」

「ほしいものはひとつだけよ」マデリンは嗚咽をもらし、彼の肩に顔をうずめた。

「なんだい」ローガンは促したが、いくら言っても彼女はなかなか答えようとしない。仕方なく、裸のまま抱き上げて寝室に連れていき、冷たいリンネルのシーツに横たわらせた。身を震わせ、唇をかむ彼女の脚のあいだを、濡らしたタオルでぬぐった。きっと痛むのだろう。そのことに気づくと、後悔の念と喜びが同時に胸の内にわいてきた。彼女は今夜が初めてだった。これからも、彼以外の男を知ることはないのだ。

「風呂に入るかい」ローガンはたずね、ふたたび彼女を抱きしめた。「じゃあ、ワインは」

「ナイトドレスを……」

「今夜はそのままでいい」ローガンは彼女の額に自分の額を押しあてた。「きみの肌に触れていたいから」

マデリンは一瞬ためらってからうなずいた。ふたりで並んで横たわると、肩に頭をのせてきた。「あなたとこんなふうになるつもりはなかった」彼女はローガンの腹に手を置きながらつぶやいた。「なにも起こらないうちに、明日、あなたのそばを離れるつもりだった——」言葉を失い、その手を小さなこぶしに握りしめる。

「もういい」ローガンはなだめるように言った。「もうおやすみ」抱きしめる腕に力をこめ、優しくささやきつづけた。彼女の呼吸がゆっくりと規則正しいものになり、体から力が抜けてしまうまでずっと。

深夜、マデリンは押し寄せる罪悪感と苦悩のなかで目を覚ました。どうしてこんなに軽率な、意志の弱い行動をとったりしたのだろう。となりに横たわる大きな体からそっと身を離そうとすると、ローガンが寝言をつぶやき、片手を腰にまわしてきた。室内が暗くて、頭と肩の輪郭しか見えないが、彼が身を起こすのがわかった。優しく胸に触れられたとたん、マデリンの体は心を裏切るようにすぐに反応し始め、高鳴る期待につぼみが硬くなっていった。彼の息を肌に感じ、痛いくらい尖ったつぼみが口に含まれ……円を描くように舌で愛撫を受ける。

「マディ、きみは男の理想だ」ローガンはささやき、彼女の脚のあいだに手を挿し入れた。「そしてきみは、わたしのものだ」

マデリンは小さくあえぎながら、彼の口が乳房を這うのを感じていた。

「きみがほしい、マディ」脚が開かれる。「きみのためなら、なんでもするよ」

それ以上、優しい言葉を聞かせないで。そう言おうとしたが、彼をなかに感じると、もうなにも考えられなくなってしまった。そこにはローガンがいるだけだった。たくましい体が押しつけられ、深く貫くたびに彼の口からもれる、優しいうめき声に耳をくすぐられる。

「愛してるわ」マデリンは彼の頬に唇を寄せ、両腕で抱きしめながらささやいた。不可能だと知りながら、この瞬間が永遠に終わらなければいいのに、朝など永遠に来なければいいのにと願った。

8

まぶたに一筋の朝の光を感じて、ローガンは目をしばたたき、深い眠りから覚めた。首を振り、大きく伸びをしたところで、ベッドに自分しかいないことに気づいた。リラックスした笑みをすぐに消し、一瞬、ゆうべの出来事は夢だったのだろうかと考える。だが、シーツには小さな錆色の染みがたしかについている。マデリンの血の跡だ。とたんに胸のなかに優しい気持ちが広がっていった。いますぐに彼女を抱きしめ、どれほどの喜びを与えてもらったか、どれほど愛しているか、伝えたくてたまらない。

転がるようにベッドを出た彼は、化粧着を羽織ると、乱れた髪を両手でかきあげた。「マディ」と呼びながら、寝室とつづきの居間に大またで向かった。床に放ってあったはずの彼女の化粧着が消え、髪から抜いたピンもなくなっていた。ローガンは困惑気味にほほえんだ。たぶん、前夜の名残を見つけたマデリンが、使用人たちの噂の種を作ってはいけないと片づけたのだろう。そんなふうに恥じらう必要はないのに。それに、メイドみたいに部屋を片づける必要だってない。彼女はもう、指一本動かさなくてもいい。これからは女王のような暮らしができるのだから。

ローガンは彼女が使っていた部屋に入った。そこはまるで、最初から彼女などいなかったかのように、妙に物がなく整然としていた。彼は眉をひそめて衣装だんすに歩み寄り、扉を開けた。数着のドレスと、靴とボンネットがなくなっていた。

胸の内にいやな疑念がわいてくる。彼は急いで部屋をあとにし、はだしのまま大階段のほうに向かった。幸い、玄関広間にマデリンの小さな背中を見つけることができた。ミセス・ビーチャムとなにか言葉を交わしているところで、困惑した面持ちのメイド長が、どうやらマデリンを引き止めようとしているらしい。

マデリンはウールのマントを羽織り、身のまわりのものが入っているとおぼしき鞄を手にしていた。彼の元を去るつもりなのだ。

ローガンは足音をたてぬよう階段を下り、背後から近づいた。ミセス・ビーチャムが困惑した目をさっとあるじに向け、気配に気づいたマデリンがくるりと振りかえる。

「おはよう」ローガンはマデリンの肩に両手を置き、張りつめた顔をじっとのぞきこんだ。頬が青ざめ、目の下にくまができている。まるで地獄を見たかのような顔だ。彼と一夜をともにして、このような顔で朝を迎えた女性などいままで見たこともない。うぬぼれではない。はっきり言ってベッドでの技巧には自信がある。女性たちはみな、朝を迎えたときには満足げに喉を鳴らしていたものだった。マデリンだってゆうべは、たしかに愛の営みを楽しんでいた。女性が喜びを感じているかどうかくらい、経験豊富な彼にはちゃんとわかる。それなのになぜ、彼女はこんな打ちひしがれた顔をしているのだろう。

マデリンが口を開き、なにか言おうとした。だがローガンはそれをさえぎるように、メイド長に穏やかに話しかけた。「ミセス・ビーチャム、朝食の準備ができたかどうか確認してきてくれないか」

「かしこまりました」ふたりきりにしてほしい——あるじの無言の希望を察して、メイド長はすぐにその場を立ち去った。

「行かなければ——」つらそうに言うマデリンを、ローガンは長い口づけで黙らせた。最初は抵抗された。腕に抱いた体はこわばり、口は閉じられたままだった。だが愛情をこめて口づけをつづけると、やがて彼女は身を震わせ、観念したように吐息をもらした。その反応に安堵したところで、ローガンはようやく顔を上げた。青ざめた頬にはかすかに赤みが差しつつあったが、絶望したような表情は変わらない。

「マディ」ローガンは優しく呼びかけて、親指で顎のラインをなぞった。「いったいどうしたんだ」

「出ていくと言ったはずよ」

じっと見つめつづけると、彼女は視線を床に落とした。「なにも言わずにこっそり出ていくつもりだったのかい。あんな夜を過ごしたあとで?」彼は声を荒らげた。「くそっ、もうたくさんだ」抵抗されるのもかまわず、手首をぎゅっとつかみ、近くの応接間に引っ張っていく。背後で扉を閉めるなり、彼はマデリンを抱き寄せ、編んでうなじに留めた髪を指でまさぐり、「マディ」と懇願するように呼んだ。「初めての夜は、女性にとってはけっしていいことばかりじゃないだろう。ゆうべは、もっと優しくするべきだった――」

「そうじゃないの」と言う彼女の瞳は涙で光っている。「あなたは、とても優しかったわ」

「次はもっと優しくするよ」ローガンは指の背でそっと彼女の顎をなぞった。「一緒に上においで。あれがどんなに素晴らしいものか教えてあげよう。痛みなんかすべて忘れさせてあげる――」

「もう行かせて」彼女は嗚咽をもらした。

「なにが気に入らないのか、教えてくれるまで行かせない」

マデリンは身をよじって彼の腕から逃れると、扉のほうに後ずさった。「あなたにそんなふうに見つめられるのに耐えられないの。だって、あなたはじきにわたしを憎むようになる。わたしがわたし自身を憎んでいるのと同じくらい、激しく憎むようになるわ」

困惑したローガンは、彼女の言葉の意味をじっと考えた。「わたしの愛人になることを恥じているのかい？」それ以外に理由など思いつかない。彼女の顔に浮かぶ自己嫌悪の色、瞳に浮かぶ絶望。きっと、結婚以外のかたちで男性にすべてを捧げるのは、ふしだらな行為だと思っているのにちがいない。胸の内に優しい気持ちがあふれるのを感じながら、ローガンはふたりのあいだの距離を縮め、両手で彼女の頬をつつんだ。「愛するマディ、結婚すれば、良心の呵責を感じずにすむかい？」

彼女は仰天した面持ちで目を大きく見開き、ローガンを見つめた。「わたしのために、そんなことを？」

小さくほほえみながら、ローガンは心臓が激しく鼓動を打つのを覚えた。リスクを冒したくはない。「結婚」という言葉を口にしただけで、不安が冷たく背筋を走る。だが彼は意気地なしではない。心から愛せる女性にやっと出会えたのだ。彼女が望むのなら、それがどのような約束だろうと、けっしてひるんだりしない。「ばかだな、きみが望むものはなんでもあげると言ったろう」

マデリンはほろ苦い表情を浮かべ、顔をゆがませた。「あなたと……」と口を開きかけたが、喉が詰まってしまったかのように黙りこんだ。

ふたりがともに次の言葉を探しあぐねていると、応接間の扉をたたく音が聞こえてきた。「放っておけばいい」ローガンはつぶやき、身をかがめてマデリンに口づけようとした。だがどんどんという耳障りな音はやむことなく、ミセス・ビーチャムの呼ぶ声まで聞こえてくる。

「だんな様……」

ローガンははっと顔を上げ、閉じられた扉のほうをいぶかしげに見やった。このようなときに邪魔をするのは、ミセス・ビーチャムらしくない。「なんだ?」

「それが……少々困ったことが起きまして」

「屋敷が火事になったというならともかく、いまは遠慮してくれないか」

「ですが……」メイド長は弱りきった声で懇願してくる。

ローガンは悪態をついてマデリンの体を離し、扉に歩み寄ると、勢いよく開けた。「なにかわたしに伝えたいことでも、ミセス・ビーチャム？」

メイド長は背筋をしゃんと伸ばして、マデリンのほうを見まいとしている。「玄関広間で、お客様がお待ちです」

「今日は来客の予定はないぞ」

「はい。ですが、その殿方がたいそう興奮したご様子で」

「わが家の玄関広間でそいつが卒中を起こそうと、わたしの知ったことか。出直すよう伝えてくれ」

ミセス・ビーチャムは不安げな面持ちになった。「じつは、そのお客様がマシューズ卿と名のられまして。行方不明のお嬢様を捜してらっしゃるそうです。それで、だんな様がそのお嬢様をかくまっているはずだと」

「行方不明の娘など……」自分でも気づかないうちに、ローガンはマデリンを振りかえっていたらしい。視線の先に立つ彼女は、恐れおののく表情を浮かべており……口の動きから、「どうして」と声にならない声を発するのがわかった。

ローガンの脳裏を同じ言葉がよぎる。どうしてなんだ。どうしてまたこんな目に……さっきまで手のなかにあった幸福を、また失わなければならないのか。なにが起きていて、この来訪がなにを意味するのか、皆目見当もつかない。わかっているのはただひとつ。マデリンが、恐ろしい事実と向きあって必死に耐える表情を浮かべ、青ざめた頬を深く恥じ入るように赤く染めたことだけだ。やめてくれ……すがる思いでローガンは内心祈った。どうかなにかのまちがいであってくれ。

身内では感情が渦巻いていたが、彼は自制心を総動員して冷静な表情を作った。頭のなかのまだ理性を保っている部分が、いまの状況を分析する。マデリンがマシューズ卿とやらの娘であるなら、彼女は嘘をついていたことになる。しかも一度だけではなく何度も。いまの彼にできるのは、彼女がどれだけの嘘をついていたのか、嘘をついた理由はなんだったのかを突きとめることだけだ。

「ご案内してくれ」ローガンは穏やかにメイド長に命じた。

思いがけない展開に、彼は三流芝居を演じているように感じていた。彼は悪役で、マデリンは無力な乙女、そしてマシューズ卿はその悩める父だ。

マシューズは、これから目にするものを恐れるかのように、おそるおそる部屋に入ってきた。その顔には、立派な屋敷に足を踏み入れたつもりが、じつは悪の巣窟だと気づいて仰天したかのような表情が浮かんでいた。年齢は見たところ五〇代前半。特徴のない顔で、顎がなく、頬がたるみ、黒い髪は頭頂部まではげあがっている。

彼を見たとたん、ローガンは一瞬だけ安堵した。マデリンにちっとも似ていなかったからだ。だが、向かいあった父と娘の顔に広がった無言で相手を責める表情、激しい不安の表情は、そっくり同じだった。マデリンがマシューズの娘なのは疑いようがなかった。

「マデリン、いったいなにをしでかしたんだね」マシューズはつぶやくように問いただした。

彫像のように突っ立っていた彼女が、父の存在を否定するように小さくかぶりを振る。

「わたし……今日帰るつもりだったの」

「一カ月前に帰ってくるべきじゃなかったのか」マシューズは娘を叱りつけ、自制心を取り戻してからローガンに向きなおった。「ミスター・スコット、事情をご説明せねばならんでしょう。このような状況でお会いすることになり、わたしがどれだけ嘆かわしく思っているか、あなたにはおわかりにならんでしょうが」

「多少はわかりますよ」

「ハンプトン・ビショップのマシューズ卿と言います。娘のマデリンが一カ月以上も前に学校からいなくなったことを、おととい知りました。わたしは――」マシューズはいったん言葉を切り、顔をゆがめて娘を見やった。「このような事態を予期してしかるべきでした。マデリンは三人姉妹の末っ子で、ふたりの姉に比べるとひどくわがままなのです。クリフトン卿と婚約しているのですが、夫として望ましい人物だというわたしの判断を否定し――」

「あんな年寄りはいやよ！」大声をあげる娘を、マシューズは怖い顔でにらみつけた。

「わたしの判断を否定したのです」彼は声を荒らげてつづけた。「そして娘は、愚かな計画を立てた。予測してしかるべきでした。娘の寄宿学校の友人のミス・エレノア・シンクレアに、放校処分にしてもらうと脅して、ようやく計画の詳細を白状させたのです」

「どんな計画なんです」ローガンは穏やかに促した。

マシューズは嫌悪と非難の色をにじませながら、娘の顔をうかがった。「マデリンが自分で話すでしょう」

ローガンはかたわらに立ちすくむ娘にやっとの思いで目を向けた……大昔に捨てた夢や希望を、彼に取り戻させてくれた無垢な乙女。罪悪感に青ざめながら、父に抵抗するように目を大きく見開いている。なにをしでかしたにせよ、いまではそれを後悔しているのだろう。あるいは、彼とベッドをともにしたことを悔いているだけかもしれないが。真実を知りたかった。彼女の口に真実を語らせたかった。彼はじっと視線を彼女に注いだまま待った。

長い沈黙ののちに彼女はようやく口を開いた。「クリフトンとは絶対に結婚したくなかった。どうしてもいやだった。みんな、当のクリフトンでさえ、わたしがいやがっているのを知っていた。学校に戻ってから、彼との結婚から逃れる方法は、自殺を除いたらひとつしかないのだと思い至ったわ」彼女は口ごもりながらも、どうかわかってほしいというように、ローガンを見つめた。「だ、だから、決めたの。き、傷物になろうって」

はらわたが不快に煮えくりかえるのをローガンは覚えた。マシューズの冷ややかな憤怒の声が、どこか遠くのほうから聞こえてくる。「ミスター・スコット、どうやらあなたは娘の標的に選ばれたようですな。それでけっきょくのところ……神のご加護により、わたしは間に合ったんでしょうな」

ローガンはマデリンが答えるのを待った。くそったれ、きみが答えたらどうなんだ！　内心で罵ったが、彼女は無言のままだ。「遅すぎました」彼は抑揚のない声で応じた。

マシューズは、ひどい痛みに襲われたかのように額と目をごしごしとこすった。

真実が胸に染み入っていくにつれて、ローガンの視界は赤いもやに覆われていった。

彼女にとってこれはゲームだったのだ。ローガンが切望と愛に苦悩していたころ、彼女はその華奢な指で彼をもてあそび、あざ笑っていたのだ。屈辱感に顔が真っ赤になる。だが、彼の心に一番大きな傷を負わせたのは、屈辱感ではなかった。またか……吐き気を覚えながら思った。また女性に裏切られた。だが、前回はここまでひどくはなかった。

ローガンはマデリンの顔を見やった。彼女が青ざめ、絶望した表情を浮かべているのが気に食わなかった。サラブレッドを産む以外に人生の目的などない高級牝馬が、それ以上のものを求めるなど勘ちがいもはなはだしい。彼女のような娘にとって結婚に愛など必要ない。結婚は、経済的な事情と社会的地位のための契約にすぎない。それなのに、反抗心に駆られたマデリン・マシューズは、そうした責任から逃れるために彼を利用した。

「どうしてわたしだったんだ」ローガンはほとんど聞こえないくらいのかすれ声で問いただした。

小さな手を懇願するように伸ばしながら、マデリンが歩み寄ってくる。ローガンは本能的に後ずさった。触れられたら、この場で粉々になってしまう。

近づかないでくれ、という彼の思いを読みとり、マデリンは立ち止まった。なにもかもが現実とは思えない。父がここにいることも、ローガンの冷静な表情も、胸が悪くなるほどの喪失感も。言葉ですべてを解決できたならどんなにいいだろう。単なる反抗心がやがて愛に変わったのだと、ローガンにわかってもらえたならどんなにいいだろう。彼がいま感じているにちがいない痛みを取り除くためなら、なんでもする。これ以上一秒たりとも彼を苦しませずにすむなら、どんなことだって。

「エレノアが、あなたの複製画を見せてくれた」マデリンは愛する人の顔をまっすぐに見つめながら言った。「素敵な人だと……思ったわ」あまりにも薄っぺらなその言葉の響きに、思わず顔を赤らめた。「ううん、そうじゃない。あのとき……あのときから、あなたを愛し始めていたんだと思う。だからあなたに……」彼女は言葉を失い、いらだたしげに首を振った。どう言葉を尽くしたところで、自分の行いを正当化することなどできない。

「そいつは嬉しいね」というローガンの声はかすれていた。その口調はちっとも嬉しそうではなかった。

「あなたには、わかってもらえないだろうけど」なにを言ったところで、ローガンはさらなる侮辱としか思わないだろう。いっそ、愛してるのと叫んでしまいたかった。だが、その言葉を彼に伝える権利は自分にはない。言えばますます軽蔑されるだけだろう。マデリンが身を引くと、父がローガンに歩み寄った。

「ミスター・スコット、あなたに責任を問えるとして、果たしてどのような責任を問うべきなのか、わたしにはわかりかねる。なにしろあなたは、知らないうちに娘の計画のかもにされていたのですからな。あなたがマデリンに指一本触れていないことを願いたいところだが、あなたのような男性が、無垢な娘を前にして誘惑しないわけがない」マシューズは疲れたように目を閉じた。「あなたに償いを求めるのは、やりすぎですかな」

「どのような償いをお望みですか」ローガンは冷ややかにたずねた。

「クリフトン卿にふさわしい娘に戻していただきたい。といっても、それは不可能な話ですから、あなたの沈黙と引き換えに手を打つしかないでしょう。わたしと家族とで、この不名誉にできるかぎり慎重に対処するつもりです。マデリンの将来についても、それがどのようなものになるにせよ、家族でうまく配慮していきましょう。ですからあなたには、噂が流れたときにすべて否定することだけをお約束いただきたい」

「喜んで」ローガンはマデリンを見ずに答えた。彼にとって、マデリンはもう存在しないも同然だった。

「ローガン、お願い」マデリンがささやくように言う。「こんなふうに終わらせるなんて耐えられない」

「ミセス・ビーチャムに玄関までお見送りさせましょう。ではごきげんよう、マシューズ卿」淡々と告げると、ローガンは応接間をあとにした。どこに向かうあてがあるわけでもない。ただ、一刻も早くこの場を去らなければと思った。

気づいたときには自分の部屋に来ており、震える手で扉を閉め、鍵をかけていた。まるで水底を歩いているようだ。彼は部屋の真ん中に長いことただじっと立ちつくしていた。なにかを考える気にすらなれず、頭のなかではマデリンの声だけが響いている。愛してるわ、ローガン……あなたを愛してる……。

どうやら彼女は意外に演技派だったらしい。ずいぶんと心のこもったせりふだった。おかげでうっかり信じてしまった。

まぶたの奥が痛む。彼はいらだたしげに手を上げて、視界を覆うかすみをぬぐおうとした。その手から逃れるようにしずくが頰を伝うと、「ちきしょう」とつぶやいた。自己嫌悪が胸のなかに広がっていく。

絶望にまみれた咆哮が口からもれ、気がついたときには、なめらかな中国唐王朝の花瓶が手のなかにあった。彼はそれをやみくもに投げつけた。高価な磁器が割れる音が耳をつんざく。その音に、彼のなかの残忍な悪魔が目を覚ましたらしい。ほとんど無意識のまま、壁にかかった絵画をつかむと、カンバスに油絵の具で描かれた作品をびりびりに引き裂いた。かたわらの美術品に歩み寄り、ガラスの置物や木彫品や磁器を破壊し……床にくずおれ、血だらけのこぶしを太ももに押しあてた。

頭のなかでがんがんと鳴り響く音の向こうから、扉をたたく、くぐもった音が聞こえてくる。「だんな様！　返事をしてください。お願いですから――」

鍵穴に鍵が差しこまれる音に、怒りにゆがんだ顔で振りかえると、心配顔のミセス・ビーチャムとデニスがいた。「出ていけ！」彼は怒鳴りつけた。

目の前の光景に仰天した表情を浮かべたふたりは、怯えたようにあたふたと部屋を出ていった。あとにはローガンと大切な美術品の残骸だけが残された。彼は頭をたれ、床をにらみつけた。胸のなかで、なにかが死んでいくのを感じていた。それは彼の心の奥底にあった感情、人生を一変させてくれたかもしれない思いやりと優しさだった。昨日までの自分には二度と戻れないだろう。自分を傷つけようとする者を許すことは、二度とできないだろう。

9

「ローガン！」ジュリアはベルベットの長椅子から嬉しそうに立ち上がった。妊娠期の名残で頬が以前よりわずかにふっくらしているが、活動的な彼女のことだから、増えた体重はすぐに元どおりになるだろう。それに、少し肉がついたせいでかえって美しさが増してもいる。やわらかな、健康そうな魅力に、九〇歳以下の男性なら誰もがうっとりとなるにちがいない。リーズ邸の応接間にローガンを招き入れながら、ジュリアは一瞬だけ心配そうな表情を浮かべたが、すぐにそれをにこやかな笑みで消した。

公爵夫妻に息子が誕生してからすでに二カ月。ローガンはようやくロンドンの住まいから、ウォーリックシャーの優雅な館まで足を伸ばした。歴史ある蜜色の建物は光に満ちあふれた快適な住まいに改修されており、見事な美術品の数々を飾るのにもってこいの場所となっている。リーズ邸を彩るタペストリーや絵画や彫刻を、ローガンは心から賛美している。だが、公爵にとって最大の宝物はそうした美術品ではない。彼の宝は妻とふたりの美しい子どもたち、三歳になる金髪のヴィクトリアと、生まれたばかりのクリストファーだ。

「どうしてもっと早く息子に会いに来てくれなかったの」ジュリアがやんわりと咎め、ローガンの両手をぎゅっと握りしめた。

「キャピタルの運営のことで、あれこれと忙しくてね」ローガンは答え、彼女の手を握りかえしてから、すぐに放した。刺繡入りのクリーム色のリンネルがこんもりと盛りあがったマホガニーの揺りかごに歩み寄り、そこに横たわる小さな人をのぞきこむ。未来のリーズ公爵、クリストファーは、小さな親指をしゃぶりながら眠っていた。堂々たる容貌の父とほとんど生き写しだ。

ベルベットの長椅子にふたたび腰を下ろしながら、ジュリアは誇らしげにほほえんだ。

「あんなにたくさんの贈り物をいただいて、本当に感謝しているわ。ヴィクトリアにまで贈ってくれるなんて。赤ん坊が生まれると、たいていの人はそちらに大騒ぎで、上の子のことは忘れてしまうものなのに」

彼女は床に下り、ローガンから贈られたおもちゃで遊ぶ娘のかたわらに座った。キャピタルそっくりに作らせたおもちゃの劇場で、小さなベルベットの幕や精巧な張り出し舞台もちゃんとあり、俳優の衣装をまとった小さな人形たちのほかに、背景幕や舞台装置も付属している。

「ヴィクトリア」ジュリアは娘を呼んだ。「ほら、スコットおじさんよ。覚えているでしょう。素敵な贈り物をいただいたお礼を言いましょうね」

幼女は母親のたっぷりとしたシルクのスカートに半分身を隠すようにして、ローガンの顔をうかがった。

生来とくに子ども好きでもないローガンは、それなりに関心があるような表情で幼女を見やっただけで、あえて自分から近づこうとはしなかった。「こんにちは、ヴィクトリア」とかすかな笑みを浮かべてあいさつだけした。

ヴィクトリアはふんわりとした金髪の巻き毛と大きな青い瞳をもった美しい子だ。小さな両の手には、人形がいくつか握られている。「おもちゃをありがとう」幼女は恥ずかしそうに言い、おずおずと笑みをかえした。

そこへリーズ公爵デイモン・サヴェージが現れた。彼の様子が公私でまるでちがうことに、ローガンはいつもながら驚かされてしまう。公の場では超然とした態度をけっして崩さないデイモンが、自宅で家族とともに過ごすときは、温かな笑みをたたえ、娘とたわむれている。彼のこのような姿は、他人には想像もつかないだろう。

「パパ!」歓声をあげて駆け寄る娘を、デイモンは優しく笑いながら抱き上げた。

「静かにおし、おてんばさん。赤ん坊が起きてしまうよ。赤ん坊を起こしたら、お仕置きに雪のなかを転がしちゃうぞ」

幼女はくすくす笑って、父親の首に抱きついた。「そうしたら、パパのえりのなかに、ゆきだまをいれてあげる」

「おまえならやりかねないな」デイモンは苦笑を浮かべ、澄まし顔でやりかえす娘を見つめた。それから、ややまじめな顔になってローガンのほうを見やり、「スコット」と儀礼的な口調で呼びかけた。これまでずっとそうだったように、ふたりが打ち解けることは今後もけっしてないだろう。ともに社交界に身を置きながら、属する世界はまるでちがう。ふたりをつなぐものは、デイモンの妻であり、ローガンの同僚であるジュリアだけだ。

デイモンが妻の引退を望んでいるのは周知の事実だ。にもかかわらず彼は、妻の幸せのために仕事をつづけることを許している。その点ではローガンも彼に敬意を払っている。彼のような立場にいる男性は普通、演劇などという恥ずべき世界で妻が生きることをよしとしない。

「かわいい息子さんですね。おめでとうございます」すやすやと眠る赤子に向かってうなずきながら、ローガンは言った。そしてデイモンがなにか返事をかえす前に、ジュリアに向きなおった。「キャピタルにはいつ戻ってくる?」

「戻れる状態になったらね」唐突な質問にジュリアは笑った。

ローガンはいぶかしむように彼女を見やった。「わたしには、すっかり元気になったように見えるが」

「妻の健康状態はともかく」デイモンが口を挟む。「こんなに小さい赤ん坊を残してロンドンに戻るわけにはいかんだろう」

ヴィクトリアが心配そうに表情をくもらせつつ、子どもらしい好奇心をむきだしにしてたずねる。「パパ、おじさんはママをつれていっちゃうの?」

「もちろんそんなことはしないよ」デイモンは穏やかな表情になり、小さな顔をくっつきそうなくらい近づけてくる娘を見つめた。「おいで、厩舎に新しいお馬さんがいるから見に行こう。そのあいだにママがミスター・スコットに、世界は劇場を中心にまわっているわけじゃないと説明してくれるからね」

「ヴィクトリアにちゃんとコートを着せてね」応接間をあとにするふたりの後ろ姿に向かって、ジュリアは笑いながら声をかけた。笑みを浮かべたままローガンに向きなおり、近くに腰を下ろすよう身振りで示す。「懐かしいローガン、わたしのことなど、もう忘れたのではないかと思っていたわ」彼女は冗談とも本気ともつかぬ口調で言った。

「忙しかったと言ったろ」ローガンは腰を下ろし、長い脚を伸ばして、磨きあげられた靴の先をさりげなく見やった。「認めたくないが、きみがいないと劇場を運営するのはなかなか大変でね」

ジュリアは身をかがめて、指の丈ほどもない小さな人形を床から拾った。「熱病にかかったとき、お見舞いに行けなくてごめんなさいね」

「来てほしいとも思わなかったよ」ローガンはすぐさま請けあった。「赤ん坊になにかあったら大変だ」

「いずれにしても、ちゃんと看病してくれる人がいたようだし」

ふたりは黙りこんだ。マデリンの話題が、物言わぬ影のようにふたりのあいだに立ちはだかる。

「タイムズを読んだわ。最近の劇評は、あまりかんばしくないわね」

「批評家連中などくそくらえだ。劇場はいつも満席。重要なのはそこだろう」

新聞の劇評欄は最近のローガンの演技を、技術的には卓越しているが情感に乏しく、まるで無味乾燥だと酷評していた。彼自身、そうした批評家たちの意見を否定できずにいる。生まれつき備わっていたはずの資質、観客と一体になり、観客に物語を実体験させるあの資質が、すっかり失われていた。だがそんなことはどうでもよかった。なにもかもが、もうどうでもいいように思われた。

劇場に対する情熱すら失い、辛辣な態度をとりつづける彼に、団員の誰もが反感を抱いているようだ。団員たちは彼の指示にも、横暴ぶりにも……彼の演技にすら、憤慨している。

「そんなせりふまわしじゃ、なにを言いたいのかわかんないわ」昨日の稽古では、とうとうアーリス・バリーから面と向かって抗議された。「なにを考えてるのかわからない人を相手に、どう演技すればいいっていうの」

「自分のことだけ考えろ」ローガンはぴしゃりと言いかえした。「わたしの演技についてはわたしが考える」

「でも、あたしの役は――」

「好きなように演じればいい。どう演じたってわたしの知ったことではない」

そのやりとりのあと、アーリスは彼のせりふまわしをそっくりまね、淡々として無感情な演技で稽古をつづけた。ローガンは彼女に罰を与えようかと思った。だがそんなことをすれば、全団員が反旗をひるがえすにちがいなかった。

ジュリアが帰ってくれれば、場をなごませ、うまくみんなの仲を取りもってくれる彼女がいれば、劇場の雰囲気は元に戻るはずだ。彼女と一緒に舞台に立てば、演技にこめてきた感情をふたたび汲みだすことができるはずだ。

また長い沈黙が流れる。ジュリアが決心したように、核心的な話題に触れた。「マデリンのことはなにか聞いてる？」

ローガンは用心深く彼女を見やっただけで、言葉はかえさなかった。

「アーリスから、団員たちが知っているかぎりのことを教えてもらったの」ジュリアは彼を思いやる表情で、つぶやくように言った。「あとはだいたい想像がついたわ」

ローガンはしぶしぶ、事の顛末《てんまつ》をざっと語った。「マデリンは純潔を捨てることで、婚約者にとって望ましくない相手になろうとしたらしい」彼は淡々と締めくくった。「その協力者としてわたしが選ばれたというわけだ」

仰天したジュリアは青碧の瞳をくもらせ、人形をそっと脇に置いた。「では、あなたたちは本当に……」

ローガンは大仰に両手を広げてみせた。「誘惑に抗える男なんているか？」

ジュリアは眉間にしわを寄せた。「すると、あなたはマディの計画を知らずに……」声がとぎれていく。「ああ、ローガン、なんてこと……」

「別になんてこともないさ」彼女の顔に哀れみの色が浮かぶのを見てとり、ローガンは身をこわばらせた。「ミス・マシューズは目的を果たし、わたしは彼女に協力して楽しいひとときを過ごした。お互いに満足というわけさ」青碧の瞳が探るように見つめてくるのを感じつつ立ち上がると、そこが牢屋でもあるかのように行ったり来たりし始めた。

たいていの男は、今回のような一件に遭遇しても簡単に忘れ去ることができるだろう。いっさい義務を負わされずに美しい乙女の純潔を得ることができて、幸運だったとほくそえむ者だっているはずだ。それなのになぜ、自分はいつまでもうじうじと悩んでいるのか。なぜ裏切りの痛みは、マデリンが去ったあの日のまま、いや、それ以上に激しく彼を苛むのか。

日中は、仕事や社交行事などで忙しくしていれば、彼女のことを考えずにすんだ。だが夜になると、彼女の夢に何度も眠りを妨げられた。熱病に倒れたとき、彼女はあんなにも優しく看病してくれた。食事をさせ、体をふき、熱冷ましの氷を取り替え、苦しみを和らげてくれた。あんなふうに気づかってくれた人はいままでいなかった。だからこそ彼女を愛した。だが、すべては彼女が自らの目的を果たすためだった。そのことに気づいたとき、ローガンは頭がどうかしてしまうのではないかと思った。夜はベッドに横たわって無言で怒り狂い、よじれたシーツが脚にからまるまで憤怒に身悶えして過ごした。疲れきって朝を迎えても怒りはまだおさまっておらず、自分自身と、運悪くいあわせた周りのすべての人間に憎しみを覚えた。

「マディに悪意があったとは思えないわ」ジュリアが静かに言った。「軽率だっただけよ。あなたのような人を相手に選ぶくらいだもの、やっぱりあの子は純真なんだわ。自分でも、自分のしていることがよくわかっていなかったはずよ」

ローガンは身振りで彼女の言葉を制した。「もう彼女の話はよそう。きみと話すべきことはほかにいくらでもある」

「どうしてそんなふうに言えるの。あなたが立ち直れていないのは一目瞭然なのに」

「彼女の話はしたくない」

「マディを許すすべを見つけないかぎり、心の平穏はけっして得られないわよ」

「あと一度でも彼女の名前を口にしたら」ローガンは穏やかな声音で応じてから、「きみとは縁を切る」とすごんでみせた。

ジュリアはふいに鼻腔をふくらませ、公爵夫人然とした尊大な面持ちになった。「そういう物言いは、遠慮してくださるかしら」

「これは失礼いたしました、公爵夫人」ローガンは大仰に詫び、冷たい視線をかえした。

一瞬ののちに、ジュリアの顔から、現れたときと同じくらい唐突に怒りが消え去った。

「ちょうどいまのあの子と同じ年ごろだったわ」彼女はマデリンの名前を出さずに語りだした。「よく似た理由で、家族の元から逃げたことがあった。父が立てた計画から逃れるためにね。だからわたしにはあの子を責められない。あなたも、あの子を責めるべきではないわ」

「その点ではね。わたしが責めているのは、彼女が嘘をつき、人をもてあそんだことだ」

「あの子、これからどうなってしまうのかしら」

「わたしの知ったことではない」

「嘘ばっかり」ジュリアは険しい表情を浮かべるローガンの横顔を見つめた。「仕事もしっかりこなせていないし、団員はいまにも反乱を起こしそうだし、批評家たちはあなたをこきおろしている。あなた痩せたでしょう。つまりろくにものも食べていないんだわ。それに、二日酔いが一週間つづいたみたいな顔をしてる。誇りを傷つけられたどころの話じゃないんでしょう。どこからどう見ても、生きる道を見失ったという感じよ」

二日酔いなどではない。二日酔いというのは、飲むのをやめて初めてなるものだ。そんな日はしばらくやってきそうにない。ローガンは氷河のように冷たい笑みをジュリアに向けた。

「なにも見失ってなどいないさ。どんな俳優にも、批評家にこきおろされる時期はいずれやってくる。その順番がまわってきただけの話だよ。それに劇場の連中もじきに、いままでのように甘やかしてはもらえないと理解する。痩せたように見えるとしたら、次作のために剣術の練習量を増やしたせいだろうな。それと、こいつははっきり断っておくが、マデリンを愛したことなど一度もないぞ。彼女をほしいと思い、手に入れ、関係が終わった、それだけのことだ」

そこへタイミングよく、扉をたたく音が聞こえてきた。ティーセットをのせた銀のトレーを手にしたメイドが入ってきて、はにかんだ笑みをローガンに投げる。

「わたしには本当のことは言ってくれなくてもかまわない」ジュリアは声を潜め、怒りをこめた目で彼をにらんだ。「でも、せめて自分の心には誠実でいてちょうだい」

夜の訪れとともに馬車がサマセット・ストリートに到着したとき、マデリンの心臓は激しく鼓動を打っていた。希望と不安を胸に、ミセス・フローレンスの家を見つめる。

「御者に荷物を運ばせましょうか？」メイドがたずねた。

マデリンは一瞬ためらってから答えた。「こちらに滞在することになるかどうかまだわからないからいいわ、ノーマ。とりあえず話をしてくるから、馬車のなかでしばらく待っていてくれる？」

「かしこまりました、お嬢様」

マデリンは感謝の気持ちをこめてノーマにほほえみかけた。こうしてミセス・フローレンスに会いに来ることができたのもすべて、優しくて思いやり深いノーマのおかげだった。本来ならマデリンはいまごろ、姉のジュスティーヌに一カ月ほど厄介になるため、あちらの家に到着しているはずだった。だが姉に偽の手紙を送り、御者にわいろを握らせて、到着日をこっそり翌日に延期することに成功していた。「ありがとう、ノーマ」マデリンは小声で礼を言った。「今日のことを秘密にしてくれて、どれだけ感謝すればいいかわからないくらい。あなたがどれほどの危険を冒してくれたか、ちゃんとわかっているわ」

「お嬢様にお仕えして、もうずいぶんになりますもの。お嬢様は心の優しい方です。思いきって本当のことを言うと、三人のお嬢様方のなかで一番です。わたし以外の使用人もみんな、お嬢様の沈んだご様子を見て心配してるんですよ。お友だちと話すことで元気になられるのなら、この程度の危険はなんでもありません」メイドはそう言うと、馬車に戻り、毛皮つきの重たいブランケットを肩に掛けた。

ところどころ分厚い氷が張った通りを慎重に歩き、マデリンはミセス・フローレンスの家の前に立った。この家を出てからもう二カ月以上が過ぎている。どんなふうに迎えられるか見当もつかないが、その場で追い返されることはないだろう。ミセス・フローレンスは、とても寛大な人だから。それでもやはり、扉をたたくときには不安が胸をよぎった。

ロンドンを離れたあと、彼女はすぐにミセス・フローレンスに手紙を書いた。事情を説明し、謝罪するためだ。返事は出さないでほしいと書き添えておいた。両親から、外界とのあらゆる接触を禁じられていたからだ。友人知人は、マデリンが忽然《こつぜん》と姿を消したかのように感じているだろう。

両親はマデリンを外国にやる案、あるいは親戚の老婦人の話し相手《コンパニオン》として働かせる案など、ありとあらゆる方策を練っている。両親があそこまで激怒したのはたぶん、クリフトンと結婚させられるくらいなら、どんな選択肢だってましだと彼女が言ったからだろう。

クリフトンの訪問を受けたあと、両親はすっかり打ちひしがれた様子だった。クリフトンは、正式に婚約を破棄するので贈った指輪を返すよう言った。マデリンの目の前に立ったとき、彼は憤怒に二重顎を震わせていた。その様子にマデリンは、小さな硬い笑みが口元に浮かぶのを抑えることができなかった。だが、ローガンと彼の心に負わせた傷のことを思うと、勝利の喜びに浸る気にはなれなかった。

「質に入れてしまいましたわ」彼女はこれっぽっちも後悔するそぶりを見せずに告げた。

クリフトンは卒中を起こしたカエルのようだった。「わが家に代々伝わる指輪を質に入れただと。その金を、あの卑劣な計画に使ったというのか」

「ええ」

怒り狂ったクリフトンは、視線を決然たる面持ちのマデリンから、引きつった表情の両親に移し、ふたたび彼女に戻した。「おかげで」彼はわなわなと言った。「恐ろしい過ちを犯さずにすんだわ。ただひとつ残念なのは、おまえがわたしの妻にふさわしくないという事実に気づくのが遅れたことだ」

「クリフトン卿」母のアグネスは金切り声で呼んだ。「どのようにお詫び申し上げればいいやら――」

「いや、こちらこそご同情申し上げますぞ」クリフトンは蔑みの目でマデリンをにらんだ。「まったく、今後おまえにどのような未来が待っていることやら。愚かな計画を企てたばかりになにを手に入れ損なったか、自分でわかっているのだろうな」

「ええ、なにを犠牲にしたかくらい、ちゃんとわかってますわ」マデリンはかすかな皮肉をこめて応じ、ほろ苦い笑みを浮かべた。クリフトンから逃れることには成功した。だがそのために払った代償は大きかった。自分自身にとってだけではなく、ローガンにとっても。

マデリンは両親にも申し訳なく思っていた。ふたりの悲嘆は一目瞭然だった。とりわけ母の狼狽ぶりはひどかった。「ああ、世間になんと言われることか。わたくしには耐えられないわ」母は握りしめた刺繍糸と同じくらい張りつめた声で言った。細い指で、刺繍糸を引っ張ったり、指にからませたりしている。「娘のせいで、とんでもない不名誉を被ることになるだなんて。やっぱりこの子は外国にやりましょう。周囲の人には、娘が大陸でお勉強をつづけたいと望んだ、そう説明すればいいわ」

「いつまで行っていればいいの？」マデリンは顔を真っ赤にしてたずねた。母が娘をどこかに追い払う計画を立てる様子を目のあたりにするのは、耐えがたいものだった。

「知るもんですか」母は硬い口調のまま答えた。「人様の記憶というのはなかなか消えませんからね。スキャンダルが忘れ去られるまで、何年もかかるかもしれませんよ。本当になんて愚かな子！　クリフトン卿の妻になったほうがずっと幸せだったのに、それにも気づかないだなんて！」

「あの人と結婚なんかしたくないって言ったでしょう」マデリンは冷静に言いかえした。「ああする以外に選択肢なんてなかったわ。自分でしたことの責任はきちんととります」

「では、これっぽっちも後悔していないというの」母は口調を荒らげた。「あなたのしたことは、罪深くて恐ろしいことなのよ」

「わかってる」マデリンはささやくように応じた。「ミスター・スコットを傷つけたことについては、一生自分を許せないと思うわ。でも、それ以外の点については――」

「あの堕落した俳優は傷ついてなどいません！　あなたが傷つけたのは、あなた自身なの！　あなたは自分の人生を台無しにし、家族全員に恥をかかせたのよ」

その後、マデリンは無言をとおした。家族に不名誉をもたらした事実よりも、ローガンの心に傷を与えたことをひたすら悔いている自分は、やはりどこかおかしいのだろうと思ったからだ。別れた日の彼の顔、いっさいの表情を失い、感情を抑えこんだあの顔を思いだすたび、彼女の胸は新たな苦悩に苛まれた。

すべてをやり直すことができるなら、同じ過ちはけっして犯さないのに。ローガンを信じて、きっと誠実に接する。そうすれば彼も話を聞いてくれるかもしれない。マデリンは彼を元気づけたかった。傷つけた張本人なのに、なんと愚かな願いだろう。でも、もう一度でいいから会うことができたなら。そして彼が元気なのを確かめることができたなら。そんなことをしても無意味だと、自分のなかの良識が叱りつけてくる。やはり、彼のことはそっとしておき、自分の人生をなんとかするべきだ。

けれども、その決心を貫くのは日に日に難しくなっていった。

扉が開き、ミセス・フローレンスのメイドのキャシーが顔をのぞかせる。「どちら様でしょう」彼女はマデリンの姿を認めるなり目を真ん丸にした。「まあ、ミス・マディ！」

「こんばんは、キャシー」マデリンはためらいがちに応じた。「こんな時間にごめんなさい。でも、長旅だったものだから。ミセス・フローレンスにお会いできるかしら？」

「すぐに訊いてまいりますね、ミス・マディ。ちょうどお夕食を終えられたところですから」

マデリンは玄関広間に立ち、少しかびくさいバニラの香り、心安らぐ懐かしい香りを胸いっぱいに吸いこんだ。狂おしいほどの胸の鼓動は、ミセス・フローレンスの姿を目にすると徐々におさまっていった。銀桃色の髪を一本に編んだ老婦人は、しわだらけの顔のなかで、はしばみ色の瞳を優しげに輝かせていた。片手には、彫刻をほどこした銀とマホガニーの杖を握っている。杖は絨毯敷きの床で小さな音をたてた。

「マディ」と呼ぶ声は優しかった。

「おけがをされたんですか、ミセス・フローレンス」マデリンは心配してたずねた。

「いいえ。ときどき、寒さが骨の髄まで染み渡ってしまうだけ」彼女はマデリンの手をとり、温かな指で冷たい指をつつみこんだ。「また逃げてきたの？」

マデリンの胸に感謝の念がわきおこってくる。この二カ月間で初めて優しい顔に出会えた気がした。「どうしてもお会いしたくて。誰かに本当のことを聞いてほしいんです。あなたなら聞いてくださる……わたしの打ち明け話を聞いても、咎めたりしないと思って」

「助言をくださるような、おばあ様はいないの？」

「母方の祖母がいます」信心深く厳格な祖母のことを思いだして、マデリンは顔をしかめた。「でも、手を差し伸べてはくれないと思います」

「あなたがいなくなったと知ったら、ご両親が心配なさらない？」

マデリンはかぶりを振った。「姉のジュスティーヌのところに行くと言ってあります。少しのあいだだけでも、わたしを家から厄介払いできてほっとしているはずです。わたしのせいで多大な迷惑を被り、面目もつぶれたわけですから」いったん口を閉じ、張りつめた声で言い添えた。「これから、もっと迷惑をかけそうですけど」

彼女を注意深くじっと見つめたミセス・フローレンスは、すべてを悟ったようだ。マデリンのこわばった肩をそっとたたいた。「どうしてわが家に来たのか、ちゃんとわかっているわ。わたしを頼ったのはとても正しい選択だったわね。あなたが思っている以上に、正しい選択よ。さ、応接間に行きましょう。荷物は従者に運ぶよう言っておきましょうね。いたいだけずっと、わが家にいるといいわ」

「メイドと御者が一緒なんですが――」

「わかってますとも、ふたりにも上がってもらいましょう」ミセス・フローレンスはかたわらに控えるメイドに向きなおった。「キャシー、お客様にお夕食をご用意してちょうだい。応接間のほうによろしくね」

「おなかは空いてないので大丈夫です」

「こんなに痩せちゃって……あなたのような状態のお嬢さんは、ちゃんと食べないとだめよ」

暗黙のうちに了解しあったように、ふたりはじっと見つめあった。「どうしてわかったんですか」

「わたしがわからないと思う?」ミセス・フローレンスは痛ましげな表情で応じた。「そうでもなかったら、あなたがそんな目をしているわけがないでしょう。ご両親は、気づいてらっしゃらないのね?」

「はい」マデリンは硬い声で答えた。「わたしに、それを両親に打ち明ける強さはありませんから。わたし……誰も頼れる人がいなくって」

「いらっしゃい、マディ。ふたりでお話ししましょう」

舞台袖に下がるローガンの背を、熱狂的な歓声と拍手が追う。舞台は大成功だったが、彼自身は自分の演技に納得していなかった。その役に必要な深い情感を呼び覚まそうと努力したが、けっきょく中途半端な役作りしかできなかった。

彼はしかめっ面で、注意を引こうとする団員たちを無視した。専用の楽屋に入り、汗ばんだ開襟シャツを脱いで床に放る。洗面台に向かおうとしたとき、化粧台の鏡のなかでなにかがきらりと光ったのに気づいた。さっと振りかえると、驚いたことに、楽屋の隅にひとりの老婦人が座っていた。

老婦人はそこにいるのが当然とでもいうように、穏やかな表情でこちらを見かえした。小柄な体に似合わない存在感を醸しだしており、自分の年齢に誇りをもっているのがうかがえる。静脈の浮いた手に宝石のついた指輪を数個はめ、その手を精巧な彫刻がほどこされた銀の杖に置いている。髪は淡い銀桃色だが、かつては鮮やかな赤毛だったにちがいない。見つめるはしばみ色の瞳は、好奇心のかたまりのようにきらきらと輝いている。

「こちらで待つよう、言われたの」

「楽屋で人と会う習慣はないんだが」

「今日の舞台はまあまあだったわね」老婦人はローガンのそっけない返答を無視した。「洗練されていたし、テンポもよかったわ」

苦笑を浮かべつつ、ローガンはいったいこの女性は誰だろうと考えた。「どっちつかずな賞賛の言葉は聞き飽きた」

「あら、今日のオセロもよかったと思うわよ。ほかの俳優なら、過去最高の演技だったと自慢できるのではないかしら。わたしはね、数年前に同じ演目で、あなたがイアーゴを演じるのを観たの。正直言って、あの役の解釈のほうがいいわね……あれは見事だったわ。あなたはその気になれば素晴らしい才能を発揮できる。あなたと一緒に舞台に立てなくて残念だと、何度も思ったものよ。でも、あなたがデビューしたころには、わたしはとっくに引退していたから」

ローガンは老婦人をまじまじと見つめた。赤毛、どことなく見覚えのある顔、舞台に立ったことのある女性……「ミセス・フローレンス」彼は問いかけるように呼んだ。彼女がうなずいたので、ようやく表情を和らげた。同業者から面会を求められることはたまにあるが、彼女のようにずうずうしいのは初めてだ。彼は老婦人の手をとり、甲にキスをした。「お目にかかれて光栄です、マダム」

「ご存じかと思うけど、リーズ公爵夫人はわたしの友人でもあるの。ジュリアは本当に素晴らしい女性ね。演劇界で活動を始めたばかりのころは、わたしの弟子だったのよ」

「ええ、存じ上げています」ローガンは縞模様の入った金襴の化粧着を素肌に羽織った。クリームの入った瓶とタオルを取り、オセロらしい浅黒い肌に見せるための舞台化粧を落とす作業にとりかかった。「舞台のあとはしばらくひとりで過ごすのが習慣になってるんです。

控え室のほうで待っていただけると――」

「ここにいるわ」老婦人はきっぱりと言った。「個人的な問題で、緊急にあなたに話したいことがあって来たの。わたしがいるからといって遠慮することはないわ。なにしろこっちは、過去に大勢の男優たちの楽屋で過ごしたことがあるんだもの」

すっかり感服したローガンは、噴きだしたくなるのを必死にこらえた。人の楽屋にずかずかと入りこみ、話を聞くよう強要するとは肝が据わっている。彼は重厚な化粧台に寄りかかるように腰かけた。「いいでしょう」とそっけなく応じて、顔と首の化粧を落とす作業をつづけた。「どうぞ話してください。遠慮したくなっても、なんとか我慢しますよ」

老婦人はローガンの皮肉を受け流して端的に切りだした。「ミス・マデリン・マシューズがこちらの従業員として一時お世話になっていたとき、わが家の一室を借りていたのはご存じないわね?」

思いがけず彼女の名を耳にして胸に刺すような痛みを覚え、ローガンは顔をゆがめた。

「そのような話をしにいらしたのなら、帰っていただきましょうか」

「ミス・マシューズが、数時間前にグロスターシャーのお屋敷からこちらにやってきたの」ミセス・フローレンスはかまわずつづけた。「いまはわが家で休んでいるわ。ついでにつけくわえておくと、わたしがあなたに会いに来たことは、あの子はまるで知らない――」

「いいかげんにしてくれ!」ローガンはタオルを床に放り、扉に向かった。「わたしが戻るまでに、出ていってください」

「傷ついたのは自分だけだと思っているの?」老婦人は冷ややかにたずねた。「傲慢で臆病な青二才だわね!」

「そういうあなたは、おせっかいでずうずうしい老婆だ」ローガンは平然と応じた。「ごきげんよう、マダム」

侮辱的な物言いをされても、ミセス・フローレンスは怒るどころか愉快そうな顔をした。「あなたにとても大切なお知らせがあるのよ。いま聞かなかったら、いずれ後悔することになるわ」

ローガンは扉の前で立ち止まり、せせら笑った。「後悔しないほうに賭けますよ」

老婦人は杖の頭に両手をのせ、目をしばたたきながら彼をうかがった。「マデリンはあなたの子をみごもっているわ。それでもやっぱり、あなたにはどうでもいいことかしら」沈黙が流れる。彼女はローガンをじっと見つめ、反応を楽しんでいるようだ。

ローガンは壁に目を凝らした。心臓の鼓動を異様に大きく感じた。嘘に決まっている。マデリンがまた、人をもてあそぼうとしてでっちあげた話にちがいない。

彼はむきになって首を振った。「ええ、どうでもいいことです」

「そう」老婦人は射るような目で彼を見つめた。「あの子がこれから、どうなるのかわかっているんでしょうね。あのような家柄の娘さんだもの、人知れず子どもを産み、よそにやる以外に方法は残されていないわ。あるいは、親元を離れ、自分と子どもとでなんとか生きていくすべを見つけるか。あなたにとって、どちらも望ましい選択肢とは言えないんじゃない」

ローガンは必死の思いで肩をすくめてみせた。「どうしようと彼女の自由だ」

ミセス・フローレンスは小さく舌打ちした。「マディと赤ちゃんに対する責任をいっさい否定するわけね」

「ええ」

老婦人の顔に侮蔑の色がにじんだ。「どうやらあなたは、父親と似たり寄ったりのようね」

衝撃を押し隠そうとしたのに、ローガンは感情をむきだしにして老婦人を怒鳴りつけていた。「どうしてあなたがポール・ジェニングズを知ってる」

ミセス・フローレンスは杖から片手を離し、彼を手招いた。「いらっしゃい、スコット。あなたに見せたいものがあるの」

「失せろ！」

彼の頑固さに呆れて首を振りながら、ミセス・フローレンスは手提げ袋《レティキュール》の口を開けると、なかから小さな緑色のラッカー塗りの箱を取りだした。「贈り物よ……あなたの過去にまつわる品。騙すつもりなどないから安心なさい。こっちに来て見てみたらどう。全然興味がないとでもいうの」

「わたしの過去に、あなたはいっさい関係がないはずだ」

「それが大いにあるの。ジェニングズ夫妻はあなたの本当の親ではないのよ。あなたは、お産のときに母親が亡くなったために、ふたりに引き取られたの。あなたの父親は、あなたに対するすべての責任を拒否したわけ」

頭がおかしいんじゃないのか——ローガンは老婦人の顔をうかがった。

「そんな目でわたしを見ることはないわ」ミセス・フローレンスは小さくほほえんだ。「完璧に正気だから大丈夫」

ゆっくりと彼女のほうに歩み寄るローガンの胸の内に、不安が広がっていく。「そのくだらん品とやらを見せろ」

老婦人は金縁のミニアチュールを二枚そっと取りだし、一枚を彼の手のひらにのせた。モデルは、ジュリアの娘のヴィクトリアと同年齢の少女だった。かわいらしい顔立ちで、ピンク色のボンネットをかぶり、その下から真っ赤な長い巻き毛がのぞいている。ローガンは小さな絵を無表情に見つめ、なにも言わずにかえした。

「わからない？」ミセス・フローレンスは言い、もう一枚も渡した。「こっちのほうがわかりやすいかしらね」

今度は若く美しい女性だった。整った面立ちの生き生きとした美貌の女性で、豊かな赤褐色の巻き毛を結い上げている。自信に満ちあふれた表情は誘うようで、力強い青い瞳はまっすぐにこちらを見つめている。見ているうちにローガンは、自分が女性ならこんな顔だったろうということに思い至った。

「似ているると言わせたいんですか」彼はつぶやくように問いかけた。「いいでしょう、わたしに似ていますよ」

「あなたの母親よ」老婦人は静かに言い、ミニアチュールを取りかえした。「エリザベスというの」

「わたしの母は――メアリー・ジェニングズだ」

「だったら、ご自分がその両親とやらのどちらに似ているか、言ってごらんなさい。兄弟のなかで誰が一番あなたに似ているか、言ってごらんなさい。言えないでしょう。当然よ、あなたはあの家の一員ではないのだから。最初からそうだったのだから。あなたはね、わたしの娘が人目を忍んで産んだ子――わたしの孫なの。こんな現実は受け入れたくないかもしれないけど、でも、心のなかでは真実だとわかっているはずよ」

ローガンは嘲笑で応じた。「ミニアチュール一枚で信じると思いますか、マダム」

「じゃあ、なんでも訊いてちょうだい」ミセス・フローレンスは穏やかにかえした。

ローガンは腕組みをして扉に寄りかかった。「では、どうしていままであなたと会うことがなかったのか教えてもらいましょうか……おばあ様」

「長いことずっと、わたしはあなたの存在を知らずにいたわ。あなたの父親はわたしに、死産だったと嘘をついたの。あなたの存在を隠して、ジェニングズ夫妻にこっそり育てさせたのよ。わたしとあなたの父親はずっと憎みあっていたし、わたしがあなたになんらかの影響を及ぼすことを彼は避けようとしたんでしょうね。わたしのことを知れば、あなたは演劇の世界に引かれるようになる。それを阻止するためなら、なんでもするつもりだったんでしょう。あなたの母親も、女優だったから」

ミセス・フローレンスはいったん言葉を切り、ぞっとするほど冷たい笑みを浮かべた。「あなたがこの世界で成功したと知ったとき、わたしがどれだけ嬉しく思ったことか。ある意味でそれは、完璧な復讐ですもの。父親があれだけ演劇界から息子を遠ざけようとしたにもかかわらず、けっきょくあなたは自らこの世界に進んだ。そして、当代随一の役者のひとりになった」

腕組みをほどいたローガンは、扉から背を離した。老婦人の話など一言たりとも信じてはいないが、ふいに、酒が飲みたくてたまらなくなった。彼は部屋の一隅にある古ぼけた木の飾り棚に歩み寄ると、乱暴になかを探り、ブランデーのボトルを取りだした。

「名案ね」という老婦人の声が背後から聞こえる。「お酒を飲めば、骨に染み入る寒さも和らぐわ」

いらだたしげに口をゆがめながらも、ローガンはきれいなグラスを探した。ブランデーを注ぎ、グラスを老婦人に渡して、自分はボトルからじかにあおった。心地よいぬくもりが喉から胸へと広がっていく。「つづけて」彼はぶっきらぼうに促した。「そのおかしな話の結末を聞いてあげますよ。いったいどういう理由で、わたしを娘さんの行方知れずの息子だと思いこむようになったんです？」

ミセス・フローレンスは穏やかな口調でつづけた。「舞台に立つあなたを見るまでは、なにひとつ疑念を抱いてなかったの。あれは、あなたが二〇歳かそこらのときだった。娘にうりふたつのあなたを見て仰天したわ。生い立ちをほうぼうから聞いて、ますます疑念が深まった。あなたの父親を訪問し、あなたの存在を隠していたのではないかと問いつめた。彼はすべてを認めたわ。そのころにはもう、わたしに知られようが知られまいがどうでもよくなっていたのよ。あなたはすでに俳優としての道を歩むことを決めていたし、その気持ちをひるがえすことは、彼にはできなかったから」

「わたしに真実を話さなかった理由は？」

「当時のあなたが、わたしを必要としていなかったから」ミセス・フローレンスは応じた。

「あなたには家族がいたし、自分はジェニングズ家の息子だと信じきってもいた。本当のことを話して動揺させる必要なんてないもの。あなたの俳優としてのキャリアに悪影響を及ぼすようなことは、絶対にしたくなかったわ」老婦人はグラスの縁越しにローガンを見てほほえみ、ブランデーを一口飲んだ。「ジュリアを通じて、あなたの活動については逐一把握していたわ。ひとりでこっそり、あなたを心配し、あなたの成功を誇りに思い、世のすべてのおばあちゃんたちが孫に対して願うようなことを、願っていたというわけ」

「ジュリアにこの話は？」

「まさか」老婦人は即答した。「彼女に教える必要はないでしょう。あなたの本当の素性を知っているのは、わたしと、ジェニングズ夫妻と、そして、じつの父親だけ」

ローガンは皮肉をこめてほほえんだ。「その父親とやらが誰なのか、早く知りたくてうずうずしますよ」

「わからないの？」老婦人は静かに問いかけた。「もう見当がついているのではなくて？

あなたは、どことなく彼に似ているもの」穏やかな口調は、ローガンが敵意のあらわな顔をしてみせても変わらなかった。「ロチェスター卿よ。だからあなたは、彼の領地で少年時代を過ごすことになったの。あの広大な領地の隅っこでね。わたしの話が信じられないなら、ロチェスターのところに行って訊いてらっしゃい」

彼女に背を向けると、ローガンはよろめくように化粧台の椅子に寄りかかった。ぎこちない手つきでブランデーのボトルを化粧台に置き、両手を天板につく。ロチェスターがわたしの父親……考えただけでぞっとする。

ありえない。もしもこれが真実なら、アンドルーは異母弟ということになる。いくらロチェスターといえども、そこまで残酷なことはしまい。ふたりの息子がともに成長していくさまを観察しながら、兄弟である事実をふたりに隠しつづけるなどということは。兄弟の一方に富と贅沢な暮らしと特権を、もう一方に飢えと虐待を与えるなんてことは。「嘘だ……」無意識につぶやいてしまったことに、ミセス・フローレンスの返答を耳にしてようやく気づいた。

「嘘じゃないの。本当の親子だとずっと信じてきたんでしょうに、ごめんなさいね。あとはもう、ジェニングズ夫妻があなたにとっていい親だったことを祈るばかりだわ。少なくとも、ロチェスターもあなたをそばに置く程度の優しさは持ちあわせていたようだし」

苦々しさがこみあげてきて、ローガンは喉が詰まってしまうのではないかと思った。唐突に、自分がどんな人生を強いられてきたか老婦人にぶちまけたくなった。ポール・ジェニングズに殴打されたときの恐怖と痛みも、母と信じた人の無関心も。しかもロチェスターは、そうしたことをすべて知っていたのだ。ローガンは歯を食いしばって必死に口を閉じつづけた。だが、感情をすべて押し隠すことはできないようだった。

「どうやら」ミセス・フローレンスが見つめながら言った。「幸せな日々とはとても言えなかったようね。その責任の一端はわたしにもあるわ。ロチェスターの話を額面どおりに受け取ったりするのではなかった。子どもが亡くなった証拠を、彼に求めるべきだった。でもわたしは、エリザベスを失った悲しみに打ちひしがれていて、真実を追及しようとはしなかった」

ローガンはめまいを覚えた。手探りで椅子をつかみ、やっとの思いで腰を下ろした。そこへ、扉をたたく音につづいて、衣装を洗って繕うために取りに来た団員の声が聞こえてきた。

「忙しいんだ」ローガンは応じた。「あとにしてくれないか」

「それと、ミスター・スコットにお目にかかりたいという方々が――」

「いま入ってきたら、誰だろうと命はないぞ。そっとしておいてくれ」

「わかりました」団員が下がり、楽屋はふたたび静寂につつまれた。

「ジュリアの言ったとおりだったのね」ミセス・フローレンスが先に口を開き、ブランデーを飲み干した。「以前あなたのことを、けっして幸福ではないと言っていたのよ。それもあってわたしは、あなたを誘惑したいというマデリンを応援したの」老婦人は少しもたじろぐことなく、驚いたローガンの責めるような目を見かえした。「そう、わたしはあの子の計画を知っていたわ。どうしてあんな計画を立てたのか、はっきりした理由は聞かなかったけれど。あの子の望みどおりになるよう願ったわ。もしかしたら、あなたがあの子を愛するようになるんじゃないかと思った。いくらあなたが頑なだといっても、あの子を拒めるはずがないと思ったのよ。マデリンのような子なら、あなたを幸福にしてくれる、そう考えたの」

「よくも人の人生をもてあそんでくれたもんだ!」ローガンはかっとなって言った。

だがミセス・フローレンスは、怒鳴られてもなんとも思っていないようだ。「感情をほとばしらせるのは、舞台のためにとっておきなさい。たしかにわたしは過ちを犯したかもしれない。でも、そんなふうに怒鳴ったり、いらいらしたりしても、なにも変わらないわよ」

ローガンはやっとの思いで自制心を取り戻した。「どうしていまになって」歯ぎしりして問いかける。「その話が本当だというなら――もちろんわたしは一言たりとも信じちゃいないが――どうしていまになって現れたんだ」

老婦人が浮かべたほほえみは、むしろ挑むようだった。「歴史はくりかえすというわね。皮肉だと思わない? あなたは父親とまったく同じことをし、自分の子どもに自分と同じ人生を歩ませようとしている。誰も守ってくれない、誰も満たしてくれない人生をね。あなたに真の過去を知るチャンスを、マディに誠実に接するチャンスをあげるくらいのことは、せめてするべきだと思ったの」

「そんなものはいらないと言ったら?」ローガンは怒りに頬を紅潮させ、せせら笑った。

「あなたにももう、大したことはできないはずだ」

「マディを受け入れる気がないのなら、わたしが引き取るわ。あの子と赤ん坊に快適な暮らしを与えられる程度の財産ならあるもの。赤ん坊はわたしの曾孫《ひまご》なわけだし、あらゆる手を尽くして幸せにするわ」

ローガンは首を振った。小さなか弱い老婦人のくせに、なんたる意志の強さだ。「まるで強情な老いためんどりだな。本当に血がつながっているんじゃないかと思えてきますよ」

ミセス・フローレンスは彼の心の動きを読みとったのか、ふたたび口元に笑みを浮かべた。「もう少しわたしのことをよく知るようになれば、信じて疑わなくなるわ」彼女が杖に寄りかかりながら立ち上がったので、ローガンは反射的に手を差し伸べた。「そろそろ帰らなくてはね。ついて来る、スコット？……それとも、この窮境を招いた責任は自分にもあるという事実を、都合よく忘れることにする？」

ローガンはしかめっ面で彼女から手を離した。もちろん、誠実であろうとするならマデリンと結婚して子どもの父親になるべきだ。だがそのような立場を強いられるのは耐えられない――いや、言語道断だ。それに彼はもともと、とくに誠実な男というわけでもない。

意識がなくなるまで飲んでしまえたら。そんな思いで、彼はブランデーのボトルを眺めた。「そんなふうに引っ張ったら、はげができるわよ」ミセス・フローレンスがどこか愉快そうに言う声が聞こえた。

動揺したときの癖、前髪を引っ張る癖がまた出たらしい。ローガンは小声で悪態をつき、頭から手を離した。

「マディに騙されたのでプライドが傷ついているのね」老婦人が言う。「傷が癒えるまで、長い時間がかかるのはよくわかるわ。でも、自分のことばかり考えるのはもうやめたら。そうすればあなたも気づくはずよ、途方に暮れた娘が、あなたの助けを求めている——」

「どうすべきかくらいわかってる」ローガンはぶっきらぼうに言い放った。「ただ、もう一度彼女と向きあって耐えられるかどうか、わからないだけだ」

眉を寄せたミセス・フローレンスは、いらだたしそうに杖の先で床をこつこつとたたき始めた。ローガンは化粧台に歩み寄り、ブランデーをたっぷりと喉に流しこんだ。マデリンに罰を与えてやりたい。自分がされたのと同じように、屈辱感を味わわせてやりたい……そう思う一方で、彼女にふたたび会うことを想像すると、期待に胸が高鳴った。

「ついて来る?」ミセス・フローレンスがたずねる。

ローガンはボトルを置き、小さくうなずいた。

「あの子に求婚する?」

「話してみるまではわかりません」彼は鼻を鳴らして、洗いたてのシャツを探した。「さしつかえなければ、着替えをしたいんですが……観客のいないところで」

10

ふたりがミセス・フローレンスの家に入ったとき、時計が真夜中を告げた。「彼女はどこですか」ローガンはたずねた。

「しっかり休息をとらせないとね。メイドにあなたのお部屋まで案内させるわ。明日の朝になったら――」

「どこなんです？」ローガンは食い下がった。家中を探して、自分でマデリンを見つけてもいいと思った。

ミセス・フローレンスはため息をついた。「二階よ。廊下のつきあたりのお部屋。言っておくけど、あの子を不安にさせるようなことを――」

「彼女をどうしようが、わたしの勝手でしょう」ローガンは冷ややかに言い放った。「それと、部屋にいるあいだは邪魔をしないでいただきたい」

老婦人は困った顔をするどころか、彼の芝居がかった言いまわしに目を丸くし、二階に行くよう身振りで示した。

ローガンはひとりで邸内を歩いた。フローレンス邸は、さまざまなアンティークや女優時代の思い出の品々で床から天井まで埋めつくされていた。階段を上り、マデリンの部屋を見つける。真鍮の取っ手を握ったとたん、期待に胸が張りつめるのを感じた。血液が全身をどくどくと流れている。そんな自分に不安を覚え、きびすをかえして逃げだしたい衝動に駆られたが、取っ手から手を離せなかった。握りしめた手のなかで、やがて真鍮がぬくもりを帯びていった。

ずいぶん経ってからようやく、ローガンは部屋に足を踏み入れた。鍵をまわすかちゃりという音以外、なにも音はたてなかった。部屋に入ると、ベッドに横たわるマデリンの体の輪郭と、枕の上に伸びる緩く編んだ髪が見えた。深く規則正しい呼吸に胸が大きく上下しているのも。ふいに記憶が鮮やかによみがえってくる。彼の体にかかったマデリンの息の温かさ、ぴったりと押しつけられた素肌の感触……。

彼はベッドのかたわらの椅子に腰を下ろした。視線を一瞬たりとも彼女から離すことができなかった。二カ月間ずっと無気力に襲われていたが、ようやく生命力がふたたびわきおこってきたような感じがする。いますぐこの場で彼女を奪ってしまおうかと思った。ナイトドレスを脱がせて、覚醒しきっていない彼女のなかに押し入り、やわらかな肉につつまれたい。

それから数時間、彼は暗闇のなかで、眠るマデリンをただ見つめて過ごした。ほんの少し彼女が動くだけで、指を丸めたり、ぴくりと動かしたり、寝返りを打ったりするだけで気持ちをそそられた。これまで多くの女性とつきあってきた。セクシーな女性とも、才能あふれる女性とも、情熱的な女性とも。だが、これほどまでに魅了されることはなかった。

妊娠を口実に便宜上の結婚を強制できるのが嬉しかった。彼女を思うがままにできるのなら、あざけりの対象にされるくらいなんでもない。彼が女性に引っかかったとの噂がひとたびロンドン中に流れたら、まちがいなく風刺漫画の主役にされるだろう。おなかの大きな羊飼いの娘に引かれる、鼻輪をした従順な雄牛……いや、連中はもっとひどい描き方をするかもしれない。人びとは有名人を笑いものにするのが大好きだ。彼はまさに格好の標的だ。

友人たちはなんと言うだろう。とくにアンドルーは……ローガンは思わず不快げに鼻を鳴らした。アンドルーは、あの意地の悪い男は、きっと大いに愉快がるにちがいない。アンドルーとロチェスターについて、そして、自分の出生についてローガンが深く思いをめぐらせようとしたとき、ベッドのなかで小さな体がもぞもぞと動きだした。すでに夜が明けていた。

物音ひとつたてなかったのに、マデリンは誰かが部屋にいるのにすぐに気づいたようだ。息づかいが変わったかと思うと、眠そうな声をあげながらこちらに顔を向けた。子猫のようなその声が彼の胸で反響する。股間が硬くなって興奮が渦巻き、つづけて、怒りがわきおこってくる。彼女への愛など一時の気の迷いだ、そう切り捨てたはずだった。それなのに、彼女を前にしただけでこんなふうになってしまう。肉体的にも、いまいましいことに精神的にも、彼女を強く求めていた。彼女といると、超然とした自分でいられなくなる。彼は自分を守るためにそうした態度を身につけた。だがもう二度と、冷淡で横柄な自分には戻れないだろう。マデリンは彼に、自分がひとりの人間にすぎないこと、だから傷つきもするのだということを気づかせた。そんな彼女をローガンは、数えきれないほどたくさんの方法で罰してやるつもりだ。

琥珀色の瞳をのぞかせたマデリンが、まごついた表情で彼を見る。その顔に、相手が誰だか認めて驚きの色が広がるのを待ってから、ローガンは身をかがめ、彼女をベッドにくぎづけにした。

シーツが引き剝がされるのを感じて、マデリンは息をのんだ。ナイトドレスの裾が太ももの付け根までめくれあがった、しどけない姿があらわにされた。身を縮めた彼女は、熱を帯びた青い瞳に全身を見つめられ、部屋の冷気につつまれて、乳首が硬くなってくるのを感じた。頭のなかがぐるぐるまわって、ひょっとしてこれは夢かもしれないと動転のあまり思った。どうして彼がここに？　ミセス・フローレンスが話したにちがいない。

彼の視線が胸の上を這い、そこが呼吸に合わせて小さく上下するのを認めるのがわかった。大きな手がなだらかな丸みを撫で、指先が小さなつぼみをそっとつまみ、薄い生地の上から刺激を与えてくる。彼女はあえぎ声をもらすまいと必死に闘った。指先が乳房をつつみ、痛いほどぎゅっとつかんだ。驚きのあまり言葉も出ず、青い瞳が細められるのをただ見つめることしかできない。

ローガンは胸から手を離すと、今度はおなかにぴったりと手のひらをあてた。「記憶のなかにあるとおり美しい」彼はあの深みのある低い声で言った。「これから永遠にきみに縛られることへの、せめてもの慰めにはなるな」

指先が脚のあいだのやわらかな裂け目へと下りていくのに気づいて、マデリンは震える手で彼の手をつかんだ。「お願い……ここではやめて」

ローガンはその手をさっと引き抜いた。「今日、ドクター・ブルックにきみを診察してもらう」という声は抑揚がない。「妊娠が本当だったら、きみをご両親の元に連れていき、結婚について報告する。結婚の特別許可証をもらい、年が明ける前にすべての手続きを終えるつもりだ」

マデリンは当惑して目をしばたたいた。二週間後には彼と夫婦になっていることになる。だが、そんなのはまちがっている。彼の表情を見れば、この結婚を嫌悪しているのは明白だ。

「そんなことをする必要はないわ。あなたを縛る気はないの」

「ほほう。だったらなぜ、ロンドンにいるんだい」ローガンは穏やかにたずねた。

「それは……ミセス・フローレンスに相談したくて」

「彼女がわたしのところに来るとは、これっぽっちも思わなかったわけだ」という声には、刺すような疑念がこめられていた。

「思わなかったわ。あなたに知られたくなんかなかった」

ローガンはあざけるように口をゆがめ、彼女から離れた。ベッドの端に座って、彼女がシーツを引き上げるのをじっと見つめている。「きみとベッドをともにする幸運は、できればほかの男に与えてほしかった」彼は冷ややかに言った。「だがきみは、その恩恵にあずかる相手としてわたしを選んだ。おかげでふたりしてこのざまだ。残された選択肢は結婚しかない。子どもがいるのなら、その子の将来を確実なものにする方法はほかにないからな」

「自分でなんとかします。わたしや赤ちゃんのことをあなたが気にかける必要は――」

「わかっていないようだね、愛するマディ。きみがこれからどうなろうとわたしの知ったことではないが、赤ん坊はわたしのものだ。赤ん坊をきみのご家族の慈悲深い手にゆだねるなんて、ごめんだね」

「あなたと結婚なんてしたくない」マデリンは訴えた。「憎まれながら一緒に暮らしていくことなんてできないわ」

「一緒になど住むものか。家なら数軒持っている。赤ん坊を産んだら、きみはそのうちのどこか好きなところに住んだらいい。わたしはいままでどおり、ほとんど劇場で過ごす」

まるで仕事の取引だ。そのような結婚生活がいったいどんなものなのか、マデリンは想像しようとした。そして、それこそが彼の復讐なのだと気づいて身震いした。赤ん坊が生まれるというのに、優しい気持ちも、愛情も、喜びも分かちあえない。マデリンがまだ彼を愛しているると知ったら、彼はそのことを容赦なく利用するだろう。

「お断りします。赤ちゃんの未来のためだけに、愛してもいない相手と結婚する義務はあなたにはないわ。この子の面倒はわたしがしっかり見ます。もちろん、あなたが子どもに会う権利だってちゃんと――」

「きみの意見など訊いていないのだよ、マディ」ローガンはぞっとするほど淡々とした口調で告げた。「すでに決まったことを伝えているだけだ。きみに対しても、赤ん坊に対しても、わたしは想像しうるすべての権利を行使する。きみを生かすも殺すもわたしの自由だ」

「わたしの気持ちは変わりません」彼の蔑みに耐えながら生きていくことなどできない。「無理やり妻にするなんて――」マデリンは言葉を失い、息をのんだ。ふたたびベッドにくぎづけにされていた。彼は筋肉質な太ももで押さえつけるようにして、なすすべもなく横たわる彼女の上にまたがっていた。

「できないとでも？」彼は身をかがめた。マデリンは、すっかり硬くなったものが押しつけられるのを感じた。肩に指先がめりこむくらい強く押さえつけられて、痛みに顔をしかめた。

「わたしにどれだけの力があるか知らないようだね。ほしいものがあれば、わたしはなんとしてでもそれを手に入れる。だからきみも、抵抗せずおとなしく従ったほうが身のためだ」

かっとなったマデリンは、身をよじって逃れようとした。だが彼の体重は少なくとも倍はある。筋肉がまるで鋼鉄のように感じられた。もがくたびにいっそう彼のものが強く押しつけられて、彼女はあきらめ、息を吐いて力を抜いた。

「わたしを窮地に陥れた責任をちゃんととってもらうよ。わたしが体を求めたときには、いやとは言わせない。それから、以前のような交わりは期待しないことだな。さぞかし不快なものになるだろうから覚悟しておくといい」

マデリンはじっと黙っていた。頭のなかでは、ありとあらゆる無鉄砲な計画が駆けめぐっていた。結婚させられる前に、なんとかして彼の前から姿を消す方法があるはずだ。

そんな彼女の思いを、ローガンはいとも簡単に見抜いたらしい。口をゆがめて薄笑いを浮かべた。「逃げようなんて思うなよ。絶対に見つけてやるからな。見つかったときには、生まれてきたことを後悔する羽目になるぞ」

マデリンはまつげを伏せ、瞳のなかをのぞかせまいとした。幸福な結婚だって可能だったかもしれないのに、そのまがい物にしかすぎない生活が待っているのだと思うとつらくてならない。「わたしが無理やり結婚を迫ったのだと、誰もが思うにちがいないわ」マデリンは彼の気持ちを変えさせようと必死になった。

「ああ、延々とゴシップに悩まされるにちがいないね」

彼はその分まで懲らしめるのだろう。マデリンは暗澹《あんたん》たる思いになった。彼のように大衆に対するイメージを大事にしている人が、物笑いの種になってでも結婚しようとしている。それこそが決意の強さの表れだった。

つかまれている肩が痛い。マデリンは両手で押しのけようとして胸板に手のひらをあて、背をそらしてもがいた。「重いわ。お願いだから……もう」

ローガンは思わず押し殺したあえぎ声をもらした。彼女が腰を動かしたせいで、すっかり火がついてしまった。離れるつもりで横に転がったのに、なにかの拍子に両腕がほっそりとした体に巻きついて、彼女を抱き寄せていた。片脚が彼女の太ももに挟まり、脈打つ部分がやわらかな腹部にあたっている。乳房がちょうど口元にあり、その甘やかな重みを頰に、ベルベットのようなつぼみの感触を舌先に感じられるほどだ。

彼の意識は歓喜のまにまにたゆたった。いますぐに……この場で……鼓動がとどろくように激しく打って、いっそう彼をせきたてる。うっとりするような甘い香りに、頭がどうにかなりそうだ。彼女のあらゆる部分に触れ、味わいたい。ふっくらとしていながら引き締まった乳房を震える手でつつみこみ、指先に力を入れると、えもいわれぬ弾力が感じられた。

いやがる彼女が声をあげながらかすかに身をよじったとき、ローガンのなかで唐突に、衝動が抗えないほど激しさを増した。彼は唇と歯で乳首に愛撫を加え、薄いナイトドレスの上から濡らし、飢えたように強く吸って思う存分に味わった。指先で胸の脇を撫で、肋骨のほうへと手を這わせていく。マデリンはもがきながら小さく叫び、彼の頭を押しのけようとしたが、やがて髪をつかんだ。ふたりはしっかりと抱きあい、喜びを求めて、激情に駆られたように手足をからませあった。

片手をマデリンの体に這わせ、腹部まで達したところで、ローガンはぴたりと動きを止めた。その手を、新たな命が宿っているはずの場所にあてる。わが子がそこで命を育みつつあるのだと思うと、冷たい衝撃に打たれた。彼はごろりと横になり、ベッドから起き上がった。

「着替えをすませるんだ」無表情をよそおい、扉のほうに向かう。「ドクター・ブルックを呼ぶ」

「ローガン……」名前で呼ばれて、彼は背中をこわばらせた。「あなたにずっと言いたいと思っていたの……あんなことをして、ごめんなさい」

「これからもっと後悔してもらうよ」彼は優しい声音を作った。「必ずね」

おかしなことに、マデリンが羞恥心を覚えたのはドクター・ブルックの診察に対してではなく、ローガンが同じ部屋にいることに対してだった。ローガンは部屋の隅に立ち、落ち着きはらった態度で診察の様子を眺めており、妊娠したという彼女の話が嘘だと暴かれるのを待っているかのような面持ちだった。彼女はひたすら天井を凝視して、ギリシャ様式の紋様に意識を集中させた。彼女の胸の内でも、単なる思いちがいであってほしいという浅はかな希望が渦巻いていた。だが、自分のなかで生命が育ちつつあるという感覚は打ち消しがたく、ドクター・ブルックの診断は聞かなくてもわかっていた。

ローガンは優しい父親になるだろうか。それとも、彼女への憎しみを子どもにも向けるのだろうか。まさか。なんの罪もない子どもに、彼がいわれのない過ちの責任を負わせるなど想像もできない。きっと、時とともに彼の心も和らぐはず――いまのマデリンにとって、それだけが残された唯一の希望だ。

診察を終えてベッドから離れた医師に非難めいた険しい顔で見つめられて、マデリンの心は沈んだ。「ミス・リドリー、診察の結果と、先ほど伺ったここ数カ月の月のさわりに関するお話から、七月下旬の出産になると思われます」

マデリンはのろのろと化粧着の前をかきあわせた。事情を説明するのが億劫で、名字を正す気にもなれない。幸い、ローガンも彼女の本名について言葉を挟んだりはしなかった。

「きみにとっては、父親になるのはいいことかもしれないな」医師はローガンに言った。

「あのありがたい劇場以外に、考えるべきことができるわけだから」

「そうだな」ローガンはつまらなそうにつぶやいた。

「今後もミス・リドリーの主治医を務めさせてもらえるようなら、彼女に少し注意点を伝えておきたい――」

「ああ、頼む」ふいに息苦しさを覚えて、ローガンは部屋をあとにした。マデリンの妊娠が確実だとわかっても、ちっとも嬉しくなかった。赤ん坊が生まれるなど現実とは思えない。いや、なにもかもが現実とは思えない。だが奇妙なことに、ここ数週間感じていた怒りは今朝からだいぶ薄らいでいる。彼は一種の安堵感につつまれていたが、それがなぜなのか考えることは避けた。うなじをさすりながら階下に向かい、頭のなかで策を練った。これから二週間でいろいろと片づけなければならない。

ミセス・フローレンスが階段の下で待っており、期待をこめた面持ちで彼を見つめた。

「やっぱりそうだったの?」と老婦人はたずね、彼が答えるよりも早く、瞳に浮かんだ色から察したらしい。「まあ、なんて素晴らしいこと」老婦人はほほえみ、しわだらけの顔をぱっと輝かせた。「いったいなにを考えているの、そんな難しい顔をして」

「ゆうべ、話なんか聞かずにあなたを楽屋から追い払うべきだったなと思っていたんですよ」

ミセス・フローレンスは皮肉めかして笑った。「マディもわたしが干渉したのを快く思っていないのでしょう。だからね、いずれふたりともわたしに感謝するはず、そう思って自分を慰めているの」

「わたしがあなたなら、そんな日は来ないとあきらめますけどね……おばあ様」ローガンは最後の一言を嫌みったらしく強調した。

老婦人は銀桃色の頭をかしげ、瞳をきらめかせながら彼を見つめた。「わたしの話を信じる気になったの?」

「ロチェスターのところに確認に行くまでは、一言も」

「まあ、なんて疑い深いんでしょ。きっとロチェスターから遺伝したのね。だって、わたしは昔っからのんきな性格だもの」

グロスターシャーまでの一日がかりの長旅のあいだ、ローガンは指一本マデリンに触れなかった。ふたりは向かいあって座り、ごくたまに言葉を交わし、あとはずっと黙っていた。マデリンのメイドのノーマは、別の馬車に乗って後ろからついてきている。

「劇場は最近どう?」マデリンはたずねた。

するとローガンは責めるような目で用心深く彼女を見やった。まるで、からかわれてむっとしているような顔だ。「タイムズを読んでないのか」という声は冷笑を含んでいた。

「残念ながら読んでないの。両親がわたしの今後について話しあうあいだ、外界との接触をほとんど禁じられていたから」彼女は心配そうに眉を寄せた。「あまり出来がかんばしくないの?」

「ああ。批評家連中がこぞって酷評してる」

「どうして――」

「わたしが不調なせいだ……」

「そんなのありえないわ」マデリンは当惑して大きな声をあげた。「だって稽古ではあんなに素晴らしかったし、わたしの目から見ても――」そこで言葉を失った。最近の二作がいずれも、彼女がロンドンを離れてから上演されたものだと気づいたからだ。別れの朝、ローガンがすっかり表情を失っていたのが思いだされる。後悔に胸が締めつけられた。彼女が傷つけたのはローガンの心だけではなかったのだ。「病みあがりだったのだから仕方がないわ。団員の大部分もそうだったのだし」つぶやくように言った。「しばらくしたら、あなたも団員のみんなも、これまでどおり――」

「わたしの失態に対して、きみにそんなふうに釈明されたくないね」ローガンはぴしゃりと言った。

「そうよね。わたし……ごめんなさい」

彼は冷笑を浮かべた。「せっかくうぬぼれているところを申し訳ないが、この不調はきみとはなんの関係もない。きみが去ったあと、驚くほど簡単にきみを忘れることができてね。ゆうべ、おせっかいなミセス・フローレンスが楽屋に現れるまでは思いだしもしなかった」

ローガンが意図したとおり、マデリンは恥ずかしそうに顔を真っ赤にした。それを見て彼は、苦い満足感を覚えた。

「わたしもそう言えればよかった。あいにくわたしは、毎日、昼も夜もあなたのことを思っていたわ。自分のしでかしたことを考えると、一生自分を許せない。せめてあなたにわかってもらえたら――」あふれる言葉を押しとどめるように、彼女はふいに黙りこんだ。おもしろくもなんともない。

ローガンは歯ぎしりした。すっかり打ちひしがれている彼女を責めたてても、おもしろくもなんともない。彼はいらだち、自分を恥じ、そんな自分をもてあました。

見ると、マデリンは目を閉じ、座席に頭を押しつけて、ため息をもらしていた。濃褐色のベルベットを背にした彼女の顔が、見る間に青ざめていくのがわかる。「どうかしたか」ローガンはぶっきらぼうにたずねた。

彼女は小さくかぶりを振り、目を閉じたまま、「なんでもないわ」と口元をこわばらせて答えた。「ただときどき、ほんの少し……吐き気が」道路のでこぼこを踏んだ馬車が大きく揺れると、ぎゅっと口を結んだ。

ローガンは疑わしげに彼女を見やった。同情を得ようとしているのだろうか。いや、それにしては顔色が悪すぎる。そういえば、ジュリアも妊娠して最初の三、四カ月間はつわりがひどいといって、しばしば稽古を休んだものだった。「御者に言って、停まってもらうか？」

「いいえ。大丈夫……本当に平気だから」

だが、大丈夫には見えない。マデリンは顔をゆがめ、身を震わせて空えずきをくりかえしている。

眉をひそめ、ローガンは太ももをとんとんと指先でたたいた。今日は朝からあれこれと考え事ばかりしていて、彼女が朝食をすませたかどうか確認しなかった。だがおそらく、起きてからなにも食べていないはずだ。「もうじきオックスフォードに着く。着いたらどこかの宿屋で早めに夕食にしよう」

マデリンは彼が言い終えないうちに首を振っていた。「ありがとう。でも、食べ物のことを考えるだけで……」手で口を押さえ、鼻腔をふくらませて大きく息をついた。

「もうじきだ」ローガンは言うなり、馬車に備え付けのマホガニーの棚から水の入ったデカンタを取りだした。ハンカチを濡らし、マデリンに手渡す。彼女は感謝の言葉をつぶやいて、それを顔に押しあてた。

たしかミセス・フローレンスが果物などを籠に入れて用意してくれたはずだ。ローガンは思いだすと、座席の下から籠を取りだした。果物のほかに、チーズや黒パン、濡れナプキンにくるまれた小さなプディングなどが入っている。「ほら」彼はパンを差しだした。「食べなさい」

マデリンは弱々しく顔をそむけた。「なにも飲みこめない」

ローガンは彼女のとなりに移動し、パンを口元に運んだ。「一口でいいんだ。わたしの馬車を汚されてはかなわんからな」

「あなたの大切な馬車を汚したりしないわ」マデリンは言うと、ハンカチを顔からずらし、その縁から彼をにらんだ。

必死に強がる姿がおかしくて、ふいに笑いがこみあげてくる。ローガンはあらためてハンカチを濡らし、たたんで額にのせてやった。「一口でいいから」と優しく声をかけながら、パンを唇に押しつける。

彼女は哀れっぽい声をあげてから、言われたとおりにした。まるでおがくずでも口に入れられたかのような面持ちでパンを嚙んでいる。ようやく飲みこむときには、喉元に戻ってくるのを抑えようと苦しげに顔をしかめた。だんだん顔色がよくなってくるのが見ていてわかった。「もう一口だ」ローガンは断固とした口調で促した。

マデリンは時間をかけてパンを食べた。徐々に気分がよくなってきたようで、やがて体の力を抜き、深くため息をついた。「楽になったみたい。ありがとう」

ふと気がつくとローガンは彼女の体に腕をまわし、しっかりと抱き寄せていた。小さな頭が肩のあたりにあり、乳房が胸板に軽く押しつけられている。その体勢があまりにも自然で、心地よくて、いまこの瞬間まで自分がなにをしているのか気づきもしなかった。マデリンが液体の琥珀のような瞳で見上げてくる。ローガンは彼女に看病してもらったときのことを思いだした。ほかの行為はともかくとして、マデリンは彼を熱病から救い、献身的に看病して健康な体に戻してくれた。彼に希望を与え、そして、幸福がどんな味なのかを教えてくれた。

だが、そのすべてを奪っていったのも彼女だ。

こみあげてくる苦々しい思いに耐えられず、ローガンは乱暴に彼女の体を離した。「これからは自分の面倒くらい自分で見てくれ」と言いながら、元の席に戻った。「子守り役はごめんだ」

曲がりくねった道をマシューズ家の屋敷に向かって馬車が進むにつれ、マデリンの不安は吐き気をもよおすほど高まっていった。屋敷はグロスターシャーのなだらかな丘の中腹にあり、鉱物質を豊富に含む小川が幾本も流れる豊かな草原に囲まれている。領地の素晴らしさに比べると屋敷はぱっとしないもので、いくつもの離れ屋が立ち並ぶあいだに、ぎこちなく鎮座しているようにしか見えない。いずれも部屋数がひとつかふたつのそれらの離れ屋は、厨房や使用人用の住居が余分に必要になるたびに新たに建てたものだ。

屋敷を目指す馬車の窓から領地を眺めたローガンは、とくに感想を口にすることもない。

「両親はわたしたちの結婚に賛成しないと思うわ」マデリンがスカートのしわを伸ばしながら言った。彼女は地味なデザインの、少女めいたドレスに身をつつんでいる。すでに身ごろの胸のあたりがきつそうだ。どうして彼女の両親は、この格好を見て妊娠を疑わなかったのだろう。

「きみの体のことを知ったら、結婚相手が見つかってよかったと思うんじゃないか」

マデリンは彼を見ずに応じた。「うちの両親は、演劇界に身を置いている人はいっさい認めないの。娘を俳優と結婚させるくらいなら死んだほうがましだと思うにちがいないわ」

「それでわたしに白羽の矢を立てたわけか」ローガンはつぶやき、不快げに目を細めて彼女を見やった。「首尾よく純潔を失ったばかりか、両親が絶対に反対するような相手をうまいこと選んだわけだな」

「相手のことは、誰にも教えないと決めていたわ。一生秘密にしておくつもりだった」

ローガンは顔をしかめ、辛辣なせりふをのみこんだ。いまは口論をしている場合ではない。

いまの目的はただひとつ。マシューズ夫妻に、二週間後になにが待ち受けているか告げることだけだ。

馬車と先導者が屋敷の前で停まる。ローガンはマデリンの膝掛けを取り、やわらかなウールのマントを着せてやった。マントの襟元を留めてから、彼女の顎を指でつかみ、肌に指の跡がつかないよう力を加減しつつ、大きく見開かれた目をのぞきこんだ。

「きみに言っておくべきことがある」彼は声を潜めた。「これが便宜上の結婚であることを、人に悟られてはいけない。きみのご両親を含めた誰の目にも、ふたりが望んだ結果だと映らなければいけない。少しでも不幸そうな目つきをしたり、結婚を強いられたのだとほのめかしたら、この細い首をへし折ってやる。わかったか」

「わたしは俳優じゃないわ」マデリンは硬い声で応じた。「どこまでできるか自信がない。家に入るときに、幸せそうな顔をしていろというのなら――」

「そのとおりだ」馬車の扉を遠慮がちにたたく音が聞こえ、用意が整ったことを告げられたが、ローガンは無視した。「ひどいご面相だな」青ざめ、張りつめたマデリンの顔をじっと見つめる。「笑うんだ。リラックスするよう心がけろ」

「できないわ」マデリンは不安におののく面持ちで言った。

そのこわばった顔を見つめているうちに、ふいにローガンのなかに、彼女はこれから一生自分のものなのだという意識が芽生えてきた。ふたりの血は、ふたりの子どものなかで溶けあうだろう。この関係が本当はどのようなものなのか、けっして誰にも知られないこと――

それが自分自身にとっても、そして子どもにとっても一番重要だ。マデリンには、愛につつまれ、求愛を喜びとともに受け入れた女性らしい表情でいてもらわねば、自尊心が許さない。

彼はマデリンの顔を両手でつつみこむと、唇を重ねた。持てる技巧を駆使して、やわらかな口のなかに舌を差し入れ、なすすべもなく口づけに応えるまで丹念に愛撫をつづけた。ようやく顔を上げたときには、彼女は頬を紅潮させ、息を荒らげていた。

ローガンは身を引き、冷静にマデリンの顔を観察した。「だいぶよくなったな」

馬車から降りる彼女に手を貸し、屋敷の正面玄関へと弧を描いてつづく私道をいざなう。従者はすでに玄関に走り、クリーム色の扉をたたいて来訪を告げていた。玄関広間からあふれる温かな空気がローガンたちを迎えた。

彼はマデリンの体にしっかりとまわした腕を離そうとしなかった。両親を驚かせるためだろう。支える腕が見せかけにすぎないとわかっていても、マデリンはありがたかった。不快な知らせに、両親はいったいどのような反応を示すだろう。両親が娘の結婚相手に不可欠とみなす貴族の血筋や相続財産といった生得権を、ローガンはいっさい持ちあわせていない。しかも両親は、たとえそれが医療や法律といった分野だろうと、職業に就いている男性は結婚相手にふさわしくないと断言していた。だったら、俳優などもってのほかだろう。

やがて両親が、呆れと驚きの表情を浮かべて玄関広間に現れた。母の貴族的な顔は蒼白で、薄い唇は怒りに引きつっている。「マデリン、あなた、ジュスティーヌのところにいるのではなかったの！」

「計画を変更したんです」ローガンが応じ、軽くおじぎをしながら一歩前に進みでた。「お目にかかれて光栄です、レディ・マシューズ」

母が意図的にローガンを鼻であしらうのを見て、マデリンは眉根を寄せた。母はすっと後ろに下がり、歓迎するしぐさを見せることもなかった。

「ミスター・スコット」父が呼びかけながら、信じられないといった面持ちでふたりを見やる。「とりあえず応接間に行こう。どういうことか説明願わねばならん」

「承知しました」

父はマデリンに向きなおると、険しい顔で娘をにらんだ。「おまえはいい。あとでどうするか考えるから、自分の部屋に下がっていなさい」

マデリンが口ごもりつつ抗議すると、ローガンも静かに言い添えた。「マデリンも一緒にお願いします。彼女の将来について話したいので、本人もいるべきでしょう」

「以前言ったとおり、娘の将来はわたしが考える。よくもまあ、ずうずうしくわが家までやってきて、もはやいっさい関係のないことに口出しできるものだな」

「残念ながら、話はそのように単純ではなくなっているのですよ」ローガンはマデリンの体に腕をまわしたまま、マシューズ夫妻について応接間に向かった。こぢんまりとした部屋で、金色と茶色の渦巻く木目が美しい高級マホガニー材に金襴張りをほどこした、背もたれのまっすぐな英国製の椅子が数脚並んでいた。室内を飾る唯一のものは、英国の風景を描いた味気ない一枚の絵画だけだ。

レディ・マシューズが先に腰を下ろし、三人にも座るよう身振りで促す。「マデリン、あなたはあちらにお座りなさい」彼女は強い口調で命じ、少し離れたところにある椅子を指し示した。

マデリンが身を硬くするのがローガンにはわかった。小さな長椅子にかけた彼は、マデリンの冷たい手をとると、となりに座らせた。レディ・マシューズに向きなおり、無言で、異論があるならどうぞと挑んでみせる。夫人は鼻をふくらませて、冷たく彼をにらんだ。レディ・マシューズのことを整った面立ちだと褒める人もいるだろう。だがその顔には温かみというものがまるで感じられず、目じりや口の周りに表情を和らげるしわすらない。その代わりに、眉間にかすかだがはっきりと刻まれた二本の縦じわがあり、それが彼女の表情を険しく、頑固に見せている。彼女がいったんこうと決めたら、なにものもその決心を変えさせることはできないだろう。

道理でマデリンが両親に逆らって学校から逃げだすわけだ。あのような愚かな計画を立て、両親が決めた縁談を台無しにしたのも、これならうなずける。クリフトン卿とやらがどんな男なのかは想像するしかないが——たしかマデリンは年寄りと言っていた——さぞかしご立派な紳士なのだろう。

「ではミスター・スコット」マシューズ卿は無意識に頭に手をやり、はげあがった頭頂部から、白髪交じりの髪が残る後頭部まで撫でた。「どうしてあなたが娘と一緒に当家にいらしたのか、ご説明願おうか。娘に訊いてもいいが、真実を話すとは思えませんのでね」

ローガンはマデリンの紅潮しきった頬骨のあたりを親指で撫でてみせた。レディ・マシューズが怒りに息をのむのを見て、内心でほくそえむ。「マデリンが、非常に重要なある事実を知らせにわたしのところにやってきたのですよ。誰よりもまずこのわたしに、知らせる義務を感じたのでしょう」

「ある事実?」マシューズ卿は突然、首でも絞められたように苦しげな声になった。

ローガンはマデリンのこめかみで揺れる巻き毛を指先にからめた。「彼女に……いえ、わたしたちに、子どもができたのですよ。医師の診断によると、七月に誕生の予定です」彼はいったん言葉を切って、夫妻が愕然とした表情を浮かべるのを確認してから、よどみのない落ち着いた口調でつづけた。「わたしは体面を重んじる人間ですので、当然ながら、マデリンと赤ん坊のために正しいことをせねばと考えました。そのようなわけで、今日はおふたりに祝福していただきに――」

「体面を重んじるですって?」レディ・マシューズがさえぎり、怒りのあまり一語一語を吐きだすように言った。もしもその手にナイフを握っていたら、喜んで彼に突き立てていることだろう。「娘にあのようなまねをしておきながら、よくもそんな厚かましいことが言えるものね」

「彼のせいじゃないの」マデリンがたまりかねたように割って入った。もっと言いたかったのだろうが、ローガンがうなじに手をやってぎゅっと力をこめると口をつぐんだ。

渦巻く敵意を感じつつ、彼はマシューズ卿から視線を離さずにつづけた。「わたしとしては、誰もが満足のいくようにこの状況を打破できるものと信じています。お嬢さんはわたしがきちんと養うと約束しましょう。結婚をお許しいただけるなら、簡単な式を手配し――」

「あなたは娘の結婚相手にふさわしくありません」レディ・マシューズが大声をあげた。「クリフトン卿のような方の妻にするためにしつけてきたというのに、芸人なぞに辱められるだなんて。ここまで身を落としたら、娘はもう――」

「アグネス」マシューズ卿がぶっきらぼうにさえぎった。レディ・マシューズはきっと口を引き結んで、怒りをこめた目でローガンをにらんだ。

マシューズ卿はローガンに向きなおった。「義務を果たそうというお気持ちは、高く評価しましょう。しかし、この件についてはじっくりと考えてみなければ。マデリンがそのような状態だからといって、家族のために最善の選択肢を考慮しないわけにはいきませんからな。娘があなたと結婚すれば、今後わたしどもは何年も悪評に耐えねばならん。あなたのような方には、それがマシューズ家にどういった影響を及ぼすか理解できまい。しかし、わたしどもにとっては世間での評判こそ最も重要なこと。だから今回の件に関しても、あなたを交えることなく、もっとひっそりと処理するのが望ましいでしょう」

マシューズ卿の意図するところを理解したローガンは、口をゆがめてせせら笑った。彼のような有名人と結婚させるくらいなら、赤ん坊をよその家にやり、娘も異国に追い払ってしまうほうがましというわけだ。だがこのふたりに、マデリンと赤ん坊を薄汚れた秘密のように片づけさせるわけにはいかない。

「好きなだけ検討されるといい」ローガンは穏やかに口を開いた。「ですが、これだけは言っておきましょう。赤ん坊にはちゃんと名字を――わたしの名字をつけます」彼は立ち上がり、話しあいが終わったことを無言のうちに告げた。「もう遅い」とぶっきらぼうにつづける。「今夜はこれで失礼します。二、三日中に式を手配してご報告にあがります。二週間後には、マデリンに妻になってもらいますから」

夫妻は慌てて腰を上げ、脅しや拒絶の文句をまくしたてた。ローガンはそれを静かにさえぎったが、もう礼儀正しく振る舞うつもりはなかった。「わたしが戻るまでのあいだに、マデリンが動揺するようなことを言ったらただではおかない。彼女をしっかり休ませるのがあなた方の務めだ」彼はかたわらに立って見上げてくるマデリンの顔を見つめた。「なにか困ったことがあれば、すぐに連絡しなさい」

「はい……ローガン」マデリンはおずおずとほほえんだ。

「すぐにだぞ」ローガンは優しく言った。

「ミスター・スコット」マシューズ卿が丸顔を真っ赤に紅潮させて口を挟む。「こうなったら、わが領地に二度と足を踏み入れないでいただきたいと言うしかありませんな」

「わかりましたよ。マデリンを迎えに来たあとは、二度と足を踏み入れないようにしましょう」

「わたしに歯向かうつもりか」マシューズ卿が怒鳴りつける。「貴様の評判など、簡単におとしめることができるのだぞ。わたしには権力者や影響力を持った友人が――」

「わたしにもいます」ローガンは無言でマシューズ卿とにらみあってから、なだめるように穏やかな口調で告げた。「愚かなまねはおやめください。この結婚によってあなた方が得るものは、失うものよりもずっと大きい。わたしのような境遇の男でも、義理の息子に迎えれば利益を得られるはずですよ」

「いったいどんな利益やら」レディ・マシューズが尊大な口調で言った。「わたくしたちが観たいという舞台の切符を、いつでもくれるとでもおっしゃるのかしら」

ローガンは冷笑を浮かべ、マシューズ卿から視線を離さずにつづけた。「お嬢さんにとって、最善の選択肢を選びたいのでしょう?」

マシューズ卿はしぶしぶうなずき、なおも文句を言いつづける妻を視線で黙らせた。

ローガンは儀礼的におじぎをし、玄関広間に向かった。マデリンが追いかけ、数歩で彼に追いつく。「ローガン……いったいどこに行くの」

彼は足を止め、いらだたしげにマデリンを見下ろした。「家族のところだ」

「わたしのことを話しに行くのね」

「それもある」ミセス・フローレンスに聞かされた出自に関する話は、マデリンにはまだ打ち明けていない。話しても無意味だ。今夜、真実を確かめるまでは。

彼女は不安げに唇を噛んだ。「戻って……戻ってくるのね?」

ローガンは自嘲気味に笑い、「すぐに」と約束すると、マシューズ邸をあとにした。

11

ロンドンへの帰路、ローガンがバッキンガムシャーにようやく到着したとき、時刻はすでに一〇時半をまわっていた。だが彼は、ロチェスターがまだ起きているのを知っていた。伯爵は数時間しか睡眠を必要としなかった。あたかも、夜中まで巣を張る蜘蛛のようだった。不運な獲物が翌朝わなにかかっていることを期待して巣を張る、老いてなお忙しい蜘蛛だ。

実際、ロチェスターは他人の弱みを見つけて、そこにつけこむのが得意だった。たとえば、夫を失ったばかりの未亡人に屋敷と領地を売りはらう話をころあいを見て持ちかけ、相場を大きく下まわる値段で買いとったり、死の床についた親族を訪れて、新たに作成した遺言書――もちろん、ロチェスターが最も大きな恩恵を被る内容だ――に署名をさせたりする。アンドルーがそうした逸話のあれこれをローガンに話して聞かせるたび、ふたりは一緒になって老人の強欲ぶりに呆れ、笑ったものだった。

馬車はロチェズター領に隣接する村を走っている。ドレイク家の功績を称える石碑や歴史的建造物が並ぶ、教会の庭を脇に見る。自分がドレイク家の一員なのかと思うと……ロチェスターの息子なのかと思うと、ローガンは吐き気を覚えた。強欲で計算高い伯爵を、彼はずっと憎んでいた。伯爵の汚れた血が自分の血管のなかを流れているなどありえない。ポール・ジェニングズの息子でいるよりも、もっとぞっとする。ジェニングズはしょせん自分勝手なけだものにすぎない。だがロチェスターは遥かに抜け目のない人間で、自らの目的のためには平気で他人を利用し、用済みになれば彼らを捨てる。

やがて馬車は、弧を描く石壁に囲まれた大きなコテージの前を通りすぎた。数年前にローガンがジェニングズ家の人びとのために建てた家だ。メアリーとポールと三人の子どもたちが、いまもそこで快適に暮らしている。ポールは現在も、ロチェスター領の一部を管理する役割を担っている。だが最近は、人を雇って領地管理を任せ、昼間はほとんど酒を飲んでいた。ローガンは、けっしてロンドンに訪ねてこないことを条件に、ジェニングズ家への援助をつづけている。それで彼らが会いに来ないでくれるのなら、安いものだ。

馬車は壮麗なカントリーハウスに到着した。見慣れた建物の輪郭は、暗闇につつまれているためかろうじて見分けられるにすぎない。ロチェスター・ホールは三代前の伯爵が建てたもので、優雅な石造りの外観と、広大な邸内に張りめぐらされた彫刻入りのオーク材が自慢だ。現ロチェスター伯爵同様、その屋敷もまた近寄りがたい威厳をたたえ、けっしてよそ者を受け入れない難攻不落の雰囲気を醸しだしている。窓ですら、あたかも予期せぬ侵入者に備えるかのようにごく小さく造られている。

ロチェスター・ホールの使用人のほとんどを幼いころから知っているローガンは、邸内に足を踏み入れると取次ぎも頼まず、彼の来訪をあるじに告げようとするメイド長を制して書斎に向かった。いまごろ伯爵は、そこで版画集を開いているはずだ。

「スコットか」ロチェスターは眉をひそめてこちらを見上げた。「このような時間に、珍しいな」

ローガンは戸口でためらい、しばしその場に棒立ちになった。外見的には、自分とロチェスターに相似点はほとんどない。背格好が似ている程度だ。しかし、老人の顎、大工道具で作られたかのように頑固そうに突きだしたあの顎や、そびえる鼻梁、意志の強さを感じさせる眉は……本当に、自分とまったくちがうと言いきれるだろうか。

頭のなかが急にがんがんと不快に鳴り響きだしたのを無視して、ローガンは書斎に足を踏み入れた。「最近はどうも、予期せぬ訪問をしがちなようで」と応じながら、版画集ののったテーブルに歩み寄った。英国の肖像版画家ウィリアム・フェイソーンの見事な作品が目に入り、その端に指先で触れた。

するとロチェスターは鼻を鳴らして版画集を自分のほうに引き寄せた。「あれだけの金を積みながらわしにハリス・コレクションを落札されたので、泣き言でも言いに来たか」

「わたしは泣き言など言いません」

「数年前、わしが不運にも観る羽目になったあのお粗末な『リチャード二世』で、さんざん言ったではないか。二度とあのような哀れっぽいまねはやめることだな」

「台本どおりに演じただけですよ」ローガンは淡々と応じた。

「シェイクスピアがあの戯曲を書いたとき、ああした演出を意図していたとは思えん」

「シェイクスピアとお知りあいですか、伯爵」ローガンが茶化すと、老人はしかめっ面をした。

「無礼なやつめ。それで、いったいなんの用だ。なにを企んでおる」

ローガンは長いことただじっと伯爵の顔を観察していた。内心では、これ以上なにも言わずに帰ってしまいたい衝動に圧倒されかかっていた。

「どうした」ロチェスターがせっつき、片眉を上げる。

ローガンはテーブルの上の版画集を押しやって、そこに軽く腰を下ろした。「伺いたいことがあります。伯爵、ミセス・ネル・フローレンスという女性をご存じですか」

金縁の虫眼鏡をつかんだ指にわずかに力をこめた以外、ロチェスターはほとんど反応を示さなかった。「ネル・フローレンス」彼はゆっくりとくりかえした。「聞いたことのない名前だな」

「ドルリーレーンで喜劇女優をやっていました」

「そのようなつまらんことをわしが知っているとでも思うか」伯爵はひとつも隠し事などないかのように、平然とローガンを見かえした。魚のように無表情な目だ。

その瞬間、ローガンのなかでなにかが音をたてて崩れた。ミセス・フローレンスの言ったことは、やはり真実だったのだ。胸の奥に痛いほどの空虚を感じて、彼は気持ちを落ち着けようと深呼吸をした。「伯爵は嘘がお上手だ」となじる自分の声がかすれていた。「だがそれも、長年の訓練のたまものなのでしょう?」

「なにが原因でわが書斎に怒りをぶちまけに来たのか、理由を言ってみたらどうだね。ミセス・フローレンスとやらに、妙な噂でも吹きこまれたか？」

ローガンは両手を握りしめ、テーブルからなにから手の届く範囲のあらゆるものを破壊したい衝動を必死に抑えた。怒りに顔が真っ赤になっているのが自分でもわかった。伯爵のように無表情をよそおえないのが悔しかった。ほんの数カ月前までは冷静沈着だったスコット・ローガンが、いったいどうしたというのだろう。いままで舞台以外の場所で感情をあらわにしたことなどなかった。だがいまや、彼は人生のあらゆる側面で感情に支配されつつある。

「よくも自分で自分がいやにならないものですね」ローガンは震える声で言った。「よくも、自分の息子をジェニングズのようなけだものに、やることができましたね」

ロチェスターはひどく丁寧なしぐさで虫眼鏡を脇に置いた。顔は青ざめている。「気でもふれたか、スコット。いったいなんの話だか見当もつかん」

「思いださせてさしあげますよ」ローガンは乱暴に言い放った。「三〇年前、あなたは息子をジェニングズ夫妻にやり、彼らの子として育てさせた。問題はあの夫婦が、子どもどころかあなたの犬ですら育てるのにふさわしい人間ではなかったことだ。あれから一六年間、わたしは父親から、数えきれないほど何度もぼろぼろになるまで殴られた。あなたはなにが起きているかずっと承知していながら、それを止める手立てをいっさい講じなかった」

ややあってロチェスターは、ローガンの顔から視線を離すと、どう答えるべきか考えあぐねているように虫眼鏡をいじり始めた。気がついたときには、ローガンは伯爵の胸倉をつかんで椅子から半立ちにさせ、鼻と鼻がくっつきそうなくらい顔を近づけていた。「本当のことを言え」彼はすごんだ。「おまえはわたしの息子だと言ってみろ」

ロチェスターは憎々しげな表情を浮かべた。「手を離せ」

ふたりは長いこと、絵画に描かれた人物のように身じろぎひとつせずにいた。ようやくローガンが手を離すと、ロチェスターは椅子に腰を下ろし、しわくちゃになったシャツを直した。「いいだろう」と口を開く。「言ってやろう……おまえは、わしとネル・フローレンスの娘とのあいだにできた子どもだ。ジェニングズにやるよりも、もっとひどい手段をとることだってできた。おまえを孤児院に入れて、それきり忘れてもよかったのだ。それに、あの乱暴者のジェニングズにおまえが虐待されるのを、ただ手をこまねいて見ていたわけではない。あまりにも度がすぎるときには、管理を任せている領地を取り上げ、約束した給金も払わないとあの男を脅して――」

「あなたに礼を言えとでも？」ローガンは汚いものに触れたかのように上着で手をぬぐった。

「わしからもっと与えられて当然だった、そう思っておるのだろう」ロチェスターの口調は冷ややかだった。「たしかに、一時はおまえのためにと考えたこともあった。だが、おまえが演劇界に進むと言いだしたとき、そうした考えは捨てたのだ。別の職業を選んでいたら、もっといろいろなことをしてやった」

「あなたがどうしてあそこまで演劇を毛嫌いするのか、ようやくわかりましたよ。わたしの母のことを思いだしてしまうからなんでしょう」

ロチェスターは憤怒に目をぎらつかせた。「エリザベスには、それまで無縁だったよい暮らしを与えてやったのだ。それに、おまえさえいなければ彼女はいまでも生きていた。おまえは彼女の体には大きすぎたのだ。彼女が死んだのは、おまえが大食らいのがきで、大きく育ちすぎたからだ」

非難の言葉は銃弾のように書斎に響き、その衝撃に、ローガンは思わず後ろによろめきそうになった。「なんということだ」彼は吐き気すら覚えた。

伯爵は相変わらず冷淡な表情のまま、声だけは和らげてつづけた。「とはいえ、腹がへっていたなら仕方なかろう」

ローガンは手探りでテーブルの端をつかんで寄りかかると、うつろな目で老人の顔を見やった。「アンドルーにこの話をしたことは？」とたずねる自分の声が聞こえる。

伯爵はかぶりを振った。「話す必要などない。それに、最近のあれの放蕩ぶりを考えると、いま聞かせたらますますひどいことになるだろう。もう何カ月も、あれがしらふのところを見たことがない。このことを知ったら破滅するかもしれん」

「アンドルーが深酒するのを責める気にはなれませんね。わたし自身、ミセス・フローレンスからあなたが父親だと聞かされたときには、手近な酒瓶に手を伸ばしたくらいだ」

「ネルめ……余計なことをしおって」ロチェスターは顎を撫でて顔をしかめた。「いずれ彼女がなにか面倒を起こすのではないかと思ってはいたのだ。だがどうして、いまになっておマデリンとのことも、目前に迫る結婚のことも、ローガンは自分からロチェスターに話す気はない。他人の口から伯爵の耳に入ればいいのだ。「理由は知りません」

「そうか……それで、おまえはこれからどうする？　アンドルーとどこかで会う段取りでもつけ、異母兄だと告げるか？」

ローガンは首を振った。「この事実を公にするつもりはありません」

伯爵は意外そうな顔をした。「わかっているだろうが、たとえわしがおまえを息子として認めようと、非嫡出子であるからには財産を相続する法的権利はいっさい――」

「あなたにはなにひとつ、一シリングたりとも求めるつもりはない」

「だったらなぜ――」

「わたしが生まれた日から、それを望んできたのでしょう」ローガンは苦々しげに言った。「喜んであなたの望みどおりにしますよ。あなたの息子はひとりだけだ。あいにく彼は、父親から十分に目をかけてもらっていないようだが」

「アンドルーには相応のことをしてやっている」伯爵は反論した。「最近あれが酒ばかり飲んで道楽暮らしをしているのは、おまえのせいだ」

「わたしのせい？」信じられない、といった面持ちでローガンはロチェスターをにらんだ。

「おまえがアンドルーに金を渡しているのを、わしが知らんとでも思ったか。おまえはアンドルーにまちがったやり方で手を差し伸べ、ますます事態を悪化させているのだ。借金の肩代わりをしてくれる人間がいるかぎり、あれは酒も賭け事もやめん」

「では、彼が借金の相手からなぶり殺しにされるほうがましだとでも？　連中は人を雇って、アンドルーの骨という骨をへし折りますよ……それだけですんだら、まだいいほうだ」

「アンドルーは自分の行いが招いた結果と向きあわねばならん。さもないと、わしが死んだあとは債務者監獄に入れられるのがおちだ。頼むから、二度とあれの人生に干渉せんでくれ」

「喜んで」どこかぼんやりとしたまま、ローガンはテーブルから離れて戸口を目指した。

「スコット」伯爵がつぶやくように呼びかける。

戸口で立ち止まったローガンは、だが、振りかえりもしなかった。ロチェスターが考えこむような声でしゃべるのを、黙ってただ聞いていた。「どうしておまえは演劇界なんぞを選んだのだろうと、わしはずっと不思議に思っていた。おまえなら、どんな世界でも成功しただろうに――おまえは、わしによく似ているからな」

「ええ、本当に」自己嫌悪に襲われて、ローガンの声はかすれていた。振りかえって父を見る。外見などよりももっと深いところで自分たちは似ているのだと、戦慄とともに気づいた。ふたりとも自己中心的で、人を操るのが得意で、誰かを愛して傷つく危険を冒すよりも、芸術や仕事に没頭することを好んでいる。「時間さえいただければ、あなたそっくりの残酷なけだものになれると思いますよ。それと、演劇界を選んだのはほかに選択肢がなかったからです。血筋ですよ」

「母親と同じというわけか」ロチェスターはまじまじとローガンの顔を見つめた。「たしかに、おまえはこちらが不安になるくらい、小さいころからエリザベスによく似ていた。ネルがおまえを見て、真実を悟ったのも無理はない」

ローガンはそれ以上なにも言わず、書斎をあとにした。地獄の番犬に追われているような気分だった。

マデリンは自室の天蓋のついたベッドの隅に腰を下ろし、壁際に並ぶいくつものトランクや箱を眺めていた。周りにはきれいにたたんだ衣類が山をなしている。ここにある身のまわり品の大部分は、結婚式の前にロンドンのスコット邸に運ばれることになっている。式は一週間後に、彼の屋敷の応接間で行われる予定だ。マシューズ家の領地内にある礼拝堂のほうが妥当だという両親の意見を、ローガンは拒否した。式のあらゆる細部に至るまで、誰にも干渉させず、自分の思いどおりに仕切るつもりなのだろう。

「マデリン！」姉のジュスティーヌが、興奮気味に瞳を輝かせながら寝室の戸口に現れた。結婚式の準備を手伝うために数日前からこちらに滞在しているのだ。アルシアからは、心のこもった祝福の手紙が届いている。アルシアは現在、夫とともにスコットランドに住んでおり、間もなく第一子が生まれるため式には参列できないということだった。

「彼が着いたわよ！」ジュスティーヌは歓声をあげた。「馬車が私道を走っているのが見えたわ」

マデリンの胃は不安できりきりと痛んだ。この一週間、ローガンと両親は手紙でやりとりをしていたが、彼女はどれも読ませてもらえなかった。彼の気が変わったのではないかと思うと、食べるのも眠るのもままならなかった。

「ちゃんと食べなさい」母は昨晩、マデリンを叱りつけた。「それ以上体重が減ったら、あなたの婚約者はわたくしたちを本気で怒鳴りつけるに決まっているのですからね。もしもそんなことをされたら、今度こそ彼に身のほどを思い知らせてやるわ」

鏡の前に立ったマデリンは、スカートの形を整え、身ごろを引っ張った。体重は減っているのに、胸元ははちきれんばかりになっている。

「髪をどうにかなさいな」姉がいらいらした口調で注意する。「まるで鳥の巣じゃないの」

マデリンはヘアピンを抜きとり、機械的に髪を梳かして編んでから、うなじのあたりに留めなおした。ジュスティーヌも鏡の前に立って金髪を丁寧に整え、クリームをつけた巻き毛を額とこめかみのあたりに散らしている。鏡に映る非の打ちどころのない自分の姿に向かって、姉は満足げにほほえんだ。

幼いころからジュスティーヌは、磁器のように白い肌と金色の髪、そして優雅な立ち居振る舞いで、周囲の人びとを魅了してきた。幼い姉はいたずらもせず、おもちゃを壊すこともなければ靴を泥まみれにすることもない、できた少女だった。社交界にデビューしてからは、ロンドンで最も望ましい英国紳士はもちろん、数人のフランス紳士からも求愛され、最終的に、たいそう裕福なバグワース子爵と結婚した。ジュスティーヌはいままでもそうだったように、これからもマシューズ家の誇りとして愛されるだろう。そしてマデリンは、一家の恥とみなされるだろう。

姉に急かされながら最後のピンを髪に差し終えたマデリンは、少しでも赤みが戻るよう頬をぎゅっとつねった。ようやくふたりが階下に下りたときには、ローガンはすでに応接間に案内され、母からとおりいっぺんの親しみをもって迎えられたあとだった。

マデリンたちが応接間に現れたのに気づくと、ローガンは椅子から立ち上がった。こぢんまりとした応接間に立つ彼は、いやに大きく見えた。完璧な仕立ての黒い上着の下に隠された広い肩、グレーの紋織のベストと墨色のズボンにつつまれた引き締まった体。散髪したばかりとおぼしき髪は、ところどころ赤褐色にきらめいている。

「ミスター・スコット」マデリンは呼びかけながら、彼に歩み寄ったものかどうか判断しかねてためらった。だが、ローガンがすぐにその悩みを解決してくれた。ほんの数歩で彼女に歩み寄り、小さな手をとる。彼はその手を裏がえし、手のひらのやわらかなくぼみに口づけた。そのしぐさは、甲に口づけるよりももっと愛情深く、親密なものに見えた。もちろん、母と姉の前だからだろう。そうだとしても、唇の温かさを感じたとたん、マデリンの胸は高鳴った。

顔を上げたローガンは、彼女を見下ろして全身を観察するように視線を走らせるなり、太い眉のあいだにしわを寄せた。「ちゃんと食べてないな?」と母たちには聞こえないよう小声でたずねる。

「あなたもでしょう?」マデリンは応じた。一目見ただけで、全体的に肉がそげ、荒々しいエネルギーを覆い隠していたやわらかさが失われているのがわかった。

ローガンは苦笑を浮かべ、最前からかたわらで紹介されるのを待っているジュスティーヌを振りかえった。マデリンは姉にローガンを紹介し、彼の顔に畏敬の念に打たれたかのごとき感嘆の色が浮かぶのを待った。ジュスティーヌを見た男性は、必ずそういう表情になるのだ。ところがローガンは、輝くばかりの姉の美しさになにも感じていないらしい。

「お目にかかれて光栄です」彼は淡々とあいさつの言葉を述べただけだった。

誇りを傷つけられた姉は、むっとしたように彼を小さくにらんだ。「ようこそ、ミスター・スコット。愛する妹を、どうか大切にしてくださいね」

「むろんそのつもりです、レディ・バグワース」ローガンは皮肉めかして左の眉を上げ、マデリンの姉を見つめながら考えた。どうせこの小娘は、わたしがうっとりと見ほれるとでも思っていたのだろう。たしかに彼女も魅力的だ。だが、姉妹を比べたらマデリンのほうがずっと美しい。マデリンのほうが気品のある面立ちだし、瞳にも姉にはないぬくもりと知性があふれている。

つづけてローガンは、部屋の奥の椅子にかけているマデリンの母親に視線を移した。「レディ・マシューズ、残念ながら今日はあまりゆっくりしていられません。できれば、マデリンとしばらくふたりきりにしていただきたい」

レディ・マシューズは憤慨した面持ちになった。「お目付け役も付けずにふたりきりで話すのは、適切とは言えませんのよ」

「いまさら気にする必要もないでしょう」ローガンが穏やかに応じると、マデリンは頬を赤らめ、ジュスティーヌはくすくす笑いだした。

厚かましい物言いにレディ・マシューズは眉根を寄せた。「当家にいるあいだは、わたくしの作法に従っていただきます。たとえあなたが、それを厳しすぎるとお感じになろうと関係ありません。マデリンと話したいのならどうぞ。ただし、ジュスティーヌをお目付け役に付けてちょうだい」夫人はしずしずと部屋をあとにしながら、念を押すように上の娘を見やった。

残された三人を沈黙がつつむ。ジュスティーヌは顔をしかめ、すまなそうにほほえんでから、部屋の隅に下がった。窓辺に立って、外を眺めるふりをしている。ローガンはマデリンを反対の隅に引っ張っていった。

「ごめんなさい――」母の冷淡な振る舞いを詫びたくて、マデリンは暗い声で言った。ところがローガンは、彼女の唇に指をあてた。マデリンは黙りこみ、彼をとても近くに感じてぼうっとした。彼の匂い、リンネルとウールと肌と、かすかにたばこの香りが混ざった男性的な匂いに、なんともいえない安らぎを覚えた。

「気分は？」ローガンはたずねながら、マデリンの堅苦しいハイネックのドレスを見下ろし、ふたたび顔に視線を戻した。

マデリンはかすかに頬を染めた。「とてもいいわ。ご心配いただいてありがとう」

「相変わらずつわりがあるのか」

「ええ」

「あと一、二カ月の辛抱だろう。それまでは、すきっ腹にならないよう注意しなさい」

「どうしてそんなに詳しいの?」マデリンは思いきって訊いてみた。

咎めるような口ぶりに、ローガンはほほえんだ。「わが共同経営者も、同じ症状でたびたび稽古を休んでいたからな」

「では、以前にこういうことがあったわけでは……」マデリンは不安を隠しきれなかった。

「まさか」というローガンの声がふいに優しいものに変わる。「わたしの子をみごもったのは、きみが初めてだよ」彼はポケットに手を入れると、なにやら小さなものを取りだし、「手を」と促した。

マデリンの左手の薬指にひやりとした感触があり、重たい指輪がはめられた。彼女はその手に視線を落とした。五カラットはあろうと思われる鮮やかなイエローダイヤモンドの周りにホワイトダイヤモンドがちりばめられ、炎のようなきらめきを放っている。あまりの豪華さに、仰天したマデリンは目を見開いて彼を見上げた。

「すごい!」というジュスティーヌの声が部屋の向こうから聞こえてくる。「卵くらいあるわ!」

「ありがとう」マデリンはわずかに口ごもりながらローガンに礼を言った。「こんなに美しいものを身に着けるのは初めてよ」

彼はぞんざいに肩をすくめた。「気に入らなければ、別のと取り替えてもいいんだぞ」

「いいえ、そんな……素晴らしいわ」マデリンはきらきらと輝くダイヤモンドを凝視し、感謝の気持ちを伝えるのにふさわしい言葉を探したが、どんな言葉でも足りない気がした。

好奇心を抑えきれなくなったらしく、ジュスティーヌがふたりの元に駆け寄ってくる。

「ねえ、見せてちょうだい、マデリン！ すごいわねえ、なんて大きなダイヤモンドなのかしら。わたしも着けてみてもいい？」言い終えたときにはもう、妹の指から指輪を抜きとって、うっとりするような目でそれをためつすがめつしていた。「一点のくもりもないわ。それに、なんて見事な色！」と褒めちぎってから、いたずらっぽく妹たちを見やる。「これほどの贈り物をいただいて、ありがとうだけというわけにはいかないんじゃない、マデリン。ミスター・スコットにお礼のキスでもしてさしあげたら。どうせお母様はいらっしゃらないのだし……内緒にしておいてあげる」

姉の言葉に驚いて、マデリンはローガンの顔をうかがったが、表情から彼の気持ちを読みとることはできなかった。「ミスター・スコットは、プライバシーをとても重んじるたちで――」ととりつくろおうとしたのに、不敵な笑みを浮かべたローガンにさえぎられた。

「それほどでもないさ」彼は両手で優しくマデリンの頬をつつみこんで動けなくしてから、唇を重ねた。マデリンは身を震わせた。そっと触れた唇の感触。たいそうなごちそうを味わうかのような、丹念な口づけ。格好だけよ……彼女は自分に言い聞かせた。お姉様に、ふたりは愛しあっていると思わせるためよ……けれども、歓喜は胸の内に広がっていくばかりだった。彼女は膝を震わせて身を離した。口づけだけでこれほどまでに深い喜びを覚える自分にまごついていた。

ローガンは最後にもう一度、唇を軽く押しつけるようにしてから、顔を上げてマデリンを見つめた。

「ふうん」というジュスティーヌの思案げな声が聞こえてくる。「どうやらミスター・スコットは、妹に夢中でいらっしゃるようね。でも、あなたのように洗練された男性が、妹のいったいどこに惹かれたのかしら」

ローガンは口元に薄笑いを浮かべた。ジュスティーヌが少なからず嫉妬しているのは明らかだ。「マデリンには、わたしがずっと妻に求めていた資質が備わっていますから」彼は淡々と応じた。

「妹は言いだしたら聞かないの。あなたが両親よりも上手に妹の手綱を握れるよう、祈るしかないわね」

「お姉様」マデリンは上目づかいに姉をにらんだ。「人のことを、しつけのなっていないペットのように言うのはやめて」

ローガンは唐突に笑いだすと、瞳に優しげな光をたたえ、マデリンを長椅子へといざなった。「口論はあとにしなさい。あまり時間がないんだ。式の詳細について、きみと話しあわなくては」

「夕食も召しあがっていかないの?」マデリンはたずねた。

彼はすぐにかぶりを振った。「マシューズ夫妻と語らいながら食事をするだなんて責め苦は誰にも、とりわけ自分自身には、負わせたくないのでね」

「賢明だわ」ジュスティーヌが茶目っ気たっぷりに口を挟んだ。「母があなたを認めていないのは一目瞭然だもの。でも残念ね……あなたと一緒に食事をしたら、最高に楽しそうなのに」

「マデリンにもそう言われます」ローガンが応じ、マデリンを意味深長に見つめる。そのまなざしは彼女に、最後に一緒に夕食を楽しんだときのことを思いださせた。夕食のあとに訪れた、情熱的な夜のことも。彼はマデリンを困らせて、暗い喜びを味わっているようだった。

幸い、そのあと話題はごく実際的なことに移っていった。けれどもマデリンは、結婚式の話に意識を集中させることができなかった。頭のなかをさまざまな思いが駆けめぐっていた。いまから一週間後にはローガンの妻となっている。そして彼が求めたら、ふたりはふたたびベッドをともにする。彼は以前のような交わりは期待するなと警告した。おそらく、彼女が喜びを感じようが感じまいが配慮しないという意味だろう。あるいは、苦痛を与えることもあるという意味かもしれない。だが、そのようなことをする人だとは思えない。彼はたとえどんなに怒っていようと、けっして残酷に振る舞ったりしない人だ。

やがて母が応接間に戻ってきて、会話に加わった。結婚式の詳細について、母はローガンの決めたあれこれにほとんど異を唱えなかったが、娘の衣装については口を挟まずにいられないようだった。母はローガンに、娘にはなにがどうあっても純白のドレスは着せられないと断言した。「偽善もはなはだしいわ」と断固として主張した。「マデリンには純白のドレスを着る権利などありません」

ローガンは平然と彼女を見かえした。「出会ったとき、マデリンは無垢でした。ですから、結婚式では純白を着る権利があります」

「いいえ、神の御前で誓いの言葉を述べようというときに、純潔を象徴する純白のドレスを娘に着せるわけにはいきません。神への冒瀆だわ。あなたの屋敷に雷が落ちたって知りませんからね！」

ローガンは口元に冷笑を浮かべた。「わたしは信心深いたちではありませんが、神にとってはマディのドレスの色などどうでもいいことだと思いますよ」

「マディ？」母はおうむがえしに言い、嫌悪感もあらわにかぶりを振った。「人の娘を女給のような名前で呼ばないでちょうだい――」

「お母様」ジュスティーヌがさえぎり、母をなだめるように細い肩に手を置いた。母はひどく険しい表情を浮かべながらも、つづく言葉をのみこんだ。

マデリンは勇気を振りしぼり、ローガンの肩にそっと手をのせた。「もうやめて」と優しく話しかける。「お母様の言うとおりだわ……純白のドレスはよしましょう」

ローガンはいかにも反論したそうだったが、眉を寄せただけでなにも言わず、黙って賛意を示した。

「ありがとう」マデリンは安堵感につつまれた。

「わたしとしては、きみがすっぱだかで式に出ようが一向にかまわん」彼は声を潜めてマデリンに言った。「面倒なことはさっさとすませて、仕事に専念したいだけだ」

母がその言葉を聞き咎め、身をこわばらせて彼をにらみつけた。ジュスティーヌがまたなだめ役にまわる。

マデリンは膝に視線を落とした。ローガンがいらだつのも当たり前だ。彼の人生で、なによりも優先されるべきものはキャピタル劇場なのだから。彼にとって、愛する劇場よりもひとりの人間が重要な意味を持つなんてことはないのだから。

衣装のことが決まってしまうと、あとはすんなりと話が進み、ローガンはロンドンに帰った。マデリンの胸のなかでないまぜになっていた緊張と高揚感は、彼がいなくなったとたんに薄らいでいった。小さな落胆を覚えつつ、彼女は荷造りのつづきをするために自室に向かった。

「素晴らしいお相手じゃない！」一緒に部屋までやってきたジュスティーヌが、扉を閉めるなり感嘆の声をあげた。「ものすごい存在感ね。それにあの真っ青な瞳！　でも、なんといっても素敵なのは声だわ。あの声だけで、どんな女性も誘惑できるのではない？　数式を唱えられただけでもうっとりしそう！」

姉が褒めちぎるのを聞きながら、マデリンは少々得意な気持ちになった。姉はいつも、姉らしい優しさと尊大さでマデリンに接してきた。こんなふうに、どこかうらやましそうな声で話すのは聞いたことがない。

「それにしても、マデリンったら本当におてんばね」ジュスティーヌがつづける。「アルシアもわたしも、あなたが学校から逃げだしてローガン・スコットと恋愛沙汰を起こしたと聞いたときには、まさかと思ったわ。でもよかったじゃない。もちろん、自分よりもずっと劣る相手と結婚しなくてはならないのは、かわいそうだけど」

マデリンは身を硬くした。「どのような意味であれ、彼が自分よりも劣っているだなんて思わないわ」

「その意気よ。これからもずっと、彼の血筋のことなんて気にもしていないふりをするようにね」ジュスティーヌは瞳にあからさまな好奇の色をたたえ、身をのりだした。「彼ってとても男っぽい感じね。あなたにもいばったりするんでしょう？　ねえ、ふたりのときは彼がどんなふうなのか、教えて」

「だめよ」マデリンは姉の質問にぎょっとした。「そんなプライベートなこと」

「姉妹なんだからいいじゃない。なんだって話せるでしょ。早く、ミスター・スコットについて教えてよ。お礼にわたしも、バグワース卿のことをなんでも教えてあげるから」

丸顔で小柄な、姉の夫のことを思いだし、マデリンは笑みをもらした。「ごめんなさい……それじゃ交換条件にならないわ」

「ふん」ジュスティーヌは椅子に深々と座りなおし、むっとした顔で妹をにらんだ。「たしかにバグワース卿はミスター・スコットみたいにハンサムではないわ。でも、社交界での立場はずっと上よ」

「そうね」マデリンはうなずき、笑いを嚙み殺した。姉がこのような反応を示すとは思ってもみなかった。姉はいつも満ち足りた顔をしていた。自分の夫は爵位があり、田舎の広大な領地とロンドンの邸宅を所有し、妻に仕える大勢の使用人を雇っているのだと、自慢さえしたものだ。だがローガンは姉の夫よりもずっと裕福だし、姉も認めたとおり、とてもハンサムだ。たとえ彼の体に貴族の血が一滴も流れていなくても、マデリンはちっとも気にならなかった。彼ほど魅力的で、大きな成功をおさめた男性をマデリンは知らない。彼以上に望ましい夫などいない。そんな彼にふさわしい女性になれるよう、彼女はただ祈るばかりだ。

一週間後、ふたりはスコット邸の応接間で式を挙げた。色鮮やかな絵画が壁を飾る、つややかな寄木張りの床が美しい部屋だった。マデリンは頭がいっぱいで、背後に自分の家族――両親とジュスティーヌとバグワース卿――がいることさえほとんど忘れていた。

ローガンが式に招いたのは三人だけ。リーズ公爵夫妻と、そしてどういうわけか、ミセス・フローレンスだった。マデリンは不思議でならなかった。ミセス・フローレンスとは最近知りあったばかりのはずなのに、なぜ結婚式に呼んだりするのだろう。ふたりは用心深く、お互いに礼儀正しく接していたものの、マデリンの目には誰も知らない秘密を共有しているように見えた。ふたりのあいだにいったいどのような信頼関係があるのか、どうしてふたりが、ここにいる誰よりもしっかりとこの状況を把握しているような表情を浮かべているのか。いずれ知るときが来るだろう。

牧師の問いかけに、ローガンはぶっきらぼうに答えた。表情は硬いが、動揺している様子はない。俳優らしく、巧みに感情を押し隠しているのだろう。誇り高い彼がこの状況に嫌悪感を抱いているのがマデリンにはわかった。心の底から憎んでいる女性との結婚を強いられる羽目になろうとは夢にも思わなかったはずだ。とはいえ、これはマデリンの意図した結末というわけでもない。彼女はひとりで赤ん坊の面倒を見ていくつもりだった。だが心のどこかでわかってもいた。もしも子どものことを知ったら、彼はけっして知らん顔はできないだろうと。マデリンは後悔に苛まれ、自分を恥じ、あふれる涙でまぶたの奥が痛むのを覚えた。

牧師がふたりに、愛情と敬意をもって互いに接するよう教え諭し、夫婦を永久に結びつける誓いの言葉を促す。ローガンはふとマデリンの顔を見やり、彼女が涙を浮かべているのに気づいたのだろう、顎の筋肉が震えるくらいきつく歯を食いしばった。つづけて牧師が、ふたりは夫婦になったと告げる。ローガンが冷たい唇を彼女に重ね、式は終了した。

式のあとは壮麗な食堂で、八品の料理からなる祝宴が開かれた。食堂は円形で、大理石に金箔をほどこしたコリント式の円柱が並んでいる。天井には『テンペスト』の一場面が描かれており、壁は華やかなイタリアの漆喰塗りだ。

マデリンの席から夫の顔はほとんど見えない。長いテーブルの両端に離れて座っているうえ、クリスタルと金の燭台《しょくだい》がいくつも並んで視界をさえぎっているためだ。両親や姉夫婦は見るからに、スコット邸のあまりの豪華さと美しさに仰天している。高価なワインがクリスタルのグラスに注がれ、フランス料理が供されると、場の雰囲気はぐっとなごやかになった。

次から次へと注がれる極上のワインにバグワース卿が感嘆の声をあげる。「自宅で人をもてなす習慣がないにしては、見事な主人役《ホスト》ぶりだな」

ローガンがなにか言いかえそうとする前に、母のアグネスが金縁の皿越しに、ここぞとばかりに辛辣なせりふを挟んだ。「誠実な夫役も、同じくらい見事に演じてほしいものだわね」

もっと軽い口調だったなら、そのせりふは容易に、親しみをこめた冗談と受け取られただろう。だが、母が非難をこめて言ったのは疑いようもなかった。

マデリンは身を硬くしてローガンの返答を待った。幸い、彼は淡々とした声音でこうかえしただけだった。「その点については義母上《はは》も、そしてわが妻も、不満を述べることはいっさいないと思いますよ」

「もちろんよ」先ほどからほとんどなにもしゃべらなかったマデリンが言葉を発したので、一同は驚いたように彼女を見た。彼女は意味深長な口ぶりでつづけた。「母だって、あなたが期待にたがわぬ夫になるだろうという気持ちをこめて、あのように言ったのだと思うわ」

「それくらいわかってるさ」ローガンは言い、青い瞳をどこか愉快そうにきらめかせた。その日初めて見せる穏やかな表情だった。

最後にチーズとワインと果物が供されて、祝宴は終わった。食後は男性陣はポートワインと葉巻でくつろぎ、女性陣は紅茶でおしゃべりを楽しんだ。リーズ公爵夫人にとっては、マデリンとふたりきりで話すいい機会だ。ふたりは少し離れたところにある椅子に腰を下ろした。こうして話すのは、マデリンがキャピタル劇場をあとにして以来になる。

「おめでとう、マディ」ジュリアは言った。「ふたりが幸福な夫婦になれるよう、祈っているわ」

マデリンは弱々しい笑みで応えた。「きっかけのことを考えると、それは無理じゃないかという気がするんです」

ジュリアは心から同情する声になった。「完璧とは言えない状況で結婚生活を始める夫婦は、あなたたちが最初でも最後でもないわ。ローガンにとっては、妻と子どもができるのはいろいろな意味でいいことだと思うの。彼自身、まだそれがわかっていないようだけど」

「一生わたしのしたことを許してくれないと思います。でも、そんな彼を責めるつもりもありません」

「ばかなこと言わないの。ローガンはいまもあなたを愛してる。そうに決まっているじゃないの。あなたをもう一度信じるのが怖いだけ。だから辛抱してあげて。もちろん、たやすいことではないと思うわ。呆れるほど意固地な人だもの」話をつづけるうちに、ジュリアは気安い、マデリンを励ます口調になっていった。「彼から聞いてるかしら。あなたの主催で舞踏会を開くから、手伝ってやってくれと頼まれているのよ。一カ月後くらいに予定しているわ」

「どうして舞踏会なんて」

「もちろん、あなたをロンドン中にお披露目するためでしょう」

マデリンは動揺し、真っ青になった。「でも、みんなわたしを見て噂をするにちがいない

「人がどう言おうと気にしなくていいのよ」ジュリアは力づけるように言った。「わたしだって何年もゴシップや噂の的だったのよ。ローガンのような有名人と結婚したのだから避けられないことだわ。じきに慣れるから大丈夫」

ミセス・フローレンスがやってきて、ジュリアが手を貸そうとするのを断り、自分で腰を下ろした。縁にレースが幾重にもあしらわれた濃紺のドレスに身をつつみ、大粒の真珠のネックレスとブレスレットをつけた老婦人は、女王のような威厳をたたえていた。老婦人は結婚式とスコット邸について、二言三言の褒め言葉を口にした。

「俳優は普通、金銭面で恵まれないものだけど」ミセス・フローレンスは言いながら、豪奢な邸内をなぜか誇らしげに見やった。「あなたの夫は例外のようね、マディ。あなたはとっても幸運な女性だわ」

「いろいろな意味で幸運だと思います」マデリンは作り笑いで応じたが、ふたりは騙されなかったようだ。

「本当にそうよ」ミセス・フローレンスが優しく力づけ、愛情たっぷりにほほえんだ。目じりのしわがいっそう深くなる。「それに、じきに心配ごとなんてなくなるから安心なさい。わたしが保証するわ」

マデリンは深呼吸し、少し緊張を解いた。妙な感じだった。ジュリアやミセス・フローレンスと一緒にいると、なぜかとても気持ちが安らぐ。母や姉は、彼女が穏やかに過ごせるよう心を砕いてくれることさえなかった。衝動的に、マデリンはミセス・フローレンスの手を握っていた。「式に参列していただいて本当にありがとうございました。おかげで、落ち着いて臨むことができました」

「あら、あなたとミスター・スコットの結婚式だもの、参列しないわけがないわ。あなたはわたしのために、いくつもの扉を開いてくれたのよ。あなたには想像もつかないような扉まで」老婦人はマデリンの当惑の表情を見て、愉快そうな顔をした。

「いったいどんな扉かしら」ジュリアが老婦人に向かって、警告するように指を振りながら笑い声でたずねる。「クリームの入った壺を見つけた猫のような顔をして。絶対に聞かせてもらうわよ」

「いずれね」老婦人は静かに答えた。それ以上はなにも言わず、紅茶を飲んで、いかにも満足げに部屋を見まわすばかりだった。

招待客たちはいつ帰ったのか、マデリンがふと気づいたときには、みなどこかに消えたかのようにいなくなっていた。食堂にいるのは手際よく式の後片づけをする使用人たちと、マデリンが屋敷にいるのが当たり前のように、平然とくつろいでいるローガンだけだ。彼は脚を投げだしてテーブルにゆったりとかけ、葉巻を味わっている。彼女は淡いピンク色のドレスに、それより濃い色の薔薇を襟元とウエストにあしらった結婚式の衣装のまま、近くの椅子に座っている。

これほどまでに緊張していなければ、彼女は土くさい葉巻の匂いにつつまれてそこに座っているのを楽しめたかもしれない。心地よい静けさが邸内を満たしており、あたりさわりのない会話に参加する義務ももう果たし終えた。だが、果たすべき義務はもうひとつある。それがいつになるのか、あるいは果たさずにすむのかは、ローガン次第だ。

絵画や彫刻を見るときのような一歩距離を置いた目つきで、ローガンはマデリンの全身に視線を這わせた。彼はいまもあなたを愛しているわ、とジュリアは言ったが、あれはやはり彼女の勘ちがいだ。愛する女性をこんなふうに、手に取るも脇に置くも自由の単なる所有物のように見る男性がいるわけがない。マデリンは会話の糸口になりそうな話題をいくつも考え、思いつくそばから捨てていった。かつてはふたりをつつむ沈黙があんなに心地よかったのに、いまは互いに、身をこわばらせて緊張している。

「きみの部屋を用意してある」ローガンがついに口を開き、葉巻の灰を青銅の灰皿に落とした。「誰かに言って、案内してもらうといい」

「じゃあ、わたしたちは同じ部屋では――」

「別々だ。知ってのとおり、わたしは出かけるのは早朝だし、帰宅は深夜だ。別々のベッドなら、きみの安眠を妨害することもないだろう」

わたしもあなたのプライバシーは侵害しないわ……マデリンは思ったが口には出さず、「お気づかいありがとう」とだけつぶやいて椅子から立ち上がった。ローガンがいかにも礼儀正しいしぐさで一緒に立つ。

「ただし、当然ながらわたしには、きみの部屋をときおり訪れる権利がある」

マデリンはやっとの思いで冷静さを保ち、うなずいた。「今夜はどうなさるの」とたずねたときには、声がかすかに震えた。

葉巻の薄い煙越しに見つめる青い瞳には、なんの表情も浮かんでいない。「寝支度が整ったら、わたしの部屋に」

マデリンは深く息を吸い、「わかったわ」と応じた。

扉の前に立ったときには、ローガンはふたたび椅子に腰を下ろしていた。食堂をあとにしてからも、マデリンは彼に見られているような錯覚を覚えた。まるで背中の真ん中に、熱い視線の刻印を押されたかのようだった。

ローガンの私室の少し先にある予備の寝室は、壁を一枚取り払って隣室とつなげ、以前の倍の広さに改造されていた。室内はきらめく純白と金色の紋織の壁布に彩られ、金縁の油絵が数枚、一定の間隔を置いて飾られている。そのうちの一枚は子どもたちがたわむれる風景を描いたもので、母と子が家のなかでくつろぐ場面をとらえた作品もあった。

いかにも女性らしいしつらえに満足感を覚えながら、マデリンは室内を歩いてまわり、以前とちがっているところを確認した。炉棚には金時計が置かれ、ベッドにはクリーム色のシルクにこまかなレースをあしらった上掛けがかけられ、部屋の片隅には真珠貝の象眼が美しい裁縫箱もあった。

呼び鈴を鳴らしてもいないのにメイドが部屋に現れ、結婚式の衣装からナイトドレスに着替えるのを手伝ってくれた。ハイネックのナイトドレスに着替え終えると、マデリンは上の空で化粧台の前に座り、金茶色の長い髪をメイドに梳かしてもらった。

メイドがなにか言ったので、まごついた笑みを浮かべて顔を上げ、「なあに」とたずねた。

「ちょっとぼんやりしてて」

「ほかになにかご入用なものはございますか、とおたずねしたんですよ、ミセス・スコット」

「ミセス・スコット」マデリンは弱々しくほほえんでくりかえした。「そう呼んだのは、あなたが初めてよ」

メイドはほほえみかえすと、おじぎをしてから寝室を出ていった。

鏡に映る青ざめた顔を見つめたマデリンは反射的に、赤みが戻るまで頬をつねったり、たたいたりした。ローガンを怖がる必要などない。彼の子をみごもったという理由だけで、まさか傷つけたりはしまい。とはいえ、彼がこれを不快なものにしようと思えばいくらでもできる。ふたりはすでに夫婦なのだから、彼はマデリンを好きなようにしていいのだ。彼が残酷な夫と優しい夫のどちらを選ぼうと、マデリンに手を差し伸べてくれる人はいない。

彼女は立ち上がり、純白のリンネルの化粧着の前にずらりと並ぶボタンを確認してから決心したように顎を上げ、寝室をあとにした。

ローガンの部屋は暖炉から放たれる光で満ちあふれていた。彼はベッドの上で、両手を頭の後ろにまわし、ヘッドボードにもたれるように横たわっていた。シーツの下は裸らしく、高まる興奮に全身の筋肉が隆起しているのが見てとれる。暖炉の炎に照らされた顔が、真新しい鋼鉄のように光っている。ベッドに歩み寄ろうとしたマデリンは、深みのある低い声に気づいて、少し手前で立ち止まった。

「化粧着を脱いで」

彼女は当惑気味にローガンを見つめた。

「早く」とつぶやく彼の瞳が、獲物を追うけだもののように光る。

彼の意図を理解して、マデリンは素直に従おうとしたが、指がこわばってうまく動かなかった。彼はいつにない辛抱強さで、無言のまま、じっと見つめながら待っている。彼女は指をもつれさせながら、小さなボタンをシルクのボタンループからはずしていった。すべてはずし終えると、長袖から腕を引き抜いて、化粧着が床に落ちるがままに任せた。化粧着の下は薄いナイトドレスしか着ていない。暖炉が放つ光が、体の線を隅々まで浮かびあがらせているはずだ。そのことに気づいたとたん、肌が熱くなるのを感じた。

「残りもだ」ローガンは容赦なく命じた。

マデリンはこわばった彼の顔を見つめ、うなじに手を伸ばして留め具に触れた。所有物のように、見せ物のように扱われているという感覚に圧倒される。ローガンの目的が彼女の自尊心を傷つけることなら、あと一歩でそれを達成できる。彼女は両手にやわらかな生地をつかむと、頭から脱ごうとして、躊躇した。やはりできない。

「急いで」という夫の声がふいにかすれたものになった。

マデリンは息を止め、みじんのためらいもない動きでナイトドレスを脱ぎ、床に放った。全身を冷気につつまれたとたん、鳥肌がたって、乳首が硬く尖る。彼女は口の中がからからに乾くのを感じながら、脇にたらした両手をぎゅっと握りしめ、見つめるローガンの前に立った。

「さ、寒いわ」と打ちひしがれたようにささやいた。なんでもいいから、体を覆うものがほしい。

「わかってる」ローガンは乳房から視線を剝がすことなく応じた。それから、頭の後ろに置いていた両手を離すと、シーツを持ち上げて手招きをした。

彼のほうに歩み寄りながら、マデリンは体を隠さずにはいられず、一方の腕を胸に、反対の手を脚のあいだの陰なすところにあてた。

そのしぐさがおかしかったのか、彼女がベッドの脇にやってきたときには、ローガンは笑い声をもらしていた。

「恥ずかしがる必要はない。今夜から、ふたりのあいだにいっさいの秘密はなくなるのだからね」

マデリンは歯をがちがちと鳴らしながらベッドに潜りこみ、すべすべしたリンネルの上に身を横たえた。全身の筋肉がこわばっている。大きくて温かな手が腰に伸びてきて、その感触に思わずしりごみした。だがその手は、マデリンの内心の恐れに反して、人間のものとは思えないほどそっと彼女を引き寄せた。彫刻家のように巧みに体の線をなぞる指先は、軽やかで優しかった。

けれどもその触れ方には、ひどくよそよそしいものが感じられた。マデリンの記憶のなかにいた情熱的な恋人は、用心深い他人に取って代わられていた。彼は感情を心の奥深くにしまいこんだまま、機械的に愛撫を加えているようだった。自分もそんなふうに無感情でいられたら……マデリンは思った。けれども、激しくうずく乳首に唇が触れ、脚のあいだに大きな手がすべりこむのを感じたときには、歓喜にすすり泣きをもらさずにはいられなかった。彼は指先で絹のような巻き毛をかきわけ、やわらかな花弁を押し開くと、しっとりと潤った部分にその指を這わせた。

マデリンは身をよじり、背を弓なりにして、執拗につぼみに愛撫を加える唇に胸を強く押しあてた。快感がどんどん高まっていく。愛してるわ……あなたを愛してる……震える声で思わずささやきそうになり、意志の力を総動員してその言葉をのみこんだ。彼は彼女の愛など望んでいないのだから。

突き刺すような快感に全身をつつまれそうになったちょうどそのとき、ローガンがふいに身を引き離した。耐えがたいほどのうずきに襲われたマデリンは、不満の声をもらし、手を伸ばして彼に触れようとした。だが、ベッドに体を押しつけられただけだった。彼の頭と肩の輪郭が見える。一瞬、彼を求めて身を震わせているこのしどけない姿のまま、放っておかれるのだと思った。「お願い――」と訴える自分の声が、他人のもののように聞こえた。

「しーっ」ローガンは指先で彼女の唇を押さえた。

マデリンは唇を嚙み、荒い呼吸に胸を大きく上下させながら、じっと横たわったままで待った。やがて温かな唇が胸のすぐ下に触れるのを感じ、びくりとした。その唇がおなかのほうへと下がっていく。マデリンはおずおずと彼の頭に触れ、豊かな髪を指先にからめた。ローガンはその手を押しのけ、唇で、歯で、舌で、体中を探りつづけた。小さな臍の穴、腰の丸み、脚のあいだのかすかな裂け目……。

「やめて」マデリンは息をのみ、震えながら身をよじって逃げようとした。彼がそのようなことをするなどとは、想像もしていなかった。「お願いだからやめて――」

ローガンは彼女の手首をぎゅっとつかんで押さえこんだ。「二度とその言葉を口にするな」という声は鋼のようだった。「ベッドのなかでも外でもだ」

強い口調で命令されて、マデリンは動揺した。そうやって命じることが彼なりの、傷つけられたことに対する復讐なのだろう。「そんなことはしないで」とやっとの思いで言ったが、手首は放してもらえなかった。「そんなこと、してほしくない」

ローガンはあざけるように笑うと、ふたたび身をかがめた。恐れと恥ずかしさに、マデリンはまぶたの奥が痛むのを感じた。彼の唇がそこに、想像もしなかった場所、そんなことをされるはずはないと思っていた場所に触れる。脚を閉じていようと思うのに、体が意思を裏切って、受け入れるように脚を大きく開くしかなかった。彼の唇は熱く、燃えるようで、なめらかな舌が侵入する感覚に彼女はあえぎ声をもらし、恥ずかしいほどの歓喜に叫んだ。自分ではないなにか、みだらな生き物になったかのように、狂おしいほど求めて身をよじり、背をそらせた。やがて渦巻く歓喜の波が押し寄せ、マデリンはぐったりと横たわったまま、その余韻を味わった。

心地よいうずきがまだ残っている体にローガンが身を重ねる。硬いものが押し入ってくるのを感じて、マデリンは強烈な圧迫感から逃れようと、たくましい胸板を弱々しく押した。けれども、ふくらみきったなかを満たされると、すっかり身をゆだねるようにあえぎ、彼を受け入れた。ゆっくりと規則正しいリズムが始まって、ふたたび自分が自分でなくなるような感覚に襲われる。

マデリンは彼の首筋から肩にかけて伸びる、引き締まった曲線に顔をうずめた。この行為は以前とはちがう、彼がマデリンを自分のものにするための行為なのだという気がした。あの夜のローガンは、パートナーであり、教師であり、大切な友人だった。でも今夜の彼は、マデリンの肉体と魂を征服する支配者だ。

歓喜がふたたびマデリンを圧倒する。体のなかで炎が溶けていく感覚に、硬い首筋に顔をうずめたままあえいだ。彼は最後に深々と突き立てると、身を震わせて精を放った。彼の肌ににじむ汗が、ふたりをつなぎとめる。ふたりは手足をからませて、きつく抱きしめあった。彼の体の震えを、熱い息を、鼓動を感じながら、マデリンはなぜか安堵感を覚え始めていた。どれだけ冷淡に振る舞おうとしても、やはりローガンにはそれはできないのだ。彼はリラックスした様子で、まだマデリンの体に覆いかぶさっている。その重みすら嬉しかったが、やがて彼はため息とともに横にどいた。

キスしてほしい、愛撫してほしい、ほんの一瞬、手を握ってくれるだけでもいい。マデリンは思ったが、ローガンはもう触れようとはしなかった。ふいに、冷気がふたたび部屋をつつんだかに感じる。彼女は手を伸ばして、シーツと毛布を肩まで引き上げた。困惑を覚えながら、部屋に戻ったほうがいいのかしらと考えた。

「もう戻ったほうがいい？」

ローガンはしばらくしてから答えた。「いや。あとでまたする」

横柄な物言いにマデリンは言葉を失ったが、あらためて枕に頭をのせた。辛抱してあげてね……そうジュリアは忠告した。たしかに耐える価値はある。そうすることで過去の償いができるかもしれない。自分にはそうする義務がある。彼女は横向きになると、炎に照らされた夫の横顔を見つめた。まぶたは閉じられていたが、彼が寝つけずにいるのがわかった。眠れないままなにを考えているのかは、想像するよりほかなかった。

キャピタル劇場を設立して以来一〇年間、ローガンは古くなった建物に丹精をこめて修繕や改装をほどこし、俳優や楽師や絵師や建具師や衣装係や大道具係や小道具係や舞台監督助手や誰や彼やを雇い入れ、満足のいくまで彼らに稽古をつけ、指導してきた……その間一度として、稽古に遅刻したことはなかった。今朝までは。

彼は寝起きがいいほうだ。だが今日は、朝が訪れても夢見心地でまどろんでいた。そして、かたわらで眠るマデリンの姿を見たとたん、手を伸ばさずにはいられなくなった。あくびをしながら寝ぼけた子猫のように喉を鳴らす彼女と愛を交わした。ことがすんでようやく、遅刻だと気づいた。

しかめっ面で悪態をつきながら、ローガンは電光石火の速さで着替えをすませ、できるだけ早く劇場に着こうと馬車を猛スピードで走らせた。だが、到着したときには稽古開始時刻をたっぷり四五分もまわっていた。眉をひそめ、大またに裏口から劇場に入り、楽屋に向かう。いまごろ団員たちは、彼の遅刻に文句を言っているにちがいない。だがそれも当然だ。彼自身、団員たちが同じ罪を犯したときには、誰であろうとためらうことなく罰を与えるのだから。

楽屋には工房見習いのジェフしかいなかった。「ミスター・スコット！　今日はいらっしゃらないのかと——」

「みんなはどこだ」ローガンはしかめっ面のままさえぎった。

「舞台にいます。公爵夫人が、ミスター・ローガンがまだだから自分が代わりに稽古をつけるとおっしゃって」

ローガンは短くうなずき、舞台裏につづく戸口へと向かった。舞台に近づくにつれ、早口にささやきあう声と、あわただしく人が動く物音が聞こえてきた。彼はしゃんと背筋を伸ばし、袖から舞台に出て——ぴたりと足を止めた。全団員がグラスやコップを手に、半円を描くように舞台に並んで待っていた。コルクが抜かれる音が響きわたり、団員たちがばかみたいににやにや笑いだす。「おめでとうございます！」誰かが叫んだ。と同時に、別の誰かが笑いを含んだ声で「遅刻ですよ！」と責めた。

舞台は笑い声と歓声につつまれた。泡のたつシャンパンがグラスに注がれ、そこここで乾杯をする、ちん、という音が鳴る。ローガンの手にもシャンパンの入ったグラスが押しつけられる。彼は自分が口元に笑みを浮かべているのに気づいた。「わたしが遅刻したのを祝ってるのか？　それとも、結婚のほうか？」

ジュリアが美しい顔を愉快そうにほころばせながら、ローガンに歩み寄った。「どちらも待望の出来事だったから、両方よ。行動にはお気をつけあそばせ、ミスター・スコット。でないとみんな、あなたもただの人間かもしれないと思い始めるわ」

「ただの人間だと、みんなもうわかってると思うがな。ついでに断っておくが、遅刻した罰ならちゃんと自分で自分に科すつもりだ」

「あら、そのことなら気にしないで」アーリス・バリーが生意気な口ぶりで言う。「ミスター・スコットの事務室にある金庫からシャンパン代を拝借したから」

一同がどっと笑い転げ、ローガンは首を振った。口元には笑みを浮かべたままだ。

「キャピタル劇場に！」誰かが浮かれた調子で叫んだ。「盗っ人の酔っぱらいたちに！」

陽気に笑う仲間たちに囲まれて、ローガンも自分のグラスを掲げた。「ミセス・スコットに」彼が言うと、団員たちもグラスを掲げ、高らかに唱和した。

「いいぞ！」

「ミセス・スコットに幸あれ！」

「彼女に神のご加護を！」誰かが言い添え、浮かれ騒ぐ一同はくすくすと笑った。

12

シャンパンのおかげか、それともローガンが結婚したという知らせに団員の士気が高まったのか、あるいは単にローガンが機嫌のいいところをしぶしぶ見せたためか、キャピタルの雰囲気は一〇〇倍もよくなっていた。ここまで上出来な稽古はいったいいつ以来だろう。俳優たちは集中力をみなぎらせ、反応もよく、道具方もこまかなところまで気配りしながら精力的に仕事をこなした。そしてローガン自身はといえば……俳優として不可欠な要素を、ふたたび取り戻しつつあるようだった。

マデリンが家で待っている、いつでも自由に触れたり見つめたり、愛を交わしたりできる。そう思うと胸に喜びがあふれてきて、押し隠すのに一苦労だった。もちろん、彼女への愛が復活したとか、過去の行いを許す気になったというわけではない。まだ全然そのような気持ちにはなれない。だが、彼女が一緒でなければ生きていけないことは、ちゃんと自覚している。ゆうべから今日にかけて、そのことが証明された。この二四時間で彼は元の自分に戻り、キャピタルの手綱をいともたやすく操れるようになったのだ。

「素晴らしいわ」ジュリアも稽古の最中に彼にそう言った。これまで彼女は絶対に演技を褒めようとしなかった。そんなことをして、彼をますますうぬぼれ屋にする必要はないというのだった。稽古中の演目は新作の『ザ・ローズ』。老人が波瀾万丈の人生を回想する物語だ。

「若さがどんなものだったかを思いだす独白の場面なんて、涙がこぼれそうになったくらいよ」

「台本がいいからな」ローガンは応じた。ふたりはそれぞれの事務室に戻るため、舞台裏を並んで歩いているところだ。

「それを見事に演じたのはあなたよ」ジュリアは青碧の瞳でじっと考えるように彼を見つめ、かすかにほほえんだ。「失っていたなにかを取り戻したみたいね。マディのおかげ、でしょう？」

彼女の鋭さにいらだちを覚えつつも、ローガンは反論できず、無愛想に鼻を鳴らした。

ジュリアはいかにも嬉しそうにつづけた。「不死身の人間じゃないとマデリンに気づかされて、怒っているわけね」

「不死身の人間だなんて言った覚えはないぞ」ローガンは淡々と答えた。「妻のことを怒っているとしても、理由は全然別のところにある」

「ふうん」ジュリアはからかうような目で彼を見た。事務室に入ると、戸口から顔だけ出してつけくわえた。「これから数カ月間、じっくりあなたを観察させていただくわね、ローガン。あなたのなかにいる、ふたつの人格のどちらが勝つか見ものだわ。幸せになりたいと願うあなたと、勇敢にもあなたを愛そうとする人から、逃げようとするあなたと」

「女優なんぞになって、才能の無駄づかいをしてらっしゃるのでは、公爵夫人」ローガンは足を止めず、肩越しに応じた。「それほどの想像力がおありなら、作家にでもなるべきでしたよ」

彼女の笑い声を背中で聞きながら、ローガンは廊下を歩いていった。事務室に入るなり、見慣れた黒髪が椅子の背の上に見えた。アンドルーが、ローガンの机で酒を飲んでいるのだった。

「やあ、ジミー！」アンドルーは満面の笑みを浮かべた。「新婚のくせに、そんなしかめっ面をしてどうした」

「なんの用だ」ローガンは固く握手を交わしながら問いただした。

アンドルーは笑いながら、机の横に置いた木箱を指し示した。リボンが粋に結ばれたブランデーが何本も入っている。「プレゼントだよ、ジミー。正直言って、結婚式に招かれなくて傷ついたけれどね。長年の友情に免じて水に流すことにしたよ」

木箱からブランデーのボトルを一本取り、ローガンは感服したようにラベルを眺めた。三〇年もののフランスの極上品だった。「ありがとう、アンドルー」

「待ってるあいだに味見をしておいたよ。神酒《ネクタル》のようだ。グラスで飲むか？」

「ああ、楽屋から取ってこよう」

「大丈夫、ちゃんと持ってきたから。こういう上物は、ブランデーグラスで飲まないと」

「式に呼ばなくてすまなかったな」ローガンはぶっきらぼうに詫び、机の隅に腰を下ろした。

アンドルーがブランデーを注ぐ。「急な話だったから」

「ああ、聞いているよ」アンドルーは青い瞳を輝かせて、横目でいたずらっぽくローガンを見た。「なんでも、きみの新妻はすでにみごもっているらしいじゃないか」ふざけてぞっとした顔を作る。「それって本当なのかい？　スコット家にはじきに、リトル・ローガンが誕生するのかい？」

ブランデーグラスを受け取ったローガンは、きっぱりとうなずき、冷やかしの言葉がつづくのを待った。だが、意外な言葉がかえってきて驚かされた。

「そいつはよかった。彼女だったら器量もいいし、きみにはお似合いだよ。それに子爵の娘なんて願ってもないだろう」

「わたしが彼女に引っかかったことについては、なにも言わないのか。おまえなら、なにかしら言うだろうと思っていたが」ローガンはブランデーをゆっくりと口に含み、その豊潤な香りを舌の上で転がした。

アンドルーはほほえんだ。「引っかかったわけじゃないんだろう？　きみとはもう長いつきあいだ。求めてもいない相手と、きみが結婚するわけがない」

図星だった。ローガンがマデリンと結婚したのは、彼女を求め、必要としていたからだ。妊娠は口実にすぎない。だが、アンドルーにここまで簡単に見透かされるとは驚きだ。

「わたしたちのあいだに秘密はないというわけか」ローガンは言い、となりに座るアンドルーの顔を見つめ、自分たちはやはり兄弟なのだと実感した。だからこそこんなにも長いあいのだろう。もうずっと前から、無意識のうちに血のつながりを感じていたのだろう。

「ひとつもないね」アンドルーが陽気に応じる。

じつはわたしたちは兄弟なんだ……そう言ってしまいたい強烈な衝動に駆られて、ローガンは唇を噛んでこらえ、ブランデーをぐいっとあおった。本当のことを打ち明けたとき、アンドルーがどのような反応を示すか、たしかな予測ができない。聞いた直後は喜ぶかもしれないが、それも定かではない。むしろ警戒心を募らせ、懐疑的な、辛辣な態度をとるのではないだろうか。そして父親とローガンを憎むようになり、人の忠告などいっさい聞かなくなるのではないだろうか。異母弟が賭け事と酒に溺れて破滅する姿など見たくない。

「人を変な目で見るなよ」アンドルーが眉をひそめて言った。「うちの親父じゃあるまいし。まるで、標本を解剖する科学者みたいな目だ」

「悪かった」ローガンは表情を和らげた。「おまえがちょっと悩んでいるように見えたものだから。また賭博場に入り浸っているんじゃないだろうな」

「うんざりするほどね」アンドルーは作り笑いで応じた。「だが、懺悔はまたの機会にするよ。今日はきみに、おめでとうを言いに来ただけだ」

「なにか困ったことがあるなら――」

「いつだって困ってるさ」アンドルーはかかとに泥のついた靴のまま、本や書類が積まれた机に足をのせた。「だがおかげで退屈しない人生だよ。なあジミー、妻を持つってどんな感じだ？」

「まだ一日しか経ってないからな」ローガンはそっけなく答えた。「結論を出すには早すぎる」

アンドルーは呆れ顔をした。「わたしなら、これから一生、毎晩同じ料理を食べさせられるなんて想像できないね。むろん、男は分別さえ失わなければ、ときどきちょいとつまみ食いもできるが」

「そうだな」ローガンはつぶやくように言い、ぼんやりとブランデーを見つめた。彼が愛人を作っても、マデリンには抗議できない。だが、そんなかたちで彼女を侮辱するつもりは毛頭ない。これは自分ひとりの胸の内にとどめておく秘密だが、彼女以外の女性には惹かれることさえない。

彼の心の動きを読みとったのだろう、アンドルーが信じられないとばかりに噴きだした。

「おいおい、彼女を愛してるなんて言うなよ」

「まさか」ローガンは即答し、険しい表情を作った。

「ならいい。愛なんてろくなものじゃないぞ、ジミー。前回きみがその感情に屈したとき、どうなったか忘れるな」

「忘れると思うか」ローガンはアンドルーをにらんだ。その口調にふいに敵意がにじんだのに気づいたのだろう、アンドルーは決まり悪そうに何事かつぶやくとブランデーを飲み干した。

「そろそろ帰るよ、ジミー。とにかく幸運を祈ってる。それはそうと、聞くところによれば屋敷で彼女のために舞踏会を開くそうだな。噂が本当なら、是非とも招待してくれ」アンドルーは陽気に手を振り、靴音を響かせながら事務室を出ていった。

「こんな大掛かりな集まりをローガンが催す理由なんてないわ……しかも、わたしなんかのために」マデリンは手書きの招待状見本を困惑の面持ちで見つめ、この優雅なスコット邸に六〇〇人の客が集うところを想像しようとした。

「理由ならほかにもあるから安心なさい」となりで招待客名簿を作成中のジュリアが、さらりと言う。「この舞踏会は彼の大切な自尊心を満たすためでもあるのよ。結婚の裏事情を巧みに隠してしまうより、いっそ大々的に公にして、またとない喜びだという印象を植えつけるつもりなんでしょう。これだけの舞踏会を開けば、ゴシップの的にされるのは回避できるわ。とくに、是非とも招待されたいと願っている人たちからはね」彼女はかすかに眉を寄せると、完璧に調和のとれた人選にするべく、数人の名前にばつ印をつけ、新たに別の名前を加えた。

「でも、どうしてここで開くんでしょうか」マデリンはたずねた。「ローガンだっていやなはずなんです。自分の屋敷を何百人もの人が歩きまわったり、絵画のコレクションを見たり、屋敷のあちこちを触ったり――」

「もちろん、いやに決まっているでしょうね。でも彼は、この謎めいた屋敷で舞踏会を開けば、人びとが大いに熱狂するとわかってるの。社交界の重要人物はみな、是非とも招待をといまから言ってきているわ。招待される見込みがないとあきらめている人たちなんて、舞踏会の晩はロンドンを離れる予定まで立てているのよ」

「プライバシーをすべて失ってしまうのに」マデリンには、ジュリアのようにこの計画に夢中になることはできなかった。

「あなたと結婚したときから、プライバシーのほとんどは犠牲にせざるをえないと彼自身わかっていたはずよ。あなたのような若いお嬢さんに自分と同じ半隠遁生活をさせようなんて、彼もまさか思わないわ。あなただって楽しみたいでしょう、舞踏会に行ったり、オペラを鑑賞したり、旅行を楽しんだり、社交クラブに参加したり——」ジュリアは口をつぐみ、膝にのせた名簿をしげしげと見つめた。「ふうむ。もう数人ばかり外国人のお客様を加えたほうがいいわね……」

公爵夫人が名簿作りに専念するかたわらで、マデリンは小さくうめき、椅子に背をもたせた。ローガンになにを求められているのか、ようやくわかりかけてきた。だがそれに応えるためには、ちがう自分を演じなければならない。彼女のおなかにじろじろと視線を投げる人たちの前で、毅然と振る舞うだけではない。自信に満ちた冷静な態度で、彼らと交流しなければならないのだ。それが、社交界がローガン・スコットの妻に期待する姿なのだから。もしも失敗したら、彼女自身はもちろん、ローガンの評判にまで傷がつく。どうして彼はこんな難題を、よりによって結婚したばかりのいま、彼女に突きつけるのだろう。

「自信がないわ」マデリンは思わず声に出して言い、膝の上で両手をきつく握りあわせた。

ジュリアが親しみと思いやりのこもった青碧の瞳で見つめる。「ねえマディ、彼はあなたに、努力してほしいと思っているだけよ」

マデリンはうなずいた。愛するローガンが求めるならなんでもしよう。結婚したことを彼に後悔させてはいけない。どんなに時間がかかろうと、人生の伴侶としてふさわしい相手を選んだのだと、彼に認めてもらえる日を迎えたい。「努力するだけじゃだめだわ。成功しなくっちゃ」

「その調子よ」ジュリアは感じ入ったように笑い声をあげた。「あなたって立ち直りが早いのね」

「だといいんですけど」

おしゃべりをしながら舞踏会の準備を進めるふたりのために、紅茶とサンドイッチが運ばれてきた。だがマデリンは、どちらもいっさい口にできなかった。つわりは依然としておさまる気配がない。ローガンは彼女の食欲のなさに明らかにいらだっており、よくならないようなら医者を呼ぶと言っている。

「心配いらないわ」ジュリアが励ましてくれる。「もうすぐ食欲が戻ってくるはずだから。そうしたら、減った分の体重も元どおり、いいえ、もっと増えるわよ」

マデリンは平らなおなかに手をあてた。「その日が来るのが待ちきれないくらいなんです。だっていまは、赤ちゃんがいるようには思えないんですもの」

「そのうち、なかで動いたり蹴ったりするようになるわ」ジュリアはほほえんだ。「そうしたら、そんな疑いは吹き飛ぶわよ」

夕方になり、ジュリアは帰っていった。明日もまた来て、マデリンを友人のところに連れていってくれるという。数人の既婚女性を是非紹介したいということだった。「わたしだって、演劇関係のお友だちしかいないわけじゃないのよ」ジュリアはいたずらっぽく言った。

「公爵と結婚したおかげで、いまでは上流階級の方々ともおつきあいしなければならないの」

応接間にひとりになってから、マデリンはつくづく公爵夫人の親切心に感謝した。ローガンの妻というだけでここまで優しく接してくれるのは、夫人がそれだけ彼に敬意をはらっているあかしだろう。マデリンはフラシ天の長椅子の端にゆったりとかけ、読書や刺繡をしながら夫の帰りを待った。帰宅後、応接間に現れたローガンは、冬の匂いをまとっていた。髪は乱れ、頬は寒さのせいでわずかに上気している。「マディ」彼は呼びながら、長椅子に歩み寄った。

マデリンは彼を見上げた。どこまでも深いブルーの瞳に、吸いこまれてしまいそうだ。

「食事は?」ローガンがたずねた。

マデリンは首を振った。「あなたの帰りを待っていたから」長椅子から立ち上がろうとすると、彼が手を伸ばして支えた。その手は温かく、頼もしかった。

「午後はジュリアが来たんだろう?」

「いくらか準備が進んだわ。これほど大掛かりな舞踏会の準備をするのって、本当に大変なのね」

ローガンはつまらなそうに肩をすくめた。「問題なんて人選くらいのものだろう」

ふたりでともに円形食堂に向かいながら、マデリンは彼の腕に手をかけたくてうずうずしたものの、やはりやめておいたほうがいいだろうと考えなおした。これまでのところ、ローガンが彼女にそうした親密な振る舞いを促したことはない。彼女から積極的に接したら、きっと拒絶するだろう。

結婚式からすでに数日経っているが、ふたりの関係はいたって儀礼的な、ぎこちないものだ。お互いにあたりさわりのないことを話し、言葉も慎重に選んでいる。愛情深く見つめあうこともなければ、軽いキスも、触れあいもない。気まずい雰囲気が和らぐのは夜だけ。ローガンがマデリンのベッドにやってきて、無言で化粧着を脱がせ、歓喜にせつなくなるほど愛してくれるときだけだった。朝が来れば、彼はマデリンがまだ眠っているあいだに劇場に出かけてしまう。

「稽古は順調？」彼女はローガンに椅子を引いてもらいながらたずねた。

すると彼は、団員たちの近況を聞かせてくれた。アーリスが別の女優に人気をさらわれ、その女優と反目状態にあること。数人の俳優たちが、ライバル関係にある劇場との契約について不満を訴えていること。「ダーリー劇場で最近、人気俳優がふたり辞めたそうだ。それで、『お気に召すまま』にうちの俳優を数人、貸しだすことにした。代わりにうちは、『ザ・ローズ』の脇役として向こうの俳優を二、三人借りる。ところがうちの連中が、この話に反対していてね。ダーリーなんぞで演じるほど落ちぶれてないと言い張っている」

「気持ちはわかるわ」マデリンは言いながら、ふたりの従僕が銀器やトレーを運んでくるのを視界の隅でとらえた。「わたしが俳優だったら、やっぱり、キャピタルで演じたいと思うもの」

「いずれにしても、彼らにはわたしの言うとおりにしてもらうよ」

「でもどうして、ダーリーばかりが得をするような契約を交わしたの？」

「業界全体のためだ。ライバル意識のためにロンドンの舞台を――うちだけではなくあらゆる舞台を、失敗させるわけにはいかないからね」

「立派な心構えだわ」マデリンは思わず笑みを浮かべた。

「いつもというわけじゃない」

従僕が慣れた手つきでふたりの前に皿を置き、料理を取り分ける。今夜のメニューは、シェリークリームソースをかけた薄切りチキンに、野菜とバターソテーしたパン粉を美しく盛りつけたもの、トリュフと卵を詰めたペストリーだ。

目の前に並べられたフランス料理を眺め、甘い匂いをかいでいるうちに、マデリンはすっかり食欲をなくしてしまった。吐き気を覚えつつ、皿から視線を引き剝がし、水の入ったグラスに手を伸ばす。ローガンがふいに眉を寄せた。

「食べないといけないよ」

「おなかが空いてないの」マデリンは喉元までせりあがってくる吐き気をのみこんだ。鼻腔を甘い匂いが満たしている。彼女は皿を押しやって目をつぶり、口で息をした。

「まったく。そんなことじゃ体がもたないだろう。赤ん坊だって育たないぞ」

「食べようとはしているの」マデリンは目をつぶったまま答えた。「でも、気持ちが悪くて」

ローガンは従僕を呼ぶと、厨房から香料を使っていない鶏の干し肉と、牛乳を入れたマッシュポテトを持ってくるよう命じた。

「厨房に戻すことになるだけよ」マデリンは頑固に言った。「今夜はなにも食べられない。明日になれば、たぶんましになるわ」

ふたりはにらみあった。「どうしても食べないなら、その口に無理やり押しこむぞ」ローガンがぶっきらぼうに言う。「自分でそういう状態になったんだから、赤ん坊に対する責任はちゃんと果たすんだな」

責めるような口調にマデリンは傷ついた。「わたしひとりでは、こういう状態にはならなかったわ」かっとなって言いかえす。「あなたにだって責任はあるはずよ！」両手で顔を覆い、不規則に息をしながら、早く吐き気がおさまってくれるよう願う。

短い沈黙があった。「たしかにきみの言うとおりだ」ローガンが唐突に言った。「あの晩わたしは、先々のことなど考えもしなかった。きみを抱くことしか頭になかった」それから、いかにも決まり悪げにつけくわえた。「それに、いままではそういうことに配慮する必要などなかった。女性たち……つまりその、きみの前につきあってきた相手はみな、自分で予防していたから」

マデリンは指のあいだから彼の顔をうかがった。悔いあらためているように見えるのは、気のせいだろうか。「予防?」とおうむがえしに問いかける。「いったいなにを予防するの」

ローガンはほほえんだ。「その話はあとにしよう。赤ん坊が生まれてから」彼は自分の椅子をマデリンのとなりに移動させると、彼女の背中に腕をまわした。水の入ったグラスにナプキンを浸し、玉の汗が浮く額に冷たい布を押しあてる。「わたしが倒れたとき、ミルクトーストを食べさせてくれたのを覚えているかい。いつか仕返ししていいと、約束したね」

マデリンは笑い声とも、うめき声ともつかない声をあげた。「看病なんかするんじゃなかったわ」

「きみはわたしの命の恩人だ。動機などどうでもいい。きみは、熱にうなされて怒り、うわごとを言うわたしを、悪臭漂う寝室でずっと看病してくれた」ローガンは冷たい布で彼女の頰や首筋を拭いた。「せめて恩がえしをしないといけないね」

喉にせりあがるものが消え、吐き気が少しおさまる。目を開けるとローガンの顔がすぐそばにあった。見つめる瞳に、思わず心臓が早鐘を打ち始める。かつての愛情深いまなざしではない……けれども、冷たく突き放すような色は消え去っていた。「なんでも食べたいものを言ってごらん」彼は病気の子どもをなだめるようにつぶやいた。「さあ」

「なんでも?」マデリンは弱々しく笑った。「そんなことを言って、後悔しても知らないから」

ローガンは青い瞳でじっと彼女を見つめた。「できないことは言わない主義なんだ」

マデリンが不思議なものでも見るような目で彼を見つめていると、従僕が料理の皿を手に戻ってきて、ふたりの前に並べた。

「ありがとう、ジョージ。もう下がっていいぞ」ローガンはフォークを手に取った。もう一方の手はマデリンの背にまわしたままだ。彼はマッシュポテトをほんの少しすくい、彼女の口元に運んだ。「一口だけでも食べてごらん」

マデリンは観念したように口を開き、胃のなかがうねるのを覚えながらも、ポテトを口に入れた。味も素っ気もなく、舌の上でもろもろと崩れていく。喉に詰まらせないよう、彼女はゆっくりと噛んだ。

「もう一口だ」ローガンがなだめる声で言う。

彼はいつになく忍耐強かった。なんでもない話で気をそらせ、たくましい腕を背中にまわして支えながら、料理を口元に運んだ。こんなに大きな人にこんなことができるのかと驚くくらい、とても優しかった。マデリンは一口食べるたびに楽になるのを感じ、皿の半分ほども平らげた。そこまで食べたところで、ため息とともに首を振った。「もういいわ」

ローガンはしぶしぶといった感じで背中から腕を離した。「本当にもういい?」

マデリンはうなずいた。「今度はあなたが食べる番よ。お料理が冷めてしまうわ」彼女は水を飲みながら、夫が食事をするさまを眺めた。彼の手の動き、長い指が硬いパンをちぎり、クリスタルのグラスを持ち上げるさまを、うっとりと見つめた。その視線に彼が気づき、ふたりのあいだに言葉にならない問いかけが生まれる。彼はなにかに囚われたかのような……

望んではいけないものを求めて苦しんでいるような、奇妙な表情を浮かべた。

従僕の勧めるデザートをぶっきらぼうに手を振って断ったローガンが、立ち上がるマデリンに手を貸す。ここ数晩、ふたりは食後に一、二時間、家族用の応接間で暖炉の前に座って本を読んだり、おしゃべりをしたりして過ごした。だが今夜のローガンは、彼女と一緒に過ごすつもりはなさそうだ。「朝、顔を見にいくかもしれない」彼は言いながら、マデリンの顎に人差し指で軽く触れた。「今夜は書斎で仕事がある」

マデリンは眉を寄せ、使用人に聞かれないよう声を潜めて訊いた。「あとで……寝室にも来ないの?」

彼の表情は変わらなかった。「ああ。今夜はきみの邪魔はしない」

背を向けようとしたローガンの手に、マデリンはそっと触れた。彼はたちまち身じろぎひとつしなくなった。彼女は透きとおる琥珀色の瞳で夫をじっと見つめた。「邪魔じゃないわ」

それ以上の誘いの言葉は、言うことができなかった。

電気を帯びたような、ぎこちない沈黙がふたりをつつむ。ローガンは誘惑と闘った。それが彼女なりの誘いだということはよくわかっていたし、彼だって激しく求めていた。どこまでも無防備な彼女に、いらだち、笑いだしたくなる。彼女には妙な強さがあった。どんなに冷たくあしらわれても、けっして相手との壁を作ったりしない強さが。自分にはないそんな強さを持った彼女に、ローガンは羨望すら覚えた。

身をかがめて妻の額に口づける。絹のような肌に、しなやかな体に、唇と手で触れたいと切望した。けれども軽いキスだけで身を離し、「おやすみ」とぶっきらぼうに言い放った。マデリンはうなずき、強がって笑みを浮かべ、ひとりで寝室に向かった。彼が望むときには、いつだってそばにいよう。触れられることを恐れる野生動物に接するように、辛抱強く彼に接しよう。そうしたらいずれ、この手から食べ物を食べてくれるかもしれない。あるいは手を食いちぎる可能性もあるけれど。

部屋に入ると、マデリンは長袖の薄手のナイトドレスに着替え、重たいシルクの上掛けの下に横たわった。体のぬくもりが毛布の繭のなかに徐々に広がっていく。骨がきしむような痛みを覚えていた。とくに背骨の付け根のあたりがひどく痛んだ。何度も寝返りを打ち、横向きになったところでようやく少し楽になった。

だがなかなか寝つけなかった。数枚の扉を隔てた自室にローガンが入る音を、彼女はむなしく聞いていた。とぎれとぎれにまどろみがやってきたが、体も心も安らがなかった。いやに鮮明な夢から目覚めたときには、両脚の筋肉がこむらがえりを起こしていた。治そうとして足首を曲げると、たちまち右脚にナイフで刺されたような痛みが走り、筋肉が焼けつくように痙攣した。叫び声や物音をたてた覚えはなかったが、おそらくたててしまったのだろう。暗闇を切り裂いてふいにローガンの声が聞こえ、ベッドの上にのってくる彼の重みを感じた。

「マディ」ローガンは狼狽した声で呼び、痛みに丸くなっている彼女の体をさすった。「いったいどうした。なにがあった――」

「脚が」マデリンは息をのんだ。また痛みが走る。脚がしびれて動くこともできなかった。

「触らないで――」

「いいから」ローガンは彼女の両手を押しのけると、脚に手を伸ばした。「力を抜いて」

「できないわ」と言いつつ彼女は夫に体を預け、ふくらはぎをつかまれる感覚に身をのけぞらせた。こむらがえりを起こした部分を彼の手が探りあて、優しく揉む。すると激痛は徐々に薄らいでいった。マデリンは安堵のため息をもらし、ふくらはぎを揉みつづける夫の胸に身をもたせた。反対の脚にも手が伸びてきたので、「そっちは大丈夫」とささやいたが、彼はしーっとささやきかえし、そちらの脚も同じように揉んだ。

「いったいどうしたんだい」彼はナイトドレスの裾を太ももの付け根までたくし上げながらたずねた。

「目が覚めたら、脚がこむらがえりを起こしていたの」マデリンはぼうっとしながら答えた。ローガンは、触れ方も力の加減もちゃんと心得ているようだった。「ジュリアから、こういうことがあると教わってはいたの。わたしのような状態の女性によく起きるらしいわ」

「知らなかった」という声はどこか不満そうだ。「しょっちゅう起きるのか?」

「わからないわ。わたしはこれが初めて」マデリンは慎み深く、大胆にまくり上げられたナイトドレスの裾を下ろした。「ありがとう。面倒をかけてごめんなさい」彼の手が離れる。彼女はあくびをし、脇腹を下にして丸くなった。

暗闇のなかに、彼が服を脱ぐ音、布地が床に落ちる音が響く。マデリンはまぶたを開き、ぼんやりと浮かびあがる輪郭に目を凝らした。「戻らないの?」とおずおずと訊いてみる。

「ええ、マダム」彼はマデリンのとなりに体をすべりこませた。「今夜のきみは、なんとしてもわたしと一緒にいたいようだから」

「さっきのが演技だと思っているのなら――」

「わたしの魅力に抗えないんだろう？　わかっているよ」彼はマデリンの体に腕をまわし、笑みを浮かべながら唇を重ねた。

からかわれたのだと気づいて、マデリンは彼の胸板を押した。「うぬぼれ屋さんね――」と笑い声をあげながら責めると、頭の後ろに手が添えられた。

「キスして」彼はマデリンをしっかり抱きしめながら、優しく探るように唇を重ねた。彼女は頬に熱い息がかかるのを感じた。先ほどまでの茶目っ気が、二度と見せてはくれないだろうと思っていた、あの情熱と優しさに取って代わられている。指先がマデリンの背に広がるやわらかな髪に、乳首に、膝の裏のくぼみに触れた。彼女は横たわったまま、歓喜の波に身を任せ、唇が胸を這う感覚に期待感を募らせ、身を震わせた。

彼はたっぷり時間をかけ、痛いほど硬くなるまで乳首を吸い、舌でなめた。マデリンは彼と身を重ねたくて、彼をなかに感じたくて、押しつぶされるような重みを味わいたくて、せわしなく背を弓なりにした。けれども彼は身を起こしたまま、なめらかな指先で素肌をなぞり、そこに炎を灯していくばかりだ。

気づいたときには、マデリンは恥じらいなど捨て去って、息を荒らげながら彼に懇願し、自ら脚を広げていた。ようやく彼の指がうずくところを押し開き、じらすようになかを撫でる。

マデリンは手を伸ばし、硬くなった熱いものを握りしめた。ぎこちないけれども情熱的な愛撫に、ローガンは鋭く息をのんで彼女をきつく抱きしめ、大きな手を彼女の手に添えた。耳元で低くかすれた声がささやきかける。「マディ……そう、そのまま……」彼は歓喜にうめき声をもらし、愛撫の仕方を教え、ささやきながら素肌に口づけつづけた。

限界に達したところで、ローガンはマデリンを横向きにさせると、片脚を自分の腰の上にのせた。彼女の小さな体、しなやかで敏感な体が、まるで彼のために創られたかのようにぴったりとからみつく。ゆっくりと押し入りながら、ローガンはなめらかで熱いものにぎゅっとつつみこまれる感覚を味わった。マデリンは顔をゆがめ、やわらかな唇を引き結んで、喉の奥でうめいている。優しく、さらに奥深くまで突き立てると、彼女は身を震わせ、あえぎ声をもらした。快感の波がぶつかりあって、はじけるような恍惚が彼女を襲う。優しく受け入れるぬくもりに情熱をかきたてられて、ローガンは激しく腰を動かし、えもいわれぬ解放感に身をゆだねた。

終わってからもローガンは彼女とつながったまま、小さな体を両手で抱きしめていた。彼女の肌は、夜咲きジャスミンの花弁のようになめらかで、甘い香りがした。その汗ばんだ首筋に唇を押しあて、まだ激しく脈打っている血管を舌でなぞってみる。このような贅沢はいままで控えていた。こんなふうにともに余韻を味わうのは、親密すぎるし、危険だ。

炉棚に置いた金時計の刻む音が、あざ笑っているように聞こえる。ローガンはその音を無視して、マデリンのとなりに身を横たえ、やわらかな髪に両手をうずめた。彼女はわたしのもの。だからなにをしてもいいはず……この気持ちを彼女に悟られないかぎりは。

その日、新作の台本を大幅に書き換えるために脚本家と朝のうちに話しあいをする必要があったローガンは、バンベリーのコーヒーハウスに向かった。この手の仕事はしばしばバンベリーの店でやることにしている。その店で彼は必ず、朝の光がたっぷりと射しこむ大きな窓のそばの席を利用する。バンベリーの店は、ゆったりとした気持ちのいい空間だ。この店でなら、台本の一字一句たりとも変更してはならないと考えがちな脚本家も、気持ちが和らぐというものだ。

「特別濃厚なブラックをご用意しろ」ミスター・バンベリーが、店の手伝いをしている娘に命じる。「ミスター・スコットがいらしたぞ!」

ローガンはいつもの席に向かいながら、途中で何度か足を止め、友人や知人と短い言葉を交わした。この店には、芸術家や哲学者、フリート街の記者など、知識階級が多く集う。

店の常連のひとりで、芸術家協会の会員でもあるボーシャン卿が、台本と羊皮紙と筆記具をテーブルに置くローガンに近づいた。

「スコット、今朝ここできみに会えるとはなんと運がいい!」ボーシャンは心からの歓声をあげた。「このあいだから、きみに相談したいことがあったのだよ。誰かと待ちあわせのようだが、時間はとらせないから……」

「どうぞ」ローガンは気さくに答え、となりの席を勧めた。

ボーシャンは腰を下ろすと、誠実そうな笑みを浮かべた。「面倒なことを頼んですまないのだが、きみは芸術家とも親しいし、多くの作家に惜しみなく援助をしている――」

ローガンは問いかけるように眉を上げてさえぎった。「どうぞ、遠慮なくおっしゃってください。お世辞は聞き飽きていますから」

ボーシャンは声をあげて笑った。「そのようなことを言う俳優は初めてだな。では率直にいこう。とある若い画家のために一肌脱いでほしいのだよ。ミスター・ジェームズ・オルシーニというのだが」

「噂は聞いています」ローガンは言い、コーヒーを運んできた若い女性に笑みを投げ、すぐにボーシャンに意識を戻した。

「卓越した技術の持ち主で、光の使い方や質感の出し方も独創的だ。二〇代とは思えんよ。問題は、展覧会に出す作品にちょうどいいモデルが――」

ローガンは小さく笑い、コーヒーカップを口元に運んだ。心地よい苦味を味わってから、きらめく青い瞳でボーシャンを見つめる。「なにをおっしゃりたいのかはわかりましたが、答えはノーです」

「だがローガン・スコットを描かずには、どんな芸術家も一人前として認めてもらえんだろう。それにきみは、いままでに少なくとも二〇人ばかりの作家のモデルになっているはずだ」

「二五人ですよ」ローガンはそっけなく応じた。

「なあローガン、オルシーニほどの画家のモデルになったことは、きみだってまだないはずだぞ」

ローガンはかぶりを振った。「たしかに。ですが、わたしは俳優仲間の誰よりも多くモデルになっていますし――」

「それだけ成功しているあかしじゃないか」ボーシャンが食い下がる。

「もう十分ですよ。油絵、メゾチント（金属凹版画）、大理石、蠟……胸像、メダイヨン、水彩画、団欒図。大衆だって、もうわたしの肖像は見飽きたでしょう」

「オルシーニはどんな条件でものむと思う。協会にも大勢、オルシーニにきみを描くチャンスを与えるべきだと強く推している者がいるんだ。まさか、われわれ全員に頭を下げろとは言うまいな」

ローガンは呆れ顔を作り、コーヒーを口にした。緊張の面持ちで答えを待つボーシャンを前に、あれこれ考えてみる。やがて、彼はかすかにほほえみながら口を開いた。「では、別の案をお出ししましょう。オルシーニに、わが妻をモデルに描いてもいいと伝えてください」

「きみの妻……」ボーシャンは困惑したように早口でまくしたてた。「いや、きみが最近結婚したのは知っているがね、オルシーニはやはり、きみをモデルにしたいと言うんじゃないかと――」

「ミセス・スコットの肖像画なら、展覧会の目玉にもってこいじゃありませんか。わたしの目に映るとおりの妻を描きだせたなら、オルシーニには必ず、十分な報奨を与えましょう」

ボーシャンは決心がつきかねるような顔でローガンを見やった。「それはまあ、ミセス・スコットは非常に魅力的だとのもっぱらの評判だが――」

「たぐいまれなる美しさです」ローガンは黒々と光るコーヒーに見入った。「あの無垢な美しさは、たとえ彼女が一〇〇歳まで生きても変わらない……」物思いからはっとわれにかえる。「わたしの知るかぎり、妻はモデルになったことは一度もありません。オルシーニは幸運ですよ」

ボーシャンは愉快そうにローガンを見つめた。「ではミスター・オルシーニには、きみの奥方を描くよう伝えよう。きみをそこまで骨抜きにする女性なら、誰もが興味津々だろうからな」

「その言葉は適切とは言えませんね」ローガンはわずかに眉根を寄せた。

「いやいや、これ以上に適切な言葉はない。奥方の魅力を語るときのきみの顔といったら……」ボーシャンはくすくす笑いながら立ち上がり、軽くうなずいてから、自分の席に戻っていった。

「骨抜きだと、くそっ」ローガンは悪態をつき、台本をめくった。「美人だと言っただけじゃないか」

オルシーニは一も二もなくローガンの提案を受け入れ、その日の午前中にはロンドンのスコット邸に画家から感謝の手紙が届いた。だがマデリンは、肖像画のモデルになる話を聞かされるなりおろおろした。

「完成する前におなかが目立ち始めてしまうわ」彼女は書斎の机の前に立ち、一枚の紙を落ち着かなげに両手で握りしめたり、平らに伸ばしたりしながら抗議した。

ローガンは帳簿を閉じ、椅子をまわして彼女に向きなおった。「腹が目立たないドレスを着れば問題ないだろう。オルシーニなら、きみのウエストラインを適当にごまかして描いてくれるはずだ。それに出産までの退屈しのぎにもなる」

「やることならいくらだってあります」

「わたしはきみの肖像画がほしいんだよ。作品は、オルシーニが展覧会に出したあとに買いとるつもりでいる」

「展覧会ですって！」マデリンは顔を真っ赤にした。「そんなふうに、まるで飾り物やトロフィーみたいに人前に陳列されるのは――」

「だって実際にそうだろう。きみはわたしのものだ。いつでもどこでも、好きなときに見せびらかすよ」

ローガンの瞳に悪魔めいたきらめきが宿るのを見て、マデリンはぞくりとした。彼女は激しく狼狽し、言葉を見つけることができずに、目を大きく見開いてただじっと夫を見つめた。

「それは？」ローガンがたずね、彼女の手に握られた紙に視線をちらと投げる。

「リストよ、ぶ、舞踏会の費用の。省いたほうがいいものがありそうだから、あなたに助言をいただこうと――」

「こっちに来て見せてごらん」ローガンは椅子を引き、自分の膝をたたいた。

夫の表情に胸騒ぎを覚えつつ、マデリンは歩み寄り、背筋をしゃんと伸ばしたまま用心深く膝に腰を下ろした。「あの、向こうに座ったほうがあなたも楽じゃないかしら――」

「このままで十分、楽だよ」ローガンは腕に力をこめ、彼女を胸に抱き寄せた。リストを手から取り上げ、番号が振られた項目を順番に見ていく。意外にも、省くべきものは見つからなかったらしい。「ま、だいたいこんなものだろうね」と穏やかに言った。

「だって、莫大な費用がかかるのよ。こんなに豪華にする必要はないと公爵夫人に何度も言ったの。でも彼女が一番上等なものばかり注文するから、それで最初に考えていた二倍の額になって……なにを笑っているの」

「わたしの金を使うのに、なにをそんなにためらう必要があるんだい」ローガンはリストを置き、マデリンをいっそう強く胸に抱き寄せた。「倹約はいいけどね、きみは水夫の妻じゃないんだから」

「それはそうだけど、でも、舞踏会のあと、生活費はどうするの」

彼はドレスの襟元のレースをもてあそび、首と鎖骨を隠す薄い布をそっと引っ張って、口の端に笑みを浮かべた。「安心したまえ。これから死ぬまで、毎週この程度の規模の舞踏会を開いても、快適に暮らしていけるから」

マデリンは当惑の面持ちで夫を見つめ、眉を寄せた。「あなたは……わたしたちは……そんなにお金持ちなの？」

「屋敷が四つに、ウィルトシャーには狩猟用の別荘もある」彼女の瞳に好奇心が浮かぶのに気づいたらしく、ローガンはこともなげにつづけた。「ヨットに醸造所に建設会社、タイル工場に炭鉱もある。鉄道会社と船会社の株に投資もしていて、毎年結構な利益が上がる。それにもちろん、美術品のコレクションと、劇場と、その他諸々の財産があるね」仰天した彼女の顔を見て、おもしろがっているようだ。「きみも、どこでも好きな銀行に口座を開くといい。いくらでも贅沢な暮らしをさせてあげられる自信がある」

マデリンはしばらく呆然としていた。どうやら両親よりも、姉たちよりも、あのクリフトンよりもずっと裕福な家の人間になってしまったらしい。

彼女の表情から心の動きを読みとったのか、ローガンは唐突に声をあげて笑いだした。「興奮するのも結構だが、わたしが貴族ではないことを忘れないでくれよ。きみの子どもたちは、ひとりとして爵位を得られないのだからね」

「そんなことどうでもいいわ」マデリンは応じつつ、ふたり目や三人目の子どもが生まれる可能性を思って、鼓動が速くなるのを覚えた。

「子どもたちにとっては大問題かもしれないよ」

「爵位なんてなくても立派に生きていけるわ。あなたのように、自力で成功を手にするすべを学べばいいのよ」

「おやおや、ミセス・スコット」ローガンは口元にからかうような笑みを浮かべた。「わたしをおだてているつもりかい」

彼は膝にのったマデリンを自分のほうに向きなおらせた。お尻の下に硬いものがあたるのを感じて、彼女は頬を染めた。むろんいやな気はしないが、昼日中にするのに適切な行為とは言えない。使用人が部屋に入ってくるかもしれないし、来客の可能性だってある。「ローガン」首筋に唇が寄せられる感触に、マデリンは弱々しく夫を呼んだ。「あの、今日はいろいろとやらなくちゃいけないことがあって……」

「わたしもだ」ローガンはドレスの前を開けていき、彼女がやめさせようとして伸ばした手を払いのけた。

「メイドが来たらどうするの」身ごろのなかに忍びこんだ手に乳房を愛撫されて、マデリンは身を震わせた。

「下がりなさいと命じよう」彼はスカートのなかに手を差し入れ、リンネルの下着を指先でまさぐり、感じやすい部分を探りあてた。興奮に目を細めながら、脚を開かせ、びりびりと音をたてて薄いドロワーズを引き裂く。

「ここではだめ、上に行きましょう」マデリンは懇願し、恥ずかしさに顔を真っ赤にした。彼の体は硬くたくましく、腰の位置をずらしたときには、全身の筋肉がなめらかに収縮するのが感じられた。

「ここがいい」ローガンは言い張り、ズボンの前に手を伸ばした。膝の上でマデリンが身をよじると、声にならない短い笑いをもらした。「扉のほうばかり気にするのはおやめ」

「だって」マデリンは息をのんだ。濡れそぼったなかに硬いものがするりとのみこまれる。

「いけないわ、こんなところで――」

「腕をまわして」ローガンはかすれ声で言った。マデリンにささやきかけながら、両手を彼女の腰に添え、ゆったりとしたリズムへといざなった。

マデリンは歓喜に目を閉じ、両手でベストとシャツをなぞり、筋肉質な背中をやみくもにまさぐった。ふたり同時に身を硬くし、背をそらす。ローガンは彼女の小さなあえぎ声を口づけで消した。マデリンは信じられない思いだった。自分にこんなことが……彼の膝にまたがって、みだらに腰を動かし、大人になってからずっと教えこまれてきた慎みを最後のひとかけらまで捨て去ることができるだなんて。ローガンにけしかけられ、求められて、彼女はたくましい腕のなかですべての恥じらいを捨てた。激しく突き上げられるたびにいっそう深く満たされた。歓喜の波が高く、速くなり、エクスタシーに身を震わせた。ローガンが体をこわばらせ、彼女の肩に歯をたてる。そのかすかな痛みがなぜか、おののくほどの喜びをさらに強烈なものにした。

マデリンは彼の胸にぐったりともたれかかり、ローガンは彼女の乱れた髪に顔をうずめてほほえんだ。「キャピタルで、あの手紙の山の返事をきみに代筆してもらっているあいだ……ずっとこうしたいと思っていた」

「こうしたいと?」マデリンはおうむがえしに言い、顔を上げると、ぼんやりと彼を見つめた。お酒を飲んだときのように頭がくらくらして、ぼうっとしていた。「知らなかったわ」

「見るべきところを見れば、まぎれもない証拠に気づいたはずだよ」

「まあ」マデリンは肘を使って身を起こしながら、夫にほほえみかけた。「だったら、今後は女性の秘書は雇ってはだめよ」

「きみ以外の女性などほしくない」ローガンはぶっきらぼうに言い、わきおこる衝動と必死に闘った。彼女を子猫のように抱きしめて、胸を満たすこの思いを言葉にして伝えたかった。だが彼は顔をこわばらせ、気づいたときにはこうつけくわえていた。「いまのところはね」

彼は無表情をよそおったまま、妻の瞳から輝きが失われていくのを見ていた。マデリンが慎重に身を離し、乱れたドレスを直し始める。彼は冷たい言葉を投げつけたことを後悔した。だがああ言う以外になかった。かけがえのない存在だと悟られるよりは、せっかくのひとときを台無しにするほうがいい。彼はマデリンを信じるという過ちをすでに一度犯している。二度目はあってはならないのだ。

13

舞踏会の晩、マデリンは化粧室の鏡の前に立ち、メイドがドレスの背中のボタンを留め終えるのを待っていた。

エレガントな黒のドレスに雪のように白いエプロンを着けたミセス・ビーチャムが、最後の仕上げを手伝いに現れる。「まあ、お美しいこと」メイド長は歓声をあげ、後ろに下がってマデリンの装いを確認した。「今夜は奥様が一番おきれいですよ。だんな様もきっとくぎづけでしょう」

マデリンは笑みを浮かべたが、内心では不安に胸をどきどきさせていた。「花は全部届いたのかしら。誰か厨房の様子は見てきた？」

「なにもかも問題ありませんからご安心ください」メイド長が請けあう。「邸内はきれいな花でいっぱいですし、料理長も特別に腕によりをかけたそうですから。きっとみなさん、楽園に来たと思われるはずですよ。それに奥様がみなさんをお出迎えするときには、ロンドン中の男性がだんな様に嫉妬しますとも」

マデリンは緊張の面持ちでおなかに手をあてた。平らだったおなかはかすかにふくらみを帯びつつあるが、真紅のベルベットのドレスが巧みにそれを隠している。真紅のドレスは、ほっそりとした上半身にぴたりと寄り添った身ごろから、生地が幾層にも重ねられ、歩くとかさかさと音をたてるスカートへと流れるようなラインを描いている。驚くほどシンプルなデザインで、唯一の装飾は身ごろの胸元に並ぶ、きらめくルビーをあしらった三つの留め具だけ。ルビーの上では、コルセットで高く持ち上げた乳白色の胸元が輝きを放っている。

陰影のある真紅は彼女にとてもよく似合い、肌を磁器のように輝かせ、琥珀色の瞳をいっそう美しく見せた。金茶色の髪は太く編んで頭頂部にピンでまとめ、さらに巻き毛を散らして、ほっそりと長い首筋を際立たせている。

大またで部屋に入ってきたローガンが、唐突に足を止めた。黒と白の正装に身をつつんだ彼はとびきりハンサムに見えた。ベストは青みがかった灰色のやわらかなシルクだ。マデリンの知るかぎりこの世で最も印象的な青い瞳が、彼女を目にしたとたん、動揺の色に似たものをたたえた。口を開いたとき、彼の声はいつもより深みを増して聞こえた。

「気に入るといいんだが」彼は言いながら、黒い宝石箱を差しだした。思いがけない贈り物に驚きと喜びを同時に覚えつつ、マデリンは一歩前に進みでてそれを受け取った。ミセス・ビーチャムがほほえみながら、メイドの先に立って部屋を出ていき、扉を閉めてふたりきりにする。

宝石箱を開けたマデリンは仰天して息をのんだ。きらめくルビーと金のネックレスに、揃いのイヤリングが入っていた。「きれいだわ！　贈り物なんてまさか……」彼女は夫を見上げた。「こんなに高価なものを、ありがとう、ローガン」

ローガンは頬をかすかに赤らめ、箱から重たいネックレスを取りだすと、マデリンの後ろに立って首に留めた。彼女は鏡に映る自分たちを見つめながら、身じろぎもせずに立ち、温かな指先がうなじをかすめるのを感じていた。夫は小さな留め金をなかなかはめることができないようで、指先をもつれさせている。彼の息が、入念にまとめられた巻き毛にかかった。

マデリンはルビーのイヤリングを自分でつけ、軽やかに揺れる感覚に喜びを覚えながら、くるりと振りかえった。「このドレス、どうかしら」夫と向きあってからたずねる。

残念ながら、彼は感嘆の声をあげることも、褒め言葉をかけることもなかった。「胸が開きすぎだな」

マデリンはかすかに眉を寄せた。「ジュリアにも見てもらったのよ、完璧だって言ってくれたのだけど」

「騒動でも起こそうというなら、ぴったりだがな」彼はつぶやき、食い入るように胸元を見つめた。

「お気に召さないなら別のドレスに着替えるけど――」

「いや、そのいまいましいドレスでいい」関心のなさそうな声音を作ろうとしたようだが、夫の口から出てきた声はいかにも不機嫌そうだった。

マデリンは口のなかを噛んで、笑いたくなるのをこらえた。じっと見つめつづける夫がなにか言うのを、辛抱強く待つ。

「そんな格好じゃ、風邪をひくぞ」彼はぶっきらぼうに言った。

「屋敷中、暖かくしてあるもの」マデリンは指摘した。「だからこれで大丈夫よ」ローガンの脇にたらされた手をふと見ると、彼女に触れたい衝動と闘うかのように、指先がぴくぴく動いているのが見えた。「下に行きましょうか?」

ローガンは無愛想に鼻を鳴らして彼女に腕を差しだすと、舞踏室にいざなった。そのしぐさは、華やかなパーティーを楽しみに行くというより、面倒な義務を果たしに行くという感じだった。

幸い、招待客はみな舞踏会を心から楽しんでいるようだった。数百人の客たちが邸内を移動し、美術品のコレクションや、ビュッフェテーブルに並ぶ贅を凝らした数々の料理や、舞踏室から流れてくる軽快な音楽に感嘆の声をあげる。東洋の花瓶に生けられた蘭やオニユリの大きな花束が、エキゾチックな香りを漂わせている。

ロマンチックな雰囲気に触発された恋人たちがつかの間のランデヴーを楽しもうと、屋敷のそこここにある人目につかない物陰に忍びやかに身を隠す。ゴシップ好きの婦人たちは、元気いっぱいのめんどりの群れのように、ひとところに集まっている。どうやらジュリアは、ローガンが行き来するいくつもの異なる社会から、まんべんなく招待客を選びぬいたらしい。客は貴族から裕福な庶民、芸術家、作家、政治家まで、じつに多岐にわたっていた。おかげで場はますます盛りあがり――今夜一晩で、何週間も新聞の紙面をにぎわせ、人びとを楽しませるのに十分なスキャンダルが生まれつつある。紳士たちは惜しみなく提供される上等な酒や葉巻を堪能しながら、ときおり、のらりくらりと誘いをかわす女性たちの気を引こうとして小競りあいを起こしている。とはいえ、どの女性客もマデリンほどの注目を集めてはいないようだ。

意外にも彼女は、笑みをたやさずおしゃべりに興じ、驚くほど巧みに周囲の人びとから話題を引きだしていた。ここまでリラックスした様子は見たことがない、そう思う一方でローガンは内心、小さいころからこういう世界で生きるためにしつけられてきたのだから当然だな、と皮肉めかして考えた。社交界で華やかに生きる洗練された女あるじになるよう、教育を受けてきたのだから。もちろん彼女の両親は、娘を彼のような男と結婚させようとは考えもしなかっただろう。だが当のマデリンは、俳優の妻である自分を恥じて当然なのに、そんなそぶりすら見せない。

ローガンは妻のもてなしぶりに小さな誇りを覚える一方で、もっとましな人生を彼女に与えられたなら、と苦い思いにとらわれた。どんなに立派に客をもてなそうと、クリフトンの花嫁になっていたなら可能だった、上流社会の一員としての立場はもう手に入らない。娘のためにきちんとした縁組を望んだマシューズ夫妻のことも、ローガンは責める気になれなかった。むしろ夫妻に不思議な共感を覚え、舞踏会に現れた彼らの姿を目にするとその思いはいっそう強まった。

屋敷を訪れた夫妻は、いかにも嬉しそうな表情を浮かべ、礼儀正しく振る舞っていた。だが内心では、自尊心と苦々しい思いが入り交じっていたにちがいない。ローガンのような過去を持った男は、良家の娘であるマンデリンに似つかわしくない。申し分のない家柄に生まれながら、庶民と結婚したマデリン。たしかにローガンは裕福だ。だが彼には誇るべき血統がない。

やがて、主催者がダンスを披露する時間がやってきた。ローガンは妻に腕を差しだし、フロアの中央へといざなった。マデリンは見たこともないくらい生き生きとしており、琥珀色の瞳を興奮にきらめかせ、頬を紅潮させている。そういえば彼女、舞踏会はこれが生まれて初めてなんだな……ローガンはかすかな驚きとともに思いだした。マデリンはけっきょく一度も、社交の場で未来の夫候補に紹介されるという機会を得られなかったのだ。

ローガンが片手をほっそりとしたウエストに添え、もう一方の手でしなやかな指を握りしめると、マデリンは彼を見上げ、少し息を弾ませて打ち明けた。「じつはわたし、男の人と踊ったことがないの。学校でレッスンを受けただけ。週に一度、先生が来てくださったの。ほかの女生徒と組んで踊るから、かわりばんこに相手をリードするのよ」

ローガンは思わずほほえんでから、「今夜はわたしがリードしよう」とそっけなく言い、楽師たちにうなずいて合図をした。

軽快なワルツが始まる。気づいたときにはマデリンは、メロディーに乗ってフロアをすべるようにステップを踏んでいた。ローガンはほかのあらゆることと同様、ダンスも飛びぬけて上手だった。どうすればパートナーが最も美しく見えるかちゃんと心得ており、彼女がためらったり、うっかりつまずいたりしないよう、巧みにリードしてくれた。

踊りだして最初のうち、マデリンは自分が硬くなっているのを自覚していた。夫のリードについていかなければ、ステップをまちがえないようにしなければと、必死に意識を集中させていた。すると、ローガンが彼女の一生懸命な表情に気づいて笑いだした。

「リラックスして……」

「無理よ。踊るだけで精一杯」

「わたしの顔を見て」

おとなしく従うと、それだけでなにもかもが楽になった。彼がどちらにリードしようとしているのか、知らなくても、気にかけなくても大丈夫。見つめる温かな青い瞳と、支えるたくましい腕だけを意識していればよかった。ときおり太ももが触れあい、指先に肩の筋肉の硬さを実感した。舞踏室が回転しているような錯覚にとらわれて、マデリンは思わず彼の手を強く握った。気持ちが浮き立って、この夜が一生つづいたらいいのにという思いで胸がいっぱいになる。

招待客たちが自分たちも見せ場を作らねばと次々にワルツに参加し、やがてフロアは踊り手たちであふれかえった。ワルツが終わり、つづけてカドリールが始まると、ローガンはマデリンを部屋の隅のほうにいざない、小さくほほえんだ。「なかなかいい先生に習ったようだね、マダム」

「ああ、楽しかった」マデリンははしゃいだ。彼の手をまだ放したくない。「よかったら――」

「もう一曲——」ローガンも同時に口を開いた。だがふたりはすでに、マデリンの次の相手を所望する老若とりまぜた大勢の男性に囲まれていた。彼女はびっくりして夫を見やった。

「きみを独り占めするわけにはいかないようだ、ミセス・スコット」彼は言うと、強いて笑みを浮かべて一歩下がり、カドリールの陣形のなかへと引っ張られる妻を見送った。男が人前で妻に過度の愛情を向けるのは、いまの時代に流行らない。それに彼には、主催者として女性客と踊る義務がある。

これまでローガンは、女性たちとのたわむれを大いに楽しんできた。女性ならではの複雑さも、体型や香りや身のこなしのちがいも魅力に感じていた。だがなぜか、それらのすべてにもはやいっさい興味を覚えない。ほしいのはマデリンだけだった。あのいまいましい真紅のドレスを着た官能的な美しさに、すっかり心を乱されていた。生まれてこの方、一度もやきもちなど焼いたことがないというのに、いまや嫉妬のかたまりだ。もしもいま、友人の誰かが意味深長な祝福の言葉をかけてきたりしたら、この場でその息の根を止めてしまうかもしれない。ここにいる男はひとり残らずマデリンを狙っている。誰もが彼女に色目をつかい、彼女の顔や体を、とりわけあの半分あらわな胸を、いやらしい目で見ている。

彼はむかむかしながら、これまで自宅で人をもてなすのを避けてきた理由を思いだした。いいかげんにお開きにしたいと思っても、どれだけ礼儀正しい言葉を選んだところで招待客に帰ってくれと言えないからだ。しかも、客を放っておくこともできない。これがよその屋敷で催された舞踏会なら、彼はもうとっくに暇を告げているだろう。彼はどこかで、どこでもいいからどこかで、マデリンとふたりきりになりたかった。脳裏を激しい妄想が駆けめぐる。ベルベットのスカートをたくしあげて、そのあたりにある長いテーブルの上で結ばれ、フロアの真ん中でドレスを脱がせて、柱のあいだの大きな鏡に映る自分たちの姿を眺めながら……。

扇情的な妄想を誰かがさえぎった。夫からしばし離れてこちらにやってきたジュリアが、ローガンの肩をたたいたのだ。雛鳥の成長ぶりに大満足の母鳥のような表情を浮かべたジュリアは、「おめでとう」と嬉しそうに言った。「マデリンみたいな妻を手に入れて、本当に幸運な人ね」

「よく言われるよ」ローガンはつまらなそうに応じた。「少なくとも一〇〇回は言われた」

ジュリアはほほえんで、ローガンの視線の先にいるマデリンを見やった。数メートル離れたところで男性陣に囲まれている。「彼女には、あなたにもわたしにもない素晴らしいものが備わっているわ。根っから人間が好きなのね。誰にでも心から興味を持って接するから、相手もそれに応えずにはいられなくなるのよ」

「わたしだって人間は好きだぞ」言い訳がましく言うと、ジュリアは声をあげて笑った。

「利用価値があると思った相手だけでしょう」

ローガンは口の端に苦笑いを浮かべた。「なにもかもお見とおしだな」

「そんなことないわ」ジュリアは青碧の瞳を愉快そうにきらめかせた。「長年のつきあいになるけど、あなたにはいまだに驚かされるもの。たとえば、マデリンに対するあなたの態度とかね。あんなロマンチックな一面が隠されているだなんて、ちっとも気づかなかった」

「ロマンチックときたか」皮肉屋を自負するローガンは冷笑交じりに言った。

「否定するならどうぞご自由に。マデリンの意のままだとあなたが認めるのも、どうせ時間の問題でしょう」

「一〇〇年くらい先の話だろうな」ローガンはしかめっ面で、歩み去るジュリアを見送った。その視線をすぐに、離れたところにいる妻に戻す。まだ男どもに囲まれている。ずかずかとそちらに向かっていったが、途中で投資事業のパートナーたちにつかまった。内心やきもきしつつも、彼らの大げさな祝いの言葉に笑みで応じ、男同士の会話に少し参加する。

そこへ幸いにも、助け舟を出してくれる者があった。アンドルーだ。彼はローガンのこわばった肩をたたき、心からの祝いの言葉を述べると、絵画の購入方法について助言がほしいと口からでまかせを言い、その場を離れる口実を与えてくれた。

「よくもまあ、あんなとんまたちとしゃべっていられるな」アンドルーは声を潜めて言った。

「金利だの配当だのの話に比べれば、死体安置所を訪れるほうがよほど楽しいんじゃないか」

「あのとんまたちこそ、英国で最も金融の世界に通じた人たちなんだがね」ローガンはそっけなく応じた。「おまえも彼らとおつきあいしたほうがいいんじゃないのか」しゃべりつつ、視線をシャンデリアの光のなかに立つマデリンに戻す。透きとおるように白い肩はベルベットのつやを帯び、結い上げた髪は金色から淡褐色までさまざまな色彩の陰影を織りなしていた。

彼の視線の先を追ったアンドルーがにやりとした。「みっともないぞ、ジミー。きみにかぎっては、自分の妻に欲情するなんて俗物じみた振る舞いはまさかしまいと思っていたんだが……ま、血は争えないというからね」

ローガンはアンドルーの顔をきっとにらんだ。いまの言葉に隠された意味があるのではないかと探したが、アンドルーがなにかを企んでいる様子はない。「わたしは俗物などではないぞ。だが今夜のわが妻を一目見れば、そうなっても仕方なかろう」

「その点については反論しないよ。今夜を境に、ロンドン中の素人詩人どもが彼女に捧げる頌歌《しょうか》をせっせと書くようになるだろうね。天使の容貌に、電撃結婚につきまとうスキャンダルの香り……彼女には、大衆を好奇心で夢中にさせるあらゆる要素が備わっている」

「わたしをおかしくさせる要素もだ」ローガンがつぶやくと、アンドルーはくすくすと笑った。

「それにしても、よくここまで自力でのしあがったな」アンドルーはクリスタルのワイングラスを口元に運びながら言った。今夜の最初の一杯でも最後の一杯でもないのは明らかだ。「じつにうらやむべき人生だよ。富、立派な屋敷、若く美しい妻――なにも持っていなかったきみがな。一方のわたしは、家柄と財産と土地、すべてを持って生まれたというのに、そのほとんどを空費している始末だ。最近では、早くあのご老体が亡くなって、高貴なる称号を譲ってくれないかとそればかり考えているよ。だがわたしは不運な男だからな、ご老体が亡くなるころには、こちらも年老いて、せっかくの地位を享受できずに終わるんだ」

苦々しげな口調に驚いたローガンは眉を上げ、「どうかしたのか、アンドルー」と弟相手のように気安く問いかけた。

アンドルーはためらい、声をあげて笑った。「わたしのことなど気にするな。素晴らしい人生と、奥方との甘い夜を楽しみたまえ」

腹立ちと不安を同時に覚えつつ、ローガンはアンドルーを見つめた。きっとまた面倒なことになっているにちがいない。無理やり事情を聞きだし、また問題を解決してやる――できれば今夜はそんなことにかかわりたくない。だが手を差し伸べたいというこの衝動からは、これまでもそうだったように、これからもけっして逃れられない。誰にも言えないふたりの関係を知ったいまは、なおさらだ。

最後にもう一度だけマデリンに切望をこめた視線を投げてから、ローガンは内心ため息をつき、アンドルーとの会話だけに意識を集中させた。「上等な葉巻をとってあるんだ」とさりげなく言う。「あれを楽しむには今夜が最適だな。一緒にどうだ」

葉巻と聞いて、アンドルーは多少なりとも気分が晴れたらしい。「ああ、ビリヤード室に持ってきてくれ。ほかにも何人か誘おう」

ローガンは途中で何度か招待客たちに呼び止められ、会話を交わしつつ、舞踏室をあとにした。ようやく扉にたどりついたとき、マデリンの姉のジュスティーヌと夫のバグワース卿がいるのが目に入った。どうやら口論の最中らしく、部屋の隅に立ち、強い口調で何事か言いあっている。ジュスティーヌは憤怒に目を細めていた。

ふたりが哀れで、舞踏室を出ながらローガンは思わず苦笑いしそうになった。ダンスではきっとジュスティーヌが夫をリードするのだろう。両親に甘やかされて育った美貌のジュスティーヌは、常に自分が注目の的でないと気がすまないとみえる。マシューズ夫妻は残るふたりの娘たちにほとんど目もくれず、長女だけを溺愛してかわいがった。だがそれは、まったくジュスティーヌのためにならなかったのだろう。彼女の人となりを知ったいまでは、マシューズ夫妻がマデリンをないがしろにしたのが不思議なくらいだ。彼は皮肉めかした笑いを口元に浮かべ、かぶりを振りながら、とっておきの葉巻を取りに書斎に向かった。

群がる紳士たちに少し休憩させてほしいと伝え、マデリンは部屋の隅に下がった。義兄のバグワース卿が、ずらりと並ぶ大きな窓のそばにたたずんでいるのが見える。こちらに気づいていない様子で、なぜか丸顔をゆがめて、整形庭園をただじっと見つめている。バグワースはあまり背が高くなく、とりたててたくましくもないが、優しくて感じのいい紳士だ。

「ああ、ミセス・スコット」彼は言い、笑みを浮かべてマデリンの手をとると、恭しくおじぎをした。「素晴らしい舞踏会だね。今夜のきみは、見たこともないくらいきれいだ」

「ありがとうございます。お義兄《にい》様もお姉様も、楽しんでらっしゃるかしら」

「もちろん」バグワースは反射的に応じたものの、相変わらず悩ましげな表情を浮かべている。彼はしばし黙りこんでから、まじめそうな茶色の瞳でじっとマデリンを見つめ、「じつは――」とためらいがちに口を開いた。「きみの姉上とちょっとけんかをしてね」

どうしてそのようなことを聞かされるのかわからず、マデリンは眉を寄せた。「それは……あの、わたしになにかできることはありますか」

「ああ、たぶん」バグワースは落ち着かない様子で片手をもう一方の手に重ね、きつく握りあわせた。「じつはね、ミセス・スコット、ジュスティーヌはきみの今夜の成功ぶりを見て、苦しんでいるようなのだよ」

「わたしの……成功？」マデリンは驚いておうむがえしに言った。姉が嫉妬するなんてありえない。ジュスティーヌはいつだって、誰よりも美しく、みんなから崇拝され、人気者だった。「わたしには、どうして姉が苦しむのかまったく理解できませんわ」

バグワースはいかにもばつの悪そうな顔になった。「きみも気づいているだろうが、ジュスティーヌには少々気位の高いところがあってね。きみが今夜こうして成功したことで、いずれ自分の影が薄くなるのではないかと不安を感じているのだよ」

「でも、そんなことありえません」

「そうは言っても彼女は実際に悩んでいるわけで、なにかとんでもないことをしでかすかもしれないのだよ」

「たとえば？」

バグワースは室内に不安そうな視線を投げた。「きみのご主人はいまどこにいるのかな、ミセス・スコット」

マデリンは目を見開いた。どうしてここでローガンが出てくるのだろう。嫉妬に駆られた姉が、自分の魅力を確認するだけのために、彼の前に身を投げだすとでもいうのだろうか。

「夫を捜しに行ったほうがいいとおっしゃるのですか」

「ああ、それがいいね」バグワースは即答した。

信じられない、というふうにかぶりを振って、マデリンは声をあげて笑った。「まさか姉がそんなこと……いったいどうして……」

「そういう可能性もあるというだけだよ」バグワースは静かに応じた。「信じていたものが、なんの根拠もない思いこみだったとわかることもある」

「姉が不安を感じているとしても、実際に姉に太刀打ちできる人なんていませんわ。まして、わたしなんて論外です」

バグワースは動揺を押し隠すようにほほえんだ。「スコット家とは長いつきあいだ。わたしはずっと、きみがふたりの姉の影のような存在に甘んじているのを見てきた。でもきみだって、魅力的な、洗練された女性として認められる権利があるんだよ」

マデリンは気もそぞろに笑みを浮かべた。ローガンのことしか、彼がいまどこにいるかということしか考えられない。「ありがとうございます、バグワース卿。わたしはちょっと失礼して――」

「ああ、早く行きたまえ」バグワースはおじぎをして彼女を見送ると、窓辺にたたずんだまま、大きくため息をついた。

書斎に入ると、ローガンは机のそばのサイドボードを探った。誰かがついてきたことにも、挑発的な声が聞こえてくるまで気づかなかった。「なにを探してらっしゃるの、ミスター・スコット。それとも、ローガンと呼ぶべきかしら。わたしたちはもう家族なんですもの」

葉巻の箱を片手に身を起こしたローガンは冷笑を浮かべ、ジュスティーヌが部屋に入ってきて扉を閉めるのを見つめた。「わたしになにか用でも、レディ・バグワース？」と無表情にたずねる。

「ふたりきりでお話がしたいの」

「時間がないので」ローガンはそっけなく応じた。「客の応対をしなければなりませんから」

「あら、家族よりもお客様のほうが大事？」

ローガンは冷ややかにジュスティーヌを見やった。彼女がなにを企んでいるのかくらい承知している。いままで数えきれないほど大勢の既婚女性から、さまざまな理由でこんなふうに言い寄られてきた。「話というのは？」礼儀正しく振る舞うのも面倒で、ぶっきらぼうに問いただす。

ジュスティーヌはつれない態度にたじろぐ様子も見せず、挑発的にほほえむと、誘うようにゆっくりと彼に歩み寄った。「あなたが妹を幸せにしてくださっているかどうか知りたいの。心配でしようがないのよ」

「だったら妹さんに訊いたらどうです」

「あの子はわたしに本当のことなんか言わないわ。妹はうわべをとりつくろうことで頭がいっぱいだから」

「わが妻の幸せを疑う理由でもあるんですか？」

「あなた方が不釣合いだという明白な事実があるだけよ、ミスター・スコット。あなたのような男性と、わたしのかわいい妹……あの子には、あなたのような人をどう扱えばいいかまるでわからないでしょうね。きっとあなたのことを、心底怖がっているにちがいないわ」

「そんなふうには見えませんけれどね」ローガンは冷ややかに言い、こみあげるジュスティーヌへの軽蔑を隠した。「では、わたしにふさわしいのはどのような女性だとお考えですか」

「そうね、美しくて、自信に満ちあふれ、経験豊富な……」ジュスティーヌは巧みに肩をすくめた。パフスリーブが肩口まで落ち、ブルーのドレスの前身ごろが下がって、危うく乳首が見えそうになる。彼女はテーブルに背をもたせて胸をつきだし、上目づかいにローガンを見つめた。

露骨な誘いのしぐさに、ローガンは思わず噴きだしそうになった。「お誘いは嬉しいんですが」言葉とは裏腹に、乾いた声音を作る。「妻以外の女性にはいっさい興味がありませんので」

ジュスティーヌは嫉妬と怒りに瞳をぎらつかせ、「嘘おっしゃい」と断言した。「わたしをさしおいて、あの内気で平凡な妹を選ぶわけがないわ！」

ローガンはからかうような笑みをたたえて彼女を見つめた。あの手に負えないおてんば娘、彼の人生にずかずかと足を踏み入れ、すべてを変えた娘を形容するのに、「内気」も「平凡」

もまるでふさわしくない。「ドレスの胸元を直して、舞踏室に戻ったほうがいいですよ」

　にべもなく拒絶されて、ジュスティーヌはますます決意を固めたらしい。「だったらその気にさせてあげるわ」と言うと、自らローガンに抱きついた。

　もう笑っている場合ではなかった。唐突に身を寄せてきた彼女から、ローガンは必死に離れようとした。箱が床に落ち、上等な葉巻が絨毯に散らばる。ローガンはいらだちと呆れがないまぜになったため息をついた。まるで出来の悪い道化芝居だ。慌てて身をよじったそのとき、彼は書斎の扉が開くかすかな音に気づいた。いきなり妻の声が聞こえてきて、愕然とした。なんということだ……彼はマデリンのほうに視線をやった。

「捜していたのよ、お姉様」彼女はそう言い、ローガンではなく姉を見つめた。マデリンは落ち着きはらった、用心深い表情を浮かべており、さすがの彼も今度ばかりは妻がなにを考えているのかさっぱりわからなかった。

　ローガンはぐっと歯を食いしばった。ジュスティーヌの乱れたドレスと、抱きあうようなふたりの体勢……それがマデリンの目にどう映るかは、考えてみるまでもない。ローガンにとって、この世で絶対に我慢できないことがあるとしたら、それはこんなふうに女性に操られることだ。

　ジュスティーヌを恐ろしい目つきでにらみつけてから乱暴に押しのけ、彼は妻に向きなおった。彼のなかの意地の悪い一面が、この機会にマデリンを徹底的に傷つけてやれとそそのかす。だが彼は即座にその声をはねつけた。マデリンが夫をどう思っているにせよ、姉に下心を持っているなどと勘ちがいをさせてはならない。い。不実な夫にはなりたくない。

「マディ……」口を開きかけたローガンは、言うべき言葉を見つけられずにいる自分に気づいた。こんなことはついぞなかった。冷や汗をたらしながら、恐れとともに、この状況をきちんと説明する言葉をいくつもいくつも考えてみる。しかし、声を発することさえできない。

ジュスティーヌは勝ち誇った笑みを浮かべ、挑戦的に妹を見やった。「あなたのだんな様って、まるでこらえ性のない方のようね。わたしはただ話がしたかっただけなのに、彼ときたら——」

「なにがあったのか、わかってるわ」マデリンは穏やかにさえぎった。「今後は、わたしの夫の前に身を投げだしたりしないで。お姉様にそんな不愉快なことをされるいわれは彼にはないの。もちろん、わたしにも」

ジュスティーヌはドレスの前と袖を直した。「妹には、好きなように話すといいわ」ととげとげしい声でローガンに言う。「どうせなんの罪もない被害者のように話すに決まっているでしょうけど。妹はばかみたいにお人よしだから、そんな話でも信じてくれるかもしれないわね」彼女は憤怒の表情でさっさと書斎を出ていき、勢いよく扉を閉めた。

ローガンは妻を見つめた。少年のころ、ちょっとした悪さをしてつかまったときのような、みじめな気分だった。「マディ、わたしは彼女を誘ったりは——」

「わかってるわ」マデリンは淡々と応じた。「あなたは、たとえ心のなかで惹かれていたとしても、自分の妻の姉を誘惑しようなんて考えない人だもの」

「彼女に惹かれてなどいない」ローガンはつぶやき、くしゃくしゃになるまで両手で髪をかきあげた。

「ああ……そんなふうにしちゃだめ」マデリンが歩み寄り、少し背伸びをして、手袋をしたままの手で彼の髪を梳いて乱れを直す。優しく触れられて、ローガンの腹立ちは少しおさまった。「いずれにしても、姉は最後までどうこうするつもりはなかったと思うわ。誰かの気を引きたかっただけだろうから」

「気を引かれるどころか、殺してやろうかと思ったよ」

「こんな目に遭わせて、ごめんなさい」

髪を撫でる妻の手をつかんで、ローガンはその小さな顔をじっと見つめた。「わたしを疑って当然なのに、なぜ」

「どこが当然なの」マデリンが静かに応じ、ローガンはいらだったように首を振った。

「立場が逆だったら、わたしはきみを完璧に疑っていた」

小さな苦笑いのようなものがマデリンの口元に浮かぶ。「でしょうね」

その言葉に、ローガンはますますいらだった。「だったらどうして、そんなふうに突っ立って、あなたを信じるなんて言えるんだ。反対の立場ならこうはならないとわかっていて、どうして」

「なぜあなたを信じてはいけないの？」マデリンは静かに問いかけた。「あなたはずっと、誠実に、寛大にわたしに接してくれていたわ」

「誠実？」ローガンはおうむがえしに言い、正気を疑うような目で妻を見つめた。「わたしはきみの純潔を奪い、結婚もしていないのにみごもらせ――」

「キャピタルで働き始めたばかりのとき、わたしがどれほど言い寄っても、あなたは必死にわたしを遠ざけようとしたわ。わたしが本気でそれを望んでいるとわかるまでは、愛を交わそうともしなかった。そして妊娠がわかったときには、わたしを憎んでいるのに結婚を申しこんでくれた。わたしはあなたを騙したのに、あなたはいつだって誠実に、正々堂々と――」

「もういい」ローガンは不快げに顔をこわばらせた。「わたしはきみにひどい仕打ちをしてきたし、そういう態度をすぐにあらためるつもりもない。だからおべっかも、雌ジカみたいな目で人を見るのもよしてくれ。そんなことをされたって、わたしの気持ちは変わらない。わかったか」彼は無意識に妻の両の腕をぎゅっとつかんでいた。半袖のドレスと手袋のあいだにのぞく素肌が手のひらに触れる感触に、ようやく自分がなにをしているのか気づいた。

「わかったわ」とつぶやいたマデリンのやわらかな唇がすぐそばにあった。その唇に口づけ、そこに浮かぶ笑みのかけらを奪い、ドレスのなかに両手を忍ばせたい。ローガンはそう強く願った。彼女に求めているのは肉体的な喜びだけ。信頼などほしくもない。愛情もいらない。

妻のドレスの背に手をまわすと、ローガンはその手を臀部に這わせ、自分のほうに強く引き寄せた。「きみがほしい」とつぶやいて、胸の谷間をのぞきこみ、首の付け根の甘く香るくぼみに唇と鼻を押しつける。「上に行こう」

「いま?」マデリンは訊きながら、硬くなったものを押しつけられる感覚に息をのんだ。

「いまだ」

「でも、お客様が……」

「勝手にやらせておけばいい」

マデリンは震える声で笑った。「あとにしましょう。わたしたちがいないことに気づいたら、きっと噂を――」

「噂などいくらでもすればいい」ローガンはすっかり理性を失っていた。アンドルーの悩みも、招待客へのもてなしも、評判もどうでもいい。「わたしが二階できみと愛を交わしていると……きみはわたしのものだと……連中が知ればいい」彼はむさぼるように唇を重ね、マデリンを味わった。彼女の香りと感触に、ますます高ぶっていく。きれいに結った金茶色の髪を指先でまさぐり、ヘアピンを抜き始めると、彼女は息を荒らげて身を離した。

「わかったわ」頬を紅潮させ、マデリンは息も絶え絶えに言った。「喜んで……あなたの相手になるわ。でも、階段にたどりつく前に、きっとお客様に呼び止められてしまうから」

ローガンはほほえんで、一瞬だけ激しく口づけ、「邪魔するやつは、ただじゃおかない」と言いながら妻を戸口へと引っ張っていった。

14

それから数カ月が経ち、マデリンの体の状態ははた目にもわかるくらいになっていた。外出もできるだけ控えねばならなかった。買い物や、馬車で遠乗りや、公園に散歩に出かけるときには、少なくともふたりのお付きの者がついてくる。ローガンは彼らに妻を疲れさせないよう、安全でない場所に行かせないよう、きちんと食事をとらせるよう、厳重に注意を与えていた。

「子ども扱いするのはもうやめて」ある朝マデリンは、化粧台の前に座りながらローガンに訴えた。自由を奪われて、腹を立てずにはいられなかった。それまでやりたいことをやり、行きたいところに行っていた彼女にとって、妊婦らしい静かな生活は耐えがたいものだった。「なにをするにも必ず誰かが手を貸したり、代わりにやってくれたり……しまいには、食べ物を食べさせようとすることもあるのよ」

ローガンは彼女をからかうでも、ばかにするでもなく、真剣な面持ちで耳を傾けている。

「子ども扱いしているわけじゃない。きみの健康はなによりも大切だろう」

「でも、牢屋に入れられているみたいだわ」マデリンは無愛想に応じた。「外出だってしたいし、やりたいことがたくさん……」

「たとえば？」

マデリンはため息をついてブラシを取り、肩にたらした長い髪に乱暴にあてた。「舞踏会以来、わが家には誰も来ないわ。お友だちはジュリアだけ。でも彼女はあなたと同じで、いつも劇場の仕事で忙しい。それに、毎日のように何通もの招待状が届くのに、お誘いに応じることはいっさいない」

彼女の小さな、こわばった顔を見つめるうち、ローガンの眉間にしわが浮かんだ。予期していたことが現実になったのだ。用心深く守りつづけてきた半隠遁生活もついに終わりを迎えるときがきた。マデリンは若く活発な女性だ。社交界で楽しみ、たくさんの友人を作り、ロンドンのさまざまな娯楽を体験したがるのも当然だろう。

「よくわかった」彼は妻の手からブラシを取り上げ、脇に置いた。かたわらにしゃがみ、目の高さを合わせる。「きみを金の籠に閉じこめられた鳥のように扱うつもりはないよ。日中の時間ももう少し楽しく過ごせるよう、考えてみよう」そしてからかうような笑みを口元に浮かべた。「夜の時間については、ご不満はないと思うが」

「ないわ」マデリンは頬を染め、夫に笑みをかえすと、顔を上げて口づけを受けた。

約束どおり、ローガンはマデリンをさまざまなところに連れていくようになった。美術館、競売会場、晩餐会、音楽の夕べ。ドルリーレーンやロイヤルオペラハウスでは、優雅なボックス席で観劇した。嬉しいことに、彼は週末に郊外の屋敷で開かれるパーティーにも連れていってくれた。そうしたパーティーでマデリンは、共通の趣味や話題のある若い既婚女性たちと知りあうこともできた。社交の場に足を運ぶことをローガンが心から楽しんでいるわけではないことは、彼女も承知している。必ず人びとの注目や噂の的となり、騒がれるからだ。夫が自分のために大切なプライバシーを犠牲にしてくれているのだと思うと、不思議でもあり、嬉しくもあった。

ローガンという夫を得たことに対して多くの女性から嫉妬されているのも、マデリンはちゃんと承知していた。なにしろ彼は魅力的だし、知性があるし、寛大だし、世のほかの男性にはない粋な雰囲気を漂わせている。結婚生活は幸せだった。彼と一緒に過ごす時間、彼のユーモアセンス、そしてもちろん夜の営みも、マデリンは心から楽しんでいた。

だが、ふたりの関係がどれほど親密で心地よさげに見えたとしても、本来の幸福とは大きな隔たりがあることもマデリンはわかっていた。ローガンはけっして、かつてのようには見つめてくれなかったし、激しく切望するように口づけることもなかった。彼は常に、わずかではあるが決定的な距離を妻とのあいだに保っていた。彼が妻を信頼していないのも、二度と心を通わせるつもりがないのも、明らかだった。そんな彼への思いを、マデリンは必死に胸にしまいこもうとした。どんなに愛したところで、たとえ彼がどんなにそれを望んだところで、許してもらえる日は来ないのだから。

ジュリアが助言してくれたとおり、マデリンはやがて食欲を取り戻し、体重も元に戻り、以前よりもむしろふっくらとした体になった。外見の変化をローガンにどう思われるか、内心気が気でなかったが、その不安はすぐに吹き飛んだ。

「今夜からわたしの部屋で休みなさい」ある晩、ローガンは彼女を自室のベッドに連れていき、愛を交わしたあとで言った。そして、裸のお尻を撫でながら、ぶっきらぼうにこうつけくわえた。「したくなるたびに呼ぶのも——脚がこむらがえりを起こすたびに部屋に駆けつけるのも面倒だ」

夫の腕のなかで寝返りを打ちながら、マデリンはあくび交じりにほほえんだ。「あなたの邪魔をしたくないわ。ひとりで眠るほうが好きなんでしょう」

「大して邪魔でもない」彼はマデリンのおなかを撫でながら言った。「まだ」

マデリンは夫に背を向けて横たわった。「じきにベッドの半分を占領するくらい大きくなるわ。ああ、もっと背が高かったらよかった。わたしのように小柄だと、おなかが大きくなってきたときに格好悪いのよ。まるでアヒルみたいになるんだから」

ローガンは大きな体に彼女を抱き寄せた。「マダム」と呼びかける声が温かく耳をくすぐる。「きみをどれほど欲しているか、毎晩こうして身をもって示しているだろう。自分の魅力を疑う理由など、もうないと思うけどね」

「まさか、太った女性が好みなの？」とたずねると、首筋にあてられた彼の唇に笑みが浮かぶのがわかった。

「ある特定の太った女性だけね」ローガンは彼女を仰向けにさせた。「どうやらあらためて証明してほしいようだな」

マデリンは彼に背を向けて気乗りしないふりをした。「いいのよ、無理しなくて――」

「いや、証明してみせる」ローガンはつぶやくと、ふたたび彼女を仰向けにさせ、唇を重ねた。

彼の行動は予測がつかなかった。あるときは彼女を甘やかし、からかい、別のときには腹立たしいほど冷たくあしらう。公演のあった晩などは、大急ぎで屋敷に帰ってくるくせに、大またに玄関に足を踏み入れたあとは少しも急いでいないかのように振る舞ったりする。あまりにも巧みに感情を隠すので、多少なりとも愛されているのか、それとも単なる愛玩物のように思われているのか、マデリンにはさっぱりわからなかった。とはいえ、希望を抱いてもいいのだと思える瞬間もときにはあった。

週に三日、マデリンは例の肖像画のモデルになるために午後の時間を割いた。画家のオルシーニは才能が豊かなばかりか愛想もよく、芸術家は気性が激しいものという彼女の想像とはまるでちがっていた。

「奥様は、わたしがこれまでに描いたモデルのなかでもとびきりお美しい方です」オルシーニは、絵の進み具合を見に来たローガンにそう言った。

「ミスター・オルシーニ」マデリンはポーズをとったまま抗議した。「恥ずかしいわ、そのような――」

「奥様は普通の女性にはないものを持っておられる」オルシーニは熱心につづけた。「官能

たしの目に映る妻の姿だ」

そのとき、「そのとおり」とローガンが優しく言う声が聞こえてきた。「それこそまさに、わ

そのような大げさなお世辞に慣れていないマデリンは、じっと床を見つめるばかりだった。

と無垢が交ざりあっているというか。子どもと成熟した女性が同居しているのでしょうね」

体調のいいときには、マデリンは午後にキャピタルを訪れ、稽古を見学したり、後見役を手伝ったりした。ローガンは妻が仕事場にいても気にならないようだった。それどころか、目の届くところにいるほうがいいとまで言った。「どこかで面倒に巻きこまれてやしないかと、心配せずにすむからな」彼はそっけなく説明した。

劇場で過ごす時間は楽しかった。妊婦がそばにいても、誰ひとりとして不快な顔を見せなかった。女優たちが妊娠六カ月、あるいは七カ月になるまで舞台に立ちつづけるので、慣れているのだろう。誰もが気さくに接してくれるおかげで、マデリンは彼らに受け入れてもらえたように感じ、窮屈な思いをせずにすんだ。

だが一番幸せなひとときは、夕食のあとにローガンとふたりでのんびりと過ごす時間だった。ふたりで一緒に本を読んだり、おしゃべりをしたりして過ごしたあとは、ローガンが抱いてベッドまで連れていってくれる。もろい絆がだんだん強いものになっているようにも感じられた。この闘いで、少しずつ勝利に近づいているのかもしれない、ローガンの信頼を取り戻しつつあるのかもしれない。マデリンはそう思い始めていたが……ある日突然、幻想は

粉々に砕け散った。

いつもと変わらぬ日曜日の朝。たっぷり朝食をとり、コーヒーを飲んだあと、マデリンはひとりで教会に行き、帰宅後は家族用の応接間でローガンとしばらくともに過ごした。彼は台本を真剣な面持ちで読みながら、ときおりメモをとったり、修正を加えたりしていた。マデリンはタイル張りのストーブのそばで、刺繍をしている。

夫の濃茶色の髪をちらと見やったとたん、彼女はそばに行きたくてたまらなくなった。刺繍を床に放り、彼の椅子の後ろに立って、両手を広い肩に置く。「刺繍なんて嫌い」と言いながら身をかがめて、耳の後ろの温かなところに鼻を押しつけた。

「だったらやめればいい」ローガンは応じ、台本のページをめくった。

「でもやらなくちゃいけないの。世のなかの上品な既婚女性はみんな、刺繍をするから」

「誰がきみに上品に振る舞えと言った?」仕事に集中したいのだろう、ローガンは上の空でたずねた。「肩越しにのぞきこむのはやめてくれ。気が散るだろう」

マデリンはめげずに両腕を彼の胸にまわした。「日曜日は仕事をしてはいけないのよ。罪とみなされるんだから」首と顎の境目にそっと二、三回キスをすると、ふいにそこが大きく脈打ち始めるのが唇に感じられた。

「もっと大きな罪を犯しそうだ」ローガンはそう言うと、台本を放り、椅子の上で腰をひねって彼女を乱暴に腕に抱いた。マデリンは膝に抱き寄せられながら、笑い声をあげた。大きな両の手が優しく全身をまさぐってくる。「日曜日にふさわしい行為とはどんなものかな、マダム。これかい？　それともこういうふうに……」

じゃれあうふたりを、扉をたたく音が邪魔する。マデリンは身をよじるようにしてローガンの膝から下り、急いでスカートを直すと、ストーブのそばのぬくぬくとした場所に戻った。従者が現れ、手紙をのせた銀のトレーをローガンに差しだした。夫は平静をよそおうマデリンを見てにやにやしながら、手紙を受け取り、従者に下がるよう命じた。

「誰から？」マデリンは封蠟を破る夫のかたわらに戻りながらたずねた。

「アンドルーを通じて知りあった人のようだな」ローガンは眉を寄せ、声に出して読み始めた。「……われらの友人のドレイク卿について、きみにこのようなことを伝えねばならないと思うと悲嘆に暮れてしまいます。だが、きみは彼の親友だ。すぐに知らせてほしいだろうと考え……」彼は黙りこみ、慌てた様子でその先を目で追った。

無言でつづきを読み終えた彼は、彫像のように身じろぎひとつしなかった。「ローガン？」マデリンはおずおずと呼びかけてみた。聞こえていないようだ。その手に握られた、半分くしゃくしゃになった手紙に手を伸ばし、取り上げて自分で読む。思わず、痛ましげな小さな悲鳴がもれた。

アンドルーは土曜日の晩、テムズ川で催された水上パーティーに出席した。どんちゃん騒ぎの最中に、どうやら川に落ちたらしい。だが今朝になるまで誰もそのことに気づかなかった。船内をくまなく捜したものの、彼の姿はどこにも見つからない。川底をさらうことになるだろうが、こうした事故の場合、遺体は何日も発見されないようだ。

マデリンは夫のこわばった肩にそっと触れた。「彼は泳ぎは得意なの？　もしかすると自力で岸に――」

「いや、苦手だった」というローガンの声はひどくかすれていた。「たぶん、泥酔していて、泳ごうともしなかっただろう」

マデリンは夫のうなじに手を置いた。「ローガン、お気の毒に――」

彼はさっと身を引き、食いしばった歯のあいだから声をしぼりだすように言った。「やめてくれ」はた目にも背中が震えているのがわかる。「ひとりにしてくれ」

あらゆる直感がマデリンにその場にとどまるよう、彼を慰めるよう訴えている。でも彼はマデリンを求めていない。彼はひとりで悲しみのなかに閉じこもっていた。愛を求めていない人を愛するほど、苦しいことはない。彼のなかにマデリンを思う気持ちが本当にあるのなら、どんなときだって、その気持ちを失うまいと闘うはずだ。夫の濃茶色の髪をじっと見つめたマデリンは、自分を抑えられず、その髪に手を伸ばした。「ローガン、わたしにできることはない？」

「出ていってくれ」

マデリンは手を離し、振りかえらずに部屋をあとにした。

その日は一日、そして翌日もずっと、ローガンは自室に閉じこもって酒を飲んでいるようだった。唯一マデリンに話しかけたのは、仕事は休むとキャピタルに連絡するよう命じたときだけ。次の日の公演にも、代役を立たせるという。

「いつキャピタルに戻るの」マデリンは夫の表情を失った顔と、酒でうつろになった瞳をじっと見つめながらたずねた。かえってきたのは、冷たい沈黙だけだった。その後、彼はふたたび自室にこもった。彼女も、ほかの誰も近づけようとしない。どれだけマデリンが懇願しても、食事をのせたトレーを二階に運んでも、なにも食べようとしない。

心配したマデリンはミセス・ビーチャムに、ローガンがいままでこんなふうになったことはあったのかとたずねた。メイド長はためらいがちに「奥様がここを出られたときだけです」と答えた。

マデリンは罪悪感と後悔の念で真っ赤になった。「どのくらいで元どおりになったの」

「一週間飲みつづけたところで人事不省に陥り、それからさらに一週間経って、ようやくちゃんとものを食べられるように」ミセス・ビーチャムは心底不思議そうにかぶりを振った。「それでも、あのときは理解できたんですよ。だんな様の奥様に対するお気持ちに、みんな気づいておりましたから。でも今回は……だんな様がドレイク卿をここまで大切に思ってらしたなんて、考えもしませんでした。亡くなった方のことを悪く言いたくはありませんが、あの方は、ただのごくつぶしでしたから」

「小さいころから一緒に育ったせいかもしれないわね。彼に対して、なんらかの責任があると感じていたのかもしれないわ」

メイド長は肩をすくめた。「どんな理由があるにせよ、ドレイク卿が亡くなられたことを深刻にとらえすぎです」こわばったマデリンの顔を、思いやり深く見つめる。「いずれいつものだんな様に戻られますよ。だからそんなにお気を落とさないでください。奥様のような状態の女性には、心配しすぎはよくありませんからね」

もちろん、そのように言われたからといって実際にできるものではない。夫が飲みすぎて身を滅ぼそうとしているのに、心配しないわけがない。彼が寝室に閉じこもって二日目の夜、マデリンは勇気をふるいたたせて寝室の扉の前に立った。重厚な真鍮の取っ手をまわしたが、鍵がかかっていた。「ローガン?」と呼びかけ、そっと扉をたたいてみる。思ったとおり、返事はなかった。もう少し強くたたくと、くぐもったうなり声が聞こえてきた。

「そのいまいましい扉をたたくのはやめろ、放っておいてくれ」激しい怒りのこもったその声に、マデリンはうなじの髪が逆立つのを覚えた。

「お願いだから開けて」彼女は必死に冷静な声音を作った。「開けてくれないなら、ミセス・ビーチャムに鍵をもらってくるわ」

「そうしたらきみの首をクリスマスのガチョウみたいにへし折ってやる」ローガンはそのときが待ちきれないかのような声で応じた。

「顔を見るまでどこにも行かないわ。必要なら夜どおしここに立ってるから」返事がないので、ふと思いついてつけくわえた。「それでもし赤ちゃんになにかあったら、さぞかし良心が咎めるでしょうね」

重たい足音が聞こえてきて、彼女は身構えた。唐突に扉が開けられ、乱暴に室内に引っ張りこまれる。

「良心などもう残っていない」ローガンが言うなり扉を勢いよく閉め、ふたりは暗い寝室に閉じこめられた。陰につつまれた彼の大きな体がそびえるように目の前に立ちはだかっている。髪はくしゃくしゃで、息はアルコールくさかった。ズボンはしわだらけで、足にはなにも履いておらず、上半身も裸で、たくましい胸板と肩があらわになっている。夫の様子に警戒して、マデリンは思わずしりごみした。いまの彼ならなにをしてもおかしくない。口元には冷笑を浮かべ、絶望が浮かぶ血走った瞳を怖いほどぎらつかせている。

「そんなに従順な妻を演じたいか」彼はしわがれ声で言った。「肩をたたきながら、陳腐な言葉でわたしを慰めたいか。いいか、わたしはきみの慰めなどほしくない。そんなものはいらん。わたしがほしいのはこいつだけだ」ドレスの身ごろに手を差し入れ、指先で胸の谷間をまさぐりながら、マデリンを強く抱き寄せた。熱い唇が首筋に押しあてられ、やわらかな肌を不精ひげがこする。

荒々しい愛撫に抵抗するのを、ローガンは期待しているのだろう。だがマデリンは両腕を夫の首にまわしてもたれかかった。おとなしく身をゆだねられて、かえってやる気を失ったようだ。彼は「くそっ」と言ってうめいた。「わたしが怖くないのか?」

「怖くないわ」マデリンは熱を帯びたなめらかな肩に頬をすり寄せた。

ローガンはふいに彼女を放すと、不規則に荒い息を吐いた。

「ローガン」マデリンは優しく呼びかけた。「友人の死を、まるで自分の責任のように感じているのね。どうしてなの？」

「きみが知る必要はない」

「あるわ。だって、あなたが自滅しようとしているんだもの。あなたを必要としている人は大勢いる……わたしも、そのひとりよ」

ローガンの顔から怒りの表情が消えていき、代わりに突然、いらだちと自己嫌悪の色が広がる。「アンドルーはわたしを必要としていた……だが、わたしは彼に応えてやらなかった」

打ちひしがれた夫の顔を、マデリンは食い入るように見つめた。「だから自分を責めているの？」

「それもある」ローガンは半分空になったブランデーのボトルを取り上げ、乱れたベッドの端に座った。シーツにもオービュッソン織の絨毯にも酒の染みがついている。この三六時間、飲みつづけていた証拠だ。彼はボトルを口元に運んだ。だが中身を飲む前に、マデリンはベッドに歩み寄り、ボトルを奪った。ボトルを取りかえそうとして震える手を伸ばした彼が、勢いあまって危うく前に倒れそうになる。

マデリンはボトルを脇に置き、夫の前に立つと、彼に触れたくてたまらない気持ちを抑えこんで、「話して」と促した。「お願い」

ローガンは疲れた子どものような顔で、目を閉じてがっくりと頭をたれている。やがて声をしぼりだすようにして、いくつかの名前を口にした。アンドルー、ロチェスター伯爵、ミセス・フローレンス……信じられないような話が、とぎれがちに語られていった。

マデリンは身じろぎもせずその場に立ちつくしたまま、その話を理解しようと努めた。ローガンはロチェスター卿とミセス・フローレンスの娘のあいだに生まれた非嫡出子で、ドレイク卿は彼の異母弟……。夫が自ら背負った罪を、つらそうに、けれども誠実に打ち明けるさまに、マデリンは驚きを覚えた。彼の心のなかで、アンドルーへの愛情と彼を失った悲しみが、たとえようのない罪悪感とないまぜになっているのがわかった。

「どうしてもっと早く打ち明けてくれなかったの」すべて聞き終えたところで、マデリンはたずねた。

「必要ないと思った……きみは知らないほうがいいと。アンドルーも」

「でもあなたは、彼に話したかったのでしょう？」マデリンは思いきって手を伸ばし、夫の乱れた髪を撫でた。「チャンスはあったのに、彼になにも話さなかった、そのことを後悔しているのでしょう？」

甘い香りのするやわらかな彼女の胸に、ローガンは頭をもたせ、額を押しあてた。「自分でもわからない。わたしは……くそっ。もうなにもかも手遅れなんだ」彼はため息をつき、ベルベットのドレスで涙をぬぐった。「あいつにもっといろいろしてやればよかった」

「できるかぎりのことはしたじゃない。借金の肩代わりもしたし、一度として彼を冷たくあしらったりしなかったわ。オリヴィアさんを奪われたときですら許したじゃないの」

「あいつに感謝するべきだった」ローガンはしわがれ声で言った。「オリヴィアは嘘つきの性悪女だ」

マデリンは内心でたじろいだ。自分のしたことだって、オリヴィアの仕打ちと大差はない。「ロチェスター卿のところへ行くの？」とたずねると、彼が身を硬くするのがわかった。「顔を見たら、殺さずにいられるかどうか自信がない。息子の人生をあんなみじめな、アルコール以外に逃げ場のないものにしたんだからな」ローガンはかすれ声で笑った。「コックニーが酔っぱらいのことをなんと呼ぶか知ってるか。ブロートと呼ぶんだよ。溺死体を意味するブロートと同じ。哀れなアンドルーには、どちらの意味もあてはまるわけだ」

ぞっとするような話は無視して、マデリンは夫の髪を撫でつづけ、しばらくしてから促した。「わたしのベッドに来て。少し眠ったほうがいいわ。あなたの部屋は掃除をお願いして、空気を入れ替えてもらいましょう」

ローガンは黙ったままだ。ブランデーに頼るべきかどうか、考えあぐねているらしい。「迷惑だろう。わたしは酔っているし、風呂にも入っていない」

マデリンはかすかにほほえんだ。「どんな状態でも、あなたなら歓迎するわ」指先でたくましい腕をなぞり、力を失った手をとる。「来て……お願いだから」

拒絶されると思ったのに、意外にも彼は立ち上がると、マデリンについて部屋をあとにした。ささやかな勝利をおさめて少しは不安が薄らいだものの、安堵にはほど遠い。彼女はようやく、夫の背負ってきたものを理解し始めたばかりだ。あのような事情なら、夫がドレイク卿の死を嘆くのも無理はない。ともに成長してきた裕福な少年がじつの兄弟だと知ったとき、夫はどれほど傷ついたことだろう。しかも兄弟のどちらも、愛にあふれた家庭や、優しい家族を知らずに育ち、幸福の意味を知ることもなかったのだ。

小さな命を守るように、マデリンはおなかに手をあてた。ローガンならきっと、無垢な子どもを愛することができる。たとえ彼がわたしの心を受け入れてくれなくても……わたしは彼に、この心を差しだそう。

ローガンはこんこんと眠った。夢でも見ているのか、ときおり指をぴくりと動かしたり、うわごとを口にしたりした。そのたびにマデリンは懸命になだめてふたたび眠りにつかせ、一晩中、見守りつづけた。夜が明けるとつま先で歩いてこっそり自室をあとにし、使用人たちに、夫はまだ休んでいるから起こさないよう注意を与えた。入浴をすませ、濃紺に純白のレースをあしらったホームドレスに着替え、ひとりで食事をしたあとは一、二時間、机で手紙を書いて過ごした。

「失礼します、奥様……」執事の声がマデリンの物思いを破った。執事が手にした小さな銀のトレーには訪問用の名刺《コーリングカード》がのっていた。「ロチェスター卿がいらしております。だんな様はお留守だと申し上げたところ、このような時間だが奥様にお目にかかることはできないかとおっしゃいまして」

驚いたマデリンはカードを呆然と見つめた。胸の奥で好奇心と不安がないまぜになっていた。伯爵がわたしにいったいなんの用だろう。ローガンがまだぐっすり眠っていてくれるのがありがたかった。伯爵が屋敷を訪れたと知ったとき、彼がどのような反応を示すか予測がつかない。「では……少しだけなら」マデリンは執事に告げ、彫刻をほどこした銀のペン立てに慎重にペンを戻した。「玄関広間でお会いするわ」

「かしこまりました、奥様」

玄関広間に向かいながら、マデリンは心臓が早鐘を打つのを覚えた。彼女は一晩中、ロチェスターはどのような男なのだろうと考えていた。息子たちを操り、何年も嘘をつきつづけ、ローガンの存在を認めず、野蛮な小作農の虐待に苦しむ人生を彼に与えた男。顔すら知らない伯爵のことを、マデリンは心から軽蔑した。その一方で、彼に同情する気持ちもあった。ドレイク卿は伯爵の後継ぎだった。息子を失って、伯爵はきっと少なからず苦悩に苛まれているにちがいなかった。

広間に立つ銀髪の老紳士の姿を認めるなり、マデリンは歩を緩めた。背が高く、腰がわずかに曲がっており、いかめしい顔にはみじんの温かさもユーモアも感じられない。ローガンととくに似ているところはないが、一目見ただけで本当に夫の父親なのだとわかった。伯爵はローガンと同じ、孤独な、近寄りがたい、全身によろいをまとったような雰囲気をたたえていた。顔には苦悩の跡がありありと浮かんでおり、肌は色を失い、瞳からは生気が消えている。

「ロチェスター卿」マデリンは呼びかけ、差しだされた手は握りかえさずに用心深くおじぎをした。

礼を失した彼女の態度に、伯爵はかすかに愉快そうな表情を浮かべた。「ミセス・スコット」と呼ぶ声はしわがれている。「お時間を割いていただき、感謝しますぞ」

「このたびはご愁傷さまでした」マデリンはつぶやくように応じた。

沈黙が流れ、ふたりは互いをまじまじと観察した。「わしのことを知っているようですな。顔にそう書いてある」

マデリンはうなずいた。「ええ、夫から聞きました」

伯爵は傲慢さをたたえた眉を興味深げにつりあげた。「あれはわしのことを、腹黒い化け物のように言ったのでしょうな」

「夫は事実しか申しませんでしたわ、伯爵」

「スコットがあなたのような方と結婚できるとは、思いませんでしたな。見るからに育ちのよさそうな若い女性。いったいどうやってご両親の許しを得たのです？」

「両親は、彼のような立派な紳士を家族の一員に迎えることができると知って大喜びでしたわ」マデリンは冷ややかに応じた。

ロチェスターはマデリンに鋭いまなざしを注ぎつづけた。彼女の嘘に気づいたようだったが、やがて、感服したような笑みをしぶしぶ浮かべた。「わが息子は、よい妻を選んだようだ」

「わが息子？」マデリンはおうむがえしに問いただした。「夫を息子として認めることを、伯爵はかつて拒否されたんじゃありませんの？」

「そのことで、あれと話がしたいと思っておる」

マデリンが伯爵の言葉になにか言いかえす前に、誰かが近づいてくる物音がした。ふたりは同時に振りかえった。ローガンだった。彼は無表情にマデリンのとなりまでやってくると、冷たいブルーの瞳でロチェスターをにらんだ。

たっぷり休んだおかげで、だいぶ元気を取り戻したようだ。洗いたての髪はまだ湿っており、ひげを剃った頬はつやつやしている。服もきちんと白いシャツに黒いズボン、緑色と灰色のベストに着替えている。ただ、完璧な身だしなみとは裏腹に、目の下にはくまができ、褐色の肌も青ざめていた。

彼は抑揚のない、乾いた声音でロチェスターに話しかけた。「いったいなんの用です」

「わしにはもう、おまえしかおらんのだ」伯爵は単刀直入に切りだした。

ローガンの口元に悪意に満ちた笑みが浮かぶ。「まさかわたしに、アンドルーの代役を務めろとでも？」

老人ははた目にもわかるほどたじろいだ様子を見せた。「アンドルーに対しては、わしはいくつもの過ちを犯した。それは否定せん。たぶんわしは、理想的な親ではなかっただろう――」

「たぶん？」ローガンは耳障りな笑い声とともにおうむがえしに言った。

「だが、わしだってアンドルーの将来は楽しみにしていたのだ。あれこれと計画も立てていた。わしは……」ロチェスターは大きく息を吸い、言いにくそうにつづけた。「あれを愛していた。おまえがどう思おうとな」

「本人に言うべきだったんですよ」ローガンはつぶやいた。

このような会話には耐えられないとでもいうように、ロチェスターはかぶりを振った。だが言わずにはいられないようだった。「大いに期待していたのだ。あれの母親は、淑やかで極めて血筋のいい、洗練された女性だったからな。わが息子には非のうちどころのない血統を、そう考えて彼女を選んだのだ」

「最初の相手とちがって、というわけですか」

「そうだ」ロチェスターはあっさりと認めた。「おまえはわしの計画にそぐわなかった。だから、おまえはどこかにやり、新たにやりなおすほうがいいと自分を納得させたのだ。息子には――正統な後継ぎとなる息子には――すべて最高のものを与えるつもりだった。財産を与え、最高の学校に行かせ、上流階級でもとりわけ重要な人びとの輪に入れるよう配慮もした。アンドルーが大きな成功をおさめないわけがなかった。それなのにあれは、なにをやっても失敗するばかりだった。自律心も野心も才能もない。なにに対しても興味を示さず、酒と賭け事に溺れるばかり。だがおまえは……」伯爵は皮肉っぽく笑った。「わしは、おまえにはなにもやらなかった。おまえは雑種だ。なのに富を築き、独力で社交界における地位を築きあげた。そのうえ、アンドルーの相手になってもおかしくないような女性を妻に迎えた」

ローガンは冷笑を浮かべて伯爵を見つめた。「わたしになにをお望みです、ロチェスター。用件を言って、とっとと帰ってください」

「よかろう。わしは、おまえとの反目状態を解消したい」

「反目などしていませんよ」ローガンは淡々と応じた。「アンドルー亡きいま、あなたがどうなろうとわたしの知ったことではない。あなたはわたしとも、わが妻とも、わが子どもたちともいっさい関係ない。わたしにとって、あなたは存在しない人間だ」

伯爵はローガンの冷たい態度に驚く様子もない。「むろん、おまえにとってはそうだろう。だがわしには、おまえさえいいと言ってくれれば、おまえの家族のためにいろいろなことができる。たとえば、わしのこの力で、おまえに貴族の称号を得ることだって可能だ。あれだけの土地を持っているのだからなにも問題はあるまい。それに、非嫡出子に対する財産相続にはいくつかの制限もあるが、それでも十分すぎるくらいのものを残せる」

「あなたの金は一シリングたりともいりません。アンドルーが譲られるはずだったものだ」

「だったら、自分が譲り受けると思わねばよかろう。それにおまえだって、子どもの将来は考えているはずだ。わしは、おまえの子どもたちを後継者にしたいと考えている。まさか子どもたちの生得権を奪うつもりではあるまいな？」

「そんなものは――」ローガンは口を開いたが、伯爵にさえぎられた。

「いままでにわしが、おまえになにか頼んだことがあったか？　わしはただ、いま言ったことを考えてほしいだけだ。すぐに答えを出せとは言わん。最近はどうやら、待つ以外にすることはないようだしな」

「相当長く待つことになりますよ」ローガンは冷たく言い放った。

ロチェスターは苦笑いで応じた。「わかっておる。おまえは頑固だからな」

暇を告げ、玄関広間をあとにする伯爵を、ローガンは花崗岩のように硬い表情を浮かべて無言で見送った。

だがそれから数日後、当のロチェスターか、あるいは彼の知人が誰かにもらしたのだろう、ローガンの出生の秘密はロンドン中に広まっていた。スコット邸には、噂が真実かどうか知りたがる大勢の訪問者が詰めかけ、手紙も山のように届いた。キャピタル劇場も状況は同じだった。

ローガンが出演する舞台はいつも満員だったが、いまでは切符をめぐって劇場の外で激しい争奪戦が繰り広げられるほどになっている。有名俳優がじつは裕福な貴族の庶子だった——大衆はこの突飛な話に大いに魅了されているようだった。貴族たちもまた、この恥ずべき顛末を耳にして驚愕し、そして夢中になった。

ローガンはロンドン一のゴシップの的になった。もちろん本人は、そのような立場は望んでも、楽しんでもいない。彼はアンドルーの死を悼んで、毎日倒れそうになるまで仕事に打ちこみ、夜はマデリンの腕のなかに安らぎを見いだした。愛の営みは以前とはちがうものになっていた。それは時間をかけた優しい交わりで、彼はその行為に没頭し、永遠に彼女のなかにとどまることを望んでいるかのようだった。ふたりがともに刺し貫くようなエクスタシーに達し、すっかり満たされ、気だるさにつつまれるまで、けっして満足しようとしなかった。

「自分がこんなふうに感じられるなんて思ってもみなかったわ」ある晩マデリンは彼にそうささやいた。「夫婦がベッドで、こんな喜びを見いだせるなんて知らなかった」

ローガンは小さく笑い、大きな手で彼女の体を撫でた。「わたしもだ。以前は経験豊富な女性が好みだったからな。まさか自分が、無垢な女性にここまで夢中になるとは思いもしなかった」

「無垢じゃないわ」マデリンは反論し、彼が脚のあいだに腰を据える感覚に息をのんだ。「だって、こんなにいろいろしたのに――」

「まだまだ学ぶべきことはたくさんあるよ」ローガンは言い、体勢を整えると、ゆっくり押し入った。

「ありえないわ」すっかり満たされ、マデリンはあえいだ。

「じゃあ、このまま次のレッスンをつづけよう」ローガンは笑みを浮かべてつぶやき、彼女が情熱の炎にのみこまれるまで、愛撫をつづけた。

そんなある日、稽古が終わったころあいを見計らって劇場を訪れたマデリンは、夫がひとりで舞台にいるのを見つけた。稽古中に決めた演出を頭のなかで反芻しながら、なにかメモをとっているようだ。最初のうちはその作業に没頭している様子で、袖にいる妻に気づかなかったが、すぐにくるりと振りかえった。青い瞳に笑みが浮かぶ。「こっちにおいで」と言われて、マデリンは喜んで従った。

ローガンは手近にある舞台装置の上にメモを置くと、いよいよせりだしてきた妻のおなかに両手をまわし、やわらかな琥珀色のドレスに視線を這わせた。「今日のきみは蜂蜜のようだ」彼はつぶやき、マデリンをつま先立ちにさせた。「味見してみよう」

彼女は真っ赤になって、誰もいない舞台を見渡した。抱きあっているところを団員に見られるかもしれない。

ローガンは笑い声をあげた。「誰にも咎められやしないよ、マダム」からかうように言い、身をかがめる。温かな唇が探るように唇を奪い、もう一度奪う。

マデリンは笑いながら息を荒らげ、彼から身を離した。「お仕事はもうすぐ終わる?」

「ああ」ローガンは彼女を抱き寄せて腰を撫でた。「あとほんの五分で終わる。事務室で待っていなさい。きみと打ちあわせたいことがある――扉を閉じて」

「仕事なんてしたくないわ」マデリンが挑発するように応じると、彼はにやりとした。

「じゃあしなくていい」マデリンのお尻を気安くたたいてから、ローガンは彼女の背をそっと押して袖に下がらせた。

彼女がいなくなると、ローガンは最前のメモを取り上げ、演出をまとめる作業にふたたび没頭しようとした。だがすぐに苦笑いを浮かべた。先ほどまで頭にあったアイデアのつづきを考えることができない。頭に浮かぶのは、いますぐ事務室に行き、妻を誘惑することだけだ。それでも無理やり意識を集中させ、舞台装置をテーブル代わりにメモをとっていった。

メモを書きつづけていた彼は、ふと、客席の壁伝いに張り出し舞台へ向かって歩いてくる人影があるのに気づいた。「誰だね」と問いかけ、舞台照明のまぶしさに目を細めたが、闖入者の顔はよく見えない。問いかけに対する応答もない。おそらく好奇心から勝手に忍びこんだ輩だろう。ローガンは短いため息をついた。「一般の方の出入りはご遠慮願ってるんですよ。舞台をごらんになりたいなら、今夜の公演にいらしてください」

闖入者はさらに歩を進めたが、客席の暗がりから出るのをためらっているように見える。ローガンは身を起こし、黒っぽい人影に目を凝らしつづけながら、「誰なんだ」と乱暴に問いただした。

すると闖入者は、あの聞き慣れた、酔った口調で答えた。ローガンはめまいのようなものを覚えた。「まさか、もう忘れたというわけじゃないだろうね……兄さん」

暗がりからアンドルーが現れた。激しい憎悪に顔を真っ赤にして青筋をたて、瞳をぎらつかせている。事態を把握できずに、ローガンはただ彼を見つめた。無意識に二、三歩後ずさっていたらしく、舞台装置の角で背骨をしたたかに打った。声に出さずにアンドルーの名を口にし、一瞬、ひょっとして幽霊を見ているのだろうかとばかげたことを考える。だが、彼の手に拳銃が握られているのを見て、現実だと悟った。

「死んだと思ったぞ」ローガンはしわがれ声で言いながら、正気を取り戻そうとした。

「残念だったな。わたしの後釜に座ろうとしていたんだろう？」

「そうじゃない……」ローガンはかぶりを振り、深呼吸をくりかえして、気持ちを落ち着けた。「くそっ。いったいなにがあったんだ。みんな、おまえがあの水上パーティーの最中に溺れたと――」

「計画どおりさ。なにか手を打たざるをえなかったんだよ。賭博場の取立人がどこまでも追ってきてね、借金を返さないなら、このみじめな人生を終わらせるというんだよ。だから、金ができるまで連中を欺き、時間稼ぎをする必要があった」

「わたしがどんなに心配したと思う」すでにほとんど衝撃から回復していたローガンは怒鳴りつけた。

「最初のうちだけだろう？」アンドルーはささやくように応じた。「すぐに立ち直って、わたしの異母兄だと宣伝したじゃないか。どうして誰も、わたしには教えてくれなかったのかな」

「わたしだって、つい最近知ったんだ」ローガンはアンドルーの震える手に握られた銃に視線をやった。「酔っているんだろう。そいつはどこかに置いて、話しあおう」

「これから使うんでね」というアンドルーの声も震えていた。「きみに、あるいはわたし自身に……それとも、わたしたちふたりに。どうせわたしの命など一シリングの価値もない。きみのキャリアにとってはむしろ好都合だろう。演劇史にその名を刻む、伝説の俳優になれるんだから」

ローガンは動揺を表に出すまいとした。だが心臓は、不快なほど早鐘を打っていた。アンドルーは酔うとなにをしでかすかわからない。彼なら本気でやりかねない。

「人の命を奪ったことはないが」つぶやいたアンドルーが嵐のなかの木のように体を震わせる。だがその嵐は、彼の身内で荒れ狂うものにほかならなかった。「でもジミー、きみはそうされて当然の男だ」

「なぜだ」

アンドルーは苦々しげに口をゆがめた。「きみだけは、いつだって信じられた。世のなかが嘘つきだらけでも、きみになら頼ることができた。でもようやくわかった、きみが最もたちの悪い嘘つきだと。きみはロチェスターのけがらわしい秘密を隠し、わたしが死んだとみるや後釜に座ろうとした。でも、きみにわたしのものを奪うことはできないよ。その前にわたしに殺されるんだからね」

彼はしゃべりながら、徐々にふたりのあいだの距離を詰めている。銃を握る手が激しく震えているのに気づいたローガンはとっさに、あれを奪えばいいのだと考えた。だがそのとき、袖に立つマデリンの姿が視界の隅に映った。一瞬心臓が止まった。いけない……恐怖に襲われながら思った。マディ、こっちに来てはいけない、早く逃げるんだ！　しかし、彼女はその場を離れようとしない。どうして彼女は、自ら危険に身をさらしたりするのだろう。弾がそれて、自分に当たるかもしれないのに。アンドルーをますます怒り狂わせるかもしれないのに。ローガンはどっと汗をかきながら、妻のほうを見まいとした。

「おまえのものは、なにひとつほしいなんて思っちゃいない」彼は声をしぼりだすように言った。「わたしはただ、おまえを救いたいだけだ」箍《たが》で喉を締めつけられているようだ。マデリンが動く気配を感じる。いったいなにが狙いなのか、足音をたてずに舞台装置と書割の背後に移動しているようだ。あまりの苦悶に身じろぎもできないまま、ローガンは彼女がいまにも転ぶのではないか、なにかにつまずくのではないかと想像した。大きなおなかのせいで、最近の彼女は足元がおぼつかなくなっていた。

「わたしを救いたいだって？」アンドルーはあざけるように言い、ローガンの前まで来たところでよろめいた。「ずいぶんと弟思いなことで。うっかり信じるところだったよ」

「そのいまいましい銃を置いて、話しあおう」ローガンはぶっきらぼうに言った。

「ふん、見下げ果てた男だな」アンドルーが震える手で、ローガンのみぞおちに狙いを定める。「きみと父はそっくりなのに、ちっとも気づかなかった。きみたちは人を見下し、けがらわしい秘密をひた隠しにし、周囲の人間をひとり残らずいいように操り――」

「おまえをそんなふうに扱った覚えはない」

アンドルーは苦悩の表情で首を振った。「ジミー、どうして気づかなかったんだろうな。何年もずっと一緒にいたのに……」

「アンドルー、待て」撃鉄を引く音に、ローガンは蒼白になった。「アンドルー――」

そのとき、近くの書割がみしりといやな音をたてたと思うと、見えざる手に押されたかのように倒れてきた。床に固定されていない木製の書割は、アンドルーに逃げる時間も与えず、彼の上に倒壊した。耳をつんざく音を銃が放ち、的を失った弾が張り出し舞台の脇にめりこむ。

書割があった場所にはマデリンが立ち、奮闘の成果のほどを眺めていた。

ローガンはしばらく凍りついたように身動きもできないまま、妻をじっと見つめ、無事だから安心しろと自分に言い聞かせた。身をかがめて倒れた書割を横にどけ、床にしゃがんで、朦朧とした状態の異母弟の襟首をつかんで起こす。アンドルーの体からはワインとジンと、そのほかさまざまなアルコールの臭いがした。彼は目を開けると、焦点の定まらない目でローガンの顔を見上げた。思ったとおり、書割はさほど重量がないので、どこもけがはないらしい。「いったいなにが起き――」アンドルーが口を開く。

ローガンは彼の顎をいきなり殴りつけた。気を失い、舞台におとなしく横たわったアンドルーは、いびきをかき始めた。

マデリンはふたりに駆け寄った。「彼、大丈夫かしら」

ローガンはゆっくりと立ち上がった。頭のなかで一〇まで数える作戦を使ったが、爆発する怒りは抑えられなかった。この場でマデリンの首を絞めてしまいそうで、彼女に触れるのが怖い。

「いったいなにを考えてるんだ」ローガンは耳障りな声で自分がそうたずねるのを聞いた。

「わたしたちの子どものことなど、考えもしなかったか」

「ええ、あの……」マデリンはまごついて夫を見つめた。「あなたのことしか考えられなかったわ」

「自分の面倒くらい自分で見られる」ローガンは怒鳴りつけ、思わず彼女の肩をつかんで揺すった。「とうとうやってくれたな。きみのおかげでわたしは、これから毎日のようにさっきの出来事を思いだし、ついには気がふれちまうだろうさ」

「だって、彼があなたを撃つのを、突っ立って見ていることなんてできなかったんだもの。怒ることないでしょう。誰も傷つかなかったわけだし、問題は解決したじゃない」彼女は床に横たわるアンドルーを見やってつけくわえた。「すべてじゃないけど」

「ひとつも解決していない」ローガンは乱暴に言い、妻を離した。まだ心臓が早鐘を打っている。意識の半分は、彼女の歯ががたがた鳴るくらい揺することを、もう半分は、彼女を抱きしめて全身に荒々しく口づけることを求めている。彼女がけがをしたかもしれない、ひょっとすると命を落としたかもしれないと思うと、およそ正気ではいられなかった。わきおこる感情を抑えこもうとして、彼は歯を食いしばり、両手をぎゅっと握りしめた。

マデリンはすっかり当惑した様子でこちらを見ている。「どうして怒るの」

「わからないのなら説明してやろう」彼の声は敵意に満ちあふれていた。「きみの存在価値はその腹にいる赤ん坊だけだ。とにかくきみは、その子を守っていればいいんだ。なのにきみときたら衝動的で、無鉄砲で、しまいにはあんなことまでしでかした」

マデリンは蒼白になった。すっかり表情を失って、瞳だけが絶望の色をたたえている。

「わたし……」彼女はあえぐように言った。「思慮に欠けた振る舞いをして、ごめんなさい」

そこへ数人の団員たちがやってきて、ふたりの会話は中断された。劇場内の別の場所で作業中に、銃声が聞こえたので駆けつけたのだという。

「ミスター・スコット――」

「なにがあったんです」

「それは誰です、どうして――」

「どこかのろくでなしが、ミスター・スコットを撃とうとしたぞ！」

ローガンはふたたびアンドルーのかたわらにしゃがんだ。「ただの事故だ。誰もけがはしていない。ドレイク卿をわが家に連れて帰るから、起こして、うちの馬車に乗せてくれ。ああ、乱暴に扱うなよ。調子が悪いようだからな」

「というより、酔っぱらってるだけでしょう」誰かがつぶやく。団員たちはローガンの指示に従ってアンドルーを運んだ。

ローガンはよそよそしくマデリンを見やった。「客間に滞在させる。異存はあるか？」

マデリンは軽く首を振り、突然、頰を紅潮させた。「どうして訊くの。わたしの意見など必要ないと、たったいま言ったばかりじゃない」

その声音と表情は、いままで聞いたことも見たこともないものだった。彼は反射的にマデリンの背中に手を置き、一緒に舞台を離れようとした。ところが彼女は、その手からさっと身を離した。触れられるのを拒むのも、これが初めてだ。

「手なんか貸してくれなくて結構よ」マデリンは硬い声で言った。「わたしがあなたに求めているものはただひとつ、それをあなたは、けっしてくれないというんだもの」彼女はそれだけ言うと、ローガンがなにか言いかえす前にその場を立ち去った。怒りにこわばった背中を見て、ローガンは動揺した。彼女が本気で怒るところなどいままで見たことがなかった。だが、いけないのは自ら危険に身をさらした彼女だ。こちらが罪悪感を覚えるいわれはない。

　馬車での帰り道、ふたりは無言をとおした。屋敷に到着すると、ローガンは使用人に、アンドルーに着替えをさせ、客間を用意するよう指示を出した。アンドルーがぐっすり眠っているのを確認してから、マデリンとあわただしく夕食をすませ、その晩の公演のためにキャピタルに戻る支度を始めた。

「大丈夫か」彼はぶっきらぼうに妻にたずねた。「留守のあいだ、なんだったらきみの家族なり友人なりでも呼んで――」

「平気よ」マデリンは目も合わせずに答えた。「なにかあれば使用人がいるから。ドレイク卿も明日の朝まで起きないでしょうし」

「その前にあいつが起きても、近寄るなよ」

「ええ。それでロチェスター卿には、息子さんが生きていましたといつ教えるの」

「アンドルーに決めさせる。まともに物事を判断できる状態になったら」ローガンは妻の心の内を探るようにじっと顔を見つめた。「今夜は早く寝なさい。今日は大変なことがあったんだ。休息が必要だろう」

「心配ご無用よ」マデリンは彼のつっけんどんな口調に対抗するように、冷ややかな声音になった。「赤ちゃんなら元気ですから」

　ローガンはしかめっ面で、それ以上は言いかえさずに屋敷をあとにした。

マデリンはいつもの忍耐強い自分に戻ろうとがんばった。自分が彼にした仕打ちを、ゆっくり時間をかけて彼の愛を勝ちとろうという誓いを、記憶のなかから呼び戻した。けれども、新たな怒りがわいてくるばかりだった。どうやら、どれほど彼を愛し、辛抱したところで、なにも得ることはできなかったようだ。ローガンがこのような関係を望んでいるというのなら、このまま放っておけばいい。耐え忍ぶことにも、待つことにも、希望を抱きつづけることにも疲れてしまった。彼女はこぶしを握りしめ、二階に向かった。たっぷり時間をかけて、甘い香りのする熱い湯につかれば、怒りも和らぐかもしれないと思った。

ベッドに入る前に、マデリンはふと思いたって寝室の窓辺に歩み寄った。ベルベットのカーテンを開け、整形庭園と、屋敷の別翼にある客間のほうに視線を投げる。ドレイクのいる部屋の窓に明かりが見え、室内でなにかが動くのがわかった。

目を覚ましたんだわ。マデリンは眉を寄せながら思った。きっといまごろは罪悪感に苛まれ、酔った頭を抱え、苦しんでいるにちがいない。彼女は窓の明かりを無視しようとした。ひとりで苦しめばいいのだと思った。なにしろ彼は、あのようなことをしたのだから。夫の命を危険にさらした人に同情など禁物だ。それに、彼に近寄るなというローガンの命令がまだ耳の奥で鳴り響いている。

とはいえ、子どもでも使用人でもないのだから、行動についていちいち命令される筋あいはない。マデリンは立派な大人で、自らの分別に基づいてやるべきことをやる権利を持っているのだ。彼女は悩みながらも、呼び鈴を鳴らしてメイドを呼び、衣装だんすの前に立った。

メイドはすぐに現れた。「お呼びでしょうか、奥様」と言いながら、衣装だんすから日中用のドレスを出すマデリンを見て当惑しているようだ。

「着替えを手伝って。ドレイク卿が起きてらっしゃるようなの。もしそうなら、彼と話がしたいから」

「ですが奥様、だんな様から――」

「ええ、彼の希望ははっきり聞いたわ。でも心配しなくて大丈夫。誰かに付き添ってもらうつもりだから」

「承知しました」メイドは疑わしげな声だ。「ですが、このことがだんな様のお耳に入ったら、お怒りになられると思いますよ」

というわけで、従者がひとりとミセス・ビーチャムと執事の三人が、客間に向かうマデリンに付き添うことになった。三人とも、ドレイクと話をするというマデリンに猛反対したのだ。「そんなに大勢で行く必要はないわ」マデリンは抗議したが、三人は危険人物からあるじを守らねばと使命感に燃えていた。

客間のある翼に四人が到着したとき、ドレイクは応接間で、マホガニーのサイドボードのなかを引っかきまわしているところだった。彼は足元をふらつかせながら、早起きしすぎた子どものように目をしばたたいて、四人を見つめた。充血した目がマデリンの小さな顔を認める。

いつもの彼とのあまりのちがいに、マデリンは驚きを覚えた。目の前にいるのは、あの茶目っ気のあるのんきな放蕩者ではなく、くしゃくしゃの髪に病人のように青ざめた顔の見知らぬ人だった。服は用意されてあったものに着替えたのだろう。ズボンもシャツもベストも、彼よりも少し痩せているローガンのあつらえのものなので、ふくれた腹の上でボタンや生地がはちきれそうになっている。

「アルコールを探してらっしゃるなら」マデリンは優しく声をかけた。「ローガンが客間から片づけるよう命じたからないわ。コーヒーでもお持ちしましょうか」

ドレイクは恥辱にまみれた表情を浮かべた。いまにも部屋の隅に隠れてしまいそうだ。

「向こうに行ってくれないか。きみの顔を直視できないんだよ。あんなことをしでかしたあとで――」

「正気ではなかったのだから仕方がないわ」マデリンは応じた。先ほどまでの非難の気持ちは、すでに同情心に変わっていた。

「正気だったさ。完璧に正気だった。いつもの臆病なろくでなしのわたしだった」彼はかぶりを振って、従者にコーヒーとサンドイッチをと伝えるマデリンを制した。「なにもいらないよ。すぐに出ていくから」

「あら、いてくださらなくてはだめよ。夫のために」

ドレイクの口元に笑いに似た表情が浮かんだ。「それもそうだ、わたしをこてんぱんにぶちのめす機会を、彼から奪うわけにはいかないね」

「夫はそのような人ではないと、あなたならご存じでしょう」マデリンは静かに応じ、肘掛け椅子に腰を下ろした。ミセス・ビーチャムと執事がランプをつけ、暖炉に火をおこしてくれる。「座ってお話をしましょう、ドレイク卿」

彼はしぶしぶ従った。暖炉のそばの椅子に半ば倒れるように座ると、くしゃくしゃの頭を両手で抱えこんだ。しばらくするとコーヒーが運ばれてきた。たてつづけに三杯飲んだところで、多少なりとも理性を取り戻した様子になった。危険はなさそうだと判断した使用人たちが、マデリンの懇願に応じて次の間に下がる。

先に口を開いたのはドレイクだった。「水上パーティーの前日まで、三日間飲みどおしの状態だった」彼はもぐもぐと説明した。「どこかのばかが、莫大な借金のかたにわたしの首を狙っていると知って、気も狂わんばかりに怯えていた。それで、溺れ死んだように見せかけて、当面、連中を追い払おうと愚かなことを考えたんだ。企みが成功したあとは、名前を偽ってイーストサイドの賭博場で遊んだ。そこでローガンに関するゴシップを耳にしたんだよ。みんなが噂していた。彼はロチェスターの隠し子だってね。それですっかりおかしくなってしまった。あの噂を耳にした瞬間、それまで感じたことのないほどの憎悪に襲われたんだよ」

「ローガンに対して?」マデリンは当惑気味にたずねた。

彼は疲れきった様子で乱れた頭を縦に振った。「ああ……いや、大部分は父に対するものだった。あのふたりのせいで、自分がぺてん師のように感じられたよ。ローガンはわたしより先に生まれた。わたしが彼の居場所を奪ったんだ。わたしは彼が歩むはずだった人生を与えられた。だが、彼のほうがわたしよりも優れているのは一目瞭然だ。独力であそこまでのし上がったんだからね。しょっちゅう自分と彼を比べては、自分に欠けたものに気づかされていた。それでも、伯爵家の血が流れていると思えば多少の慰めにはなった。ところがいまになって、彼にもその血が流れていることがわかったわけさ」

「でも、ロチェスター卿の嫡男はあなただけよ。その事実は誰にも変えられないわ」

ドレイクは華奢な磁器のカップを握る手に力を込めた。いまにも割ってしまうのではないかとマデリンは心配した。「ローガンこそ、その立場に就くべきだったんだよ。なのに彼はなにも与えられなかった。いや、本当になにも与えられなかったならまだましだった。きみには想像もつかないだろうね。ジェニングズが彼にどんな虐待を与えたか、彼がいったいどれだけ、寒さや飢えに耐えねばならなかったか。一方のわたしは、そばの大きな屋敷に住んで――」

「当時のあなたには、状況を変えるためにできることなどなかったはずよ」マデリンは優しくさえぎった。

「父ならできた――そう思うとたまらないんだよ。あの男の息子でいる事実に耐えられない。ローガンの弟でいることにも。だってそうだろう、わたしは生まれたその日から、彼のものを奪いつづけてきたんだ」ドレイクは立ち上がり、震える手でカップを脇にやった。「そのお返しとしてわたしが彼にできるのは、二度と目の前に姿を現さないことくらいだよ」

「そんなのまちがってる」マデリンは座ったまま、澄んだ瞳で彼をじっと見つめた。そのまなざしに、彼は身動きもできなくなったようだ。マデリンの声は確信に満ち、震えていた。

「せめて明日だけでも、彼と会う勇気を出して。彼の心のなかにはきっと、大切な人はみな自分をおいてどこかに去ってしまうという思いがあるはずなの。兄弟愛を多少なりとも感じているのなら、あなたはここにとどまって、彼が過去と折りあいをつける手助けをするべきよ。あなたの助けがなければ、彼はけっして心の平穏を得られない。彼とロチェスター卿を結ぶのはあなただけ。ロチェスター卿を愛することも、好きになることも、彼にはできないかもしれない。でも、父親として受け入れることを学ばなければいけないの」

「そしてきみは、わたしにその手助けができると思ってる?」ドレイクは皮肉めかした笑い声をあげた。その声は驚くほどローガンによく似ていた。「冗談だろう、自分に対してすらそんなことできないのに」

「だったら、お互いに助けあえばいいわ」マデリンは頑固に言い募った。

ふたたび腰を下ろしたドレイクは、くっくっと笑った。「どうやらきみには、見かけ以上のものがあるらしいね。芯の強い人だ……でも、そうでなかったら兄の妻は務まらないか」

ふたりは笑みを含んだ表情で、黙って見つめあった。そのとき、戸口に大きな人影が現れた。ローガンだった。彼は顔をゆがませ、しわがれ声でマデリンに告げた。「この部屋を出ろ」

困惑したマデリンは目をしばたたいた。「ドレイク卿とお話をしていただけ――」

「彼に近寄るなと言っただろう。そんな単純な指示にさえ従えないのか」

「おい」ドレイクが疲れきった、だがひどく愉快そうな声でさえぎる。「道徳にもとるようなことはしていないよ、ジミー。昔のことを根にもって奥さんに八つあたりするのはよせよ」

ローガンは彼を無視して、冷ややかにマデリンをにらんだ。「今後は、関係のないことには干渉しないでいただきたいね」

マデリンは胸の内でなにかが消えていくのを感じた。この数カ月間、彼女はローガンの非難を甘んじて受け、心を尽くすことで彼の愛情を取り戻そうとしてきた。だが、あれでもまだ足りなかったのだ。たったひとつのものを求めて、努力した挙句に失敗を重ねることにも、それを取り戻し、失うことをくりかえすのにも、疲れてしまった。彼女は立ち上がると、感情のこもらない声で応じた。「わかったわ。もうあなたを煩わせはしない。これからは好きなだけ、ご自分のプライバシーを大切にして」彼女は振りかえることもなく部屋をあとにした。

ローガンは誰もいない戸口から視線を引き剝がし、敵意に満ちたまなざしをアンドルーに投げた。「そのけがらわしい指を一本でも妻に――」

「よせよ」アンドルーはかぶりを振った。「こんな状況できみの妻を、いや、どんな女性も誘惑できるわけがないだろう。それどころじゃないんだから。それに、彼女のほうがわたしが近寄ることを許さないはずだよ。オリヴィアとはちがうからね」

「今度おまえが妻とふたりきりでいるところを見つけたら、殺してやる」

「きみって、わたしよりもずっとばかなんだな」アンドルーは腰を下ろして頭を揉んだ。

「まさか、そんなことはありえないと思っていたんだが。せっかくきみを愛してくれる女性に出会えたのに……まあ、いったいどうしてきみなんかをとは思うけど……その女性にどう向きあえばいいのかわからないとはね」

ローガンは冷ややかに彼を見やった。「酔ってるな、アンドルー」

「もちろん。酔ってないと、本当のことなんて言えないからね」

「おまえと妻のことを話しあうくらいなら、いっそ呪われたほうがましだ」

「でも、すでに呪われているだろう――ドレイク家の人間なんだから。きみもいずれ、愛してくれる人をことごとく追い払うことになる。ドレイク家の人間は孤独が好きなんだ。心を通わせようとする人間を、傷つける傾向がある。愚かにもわれわれを愛そうとする哀れな人たちを、見下すところがあるわけさ。かつてはきみの母上が、そしていま、きみの妻が、そういう目に遭おうとしてる」

ローガンは呆然とした面持ちになり、異母弟を無言で見つめた。否定の言葉が身内にわきおこる。「わたしは彼とはちがう」とかすれたささやき声で言った。

「野心のために何人の人を犠牲にした？　距離を置いたために去っていった人は何人いる？ひとりのほうが快適だ、そう自分に言い聞かせているんだろう？　そのほうがずっと安全だし、生きやすい、そう思っているんだろう？　きみは、孤独という名のおかしな呪いをかけられているんだよ。ロチェスターやわたしと同じようにね」ローガンの瞳になにを見たのか、アンドルーは暗い笑みを浮かべた。「妙な話を聞かせてあげようか。彼女はね、わたしにきみを助けろというんだよ」

「わ、わ、わたしを？」ローガンは思わず呆れ顔でたずねた。「わたしは、助けなど必要としてないぞ」

「そいつはどうかな」アンドルーは茶化し、面倒くさそうに笑みを浮かべてみせた。「つづきは明日にしよう、兄さん。疲れたし、まだ酔ってるんだ。そのあいだにきみは、奥さんのところに行って捨てないでくれと懇願したほうがいい」

15

ローガンは呆然とした面持ちのまま自室に戻った。自ら作りあげた安全で快適な世界が、混沌と化してしまったかに感じていた。最近は驚くべきことばかり起きる。もうじき子どもは生まれるし、ロチェスターの隠し子だとわかるし、アンドルーは亡くなり、生きかえった。そうした予期せぬ出来事のどれも、彼のまとったよろいを破ることはできなかった。だがそうした激動の日々のなかで、ひとつだけ永遠に変わらないものがあった。マデリンはどんなときも寛大で愛情深く、快活に振る舞い、ありとあらゆる方法で彼への愛を示してくれた。

ローガンは彼女を必要としていた。けれども自分自身に対してすら、その気持ちを認められずにいた。マデリンには、いまの彼が与えられるもので満足してもらわねばならない。彼女はそれ以上を求めてはならないのだ。わずかに残された決意をかき集め、寝室に足を踏み入れる。妻はベッドの端に座り、小さな手をおなかに置いていた。その顔に浮かぶ見慣れぬ表情に、ローガンは心臓が激しく鳴るのを覚えた。

「どうかしたのか」彼は妻に駆け寄った。

「赤ちゃんが動いたの」マデリンは驚嘆の面持ちで言った。

驚いたローガンは、その場に立ちすくんで彼女を見つめることしかできなかった。脇にたらした手の先がぴくぴくと動いて、唐突に、マデリンに触れたい衝動に駆られる。彼女のなかでわが子がかすかに動く、その感触を味わってみたい。無理やりその衝動を抑えつけると、ほとんど知覚できないくらい小さな震えが全身に走った。

マデリンは先ほどまでのやわらかな表情を消し、ふいに立ち上がると、衣装だんすに歩み寄った。そのときになってようやく、下の引き出しに入れてあった旅行鞄が出されているのにローガンは気づいた。

「そんなものを出してどうするつもりだ」彼は鋭く問いただした。

マデリンは張りつめた低い声で答えた。「もうここにいたくないの」

激しい怒りが身内を駆けめぐるのを覚えて、ローガンはあざけるような猫撫で声で応じた。

「きみに選択肢はないんだよ、マダム」

「あるわ。わたしを縛りつけでもしないかぎり、止めることはできないでしょう」

「そんなにここがお気に召さなかったとは知らなかったね」ローガンは贅沢なしつらえの部屋を身振りで示した。「いままで幸せじゃなかったというのなら、ふりをするのがずいぶん上手なんだな」

「あなたはわたしに、幸福と苦悩の両方を同時に与えたの」マデリンは手袋を一組と、山のような衣類と、レースのスカーフをたんすから出し、旅行鞄に詰めこんだ。「あなたにとってわたしは、単なるお荷物にすぎなかったようね。でも、あなたを愛するのをやめるすべを学んだから、これからはお互い、なにもかも楽になるはずよ」

ローガンは大またで妻に歩み寄り、衣装だんすの前に立ちはだかった。「マディ」とぶっきらぼうに呼びかける。「さっきはがみがみ言ってすまなかった。きみが心配だったんだ。さあ、そんなものはほっといて、ベッドに行こう」

マデリンは首を振った。その瞳にいらだちの涙があふれだす。「わたし、もうあきらめたの。あなたを傷つけたわたしを、あなたはけっして許してはくれない。あなたは何度となく、振りかえりもせずにわたしを捨てることができると言動で示してきた。もう十分よ。いつか変わると期待したわたしがばかだったの。いまはただ、あなたと別れて、どこかで平穏な暮らしを探したいだけ」

静かだが断固とした口調に、ローガンはますます怒りをたぎらせた。「くそっ、どこにも行かせるもんか」と言いながらマデリンの肩をつかみ、頬に一瞬走った鋭い痛みに衝撃を受けた。彼女がぶったのだ。

「放して」マデリンは息を荒らげて彼をにらんだ。

それは、蝶に嚙みつかれるくらいありえないことだった。当惑と怒りを同時に感じつつ、ローガンは身をかがめて彼女にキスをしようとした。彼女の気持ちを和らげる方法などほかに知らない。ところが彼女は、いつものように甘く口づけに応えるのではなく、彼の腕のなかで身を硬くしていた。重ねた唇も冷たかった。ローガンは初めて、妻がこれまでそうした頑なな一面を隠してきたことに気づいた。目の前に立つ小さな、頑固な他人を見つめながら、彼は手を離した。

「わたしにどうしてほしいんだ」ローガンは乱暴に問いただした。

「いくつか訊きたいことがあるわ」マデリンは琥珀色の瞳で彼を見かえした。「今日の午後のあなたの言葉、あれは本心なの？　わたしの存在価値は、この子だけだというのは」

ローガンは顔が真っ赤になるのを覚えた。「あのときは、きみが自ら危険に身をさらしたから怒っていて」

「赤ちゃんのためだけに結婚したの？」

彼女に巧みによろいを破られていくように感じた。足場を徐々に崩されて、その場にくずおれてしまいそうだ。「そうとも、わたしは……いや、ちがう。きみをまだ求めていたからだ」

「わたしをまだ愛していたから？」というマデリンの声はささやきに近くなっている。

ローガンは髪がくしゃくしゃになるまで頭をかきむしった。「やめてくれ、こんな話はしたくない」

「そう」マデリンは静かに振りかえり、荷物をまとめる作業を再開した。

ローガンはうなり声をあげて彼女を背中から抱きすくめた。彼女が身を硬くしてもかまわなかった。甘い香りをかぎ、うなじに唇を押しつける。豊かな髪のせいで、彼の声はくぐもっていた。「マディ、きみを失いたくない」

マデリンは身をよじって彼から逃れようとした。「でも、わたしを愛したくもないのでしょう？」

ローガンは唐突に彼女を放し、檻に入れられた野生動物のように室内を行ったり来たりし始めた。

「以前は愛してると言ったじゃない」マデリンは怒りに震える声で怒鳴った。「どうしていまは言えないの？ そんなに冷たい、人を許すこともできない心の狭い人間なの？」

ローガンは足を止め、顔をそむけたまま、打ちひしがれた声で答えた。「もうずっと前に許していたよ。きみがあのような手段を取らざるをえなかった理由だってちゃんとわかってる。ああいう行動に出たきみを、賞賛する気持ちもある」

「だったら、わたしたちのあいだにいつまでも壁が立ちはだかっているのはなぜなの？」マデリンは絶望の面持ちでたずねた。

ローガンは肩を震わせた。マデリンは唇を嚙んで待った。静かに待っていれば、納得のできる言葉を聞けるような気がした。

「わたしがきみを愛していることくらい、わかっているだろう」ローガンはかすれ声で言った。「周知の事実だ。どうあがいても、きみを愛する気持ちは止められない」窓辺に歩み寄り、冷たくくもったガラスに両の手のひらを押しあてて、冬空の下に広がる庭をにらむ。「でも、二度とあんな思いをするわけにはいかないんだ。今度きみを失ったら、わたしにはもうなにも残されていない」

「でも、わたしはずっとあなたと一緒よ」マデリンは胸の痛みと困惑を覚えた。「信じてくれるだけでいいのに！」

ローガンはかぶりを振った。「ロチェスターから聞いた……」いったん口を閉じ、不規則に息をする。「母はお産のときに亡くなった。わたしが大きすぎたからだ。母が亡くなったのは、わたしのせいなんだよ」

マデリンは抗議の声をあげた。「まさか、そんな話を信じたの？」

「事実なんだよ。わたしのせいなんだ。だから、赤ん坊のことを考えても喜びを感じられないんだよ、万が一、きみが……」最後まで言うことはできなかったし、言う必要もなかった。

「わたしがお産に耐えられないのではないかと恐れているの？」マデリンの表情に浮かぶのはもはや驚きだけだ。「そういうことなの？」

「わたしの子なら大きくなるはずなんだ、でもきみは……」

「わたし、そんなにか弱くないわ」彼女はうつむく夫の顔を見上げた。「ローガン、ちゃんとこっちを見て！　わたしにも、赤ちゃんにもなにも起きないと約束する」

「そんな約束できるわけがないだろう」ローガンはかすれ声で反論した。

言いかえそうとして口を開いた彼女は、ふいに、母がやはりお産の際にずいぶん苦しんだという話を思いだした。彼の言うとおりだ。なにも起きないと約束することなどできない。

「あなたの恐れが現実となり、最悪の事態が起きたらどうするつもり？　そんな現実が怖いから、わたしと距離を置いたほうが楽、そういうこと？」

ローガンは振りかえった。苦悶の表情を浮かべ、青い瞳はうるんで揺れている。「わからない」

「誰とも心を通わせない人生なんて、いやにならない?」マデリンは愛情と思いやりをこめて夫を見つめた。「こっちに来て、ローガン。あなたにはわたしが、わたしにはあなたがいるじゃない。どうして孤独を求める必要があるの」

その言葉に、ローガンはよろいを脱ぎ去った。こわばった顎を震わせ、数歩でマデリンに歩み寄ると、痛いほどきつく抱きしめた。「きみなしでは生きていけない」という声がくぐもって聞こえる。

「一緒にいるわ」マデリンは彼の髪をまさぐり、濡れた頬にキスをした。圧倒されるほどの安堵感に、全身から力が抜けていく。

ローガンは身を震わせ、永遠に終わらないかのような荒々しい口づけをくりかえした。

「ずっと一緒に?」

「ええ、ずっと」唇を求めてマデリンがローガンにしがみつき、彼は痛いくらいの欲望にうめいた。

マデリンを愛しつづけよう、ローガンはそう決めた。いずれにしてもほかに選択肢などないのだから。彼はマデリンをベッドに運び、ドレスを脱がせた。たぎる愛情をこめて、優しくしようと身を震わせながら愛を交わした。

満たされた思いで夫の腕のなかに横たわりながら、マデリンがぐったりと動けずにいると、やがて彼が肘をついて身を起こし、見下ろしてきた。身をかがめて、大きなおなかに口づける。強い希望を宿したそのしぐさに、マデリンは全身を貫くような喜びを覚え、まぶたの奥がちくりとするのを感じた。「きっと大丈夫」ささやきかけ、夫の顔を引き寄せる。「わたしを信じて」唇を重ねるマデリンの胸は、愛であふれていた。

エピローグ

陣痛が始まってからすでに一〇時間が経つ。ローガンは産室から追いだされ、いまはとなりの家族用の応接間で待っている。扉越しにくぐもった声が聞こえてくるたび、彼はいっそう強く頭をかきむしった。ジュリアがマデリンに付き添ってくれているのが、せめてもの救いだ。彼女がきっと、医師と産婆の手伝いをしながら妻を優しく励ましてくれる。だがそんなふうに自分を慰めても、もやのようにつつむ不安は消えなかった。

最初の数時間は、彼もマデリンに付き添っていた。けれども彼女が苦しむ姿にすっかり動転して、最後にはドクター・ブルックから出ていくよう言われた。「きみはブランデーでも飲んでいたまえ」医師はそう言って、安心させるようにほほえんだ。「まだ数時間はかかりそうだからね」

すでにボトルは半分空けてしまった。それでもまだ、胸に巣くう恐怖から逃れられずにいる。妻が苦しむ姿が脳裏に浮かび、いてもたってもいられなくなる。陣痛が訪れるたび、彼女は堅く編んだ紐をぎゅっとつかみ、赤くなるまで唇を噛んで——。

「おや、ジミー」アンドルーが応接間に現れ、からかうような笑みを浮かべながら、かたわらに座る。「だいぶまいっているようだな」ローガンは打ちひしがれた様子でアンドルーをにらんだ。

「妙な具合だな」アンドルーが軽い口調でつづける。「今日ばかりは、わたしがしらふで、きみが酔っぱらいか」ここ数カ月間アンドルーは、アルコールはたまにワインをたしなむ程度に控えている。おかげで頬の赤みが薄れ、体重もかなり減ったようで、一〇代以来の引き締まった体つきに戻っている。賭け事もやめ、借金もちゃんと利子をつけて返したらしい。ロチェスターとも、いままでとはちがう緊密な関係を築くことができたようだ。ロチェスターも、息子の死に直面させられて態度を和らげたのだろう。

「まだ飲み足りん」ローガンはつぶやき、隣室から苦しげな叫び声が聞こえてくると、ぎくりとした。

アンドルーは落ち着かない様子で扉を見やった。「相当な緊張ぶりだな。リラックスしたまえ、ジミー。女性はな、毎日誰かしらがこういうことに耐えているんだよ。一緒に下に行こう。申し訳ないが、お上品なきみの義理の家族とつまらないおしゃべりをするのはもう飽きたよ。しばらく彼らの相手でもして、気をまぎらわせたほうがいい」

「ここを離れるくらいなら、割れたガラスの上を這うほうがましだ」

皮肉と驚きがないまぜになった笑みがアンドルーの顔に広がる。「あの偉大なるローガン・スコットが、ここまで胸の内をさらけだすとはね。いや、こいつは思いがけない光景だ」

すっかり打ちひしがれたローガンは、返事をする気力もない。彼は壁の肖像画を見上げた。オルシーニの描いたマデリンの肖像画は、ロンドン中の著名批評家たちから歯の浮くような熱狂的な賛辞を贈られた。絵のなかの妻は、片方の肘をクルミ材のテーブルに軽くのせて窓辺に座り、どこか遠くを夢見るようなまなざしで、じっとおもてを見つめている。純白のドレスはごくシンプルなもので、襟ぐりがほんのわずかに下がって、透きとおるほど白い肩の丸みがのぞいている。

彼女の横顔をとらえることで、オルシーニはあの清らかな美しさを巧みに表現した。一方で彼は、あらわになった首筋や腕や肩をみずみずしく描きだし、ベルベットのごとき肌の質感を見る者に伝えることにも成功している。無垢と官能、けがれを知らぬ容貌といたずらっぽくきらめく瞳……ふたつのまったく異なる特徴を備えた堕天使マデリンの肖像は、見る者をどきまぎさせる。

「ほれぼれするな」アンドルーがローガンの視線の先を追ってつぶやいた。「この絵を見て、彼女があそこまで頑固な娘だと思う人間はまずいないぞ」彼はほほえんだ。「彼女なら無事にやり遂げるから安心しろ、ジミー。いまも賭け事が趣味だったら、わたしのチップは全部、彼女がやり遂げるほうに賭けるよ」

ローガンは小さくうなずいた。視線は肖像画に投げたままだ。この数カ月間、彼はいままでこの世に存在することさえ知らなかった、至上の幸福に満たされて過ごした。マデリンだけが彼のすべてだった。ローガンの人生のあらゆる隙間を埋め、苦しみや痛みをきれいに消し去り、代わりに喜びで満たしてくれた。これまでだって彼女を愛していたが、いまのこの気持ちとは比べものにならない。彼女がほんの一瞬でも苦しむのなら、それを取り除くために地獄を行脚してもいいくらいだ。それなのに、ひとりで産みの苦しみに耐える彼女になにもしてやれない。彼は気が変になりそうだった。

突然、赤ん坊の泣き声が聞こえてきた。その甲高い声を聞くなり、ローガンは椅子から勢いよく立ち上がった。蒼白になってその場で待つ時間は、実際には一分にも満たなかっただろうが、彼には一時間にも思えた。

扉が開き、疲れと喜びが入り交じった表情のジュリアが現れる。「母親も子どももとっても元気よ。いらっしゃい、パパ。きれいな女の子よ、早く見てあげて」

すぐには言われたことを理解できず、ローガンはジュリアの顔を穴の開くほど見つめた。「マディは……」言葉を切り、すっかり乾いた唇を湿らそうとする。

ジュリアはほほえんで、彼の頬にそっと触れた。「マディはよくがんばったわ、ローガン。元気だから安心して」

「おめでとう、兄さん」アンドルーが言い、感覚を失ったローガンの手からブランデーのボトルを取り上げる。「こいつはわたしが預かるよ。もうきみには必要ないだろう」

事態を把握できないまま、ローガンは大またに産室へ向かった。

半分空になったボトルを、アンドルーはものほしげに見てからジュリアに手渡した。「こんなものを持っていると自分がなにをしでかすかわからないからな。幸い、悪癖ならほかにまだいくらでもあるわけだし」

医師と産婆の心からの祝福の言葉を上の空で聞きつつ、ローガンはベッドに歩み寄り、マデリンのかたわらに腰を下ろした。まぶたを半分閉じたままで、彼女がほほえむ。

「マディ」彼は震える声で妻の名を呼んだ。空いているほうの手をとり、自分の口元に持っていって、手のひらにしっかりと口づける。

彼の顔に苦悶と安堵の色が浮かんでいるのに気づいたのだろう、マデリンは安心させるようにささやきかけ、彼を抱き寄せた。ローガンは胸元に顔を埋め、小さくうめいた。

「大丈夫よ」マデリンがささやきながら彼の髪を撫でる。「思っていたほど大変ではなかったわ」

彼はマデリンに唇を重ねた。その甘やかなぬくもりに、うろたえた心が落ち着きを取り戻していく。「不安でたまらなかった」唇を離してから彼は言った。「二度とこんな思いはしたくない」

「でも、またしてもらわなくっちゃ。いずれあなたも、この子の弟がほしいと思うようになるわ」

ローガンは妻の腕に抱かれた赤ん坊を見つめた。リンネルとコットンにつつまれた赤ん坊は、小さなピンク色の顔を困惑したようにしかめている。頭をつつむふわふわの栗色の毛に気づいて、ローガンは不思議なものでも見つけたかのように触れてみた。「こんにちは」と小声で話しかけながら、赤ん坊の額に唇を寄せる。

「美人でしょう」

「ああ、とびきりの美人だ」その奇跡のような存在を、ローガンはじっと見つめ、やがてマデリンに視線を戻した。「でも、母親には負けるな」

疲れて体中がだるいのに、マデリンはくすくす笑った。「ばかなこと言わないで。出産直後の女性なんて見られたものじゃないわ」

「きみなら、何時間だって見ていられるよ。何週間だって、何カ月だって……ずっと見ていても絶対に飽きない」

「だったら、わたしが眠っているあいだにどうぞ」マデリンはあくび交じりに言い、小さなふくろうのように目をしばたたいた。

「おやすみ」ローガンは言った。「ふたりとも」愛情のこもったまなざしを、妻から小さな娘へと移す。「わたしがずっとそばにいるから」

「愛してる？」マデリンが小さくほほえんでたずね、またあくびをした。

「以前はね」ローガンは閉じられたまぶたにそっと唇を押しあてた。「でもいまは、言葉では言い表せない」

「愛は弱さだと言ったことがあったわね」

「あれはまちがいだった」口の両端にキスをする。「わたしのたったひとつの強さだとやっとわかった」

マデリンは口元に笑みを浮かべ、彼の手を握ったまま眠りについた。

扉をそっとたたく音にローガンが立ち上がると、ミセス・フローレンスが戸口に立っていた。老婦人は最近、こうして屋敷をよく訪れるようになった。マデリンと会うのが表向きの理由なのだが、思いがけないことに、ともに過ごすひとときは老婦人にとってもローガンにとっても楽しみのひとつになっている。やはり大いに似ているところがあるのだろう。演劇について延々と興味深い議論を戦わせたり、ときには母のエリザベスを話題にすることさえある。ローガンはじつの父のことはもちろん、母のこともっともっと知りたいと思った。

ミセス・フローレンスは、過去になにがあったのかを少しずつ語ってくれた。ローガンはようやく、自分に欠けていたものを見つけることができたのだ。

ミセス・フローレンスは、まるでなにか特別な行事にでも参加するときのように着飾っていた。真珠のネックレスとブレスレットをつけ、色褪せた赤毛もおしゃれに結い上げている。

「眠ってるんです」

ローガンは祖母を制するように言った。

マデリンも娘も休息が必要だ。

ミセス・フローレンスは銀の杖を傲然とローガンに向けた。「あのいまいましい階段をここまで上ってきたんですからね、追い返そうったって無理よ。すぐに帰るからかまわないでしょ。曾孫の顔を一目見なくっちゃ」

「しようがないな」ローガンはぶつぶつ言いながら祖母を産室に通した。「あなたを止められる人はいませんからね」

ベッドに歩み寄ったミセス・フローレンスは、マデリンの腕に抱かれた赤ん坊を目にするなりすっかり魅了されたようだ。「これがわたしの曾孫ね」と優しく言うと、ローガンを振りかえった。「なんてきれいなんでしょう、想像していたとおりよ。名前はもう決めたの?」

「エリザベス、と」

ローガンをじっと見つめるミセス・フローレンスの瞳に、涙のようなものが浮かび始める。彼女はローガンを手招きすると、身をかがめるよう身振りで示し、頰にキスをした。「あなたの母親もきっと気に入るわ。ええ、とっても気に入るはずよ」

訳者あとがき

与えられた人生を送るのではなく、自分で運命を選びたい……厳格な両親に育てられ、美貌の長女と優秀な次女と常に比べられて生きてきた一八歳のマデリン・マシューズは、父親よりも年上の貴族との結婚から逃れるため、ある秘密の計画を胸にロンドンの街を目指す。そこで出会ったのは、英国演劇界のカリスマと称される名優ローガン・スコット。ロンドン中の女性をとりこにし、団員からの尊敬を一心に集めて華やかな人生を送っているかに見えるローガンには、人に言えない暗い過去があった……。

『愛のカーテンコールを（原題 Because You're Mine）』は、前作『同居生活』の少し前に書かれた作品で、著者クレイパスにとっては初の連作ものとなっています。長編二作と中短編一作からなるこの「キャピタル・シアター・シリーズ」は、ロンドンにある架空の大劇場「キャピタル劇場」を舞台にした作品。ロンドンの劇場といえば最も有名なのはシアター・ロイヤル（通称ドルリーレーン）ですが、キャピタルは規模的にはドルリーレーンを若干下回るものの、ほぼ同等の人気を誇る劇場として描かれています。

当時の英国では、社会的な影響を考慮して演劇への規制が厳格化されており、ロンドンではドルリーレーンを含む二劇場だけが、音楽や舞踏などの余興を挟まない、いわゆる「正統演劇」を上演する権利を与えられていました。こうした規制の背景には、政治を批判する内容の作品が多かったことがあったようです。とはいえ、これら二劇場以外の劇場が活動そのものを禁止されていたわけではなく、余興を挟んだかたちでの作品上演は許可されていました。本作の舞台となるキャピタル劇場も、作中に余興のシーンが描写されていることからわかるように、「マイナー・シアター」と呼ばれたそれらの劇場のひとつという位置づけになるのでしょう。当時、マイナー・シアターはロンドン中心部だけで二〇ほどあったとされています。

このような非日常の場を物語の舞台に選ぶのも、著者にとっては本シリーズが初となります。このあと著者は犯罪捜査をおこなう「ボウ・ストリートの捕り手」と彼らを率いる治安判事を主人公に据えた「ボウ・ストリート・シリーズ」を発表しています。社交界を舞台にした一般的なヒストリカル・ロマンスとはちがう舞台を選ぶことで、このキャピタル・シアター・シリーズもボウ・ストリート・シリーズ同様、一種独特の雰囲気を得ることができたと言えるでしょう。

舞台となるキャピタル劇場の経営者であり看板俳優でもあるローガンは、小作農の息子という貧しい出自から、独力で世界的名優にまでのし上がった人物。俳優として確固たる地位を築き、大きな成功を手にしたものの、私生活ではいくたびもの裏切りに遭い、心も誇りもずたずたにされながら、その苦悩をけっして誰にも見せずに生きていくことを自分に課すという、極めてストイックなヒーローです。そんなローガンとの出会いを、マデリンは老貴族との結婚を回避するために画策します。婚約者である老貴族の希望で寄宿学校に入れられ、社交界にデビューする機会すら得られなかったマデリンは、しかしそのためにかえって、すれたところのない、まっすぐな性格に育っていました。そんな彼女の純粋さに惹かれていくローガンですが、思いがけない真実を突きつけられ……。

このように本作は、生きる世界のまったく異なるふたりの恋を描くと同時に、ヒロインであるマデリンの成長譚でもあります。物語の初めには裏のないまっすぐな性格と「少女」と呼んでもいいような言動でローガンを含む周囲の人びとを魅了する彼女ですが、ストーリーが進むにつれ、さまざまな困難を経て、徐々に大人の女性へと成長していきます。物語終盤でみせる落ち着いた女性らしさは、冒頭の元気な少女とはまるで別人のよう。女性は愛を知ることで大人になるのだなと、つくづく思わされます。

当時のロンドン演劇界の華やかな舞台裏もときおり楽しみつつ、ローガンとマデリンが真実の愛をはぐくんでいく過程を是非ともご堪能ください。

二〇〇九年六月

ライムブックス

愛《あい》のカーテンコールを

著　者　リサ・クレイパス
訳　者　平林《ひらばやし》 祥《しょう》

2009年7月20日　初版第一刷発行

発行人　成瀬雅人
発行所　株式会社原書房
〒160-0022東京都新宿区新宿1-25-13
電話・代表03-3354-0685　http://www.harashobo.co.jp
振替・00150-6-151594
ブックデザイン　川島進（スタジオ・ギブ）
印刷所　中央精版印刷株式会社

落丁・乱丁本はお取り替えいたします。
定価は、カバーに表示してあります。
 ISBN978-4-562-04365-1　Printed in Japan